HEYNE <

Zum Buch

Tempe war erst sechs Jahre alt, als ihr kleiner Bruder plötzlich starb, wenig später verunglückte ihr Vater tödlich. In dieser Zeit fand sie Trost bei ihrer besten Freundin, mit der sie einige unvergessliche Sommerferien verbrachte: Evangeline. Bis das Mädchen eines Tages spurlos verschwand.

Jahrzehnte später eröffnet sich Tempe die Chance, endlich Gewissheit über Evangelines Schicksal zu erlangen. Sie wird gebeten, ein Skelett zu analysieren, das aus Neuschottland zu stammen scheint. Ihre Ermittlungen stoßen Tempe auf ein Kapitel kanadischer Geschichte, über das die Bewohner der Küstenregion eisern schweigen. Und nicht nur die Vergangenheit gibt unheimliche Rätsel auf. Denn der Fall offenbart mehr und mehr Parallelen zu einer Reihe vermisster Mädchen, die vor kurzem in Québec verschwanden. Ist dies der Beginn einer ganzen Serie von Gewalttaten? Wurde auch Evangeline Opfer einer solchen Grausamkeit? Als ihr „Knochen zu Asche" – ein schmales rotes Heft voller Gedichte – in die Hände fällt, hofft Tempe auf Antworten. Doch was hier zwischen den Zeilen steht, stellt all ihre Erinnerungen und Erwartungen auf den Kopf …

Zur Autorin

Kathy Reichs, geboren in Chicago, lebt in Charlotte und Montreal. Sie ist Professorin für Soziologie und Anthropologie und unter anderem als forensische Anthropologin für gerichtsmedizinische Institute in Quebec und North Carolina tätig. Ihre Romane erreichen regelmäßig Spitzenplätze auf internationalen und deutschen Bestsellerlisten und wurden in dreißig Sprachen übersetzt. Tempe Brennan ermittelt auch in der von Reichs mitkreierten und -produzierten Fernsehserie *Bones – Die Knochenjägerin.*

Mehr Informationen zu den von Kathy Reichs erschienenen Büchern finden sich im Anhang.

Kathy Reichs

Knochen zu Asche

Thriller

Aus dem Amerikanischen
von Klaus Berr

WILHELM HEYNE VERLAG
MÜNCHEN

Die Originalausgabe BONES TO ASHES
erschien bei Scribner, New York

Der Verlag weist ausdrücklich darauf hin, dass im Text enthaltene externe Links vom Verlag nur bis zum Zeitpunkt der Buchveröffentlichung eingesehen werden konnten. Auf spätere Veränderungen hat der Verlag keinerlei Einfluss. Eine Haftung des Verlags ist daher ausgeschlossen.

FSC www.fsc.org MIX Papier aus verantwortungsvollen Quellen FSC® C014496

Verlagsgruppe Random House FSC® N001967

2. Auflage
Vollständige deutsche Taschenbuchausgabe 06/2016

Printed in Germany
Umschlaggestaltung und Motiv: Hauptmann & Kompanie Werbeagentur, Zürich
Druck und Bindung: GGP Media GmbH, Pößneck
ISBN: 978-3-453-43656-5

www.heyne.de

Für die großschnäuzigen, großherzigen,
großartigen Akadier

On ouaira quosse que d'main nous amèneras …

1

Babys sterben. Menschen verschwinden. Menschen sterben. Babys verschwinden.

Diese Erkenntnisse prasselten schon sehr früh auf mich ein. Natürlich hatte ich ein kindliches Verständnis dafür, dass alles sterbliche Leben endet. In der Schule redeten die Nonnen von Himmel, Fegefeuer, Vorhölle und Hölle. Ich wusste, dass die älteren Leute irgendwann »dahinscheiden«. Mit diesem Begriff umschrieb meine Familie das Thema. Die Leute schieden dahin. Gingen, um bei Gott zu sein. Ruhten in Frieden. So akzeptierte ich auf etwas verquere Art, dass das irdische Leben nur ein vorübergehendes ist. Dennoch trafen mich der Tod meines Vaters und der meines kleinen Bruders hart.

Und für Évangéline Landrys Verschwinden gab es einfach keine Erklärung.

Aber ich greife vor.

So ist es passiert.

Als kleines Mädchen lebte ich an der Südseite von Chicago, in dem weniger vornehmen Ausläufer eines Viertels mit dem Namen Beverly. Ursprünglich erbaut als ländliches Rückzugsgebiet für die Elite der Stadt nach dem Großen Feuer von 1871, präsentiert sich das Viertel heute mit weiten Rasenflächen und großen Ulmen und irisch-katholischen Clans mit Stammbäumen, die verzweigter sind als die Ulmen. War Beverly damals schon ein bisschen heruntergekommen, wurde es später wieder aufgemotzt von Boomgewinnlern, die im Grünen und doch zentrumsnah wohnen wollten.

Unser Haus, ursprünglich ein Farmhaus, war älter als alle

seine Nachbarn. Es war ein weiß gestrichenes Holzhaus mit grünen Fensterläden, hatte eine umlaufende Veranda und im Hinterhof eine Wasserpumpe sowie eine Garage, die einmal Pferde und Kühe beherbergt hatte.

Ich habe glückliche Erinnerungen an diese Zeit und diesen Ort. Wenn es kalt war, liefen die Nachbarschaftskinder Schlittschuh auf einer Eisfläche, die man mithilfe von Wasserschläuchen auf einer unbebauten Fläche geschaffen hatte. Daddy stützte mich dann immer auf meinen Doppelkufen und wischte mir Matsch von meinem Schneeanzug, wenn ich einmal hinfiel. Im Sommer spielten wir auf der Straße Fußball, Fangen oder Himmel und Hölle. Meine Schwester Harry und ich fingen Glühwürmchen in Gläsern mit durchlöcherten Schraubverschlüssen.

In den endlosen Wintern des Mittleren Westens versammelten sich zahllose Brennan-Tanten und -Onkel zum Kartenspielen in unserem ausgesucht schäbigen Wohnzimmer. Der Ablauf war immer derselbe. Nach dem Abendessen holte Mama Tischchen aus einem Schrank in der Diele, wischte die Platten ab und klappte die Beine aus. Harry breitete ein weißes Leinentuch darüber, und ich postierte Spielkarten, Servietten und Schüsselchen mit Erdnüssen in der Mitte.

Wenn der Frühling kam, ersetzten die Schaukelstühle auf der Veranda die Kartentische, und statt Canasta und Bridge gab es lange Gespräche. Ich verstand nicht viel davon. Die Warren-Kommission. Der Golf von Tonkin. Chruschtschow. Kossygin. Es machte mir nichts aus. Das Zusammenkommen der Leute, die meine eigene Doppelhelix trugen, bestätigte mir, dass es mir gut ging, wie das Klappern der Münzen in der *Beverly-Hillbillies*-Spardose auf meinem Nachtkästchen. Die Welt war berechenbar, bevölkert mit Verwandten, Lehrern und Kindern wie ich aus Haushalten wie dem meinen. Das Leben bestand aus der St.-Margaret's-Schule, den Pfadfinder-Wölflingen, der Messe am Sonntag und den Tagescamps im Sommer.

Dann starb Kevin, und mein sechs Jahre altes Universum zerbrach in Splitter des Zweifels und der Ungewissheit. Nach meinem Verständnis der Weltordnung holte der Tod die alten Großtanten mit mäandernden blauen Äderchen und durchscheinender Haut. Keine kleinen Jungs mit dicken, roten Wangen.

An Kevins Krankheit erinnere ich mich kaum noch. An sein Begräbnis noch weniger. Dass Harry neben mir in der Kirchenbank zappelte. Ein Fleck auf meinen schwarzen Lacklederschuhen. Woher? Das schien mir damals sehr wichtig zu sein. Ich starrte den kleinen, grauen Tropfen an. Starrte weg von der Wirklichkeit, die sich um mich herum offenbarte.

Natürlich kam die ganze Familie zusammen, die Stimmen gedämpft, die Gesichter versteinert. Mamas Zweig kam aus North Carolina. Nachbarn. Gemeindemitglieder. Männer aus Daddys Anwaltskanzlei. Fremde. Sie strichen mir über den Kopf. Murmelten irgendwas vom Himmel und den Engeln.

Das Haus quoll über vor Kasserollen und Kuchen und Gebäck in Plastik- und Alufolie. Normalerweise liebte ich Sandwiches mit abgeschnittener Rinde. Nicht wegen des Thunfisch- oder Eiersalats zwischen den Scheiben. Sondern wegen der reinen Dekadenz dieser leichtfertigen Verschwendung. An diesem Tag nicht. Und seitdem nie mehr. Schon merkwürdig, wie gewisse Dinge einen beeinflussen.

Kevins Tod veränderte bei mir mehr als nur meine Meinung zu Sandwiches. Er änderte das ganze Fundament, auf dem sich bisher mein Leben abgespielt hatte. Die Augen meiner Mutter, die immer freundlich und oft fröhlich geblickt hatten, sahen nie mehr so aus, wie sie sollten. Mit dunklen Ringen und tief in den Höhlen. Mein kindliches Gehirn konnte ihren Ausdruck nicht interpretieren, ich spürte nur Traurigkeit. Jahre später sah ich das Foto einer Frau aus dem Kosovo, wie sie zwischen zwei schnell zusammengezimmerten Särgen mit ihrem Ehemann und ihrem Sohn stand. Irgendetwas kam mir daran vertraut vor. Konnte ich sie kennen? Unmöglich. Dann die Erkenntnis. Ich sah dasselbe Zerstörtsein und dieselbe Hoffnungslosigkeit, die ich in Mamas Blick gesehen hatte.

Aber nicht nur Mamas Aussehen veränderte sich. Sie und Daddy genehmigten sich nun keinen Cocktail vor dem Abendessen mehr, und sie blieben auch nicht beim Kaffee am Tisch sitzen und redeten. Sie schauten auch nicht mehr gemeinsam fern, wenn das Geschirr abgeräumt war und Harry und ich in unseren Pyjamas steckten. Sie hatten die Comedyshows immer sehr genossen, hatten einander angesehen, wenn Lucy oder Gomer etwas Albernes taten. Daddy hatte dann immer Mamas Hand genommen, und sie hatten beide gelacht.

Alles Lachen floh, als die Leukämie Kevin besiegte.

Auch mein Vater suchte sein Heil in der Flucht. In stillem Selbstmitleid wie Mama letztendlich auch. Michael Terrence Brennan, Anwalt, Connaisseur und unbezähmbarer Bonvivant, zog sich auf direktem Weg zurück in eine Flasche guten, irischen Whiskeys. In viele Flaschen, um genau zu sein.

Anfangs fiel mir die häufige Abwesenheit meines Vaters gar nicht auf. Wie ein Schmerz, der sich so allmählich aufbaut, dass sein Ursprung nicht bestimmbar ist, fiel mir eines Tages auf, dass Daddy nicht mehr so oft bei uns war. Immer öfter gab es Abendessen ohne ihn. Er kam abends immer später nach Hause, bis er in meinem Leben nicht viel mehr war als ein Phantom. In einigen Nächten hörte ich schwankende Schritte auf der Treppe, eine Tür, die fest gegen eine Wand geschlagen wurde. Die Toilettenspülung. Dann Stille. Oder gedämpfte Stimmen aus dem Schlafzimmer meiner Eltern, deren Tonfall mir Vorwürfe und Groll vermittelte.

Bis heute jagt mir ein Telefon, das nach Mitternacht klingelt, einen Schauer über den Rücken. Vielleicht bin ich eine Panikmacherin. Oder einfach nur Realistin. Meiner Erfahrung nach bringen nächtliche Anrufe nie gute Nachrichten. Es hat einen Unfall gegeben. Eine Verhaftung. Einen Kampf.

Mamas Anruf kam lange achtzehn Monate nach Kevins Tod.

Damals klingelten Telefone noch anständig. Keine polyfonen Songfetzen von *Grillz* oder *Sukie in the Graveyard*. Ich wachte beim ersten vollklingenden Ton auf. Hörte einen zweiten. Das Bruchstück eines dritten. Dann ein leises Geräusch, halb Schreien, halb Stöhnen, dann das Klappern eines Hörers gegen Holz. Verängstigt zog ich mir die Decke bis zu den Augen hoch. Niemand kam zu mir ans Bett.

Es habe einen Unfall gegeben, sagte Mama am nächsten Tag. Daddys Auto war von der Straße abgedrängt worden. Über den Polizeibericht oder den Blutalkoholpegel von 2,7 Promille verlor sie nie ein Wort. Diese Details schnappte ich so nebenbei auf. Lauschen ist für eine Achtjährige ein Instinkt.

An Daddys Beerdigung erinnere ich mich noch weniger als an Kevins. Ein Bronzesarg, bedeckt mit weißen Blumen. Endlose Lobreden. Gedämpftes Schluchzen. Mama, gestützt von zwei der Tanten. Psychotisch grünes Friedhofsgras.

Diesmal kamen Mamas Verwandte in noch größerer Zahl. Daessees. Lees. Cousins und Cousinen, an deren Namen ich mich nicht erinnere. Noch mehr heimliches Mithören enthüllte Brocken ihres Plans. Mama müsse mit ihren Kindern nach Hause zurückkommen.

Der Sommer nach Daddys Tod war einer der heißesten in der Geschichte von Illinois, mit Temperaturen, die wochenlang nicht unter dreißig Grad sanken. Der Wetterbericht sprach zwar immer von der kühlenden Wirkung des Lake Michigan, aber wir waren weit vom Wasser entfernt, abgeschnitten von zu vielen Gebäuden und zu viel Beton. Wir hatten keine Seebrise. In Beverly schalteten wir Ventilatoren ein, rissen Fenster auf – und schwitzten. Harry und ich schliefen in Feldbetten auf der überdachten Veranda.

Den ganzen Juni und bis weit in den Juli hinein hielt Grandma Lee ihre Telefonkampagne mit dem Motto »Rückkehr nach Dixie« aufrecht. Immer wieder tauchten auch Brennan-Verwandte bei uns auf, jetzt allerdings allein oder nur zu zweit,

Männer mit schweißnassen Achseln, Frauen in feucht-schlaffen Baumwollkleidern. Die Gespräche waren eher zurückhaltend, Mama war nervös und immer den Tränen nahe. Ein Onkel oder eine Tante tätschelte ihr die Hand. Mach, was das Beste ist für dich und die Kinder, Daisy.

Auf meine kindliche Art spürte ich eine neue Rastlosigkeit in diesen Familienbesuchen. Eine Ungeduld, dass das Trauern endlich aufhören und das Leben neu beginnen möge. Die Besuche wurden zu Patrouillengängen, unangenehm, aber unabdingbar, weil Michael Terrence einer der Ihren gewesen war und die Sache mit der Witwe und den Kindern in anständiger Manier gelöst werden musste.

Der Tod brachte auch Veränderungen in meinem eigenen sozialen Umfeld.

Kinder, die ich schon mein Leben lang kannte, mieden mich jetzt. Wenn wir uns zufällig trafen, starrten sie auf ihre Füße. Verlegen? Verwirrt? Angst vor Ansteckung? Die meisten fanden es einfacher, wegzubleiben.

Mama hatte uns nicht für die Tagescamps eingeschrieben, deshalb verbrachten Harry und ich die langen, schwülen Tage allein. Ich las ihr Geschichten vor. Wir spielten Brettspiele, inszenierten Puppentheater und gingen zu Woolworths an der 95th Street, um Comics oder Limonade zu kaufen.

Im Verlauf dieser Wochen wuchs auf Mamas Nachtkästchen eine kleine Apotheke. Wenn sie unten war, untersuchten wir die kleinen Fläschchen mit ihren steifen, weißen Kappen und den ordentlich beschrifteten Etiketten. Wir schüttelten sie. Spähten durch das gelbe oder braune Plastik. Die winzigen Kapseln verursachten bei mir ein Flattern in der Brust.

Mitte Juli traf Mama ihre Entscheidung. Vielleicht traf aber auch Grandma Lee sie für sie. Ich hörte zu, wie sie es Daddys Brüdern und Schwestern erzählte. Sie tätschelten ihr die Hand. Vielleicht ist es das Beste, sagten sie und klangen dabei – wie? Erleichtert? Was weiß eine Achtjährige von Nuancen?

Grandma kam an dem Tag an, als in unserem Garten ein Schild aufgestellt wurde. Im Kaleidoskop meiner Erinnerungen sehe ich sie aus einem Taxi aussteigen, eine alte Frau, dünn wie eine Vogelscheuche, die Hände knotig und trocken wie Eidechsenhaut. In diesem Sommer wurde sie sechsundfünfzig.

Binnen einer Woche saßen wir alle in dem Chrysler Newport, den Daddy vor Kevins Diagnose gekauft hatte. Grandma fuhr. Mama saß auf dem Beifahrersitz. Harry und ich saßen hinten, mit einer Barriere aus Malkreiden und Spielen zwischen uns, die unsere Territorien abgrenzte.

Zwei Tage später waren wir in Grandmas Haus in Charlotte. Harry und ich bekamen das Schlafzimmer im Obergeschoss mit der grün gestreiften Tapete. Der Wandschrank roch nach Mottenkugeln und Lavendel. Harry und ich sahen zu, wie Mama unsere Kleider auf Bügel hängte. Winterkleider für Partys und die Kirche.

Wie lange bleiben wir, Mama?

Mal sehen. Die Bügel klapperten leise.

Gehen wir hier zur Schule?

Mal sehen.

Beim Frühstück am nächsten Morgen fragte uns Grandma, ob wir den Rest des Sommers gern am Strand verbringen würden. Harry und ich schauten sie nur über unsere Rice Crispies hinweg an, schockiert von den donnernden Veränderungen, die über unser Leben hereinbrachen.

Natürlich wollt ihr das, sagte sie.

Woher weißt du, was ich will oder nicht?, dachte ich. Du bist nicht ich. Sie hatte natürlich recht. Das hatte Grandma meistens. Aber darum ging es nicht. Wieder war eine Entscheidung getroffen worden, und ich konnte nichts daran ändern.

Zwei Tage nach unserer Ankunft in Charlotte saß unsere kleine Truppe wieder im Chrysler, Grandma hinterm Lenkrad. Mama schlief und wachte nur auf, als das Wimmern der Reifen verkündete, dass wir über den Damm fuhren.

Mama hob den Kopf von der Rückenlehne. Sie drehte sich nicht zu uns um. Sie lächelte nicht, und sie trällerte auch nicht: »Pawleys Island, hier sind wir!«, wie sie es in glücklicheren Zeiten getan hatte. Sie ließ sich einfach nur wieder in den Sitz sinken.

Grandma tätschelte Mama die Hand, eine exakte Kopie der Geste, die auch die Brennans benutzt hatten. »Jetzt wird alles wieder gut«, gurrte sie in einem Singsang, der genauso klang wie der ihrer Tochter. »Vertrau mir, Daisy, Darling. Jetzt wird alles wieder gut.«

Bei mir wurde alles gut, als ich Évangéline Landry kennenlernte.

Und so blieb es die nächsten vier Jahre.

Bis Évangéline verschwand.

2

Ich wurde im Juli geboren. Für ein Kind ist das gleichermaßen gut und schlecht.

Da ich alle meine Sommer im Strandhaus der Lee-Familie auf Pawleys Island verbrachte, wurden meine Geburtstage immer mit einem Picknick und einem Ausflug in den Gay-Dolphin-Park an der Myrtle-Beach-Promenade gefeiert. Ich liebte diese Stunden im Vergnügungspark, vor allem die Fahrten mit der Wild Mouse, auf der ich – mit klopfendem Herzen, die Hände um die Haltestange gekrallt, dass die Knöchel weiß wurden – in die Höhe sauste und in die Tiefe stürzte, bis mir die Zuckerwatte hochkam.

Wirklich klasse. Aber so konnte ich nie Geburtstagstörtchen in die Schule mitnehmen.

Ich wurde acht in dem Sommer nach Daddys Tod. Mama schenkte mir ein pinkfarbenes Schmuckkästchen mit einer Spieluhr und einer tanzenden Ballerina. Harry malte ein Familienporträt, zwei große und zwei kleine Strichmännchen, die Finger ausgestreckt und sich überkreuzend, auf keinem Gesicht ein Lächeln. Grans Geschenk war ein Exemplar von Lucy Maud Montgomerys *Anne auf Green Gables.*

Zwar bereitete Grandma auch in diesem Jahr das traditionelle Picknick aus Schokoladenkuchen, Brathähnchen, gekochten Shrimps, Kartoffelsalat, gefüllten Eiern und Keksen vor, aber nach der Völlerei gab es keine Achterbahnfahrt. Harry bekam einen Sonnenbrand und meine Mama Migräne, und so blieb ich allein am Strand und vertiefte mich in Annes Abenteuer mit Marilla und Matthew.

Zuerst bemerkte ich sie gar nicht. Irgendwie ging sie im weißen Rauschen der Brandung und der Seevögel unter. Als ich den Kopf hob, stand sie weniger als zehn Meter von mir entfernt, die Hände an die Hüften gestemmt, die dünnen Arme abgespreizt.

Wortlos musterten wir einander. Ihrer Größe nach war sie ein oder zwei Jahre älter als ich, auch wenn ihre Taille noch babydick war und ihr Badeanzug sich flach um ihre Brust spannte.

Sie machte als Erste den Mund auf. Mit dem Daumen auf mein Buch zeigend, sagte sie: »Ich war da.«

»Warst du nicht«, sagte ich.

»Ich hab die Königin von England gesehen.« Der Wind fuhr ihr in das dunkle Gestrubbel auf ihrem Kopf, hob Strähnen an und ließ sie wieder fallen wie jemand, der sich in einem Geschäft bunte Bänder aussucht.

»Hast du nicht«, sagte ich und kam mir sofort blöd dabei vor. »Die Königin lebt in einem Palast in London.«

Das Mädchen wischte sich Locken von den Augen. »Ich war da. Mein *grand-père* hat mich hochgehoben, damit ich sie sehen konnte.«

Ihr Englisch hatte einen eigentümlichen Akzent, weder das flache Näseln des Mittleren Westens noch der rundvokalig gedehnte Singsang der südöstlichen Küste. Ich zögerte, war mir unsicher.

»Wie hat sie ausgesehen?«

»Sie hat Handschuhe getragen und einen lila Hut.«

»Wo war das?« Skeptisch.

»Tracadie.«

Das gutturale »r« klang für mein achtjähriges Ohr sehr aufregend.

»Wo ist das?«

»En Acadie.«

»Noch nie gehört.«

»Das ist der Urwald. Murmelnde Kiefern und Schierling.«

Ich wusste nicht, was ich sagen sollte, und blinzelte nur zu ihr hoch.

»Das ist ein Gedicht.«

»Ich war im Art Institute in Chicago«, sagte ich, weil ich das Gefühl hatte, Poesie mit etwas ähnlich Hochgestochenem kontern zu müssen. »Da gibt's viele berühmte Bilder, wie das mit den Leuten im Park, die mit lauter Pünktchen gemalt sind.«

»Ich wohne bei meiner Tante und meinem Onkel«, sagte das Mädchen.

»Ich bin zu Besuch bei meiner Großmutter.« Von Harry oder Mama sagte ich nichts. Oder von Kevin. Oder Daddy.

Ein Frisbee segelte zwischen dem Mädchen und dem Ufer in den Sand. Ich sah zu, wie ein Junge es aufhob und zurückwarf.

»Green Gables kann man nicht in echt besuchen«, sagte ich.

»Doch, kann man schon.«

»Das gibt's nicht in echt.«

»Gibt es schon.« Das Mädchen zog einen braunen Zeh durch den Sand.

»Ich hab heute Geburtstag«, sagte ich, weil mir nichts Besseres einfiel.

»Bonne fête.«

»Ist das Italienisch?«

»Französisch.«

Meine Schule in Beverly hatte Französisch angeboten, das Lieblingsprojekt einer frankophilen Nonne namens Schwester Mary Patrick. Auch wenn meine Kenntnisse damals kaum über *»Bonjour«* hinausreichten, merkte ich doch, dass dieses Mädchen ganz anders klang als die Französischlehrerin, die ich in der ersten und zweiten Klasse gehabt hatte.

Einsam? Neugierig? Bereit, mir alles anzuhören, was mich von der Trübsal in Grandmas großem Haus ablenkte? Wer weiß das schon. Ich biss auf jeden Fall an.

»War der Prinz bei ihr?«

Das Mädchen nickte.

»Wie ist dieses Tracadie denn so?« Bei mir klang es wie Track-a-day.

Das Mädchen zuckte die Achseln. »*Un beau petit village.* Ein kleines Städtchen.«

»Ich bin Temperance Brennan. Du kannst mich Tempe nennen.«

»Évangéline Landry.«

»Ich bin acht.«

»Ich bin zehn.«

»Willst du meine Geschenke sehen?«

»Dein Buch mag ich sehr.«

Ich lehnte mich wieder zurück. Évangéline setzte sich im Schneidersitz neben meinen Stuhl in den Sand. Eine Stunde lang redeten wir über Anne und diese berühmte Farm auf Prince Edward Island.

So begann unsere Freundschaft.

Die achtundvierzig Stunden nach meinem Geburtstag waren stürmisch, der Himmel wechselte tagsüber zwischen Zinngrau und kränklichem Graugrün. Der Regen kam in windgepeitschten Güssen und spritzte salzige Tropfen auf die Fenster von Grandmas Haus.

Immer wenn es gerade einmal nicht regnete, bettelte ich, an den Strand gehen zu dürfen. Doch Grandma erlaubte es mir nicht, sie fürchtete die Unterströmungen in der Brandung, die in weißer Gischt über den Sand rollte. Frustriert starrte ich durch die Fenster hinaus, doch Évangéline Landry war nirgends zu sehen.

Schließlich riss der Himmel auf, blaue Flecken verdrängten die Wolken. Die Schatten unter dem Strandhafer und den Plankenwegen über die Dünen wurden schärfer. Die Vögel trällerten wieder. Die Temperatur stieg, und die Luftfeuchtigkeit verkündete, dass sie im Gegensatz zum Regen nicht wieder verschwand.

Trotz des Sonnenscheins vergingen Tage, ohne dass ich von meiner Freundin etwas sah.

Ich fuhr gerade Rad, als ich sie die Myrtle Avenue entlangschlendern sah, den Kopf nach vorn gestreckt wie eine Schildkröte, einen Lutscher im Mund. Sie trug Flipflops und ein ausgewaschenes Beach-Boys-T-Shirt.

Sie blieb stehen, als ich neben ihr anhielt.

»Hey«, sagte ich und stellte einen Turnschuh vom Pedal auf den Asphalt.

»Hi«, sagte sie.

»Hab dich ’ne Weile nicht gesehen.«

»Musste arbeiten.« Sie wischte sich klebrig rote Finger an ihren Shorts ab.

»Du hast einen Job?« Ich staunte, dass man einem Kind eine so erwachsene Beschäftigung gestattete.

»Mein Onkel fischt vor Murrell’s Inlet. Manchmal helf ich ihm auf dem Boot.«

»Toll.« Visionen von Gilligan, Ginger und dem Captain.

»Pff.« Sie prustete die Luft durch die Lippen. »Ich kratz die Innereien aus den Fischen.«

Ich schob mein Fahrrad, und wir gingen nebeneinanderher.

»Manchmal muss ich auf meine kleine Schwester aufpassen«, sagte ich, um eine gewisse Gleichheit herzustellen. »Sie ist fünf.«

Évangéline drehte sich mir zu. »Hast du einen Bruder?«

»Nein.« Mit brennendem Gesicht.

»Ich auch nicht. Meine Schwester Obéline ist zwei.«

»Dann musst du also Fische putzen. Ist aber trotzdem toll, den Sommer am Strand zu verbringen. Wo du herkommst, ist es da ganz anders?«

Irgendetwas funkelte in Évangélines Augen und war wieder verschwunden, bevor ich es deuten konnte.

»Meine Mama ist dort. Im Krankenhaus hat man sie entlassen, deshalb hat sie jetzt zwei Jobs nebeneinander. Sie will, dass Obéline und ich gut Englisch lernen, deshalb bringt sie uns hierher. *C'est bon.* Meine Tante Euphémie und mein Onkel Fidèle sind nett.«

»Erzähl mir von diesem Urwald.« Ich wollte vom Thema Familie ablenken.

Évangélines Blick folgte einem vorbeifahrenden Auto und kehrte dann wieder zu mir zurück.

»*L'Acadie* ist der schönste Flecken Erde auf der ganzen Welt.«

Offensichtlich.

Den ganzen Sommer lang erzählte Évangéline Geschichten aus ihrer Heimat in New Brunswick. Ich hatte natürlich schon von Kanada gehört, aber meine kindliche Fantasie reichte kaum über Mounties und Iglus hinaus. Oder Hundeschlitten, die an Karibus und Eisbären vorbeisausten, oder Seehunde auf Eisschollen. Évangéline erzählte von dichten Wäldern, Steilklippen oder Orten mit Namen wie Miramichi, Kouchibouguac oder Bouctouche.

Sie erzählte außerdem von der akadischen Geschichte, von der Vertreibung ihrer Vorfahren aus ihrer Heimat. Wieder und wieder hörte ich ihr zu und stellte Fragen. Erstaunt. Entrüstet über die nordamerikanische Tragödie, die ihre Leute *Le Grand Dérangement* nannten. Dass die französischen Akadier durch einen britischen Deportationsbefehl ins Exil getrieben und ihres Landes und ihrer Rechte beraubt wurden.

Évangéline war es, die mir die Poesie näherbrachte. In diesem Sommer stolperten wir durch Longfellows großes Epos, der Inspiration für ihren Namen. Ihr Exemplar war auf Französisch, ihre Muttersprache. Sie übersetzte, so gut sie konnte.

Obwohl ich die Verse kaum begriff, verwandelte sie die Geschichte in ein Zaubermärchen. Unser kindlicher Verstand stellte sich das akadische Milchmädchen weit weg von ihrem Geburtsort in Nova Scotia vor. Wir improvisierten Kostüme und inszenierten das Drama dieser Diaspora und der glücklosen Liebenden.

Évangéline hatte vor, eines Tages Dichterin zu werden. Ihre Lieblingsgedichte hatte sie auswendig gelernt, die meisten auf Französisch, einige auf Englisch. Edward Blake, Elizabeth Barrett Browning, der Barde aus New Brunswick, Bliss Carman. Ich hörte zu. Und gemeinsam schrieben wir schlechte Gedichte.

Mir waren Geschichten mit einer Handlung lieber. Obwohl ihr das Englische schwerfiel, versuchte Évangéline sich an meinen Lieblingsautoren: Anne Sewell, Carolyn Keene, C. S. Lewis. Und endlos unterhielten wir uns über Anne Shirley und stellten uns ihr Leben auf der Green-Gables-Farm vor.

In dieser Zeit hoffte ich noch, Tierärztin zu werden. Auf meine Veranlassung hin führten wir Notizbücher über die Reiher in den Marschen und die Pelikane, die im Wind segelten. Wir errichteten Schutzwälle um Schildkrötennester. Wir fingen Frösche und Schlangen mit langstieligen Netzen.

An manchen Tagen veranstalteten wir raffinierte Teepartys für Harry und Obéline. Drehten ihnen Locken in die Haare. Zogen sie an wie Puppen.

Tante Euphémie kochte uns *poutine râpée, fricot au poulet, tourtière.* Ich sehe sie noch heute in ihrer Schürze mit den Rüschenträgern, wie sie uns in gebrochenem Englisch Geschichten über die Akadier erzählt. Geschichten, die sie von ihrem Vater und der von dem seinen gehört hatte. Das Jahr 1775. Zwölftausend Menschen, die aus ihrer Heimat vertrieben wurden.

Wohin sind sie gegangen?, fragte dann Harry manchmal. Europa, Karibik, Amerika. Die in Louisiana wurden zu den Cajuns.

Wie konnte so was passieren?, fragte ich. Die Briten wollten unsere Farmen und Deiche. Sie hatten Gewehre.

Aber die Akadier sind zurückgekehrt? Einige.

In diesem ersten Sommer impfte Évangéline mir eine lebenslange Gier nach Nachrichten ein. Vielleicht, weil sie aus einer so isolierten Ecke des Planeten kam. Vielleicht, weil sie ihr Englisch üben wollte. Vielleicht, weil sie einfach nur so war, wie sie war. Évangélines Durst nach jeder Art Wissen war unstillbar.

Radio, Fernsehen, Zeitungen. Wir verschlangen und verstanden alles auf unsere kindliche Art. Abends saßen wir auf ihrer Veranda oder meiner, und während Junikäfer gegen die Fliegengitter knallten und aus dem Transistorradio die Monkees, die Beatles, die Isley Brothers plärrten, sprachen wir über einen Mann mit einem Gewehr in einem Hochhaus in Texas. Über den Tod von Astronauten. Über den schwarzen Bürgerrechtler Stokely Carmichael und eine merkwürdige Gruppe namens SNCC.

Mit meinen acht Jahren hielt ich Évangéline Landry für das klügste und exotischste Wesen, das ich je kennenlernen würde. Sie war auf dunkel zigeunerhafte Weise wunderschön, sprach eine fremde Sprache und kannte Lieder und Gedichte, die ich noch nie gehört hatte. Aber obwohl wir uns gegenseitig Geheimnisse anvertrauten, spürte ich damals schon eine gewisse Reserviertheit in meiner Freundin, etwas Rätselhaftes. Und noch etwas. Eine verborgene Traurigkeit, von der sie nichts erzählte und die ich nicht benennen konnte.

Die heißen, schwülen Tage verstrichen, während wir unsere kleine Lowcountry-Insel erkundeten. Ich zeigte ihr Plätze, die ich von früheren Besuchen her kannte. Gemeinsam entdeckten wir neue.

Langsam verblasste mein Schmerz, wie er es unweigerlich tut. Meine Gedanken waren mit anderen Dingen beschäftigt. Angenehmen Dingen.

Dann war es August und Zeit für die Abreise.

Mama kehrte nie nach Chicago zurück. In meinem Leben entwickelte sich eine neue Geborgenheit in Charlotte. Ich lernte, Grandmas altes Haus in Dilworth zu lieben, den Duft von Geißblatt, das den hinteren Zaun überwucherte, den dunklen Tunnel der Weideneichen, die unsere Straße überwölbten.

Natürlich fand ich Freundinnen, aber keine war so exotisch wie meine sommerliche Seelenschwester. Keine, die Gedichte schrieb, Französisch sprach und Green Gables und die Königin von England gesehen hatte.

Wenn Évangéline und ich getrennt waren, schrieben wir uns Briefe mit Nachrichten über unser Leben im Winter, unsere Poesie, unsere kindlichen Ansichten über das, was in den Nachrichten kam. Biafra. Warum schickten andere Länder diesen Leuten keine Lebensmittel? My Lai. Brachten Amerikaner wirklich unschuldige Frauen und Kinder um? Chappaquiddick. Haben auch Prominente solche Probleme? Wir machten uns Gedanken über Schuld oder Unschuld von Jeffrey MacDonald. Konnte ein Mann so schlecht sein, dass er seine eigenen Kinder umbrachte? Das Böse des Charlie Manson. War er der Teufel? Wir strichen die Tage bis zum Sommer auf unseren Kalendern aus.

Das Schuljahr endete in Charlotte früher als in Tracadie, so war ich immer die Erste auf Pawleys Island. Eine Woche später rollte Madame Landrys verrosteter Ford Fairlane über den

Damm. Laurette verbrachte eine Woche bei ihrer Schwester und ihrem Schwager in deren kleinem Haus in den Marschen und kehrte dann zu ihren Jobs in einer Hummerkonservenfabrik und in einem Touristenmotel zurück. Im August wiederholte sie dann die lange Fahrt.

In der Zwischenzeit lebten Évangéline, Obéline, Harry und ich unsere Sommerabenteuer. Wir lasen, wir schrieben, wir redeten, wir erkundeten. Wir sammelten Muschelschalen. Ich lernte einiges über das Fischen als Lebensunterhalt. Ich lernte ein wenig schlechtes Französisch.

Unser fünfter Sommer begann wie die vorangegangenen vier. Bis zum 26. Juli.

Psychologen sagen, dass sich einige Daten für immer ins Gedächtnis einprägen. 7. Dezember 1941. Der japanische Angriff auf Pearl Harbor. 23. November 1963. Das Attentat auf Präsident Kennedy. 11. September 2001. Das World Trade Center in Flammen.

Auf meiner Liste steht auch der Tag, an dem Évangéline verschwand.

Es war ein Donnerstag. Die Landry-Kinder waren seit sechs Wochen auf der Insel und sollten noch einmal vier bleiben. Évangéline und ich hatten vor, schon früh an diesem Morgen zum Krabbenfangen zu gehen. Andere Details sind nur noch Fragmente.

Ich radelte, das Krabbennetz quer über der Lenkstange, durch eine neblige Morgendämmerung. Ein Auto auf der Gegenfahrbahn, die Silhouette eines Mannes hinter dem Steuer. Onkel Fidèle? Ein schneller Blick nach hinten. Auf dem Rücksitz noch eine Silhouette.

Das Tick-Tick-Tick von Kieseln, die ich an das Fliegengitter vor Évangelinés Fenster warf. Euphémies Gesicht in einem schmalen Türspalt, die Haare mit Klemmen festgesteckt, die Augen rot, die Lippen leichenblass.

Sie sind weg. Du darfst nicht mehr hierherkommen.

Wohin sind sie, *ma tante?*

Geh weg. Vergiss sie.

Aber warum?

Sie sind jetzt gefährlich.

Dann die Rückfahrt, kräftiges Strampeln, Tränen auf den Wangen, in einiger Entfernung ein Auto, das vom Nebel auf dem Damm verschluckt wurde. Weg? Ohne Ankündigung? Ohne Abschied? Kein »Ich schreibe dir«. Komm nicht mehr hierher? Vergiss sie?

Meine Freundin und ihre Schwester verbrachten nie mehr einen Sommer auf Pawleys Island.

Ich fuhr wieder und wieder zu dem kleinen Haus in den Marschen und bettelte um Nachrichten, doch immer wurde ich abgewiesen. Tante Euphémie und Onkel Fidèle sagten mir nichts, sondern wiederholten nur immer wieder: »Geh weg. Sie sind nicht hier.«

Ich schrieb einen Brief nach dem anderen. Einige kamen als unzustellbar zurück, andere nicht, aber nie kam eine Antwort von Évangéline. Ich fragte Grandma, was ich tun könnte. »Nichts«, sagte sie. »Gewisse Ereignisse können ein ganzes Leben verändern. Denk dran, du bist aus Chicago weggegangen.«

Voller Verzweiflung schwor ich mir, sie zu finden. Nancy Drew, die jugendliche Detektivheldin meiner Kindertage, hat es auch geschafft, dachte ich mir. Und ich versuchte es auch, so sehr, wie eine Zwölfjährige es konnte, als es noch kein Handy und kein Internet gab. Für den Rest dieses Sommers und einen Großteil des nächsten spähten Harry und ich Tante Euphémie und Onkel Fidèle aus. Wir erfuhren rein gar nichts.

Auch in Charlotte probierten wir es weiter. Die Büchereien in unserer Reichweite hatten zwar keine Telefonbücher für New Brunswick, Kanada, aber immerhin fanden wir die Vorwahl für Tracadie-Sheila heraus. In dieser Region gab es mehr Landrys, als die Vermittlung ohne Vornamen sortieren konnte.

Laurette.

Kein Eintrag. Zweiunddreißig L. Landrys.

Weder Harry und ich konnten uns erinnern, dass Évangéline je den Namen ihres Vaters erwähnt hätte.

Dann die Erkenntnis. Trotz all der langen Tage, die Évangéline und ich über Jungs, Sex, Longfellow, Green Gables oder Vietnam geredet hatten, hatten wir, wie in stillschweigender Übereinkunft, das Thema Väter nie angeschnitten.

Von einer Telefonzelle aus und mit Münzen aus unseren Sparbüchsen riefen Harry und ich jede und jeden L. Landry in Tracadie an. Dann auch in den Orten der näheren Umgebung. Keiner kannte Évangéline oder ihre Familie. Zumindest behaupteten das alle.

Meine Schwester verlor das Interesse am Detektivspielen lange bevor ich es tat. Évangéline war meine Freundin gewesen und fünf Jahre älter als sie. Und Obéline war noch so jung gewesen, nur halb so alt wie Harry.

Letztendlich gab dann auch ich die Suche auf. Aber die Fragen verschwanden nie aus meinem Kopf. Wohin? Warum? Wie konnte ein vierzehnjähriges Mädchen eine Bedrohung sein? Schließlich war ich so weit, dass ich an meiner Erinnerung an Tante Euphémies Worte zweifelte. Hatte sie wirklich »gefährlich« gesagt?

Die Leere, die Évangéline hinterlassen hatte, war ein dunkles Loch in meinem Leben, bis der Trubel der Highschool Nachdenken und Trauern verdrängte.

Kevin. Daddy. Évangéline. Der Schmerz dieses dreifachen Schlags ist verblasst, wurde gedämpft von der Zeit, die verging, und verlor sich im Stress des Alltags.

Aber hin und wieder lauert ein Auslöser. Und dann überfällt mich die Erinnerung.

3

Ich war schon eine volle Stunde in Montreal, als LaManche anrief. Bis dahin war mein Juni-Abstecher in die frisch aufgetaute Tundra am St. Lawrence problemlos verlaufen.

Der Flug von Charlotte wie auch der Anschluss in Philadelphia waren beide planmäßig gestartet. Birdie hatte mir nur minimalen Kummer bereitet, lediglich bei Starts und Landungen hatte er protestierend miaut. Mein Gepäck war mit mir gelandet. Zu Hause angekommen, hatte ich auch meine Wohnung in einigermaßen gutem Zustand vorgefunden. Mein Mazda war beim ersten Versuch angesprungen. Das Leben war schön.

Dann rief LaManche mich auf meinem Handy an.

»Temperance?« Er alleine verweigerte sich dem eher benutzerfreundlichen »Tempe«, das der Rest der Welt verwendete. Mein Name rollte von LaManches Zunge wie ein hochpariserisches *Tempéronce.*

»*Oui.*« Mein Hirn schaltete sofort auf Französisch um.

»Wo sind Sie?«

»Montreal.«

»Dachte ich mir schon. Der Flug war gut?«

»So gut, wie's geht.«

»Das Fliegen ist auch nicht mehr das, was es mal war.«

»Nein.«

»Können Sie morgen früher reinkommen?« Ich ahnte Anspannung in der Stimme des alten Mannes.

»Natürlich.«

»Ein Fall ist eingetroffen, der ...« Ein kurzes Zögern. »... kompliziert ist.«

»Kompliziert?«

»Ich glaube, ich erkläre Ihnen das lieber persönlich.«

»Acht Uhr?«

»Bon.«

Beim Auflegen spürte ich eine leichte Beklommenheit. LaManche rief mich nur selten an. Und wenn er es tat, dann hatte er nie gute Nachrichten. Fünf verbrannte Biker in einem Chevrolet Blazer. Eine Frau mit dem Gesicht nach unten im Pool eines Senators. Fünf Leichen in einem Hohlraum unter einem Haus.

LaManche war seit dreißig Jahren forensischer Pathologe und seit zwanzig Leiter unserer gerichtsmedizinischen Abteilung. Er wusste, dass ich an diesem Tag zurückkommen und mich sofort am nächsten Morgen im Institut melden würde. Was konnte so kompliziert sein, dass er meinte, sich meiner Verfügbarkeit versichern zu müssen?

Oder so grausig.

Während ich auspackte, einkaufen ging, den Kühlschrank bestückte und einen Nizza-Salat aß, gingen mir diverse Szenarios durch den Kopf, eins schlimmer als das andere.

Als ich ins Bett stieg, beschloss ich, mein Eintreffen auf sieben Uhr dreißig vorzuverlegen.

Einen Vorteil hat das Fliegen: Es macht einen müde. Trotz meiner Befürchtungen schlief ich schon während der Elf-Uhr-Nachrichten ein.

Der nächste Morgen war wie aus einem Reiseprospekt. Milde Luft. Eine leichte Brise. Türkisblauer Himmel.

Da ich bereits sehr viel länger, als ich zugeben will, nach Montreal pendle, war ich mir sicher, dass dieser klimatische Ausreißer nur kurzfristig sein würde. Ich wollte eine Fahrradtour machen, auf dem Berg picknicken, auf dem Weg am Lachine-Kanal Rollerblades fahren.

Alles, außer sich mit LaManches »kompliziertem« Fall herumschlagen müssen.

Um sieben Uhr vierzig parkte ich am Édifice Wilfrid-Derome, einem T-förmigen Hochhaus in einem Arbeiterviertel knapp östlich des *centre-ville*. Das Gebäude funktioniert folgendermaßen:

Das Laboratoire de Sciences Judiciaires et de Médecine Légale, das LSJML, ist das zentrale gerichtsmedizinische Institut für die gesamte Provinz Quebec. Uns gehören die beiden obersten Stockwerke des Gebäudes, zwölf und dreizehn. Das *Bureau du Coroner* befindet sich auf zehn und elf. Die Leichenhalle und die Autopsieräumlichkeiten befinden sich im Keller. Die Provinzpolizei, La Sûreté du Québec, oder SQ, beansprucht den übrigen Platz.

Ich zog meine Sicherheitskarte durch den Scanner, ging durch Metalltüren, betrat den nur für LSJML/Coroner zugelassenen Aufzug, zog die Karte noch einmal durch und fuhr mit einem Dutzend anderen, die alle *»Bonjour«* und *»Comment ça va?«* murmelten, in die Höhe. Um diese Uhrzeit sind »Guten Morgen« und »Wie geht's?« in jeder Sprache nur oberflächlich gemeint.

Vier von uns stiegen im zwölften Stock aus. Nach dem Empfangsbereich zog ich eine zweite Karte durch einen Scanner und betrat das Institut. Durch Beobachtungsfenster und offene Türen sah ich Sekretärinnen, die Computer hochfuhren, Techniker, die in Tabellen blätterten, Wissenschaftler und Analysten, die Labormäntel anzogen. Jeder hatte Kaffee griffbereit.

Hinter ein paar Kopiergeräten zog ich die Karte noch einmal durch. Glastüren gingen zischend auf, und ich betrat den gerichtsmedizinischen Flügel.

Die Anwesenheitstafel zeigte, dass vier von fünf Pathologen im Haus waren. In dem Kästchen neben Michel Morins Namen stand: *Témoignage: Saint-Jérôme.* Zeugentermin in Saint-Jérôme.

LaManche saß hinter seinem Schreibtisch und stellte die Fallliste für die Personalbesprechungen dieses Morgens zusammen. Obwohl ich an seiner Tür kurz stehen blieb, hob er den Blick nicht von seinen Papieren.

Weiter den Korridor entlang, kam ich links an den Pathologie-, Histologie- und Anthropologie/Odontologie-Laboren und rechts an den Büros der Pathologen vorbei. Pelletier. Morin. Santangelo. Ayers. Das meine war das letzte in dieser Reihe.

Noch mehr Sicherheit. Ein Schlüssel für ein gutes, altmodisches Zylinderschloss.

Ich war einen Monat weg gewesen. Das Büro sah aus, als wäre ich weg gewesen, seit wir in dieses Gebäude eingezogen waren.

Fensterputzer hatten die gerahmten Bilder meiner Tochter Katy und alle anderen Souvenirs vom Fensterbrett auf einen Aktenschrank gestellt. Bodenpfleger hatten den Papierkorb und zwei Pflanzen auf dem danach praktischerweise leeren Fensterbrett platziert. Neue Spurensicherungs-Overalls und -Stiefel stapelten sich auf einem Stuhl, frische Labormäntel auf einem anderen. Mein laminiertes Dubuffet-Poster war von der Wand gefallen und hatte einen Bleistifthalter umgeworfen.

Auf meinem Schreibtisch stapelte sich Material, das man aus meinem Postfach im Sekretariat hierher transferiert hatte. Briefe, Prospekte, Werbung. Darüber hinaus konnte ich noch Folgendes identifizieren: eine aktualisierte Liste der internen Durchwahlnummern; vier Umschläge mit Abzügen von den Fotografen der Section d'identité judiciaire; zwei Sätze antemortaler Röntgenaufnahmen und zwei medizinische Berichte; ein Exemplar von *Voir Dire,* dem Klatschblättchen des LSJML; und drei *demande d'expertise en anthropologie*-Formulare, also Anforderungen für anthropologische Gutachten.

Nachdem ich die verstreuten Kulis und Bleistifte wieder eingesammelt hatte, ließ ich mich auf meinen Stuhl fallen, räumte ein kleines Stück der Tischplatte frei und nahm mir die erste Anforderung vor.

Pathologe: M. Morin. Ermittelnder Beamter: H. Perron. Service de Police de la Ville de Montréal. SPVM. Früher unter dem Namen Service de Police de la Communauté urbaine de Montréal oder SPCUM bekannt, war die SPVM die städtische Polizei. Dieselbe Truppe, neues Image. *Nom: Inconnu.* Name: Unbekannt. Die jeweiligen Fallnummern von LSJML, Leichenhalle und Polizei ließ ich aus und wandte mich gleich der Zusammenfassung der bekannten Fakten zu.

Auf einer Baustelle westlich von *centre-ville* waren bei Aushubarbeiten Skelettteile entdeckt worden. Ob ich bestimmen könnte, ob die Knochen menschlich waren? Und wenn, von wie vielen Personen? Eintritt des Todes? Falls jüngeren Datums, könnte ich Alter, Geschlecht, Rasse und Größe bestimmen und charakteristische Merkmale für jeden Knochensatz beschreiben? Könnte ich die Todesart bestimmen?

Das Alltagsgeschäft eines forensischen Anthropologen.

Das zweite Formular kam ebenfalls von SPVM, der Stadtpolizei. Emily Santangelo war die zuständige Pathologin und koordinierte deshalb alle Fachgutachten in Bezug auf die Leiche. In diesem Fall ging es um ein Feuer in einem Wohnhaus, eine verbrannte Leiche und ein bis zur Unkenntlichkeit zusammengeschmolzenes Gebiss. Man bat mich festzustellen, ob Übereinstimmung zwischen den verkohlten Überresten und einem dreiundneunzigjährigen Mann bestand, der angeblich in diesem Haus wohnte.

Drittes Formular. Aus dem Lac des Deux Montagnes hatte man in der Nähe von L'Île-Bizard eine aufgeblähte und stark verweste Leiche gezogen. Außer der Tatsache, dass das Opfer weiblich war, hatte der Pathologe, LaManche, nur sehr wenig feststellen können. Zähne waren zwar vorhanden, hatten jedoch keinen Treffer ergeben, als man die Daten in das CPIC, das kanadische Äquivalent des amerikanischen NCIS, eingespeist hatte. Könnte ich die Knochen auf Verletzungen hin untersuchen?

Im Gegensatz zu den ersten beiden kam LaManches Fall von der SQ, der Provinzpolizei.

Eine Stadt, zwei Polizeieinheiten? Klingt kompliziert. Ist es aber nicht.

Montreal ist eine Insel, Teil eines Archipels im Zusammenfluss des Ottawa River und des St. Lawrence River. Im Süden wird die Stadt vom Fleuve Saint-Laurent begrenzt, im Norden von der Rivière de Prairies.

Die kleine Insel ist nur fünfzig Kilometer lang und zwischen fünf und dreizehn Kilometer breit, schmal an den Spitzen, breiter zur Mitte hin. Das beherrschende Merkmal ist der Mount Royal, ein Brocken Eruptivgestein, der sich stolze zweihunderteinunddreißig Meter über den Meeresspiegel erhebt. *Les Montréalais* nennen diesen winzigen Buckel *la montagne*, den Berg.

Was die polizeilichen Zuständigkeiten angeht, ist Montreal anhand dieser geologischen Eigentümlichkeiten unterteilt. Auf der Insel: SPVM. Auf dem Festland: SQ. Sofern es dort keine örtliche Polizei gibt. Rivalitäten kommen zwar vor, aber im Allgemeinen – *ça marche* – funktioniert es.

Mein Blick fiel auf den Namen des ermittelnden SQ-Beamten. Detective-Lieutenant Andrew Ryan.

Mein Magen machte einen kleinen Satz.

Aber davon später mehr.

Pierre LaManche ist ein großer Mann, wenn auch vom Alter schon ein wenig gebeugt. Da er Kreppsohlen und leere Taschen bevorzugt, bewegt er sich so leise, dass er völlig unbemerkt einen Raum betreten kann.

»Ich möchte mich entschuldigen, dass ich Sie gestern Abend so spät noch belästigt habe.« LaManche stand in meiner Tür, Klemmbrett in einer Hand, Stift in der anderen.

»Kein Problem.« Ich stand auf, ging um den Schreibtisch, hob die Labormäntel auf und hängte sie auf einen Haken an meiner Tür.

LaManche setzte sich auf den nun freien Stuhl. Ich wartete auf seine Erklärung.

»Sie kennen natürlich *maître* Asselin.«

In Quebec sind Coroner entweder Mediziner oder Anwälte. Ein komisches System, aber *ça marche.* Es funktioniert. Michelle Asselin war Juristin, deshalb der Titel *maître*.

Ich nickte.

»*Maître* Asselin ist genauso lang Coroner, wie ich in diesem Labor bin.« LaManche strich sich übers Kinn, wie um zu kontrollieren, ob er sich an diesem Morgen rasiert hatte. »Sie steht kurz vor der Pensionierung.«

»Der komplizierte Fall ist der ihre?«

»Indirekt. *Maître* Asselin hat einen Neffen, der in der Nähe von St.-Antoine-Abbé eine Farm besitzt. Théodore Doucet. Théodore und seine Frau Dorothée haben nur ein Kind, eine Tochter. Geneviève ist zweiunddreißig, hat aber spezielle Bedürfnisse und lebt zu Hause.«

LaManche schien die Positionierung meines Papierkorbs zu hinterfragen. Ich wartete.

»Dorothée war eine regelmäßige Kirchgängerin, aber eines Tages kam sie nicht mehr. Kein Mensch kann sich an das genaue Datum erinnern. Man wusste zwar, dass die Familie sehr zurückgezogen lebte, dennoch machten die Nachbarn sich irgendwann Sorgen. Gestern besuchten zwei Gemeindemitglieder die Doucet-Farm. Sie fanden Dorothée und Geneviève tot oben in einem Schlafzimmer. Théodore saß unten und spielte *Silent Hunter* auf seinem Computer.«

LaManche missverstand meinen fragenden Blick. »Das ist ein Computerspiel. Man macht da irgendwas mit U-Booten.«

Ich wusste das. Es überraschte mich allerdings sehr, dass LaManche es wusste.

»Sie waren dort?«, fragte ich.

LaManche nickte. »Das Haus war ein Albtraum, die Zimmer waren vollgestopft mit nutzlosem Zeug. Haferflockenschachteln. Zeitungen. Blechdosen. Benutzte Tempos. Fäkalien in Ziploc-Tüten.«

»Théodore wurde zur psychiatrischen Begutachtung eingeliefert?«

LaManche nickte. Er sah müde aus. Der alte Mann sah allerdings meistens müde aus.

»Beide Frauen waren vollständig bekleidet, sie lagen auf dem Rücken, und die Decken waren bis zum Kinn hochgezogen. Die Köpfe waren einander zugeneigt und berührten sich, die Arme waren untergehakt.«

»Aufgebahrt.«

»Ja.«

Ich fragte mich, was das mit mir zu tun hatte. Wenn sie nicht gerade zerstückelt, verstümmelt oder ohne Identifikationsmerkmale wie Fingerkuppen oder Zähne aufgefunden wurden, fielen frische Leichen selten in mein Fachgebiet.

»Ich habe das Gefühl, dass Dorothée seit mindestens zwei Wochen tot ist«, fuhr LaManche fort. »Ich werde das heute noch genau bestimmen. Das Problem ist Geneviève. Ihre Leiche lag neben einem Heizlüfter.«

»Und die heiße Luft blies über sie hinweg«, vermutete ich. Ich hatte das schon öfter gesehen.

LaManche nickte. »PMI wird schwierig werden.«

Mumifizierte Leiche. Unklares postmortales Intervall; die Zeit, die seit Todeseintritt verstrichen ist. Jawoll. Da kam ich ins Spiel.

»Hinweise auf Verletzungen?«, fragte ich.

»Bei Dorothées äußerer Untersuchung konnte ich nichts entdecken. Genevièves Leiche ist viel zu vertrocknet. Auf den Röntgenaufnahmen konnte ich weder bei der Mutter noch bei der Tochter etwas entdecken.«

»Oberste Priorität?«

LaManche nickte. Dann bohrten sich seine Jagdhundaugen in die meinen. »Ich bin mir sicher, dass diese Sache diskret und mit Anteilnahme behandelt werden kann.«

Im Gegensatz zu den Doucet-Frauen waren nur wenige, die durch unsere Türen geschoben wurden, in ihren Betten gestorben. Unsere Fälle waren die Ermordeten, die Selbstmörder, diejenigen, deren Leben durch schlechtes Timing, schlechtes Urteilsvermögen oder einfach nur Pech beendet worden war.

LaManche wusste, wie sehr mir die Toten und die Hinterbliebenen am Herzen lagen. Er hatte gesehen, wie ich mit Familien umging oder aber mit Journalisten, die nur etwas Reißerisches für die Fünf-Uhr-Nachrichten suchten.

LaManche wusste, dass er das eben Gesagte gar nicht hätte sagen müssen. Dass er es trotzdem getan hatte, zeigte, wie sehr ihn das persönlich mitnahm. Der alte Mann mochte Michelle Asselin sehr gern.

Um neun waren alle Verwaltungsprobleme besprochen, alle Fälle zugewiesen und die Personalbesprechung abgeschlossen. Ich kehrte in mein Büro zurück, zog einen Labormantel über und ging ins Anthropologielabor. Die Knochen, die man auf der Baustelle gefunden hatte, lagen auf zwei Arbeitstischen.

Schon nach dem ersten Blick wusste ich, dass in diesem Fall keine detaillierte Untersuchung nötig war. Nachdem ich mir jeden Knochen kurz angeschaut hatte, schrieb ich meinen Bericht gleich online.

Les ossements ne sont pas humains. Die Knochen sind nicht menschlich. Zwanzig Minuten und fertig.

Als Nächstes gab ich meinem Labortechniker Denis Anweisungen in Bezug auf die Säuberung des verkohlten Leichnams. Verkohlte Leichen können empfindlich sein und erfordern eine behutsame Zerlegung des Skeletts und Entfernung des Bindegewebes per Hand.

Dann hieß es hinunter in die Leichenhalle.

Klemmbrett. Greifzirkel. Formular für die skelettale Autopsie.

Ich hatte meine Hand schon am Türknauf, als das Telefon klingelte. Ich hätte es beinahe ignoriert. Hätte ich vielleicht besser tun sollen.

4

»Doc Brennan?« Die Stimme klang wie Stacheldraht auf Wellblech. *»C'est moé, Hippo.«*

»Comment ça va?« Eine Formalität, wie im Aufzug. Ich wusste, wenn der Anrufer die Frage ernst genommen hätte, dann hätte er sehr detailliert geantwortet. Ich mochte den Kerl zwar, aber im Augenblick hatte ich nicht die Zeit dafür.

»Ben. J'vas parker mon chår. Chu–«

»Hippo?« Ich fiel ihm ins Wort.

Sergent-enquêteur Hippolyte Gallant gehörte zur L'unité »Cold Cases« du Service des enquêtes sur le crimes contre la personne de la Sûreté du Québec. Mächtiger Titel. Schlichte Übersetzung. Provinzpolizei. Gewaltverbrechen. Abteilung für unerledigte Fälle, für alte oder kalte Fälle also.

Obwohl Hippo und ich seit Gründung der Einheit 2004 einige Fälle bearbeitet hatten, hatte ich seinen Akzent nie kapiert. Es war nicht *joual,* der Slang der Französisch sprechenden Arbeiterklasse Quebecs. Es war eindeutig nicht pariserisch, belgisch, nordafrikanisch oder schweizerisch. Woher es auch stammen mochte, Hippos Französisch war für mein amerikanisches Ohr ein Rätsel.

Zum Glück sprach Hippo beide Sprachen fließend.

»Sorry, Doc.« Er wechselte ins Englische. Obwohl mit starkem Akzent und slanggefärbt, war es doch verständlich. »Bin unten und stelle eben mein Auto ab. Hab da was, das ich Ihnen zeigen muss.«

»LaManche hat mir eben einen dringenden Fall zugewiesen. Bin unterwegs in die Leichenhalle.«

»Zehn Minuten?«

Schon jetzt zeigte meine Uhr 9:45.

»Kommen Sie rauf.« Resigniert. Hippo würde mich sowieso finden.

Zwanzig Minuten später tauchte er auf. Durch das Beobachtungsfenster sah ich, wie er sich den Gang entlangarbeitete und immer wieder stehen blieb, um die Pathologen zu begrüßen, die noch in ihren Büros waren. Mit einer Dunkin-Donuts-Tüte betrat er dann mein Labor.

Wie soll man Hippo beschreiben? Mit seinem Übergewicht, der Brille mit Plastikrahmen und seiner Retro-Stoppelfrisur sah er eher aus wie ein Programmierer als wie ein Polizist.

Hippo kam an meinen Schreibtisch und stellte die Tüte darauf. Ich schaute hinein. Doughnuts.

Zu sagen, dass Hippo sich nicht unbedingt für gesunde Ernährung interessierte, wäre so, als würde man sagen, dass die Amish sich nicht unbedingt für Corvettes begeistern. Einige seiner Kollegen nannten ihn Hochbelastungs-Hippo. Ironischerweise, denn sein Magen war in ständigem Aufruhr.

Hippo nahm sich einen Doughnut mit Ahornsirupglasur. Ich einen mit Schokolade.

»Hab mir gedacht, dass Sie vielleicht das Frühstück ausgelassen haben.«

»Mm.« Ich hatte einen Bagel mit Frischkäse und einem Riesenlöffel Himbeeren gegessen.

»Ist das Ihr dringender Fall?« Hippo deutete mit dem Kinn auf die Lamm- und Geflügelknochen von der Baustelle.

»Nein.« Ich ging nicht näher darauf ein. Es war inzwischen fast zehn. Und mein Mund war voller Schokolade und Hefeteig.

»Würd gern Ihre Meinung zu 'ner Sache hören.«

»Ich muss wirklich nach unten.«

Hippo zog einen Stuhl an meinen Schreibtisch. »In zehn Minuten bin ich wieder weg.« Er setzte sich und leckte Zucker von den Fingern. Ich gab ihm ein Papiertaschentuch. »Ist allerdings nichts, wofür Sie zuständig wären.«

Ich bedeutete ihm mit einer Geste, er solle endlich loslegen.

»Knochen. Hab sie selber noch gar nicht gesehen. Die Sache kommt von einem Kumpel bei der SQ. Er ist seit achtzehn

Jahren bei der Provinzpolizei und wurde eben erst von Rimouski nach Gatineau versetzt. Wir haben ein paar Bier miteinander getrunken, als er in Montreal war.«

Ich nickte, dachte aber eigentlich an die Doughnuts. Ob da noch eins mit Ahornsirupglasur in der Tüte war?

»Ich und Gaston, so heißt er. Wir sind schon seit Ewigkeiten Kumpel. Sind in einer Kleinstadt in den Maritimes aufgewachsen.« Endlich eine Erklärung für Hippos Akzent. *Chiac,* eine französische Mundart ähnlich wie *joual,* die aber nur in einigen Provinzen an der Atlantikküste gesprochen wurde.

»Da ist dieses Skelett, das Gaston schon ein paar Jahre lang nervt. Er ist ein halber Micmac, wissen Sie. Ureinwohner?«

Ich nickte noch einmal.

»Ist ihm so 'ne Art Anliegen, dass die Toten anständig bestattet werden. Glaubt, dass die Seele im Arsch ist, wenn man nicht sechs Fuß unter der Erde liegt. Wie auch immer, ein SQ-Kollege in Gastons letzter Dienststelle hatte einen Schädel auf seinem Schreibtisch. Und den Rest des Skeletts in einem Karton.«

»Wie kam dieser Detective zu diesen Knochen?« Ich nahm die Tüte zur Hand und hielt sie ihm entgegen. Hippo schüttelte den Kopf. Ich schaute mäßig interessiert hinein. Ja! Eins mit Ahornsirupglasur. Ich stellte die Tüte wieder ab.

»Gaston weiß es nicht. Aber sein Gewissen plagt ihn, weil er nicht mehr getan hat, um den Knochen ein anständiges Begräbnis zu verschaffen.«

»Kein Grab, kein Leben nach dem Tod.«

»Bingo.«

»Und da komme ich ins Spiel.«

»Gaston hat mich gefragt, ob ich da so eine Knochenlady hier in Montreal kenne. Ich sag, soll das ein Witz sein? Doc Brennan und ich sind *sympatique.*« Hippo hob und verschränkte zwei nikotinfleckige Finger.

»Er ist sicher, dass die Knochen menschlich sind?«

Hippo nickte. »Ja, und er glaubt, dass es ein Kind ist.«

»Warum?«

»Sie sind klein.«

»Gaston sollte sich an den Coroner vor Ort wenden.« So beiläufig, wie es nur ging, griff ich in die Tüte und holte den mit Ahornsirupglasur heraus.

»Hat er. Der Kerl hat ihn abblitzen lassen.«

»Warum?«

»Die Knochen sind nicht gerade frisch.«

»Sind sie archäologisch?« Ahornsirup war nicht schlecht, aber Schokolade war besser.

»Soweit ich weiß, sind sie trocken, und in den Löchern, wo die Augen waren, sind Spinnweben.«

»Spinnweben können darauf hindeuten, dass die Knochen eine gewisse Zeit über der Erde lagen.«

»Bingo.« Hippo mochte das Wort. Benutzte es häufig. »Der Coroner meinte, das Zeug würde schon zu lange rumliegen.«

Ich hörte auf zu kauen. Das war nicht korrekt. Wenn die Knochen menschlich waren, dann waren sie formal unidentifizierte Überreste und fielen deshalb in die Zuständigkeit des Coroners. Es war Aufgabe eines forensischen Anthropologen, festzustellen, ob der Tod so kürzlich eingetreten war, dass der Fall noch von forensischem Interesse war.

»Wer ist dieser Coroner?« Ich griff nach Papier und Stift.

Hippo klopfte sich auf sein Jackett, das nicht unerwähnt bleiben sollte. Der Stoff hatte gelbe und orange Streifen, die horizontal und vertikal auf einem rostbraunen Hintergrund verliefen. Mit dem goldfarbenen Polyester-Einstecktuch wäre dieses Kleidungsstück *haute couture* im ländlichen Rumänien gewesen.

Hippo zog einen Spiralblock heraus und blätterte.

»Dr. Yves Bradette. Wollen Sie die Nummer?«

Ich nickte und notierte.

»Hören Sie, Gaston will niemandem auf die Füße treten.«

Ich hob den Kopf und schaute ihn direkt an.

»Okay, okay.« Hippo streckte mir die Handflächen entgegen. »Aber seien Sie diskret. Das Zeug liegt in der SQ-Zentrale in Rimouski.« Hippo schaute auf seine Notizen. »Das ist der Distrikt Bas-Saint-Laurent-Gaspésie-Îles-de-la-Madeleine.« Typisch Hippo. Zu viele Informationen.

»Ich kann mich aber nicht gleich darum kümmern.«

»Schon gut. *Pas d'urgence.*« Keine Eile. »Wenn Sie mal Zeit haben.«

Wenn eine Leiche ihr Verfallsdatum überschreitet, kann sie das auf drei Arten tun: Verwesung, Mumifizierung oder Verseifung. Keine davon ist hübsch.

Eine warme, feuchte Umgebung mit Bakterien, Insekten und/oder Raubtieren auf der Suche nach ihrem Mittagessen sorgt für Verwesung. Zur Verwesung gehören Hautablösung, Verfärbung, Aufblähung, Ausstoß von Abdominalgasen, Einsinken des Bauchs, Verfaulen des Fleisches und schließlich der Zerfall des Knochengerüsts.

Eine warme, trockene Umgebung, ohne Beteiligung von Insekten oder anderen Tierchen, sorgt für Mumifizierung. Zur Mumifizierung gehören Zerstörung der inneren Organe durch Autolyse und Darmbakterienaktivität sowie Muskel- und Hautaustrocknung und -verhärtung durch Verdunstung.

Keiner ist sich wirklich sicher, aber Verseifung scheint eine kühle Umgebung und sauerstoffarmes Wasser zu erfordern, wobei das Wasser auch von der Leiche selbst kommen kann. Zur Verseifung gehören die Umwandlung von Fetten und Fettsäuren in Adipocire, eine käsige, stinkende Masse, die auch Leichenwachs genannt wird. Adipocire ist ursprünglich weiß und seifenartig, kann aber mit der Zeit hart werden. Hat sich das Zeug erst einmal gebildet, kann es sich sehr lange halten.

Aber die Zersetzung entscheidet sich nicht so einfach für Tür A, B oder C. Verwesung, Mumifizierung und Verseifung können getrennt voneinander und in jeder Kombination auftreten.

Geneviève Doucets Leiche hatte in einer einzigartigen Mikroumgebung gelegen. Die warme Luft vom Heizlüfter war von Decken und Kleidung konserviert worden und hatte so einen Minikonvektionsofen um die Leiche herum erzeugt. *Voilà!* Tür B.

Die Kopfbehaarung war noch vorhanden, Genevièves Gesicht hingegen nicht, zu sehen war nur noch vertrocknetes Gewebe in den Augenhöhlen und über den Gesichtsknochen. Glieder und Brust waren von einer dicken, harten Schale umhüllt.

Ich hob Geneviève sanft an den Schultern an und untersuchte ihren Rücken. Ledrige Muskel- und Sehnenstränge klebten an Rückgrat, Becken und Schulterblättern. Wo die Leiche auf der Matratze aufgelegen hatte, war Knochen zu sehen.

Ich schoss zur Sicherheit ein paar Polaroids und ging dann zu den Lichtkästen an der einen Wand. Genevièves Knochen leuchteten weiß vor dem Grau ihres restlichen Gewebes und dem Schwarz des Films. Ich schaute mir die einzelnen Aufnahmen eingehend an.

LaManche hatte recht. Keine offensichtlichen Hinweise auf Gewalteinwirkung. Keine Kugeln, Kugelsplitter, Hülsen oder sonst irgendwelche metallischen Spuren. Die Knochen zeigten keine Haarrisse, keine linearen, ausstrahlenden oder Kompressionsfrakturen. Keine ausgerenkten Gelenke. Keine fremden Objekte. Für eine komplette Untersuchung des Skeletts musste die Leiche entfleischt werden.

Ich kehrte zum Autopsietisch zurück und suchte, mich methodisch von Genevièves Kopf bis zu den Füßen vorarbeitend, nach Hinweisen auf Krankheiten, Verletzungen und Insektenaktivität. Auf irgendetwas, das den Todeszeitpunkt und/oder die Todesart genauer bestimmen könnte.

Wie schon bei den Röntgenaufnahmen, rein gar nichts.

Als Nächstes versuchte ich, Genevièves Bauch aufzuschneiden. Das dauerte eine Weile, da Haut und Muskeln so hart geworden waren. Schließlich stieß mein Skalpell durch. Während ich den Schnitt vergrößerte, drang Gestank heraus und füllte den Raum.

Mit einiger Mühe erzeugte ich so eine Öffnung von etwa zwanzig Zentimetern im Quadrat. Ich nahm eine kleine Taschenlampe zur Hand, hielt den Atem an, beugte mich über Genevièves Bauch und spähte hinein.

Die inneren Organe waren nur noch eine dunkle, zähe Masse. Ich konnte keine einzige Made, kein Ei und keine Puppenhülle entdecken.

Ich richtete mich auf, nahm die Schutzbrille ab und überlegte.

Beobachtungen: Austrocknung des äußeren Gewebes. Bloßlegung von Knochen. Zerstörung der Eingeweide. Keine Fliegen- oder Käferaktivität vorhanden.

Schlussfolgerung: Der Tod war im vergangenen Winter eingetreten. Lange genug her, um die Gewebezerstörung zu erklären, und zu einer Zeit, als es keine Insekten gab. Geneviève war Monate vor ihrer Mutter gestorben.

Willkommen in der Realität, ihr Fans der Forensikserien. Kein Todesdatum, keine Stunde und keine Minute des Todeseintritts. Der Zustand dieser Leiche erlaubte keine größere Präzision.

Ich hielt mich nicht lange damit auf, was das zu bedeuten hatte. Geneviève, die in ihrem Bett wie mit einem Föhn ausgetrocknet wird. Dorothée, die ihr einige Monate später nachfolgt. Und unterdessen Théodore, der unten an seinem PC U-Boote befehligt.

Nachdem ich Anweisungen bezüglich der Säuberung von Genevièves Überresten gegeben hatte, zog ich die Laborkluft aus, wusch mich und fuhr wieder in den zwölften Stock.

Der alte Mann saß wieder in seinem Büro. Er hörte mir mit einem Gesicht zu, das eine angespanntere Version dessen war, was er normalerweise zeigte. LaManche wusste, was die Zukunft für Théodore Doucet bereithielt. Und auch für Michelle Asselin.

Ein verlegenes Schweigen entstand, als ich geendet hatte. Ich sagte, es tue mir leid. Lahm, ich weiß. Aber beim Bedauern bin ich eine Niete. Man möchte meinen, dass ich mir in meinem Gewerbe einige derartige Fähigkeiten angeeignet habe. Man könnte sich täuschen.

LaManche stand auf und ließ beide Schultern hängen. Das Leben ist hart. Nicht zu ändern.

Dann war ich wieder in meinem Labor. Hippos Tüte stand noch immer auf meinem Schreibtisch, darin ein einsamer rosa Donut. Rosa? Irgendwas stimmte da nicht.

Ich schaute auf die Uhr. 13:46.

Der Zettel mit der Telefonnummer von Hippos Coroner fiel mir ins Auge. Ich nahm ihn und ging in mein Büro.

Die Papierberge waren nicht kleiner geworden. Abfalleimer und Pflanzen hatten sich nicht von alleine wieder an ihre Plätze gestellt. Die Spurensicherungsutensilien waren nicht, ordentlich zusammengelegt, in einem Schrank verschwunden.

Zum Teufel mit häuslicher Ordnung. Ich setzte mich hinter den Schreibtisch und wählte Yves Bradettes Nummer.

Sein Telefondienst meldete sich. Ich hinterließ meinen Namen und meine Nummer.

Ein Knurren aus der Magengegend sagte mir, dass die Doughnuts nicht gereicht hatten.

Schnelles Mittagessen. Geflügelsalat in der Cafeteria im ersten Stock.

Als ich zurückkehrte, blinkte das rote Licht an meinem Telefon. Yves Bradette hatte angerufen.

Wieder wählte ich Rimouski an. Diesmal meldete sich Bradette.

»Was kann ich für Sie tun, Dr. Brennan?« Nasal. Ein bisschen winselnd.

»Vielen Dank, dass Sie mich so schnell zurückgerufen haben.«

»Natürlich.«

Ich erzählte, ohne Namen zu nennen, Hippos Geschichte.

»Darf ich fragen, wie Sie davon erfahren haben?« Ein kühles und sehr formelles *vous.*

»Ein Polizeibeamter hat mich von der Situation in Kenntnis gesetzt.«

Bradette sagte nichts. Ich fragte mich, ob er versuchte, sich an Gastons Anfrage bezüglich der Knochen zu erinnern, oder ob er sich eine Ausrede für seine Untätigkeit zurechtlegte.

»Ich glaube, man sollte einmal einen Blick darauf werfen«, sagte ich.

»Ich habe diese Angelegenheit untersucht.« Noch unterkühlter.

»Sie haben das Skelett untersucht?«

»Flüchtig.«

»Das heißt?«

»Ich ging in die SQ-Zentrale. Ich kam zu dem Schluss, dass die Knochen alt sind. Vielleicht sogar sehr alt.«

»Das ist alles?«

»Meiner Ansicht nach sind die Überreste Knochen eines Mädchens in der Pubertät.«

Ruhig bleiben, Brennan.

Ein Coroner oder ein Pathologe bestellt sich ein Lehrbuch oder nimmt an einem kurzen Einführungskurs teil, und – Trara! – schon ist er oder sie forensischer Anthropologe. Warum sich nicht ein Exemplar von *Herzchirurgische Praxis* bestellen, ein Schild an die Tür hängen und Brustkörbe aufschneiden? Auch wenn es nicht oft vorkommt, dass eine unterqualifizierte Person mir in meinen Bereich hineinpfuscht, bin ich alles andere als erfreut, wenn es tatsächlich einmal passiert.

»Verstehe.« War Bradette unterkühlt, war ich arktisch.

»Auf Anfrage gab der Beamte zu, dass er die Knochen schon

viele Jahre besaß. Außerdem gab er an, dass sie aus New Brunswick stammten. New Brunswick gehört nicht mehr zu meinem Zuständigkeitsbereich.«

Monate, vielleicht Jahre vergehen ohne einen einzigen Gedanken an Évangéline Landry. Dann blitzt unerwartet eine Synapse auf. Ich weiß nie, was der Auslöser sein mag. Ein vergessener Schnappschuss, der zusammengerollt ganz unten in einem Karton liegt. Wörter, die mit einer bestimmten Betonung ausgesprochen werden. Ein Lied. Eine Zeile aus einem Gedicht.

Hippos *chiac*-Akzent. New Brunswick. Das Skelett eines Mädchens, das schon viele Jahre tot ist.

Neuronen feuerten.

Es war völlig irrational. Trotzdem verkrampften sich meine Finger um den Hörer.

5

»Ich will, dass diese Knochen konfisziert und in mein Institut geschickt werden.« Meine Stimme hätte Marmor schneiden können.

»Meiner beruflichen Auffassung nach ist das Zeitverschw–«

»Bis morgen.« Granit.

»Pierre LaManche muss ein offizielles Anforderungsformular übermitteln.«

»Geben Sie mir Ihre Faxnummer, bitte.«

Das tat er.

Ich notierte sie mir.

»Sie haben die Unterlagen innerhalb einer Stunde.«

Nachdem ich das Formular ausgefüllt hatte, machte ich mich auf die Suche nach einer Unterschrift.

LaManche stand inzwischen, mit Gesichtsmaske und einer im Nacken und im Kreuz zusammengebundenen Plastikschürze, an einer seitlichen Arbeitsfläche im Pathologielabor. Vor ihm lag auf einem Korkbrett eine aufgeschnittene Bauchspeicheldrüse. Als er meine Schritte hörte, drehte er sich um.

Ich erzählte ihm von Gastons Skelett. Ich erwähnte weder Évangéline Landry noch ihr Verschwinden vor fast vier Jahrzehnten als mögliche Motivation, warum ich mir diese Knochen aus New Brunswick genauer anschauen wollte. Ich glaubte nicht ernsthaft, dass es da eine Verbindung geben könnte, aber irgendwie hatte ich das Gefühl, ich sei es Évangéline schuldig, die Identität des Skeletts aus New Brunswick zu erforschen.

Und doch spürte ich eine gewisse Enge in der Brust.

»Noveau-Brunswick?«, fragte LaManche.

»Die Überreste sind gegenwärtig in Quebec.«

»Könnte es sein, dass sie von einem alten Friedhof stammen?«

»Ja.«

»Sie werden diesen Monat sehr viel zu tun haben.«

Frühling und Frühsommer bedeuten in Quebec in meinem Gewerbe Hochsaison. Flüsse tauen auf. Schnee schmilzt. Wanderer, Camper und Picknicker schwärmen aus. Trara! Verfaulende Leichen werden gefunden. LaManche wies mich behutsam auf diese Tatsache hin.

»Die Knochen von der Baustelle sind nicht menschlich. Mit Dr. Santangelos Fall fange ich jetzt sofort an. Dann kümmere ich mich um Ihr Opfer vom Lac des Deux Montagnes.«

LaManche schüttelte leicht den Kopf. »Alte Knochen, die jemand als Souvenir behalten hat.«

»PMI ist unklar.«

LaManche sagte nichts.

»Dr. Bradettes Haltung geht mir gegen den Strich. Ein Skelett liegt unbeachtet in unserem Zuständigkeitsbereich. Kein menschliches Wesen sollte mit einer solchen unbekümmerten Missachtung behandelt werden.«

LaManche schaute mich über seine Maske hinweg an. Dann zuckte er die Achseln. »Wenn Sie glauben, dass Sie die Zeit dafür haben.«

»Ich werde mir die Zeit nehmen.«

Ich legte das Formular auf die Arbeitsfläche. LaManche zog einen Handschuh aus und unterschrieb es.

Ich dankte ihm und eilte zum Faxgerät.

Den Rest des Nachmittags brachte ich mit Santangelos Brandopfer zu, einem dreiundneunzigjährigen Mann, von dem man wusste, dass er gerne im Bett rauchte, bevor er sein Gebiss aus dem Mund nahm und die Nachttischlampe ausschaltete. Seine Kinder und Enkel hatten ihn wiederholt gewarnt, aber der alte Knacker hatte ihren Rat ignoriert.

Jetzt rauchte Opa nicht mehr. Er lag auf Edelstahl in Autopsiesaal vier.

Wenn das wirklich Opa war.

Der Schädel bestand nur noch aus verkohlten Fragmenten in einer braunen Papiertüte. Der Torso war eine amorphe schwarze Masse mit angezogenen Beinen und erhobenen Oberarmen aufgrund der Kontraktion der Beugemuskeln. Die unteren Teile der Gliedmaßen waren verschrumpelte Stümpfe. Hände und Füße fehlten.

Keine Finger, keine Abdrücke. Keine Zähne, keine Zahnbefunde. Und die dritten Beißerchen sahen aus wie ein Klumpen Kaugummi.

Aber eins vereinfachte mir meine Aufgabe. 1988 hatte sich das vermutliche Opfer eine brandneue Hüfte spendiert. Antemortale Röntgenaufnahmen klemmten nun an den Lichtkästen, wo zuvor Geneviève Doucets gehangen hatten.

Opas Prothese leuchtete weiß am oberen Ende des rechten Oberschenkelknochens. Postmortale Röntgenbilder zeigten einen ähnlichen Neonpilz an der gleichen Stelle im verbrannten rechten Bein.

Ich setzte einen Schnitt am äußeren Beckenrand, schob verkohlte Muskelstränge und Sehnen beiseite, stemmte die Metallkugel aus der Hüftpfanne und zerteilte dann das proximale obere Drittel des Knochens mit einer Autopsiesäge.

Weiteres Säubern legte schließlich die Seriennummern frei. Ich ging zur Arbeitsfläche und blätterte in den antemortalen Orthopädieberichten.

Bonjour, Opa!

Ich fotografierte und beschriftete die Prothese und steckte sie in eine Tüte, dann wandte ich mich wieder den Überresten für eine vollständige skelettale Untersuchung zu. Auch wenn das Implantat die Identifikation bereits hundertprozentig machte, würden anthropologische Daten doch nützliche Zusatzinformationen liefern.

Die Schädelfragmente zeigten große Brauenwülste und Warzenfortsätze und einen Muskelansatz am Hinterhaupt von der Größe meines Turnschuhs.

Männlich. Ich notierte es mir und wandte mich dem Becken zu.

Kurzes, kräftiges Schambein. V-förmiger subpubischer Winkel. Schmale Ischiaskerbe.

Männlich. Ich notierte mir eben meine Beobachtungen, als die äußere Tür auf- und wieder zuging.

Ich hob den Kopf.

Im Vorzimmer stand ein großer Mann mit sandfarbenen Haaren. Er trug ein Tweedsakko, eine gelbbraune Hose und ein Hemd vom selben verblüffenden Blau wie seine Augen. Burberry. Ich wusste das. Ich hatte es ihm geschenkt.

Zeit, um über Lieutenant-Détective Andrew Ryan, Section des Crimes Contre la Personne, Sûreté du Québec, zu sprechen.

Ryan arbeitet im Morddezernat der Provinzpolizei. Ich bearbeite Leichen für den Coroner dieser Provinz. Da kann sich jeder vorstellen, wie wir uns kennengelernt haben. Jahrelang hatte ich versucht, eine professionelle Distanz zu wahren, aber

Ryan spielte nach anderen Regeln. Freizügigen Regeln. Da ich seinen Ruf kannte, ließ ich mich nicht darauf ein.

Doch dann ging meine Ehe in die Brüche, und Ryan drehte seinen legendären Charme voll auf. Ich ließ mich einwickeln. Na und? Eine Weile lief alles gut. Sehr gut.

Dann brachte das Schicksal familiäre Verpflichtungen ins Spiel. Eine neu gefundene Tochter drängte sich in Ryans Leben. Mein von mir getrennter Ehemann wurde auf der Isle of Palms, South Carolina, von einem Idioten angeschossen. Die Pflicht rief nicht. Sie hämmerte in voller Kampfausrüstung an die Tür.

Um die Sache noch komplizierter zu machen, weckte Petes Beinahe-Begegnung mit dem Tod bei mir wieder Gefühle, die ich längst tot geglaubt hatte. Für Ryan sahen sie ganz und gar nicht tot aus. Er zog sich zurück.

War der Lieutenant-Détective noch immer ein Mann erster Wahl? Auf jeden Fall. Aber die Besetzungscouch war inzwischen ein bisschen voll. Seit unserem Abschied im vergangenen Monat hatten Ryan und ich nicht mehr miteinander gesprochen.

»Hey«, sagte ich. Sagt man im Süden für »hi« oder »*bonjour*«.

»Fahrzeugbrand?« Ryan deutete auf Opa.

»Im Bett geraucht.«

»Ein Zeichen unserer immer selbstgefälliger lebenden Gesellschaft.«

Ich schaute Ryan fragend an.

»Kein Mensch liest mehr Aufschriften.«

Mein Blick blieb, wie er war.

»Riesige, fette Warnung auf jedem Päckchen. Zigarettenrauchen kann Ihrer Gesundheit schaden.«

Ich verdrehte die Augen.

»Wie geht's dir?« Ryans Stimme wurde weicher. Oder bildete ich mir das nur ein?

»Gut. Und dir?«

»Alles gut.«

»Gut.«

»Gut.«

Ein Dialog von Mittelstuflern, nicht ehemaligen Geliebten. Waren wir das?, fragte ich mich. Ehemalige?

»Wann bist du angekommen?«

»Gestern.«

»Guter Flug?«

»Bin rechtzeitig gelandet.«

»Besser als früh und plötzlich.«

»Ja.«

»Du arbeitest lange.«

Ich schaute auf die Uhr. Da ich in Saal vier mit seiner speziellen Lüftung ziemlich isoliert war, hatte ich die Autopsietechniker gar nicht gehen gehört. Jetzt war es Viertel nach sechs.

»Stimmt.« Mann, klang das alles aufgesetzt. »Wie geht's Charlie?«

»Der ist so obszön wie immer.«

Charlie ist ein Papagei, der seine Jugend in einem Bordell verbracht hat. Er war ein Weihnachtsgeschenk von Ryan, und wir kümmerten uns abwechselnd um ihn.

»Birdie hat sich schon nach ihm erkundigt.« Ich fragte mich, ob Ryan nur hier war, um mich zu besuchen, oder um über LaManches Fall vom Lac des Deux Montagnes zu reden. Ich fragte es mich allerdings nicht lange.

»Hattest du schon die Zeit, dir meine Wasserleiche anzuschauen?«

»Noch nicht.« Ich versuchte, mir die Enttäuschung nicht anmerken zu lassen. »Wie kam's?«

»Ein Fischer hat vor L'Île-Bizard gestern seine Schleppangel ausgeworfen. Dachte, er hätte einen Großen erwischt, holt sich stattdessen eine Leiche an Bord. Der Kerl lässt wahrscheinlich seinen Kahn inzwischen bei eBay versteigern.«

»Bin noch nicht dazu gekommen.«

»Das Opfer ist weiblich. LaManche meinte, er hätte irgendwelche ungewöhnlichen Spuren am Hals entdeckt, war sich wegen der starken Aufblähung und Verfärbung aber nicht sicher. Weder an der Leiche noch auf den Röntgenbildern Hinweise auf Schussverletzungen. Kein Bruch des Zungenbeins. LaManche hat eine toxikologische Analyse beantragt.«

»Hat Bergeron die Zähne schon untersucht?« Marc Bergeron ist der zahnärztliche Gutachter unseres Instituts.

Ryan nickte. »Ich habe die Daten in CPIC eingegeben, aber ohne Ergebnis. Die Chancen werden vielleicht größer, wenn du Alter und Rasse bestimmen kannst.«

»Sie ist als Nächste dran.«

Ryan zögerte kurz. »Wir schauen uns einige Vermisste und Tote an, weil da möglicherweise eine Verbindung bestehen könnte.«

»Wie viele?«

»Drei Vermisste. Zwei Leichen, eine identifiziert, eine unbekannt.«

»Du denkst an einen Serienmörder?«

»Wir ziehen die Möglichkeit in Betracht.«

»Zeitrahmen?«

»Zehn Jahre.«

»Opferprofil?«

»Weiblich. Zwischen elf und zwanzig Jahren.«

Ich spürte altbekannte Wut und Traurigkeit. Angst? Könnte irgendein Monster Quebec als sein Schlachtfeld missbrauchen?

»Du vermutest, dass die Frau aus dem Lac des Deux Montagnes Opfer Nummer sechs sein könnte?«

»Vielleicht.«

»Gleich als Erstes morgen früh?«

»Danke.«

Ryan wandte sich zum Gehen, drehte sich an der Tür aber wieder um.

»Wie geht's Pete?«

»Gut.«

»Gut.« Mann, das schon wieder. »Ich hole Charlie ab«, sagte ich.

»Nicht nötig. Ich bringe ihn dir.«

»Musst du aber nicht tun.«

»Freund und Helfer.« Ryan salutierte. »Ich ruf dich an.«

»Danke, Ryan.«

Nachdem ich den verbrannten Neunzigjährigen wieder in seinen Sack gepackt und im Kühlraum verstaut hatte, räumte ich auf und fuhr nach Hause. Birdie erwartete mich an der Tür.

Während ich mir Shorts anzog, erklärte ich Birdie, dass Charlie bald wieder bei uns sein würde. Birdie war begeistert. Oder gelangweilt. Bei Katzen weiß man das ja nie so genau.

Nach dem Abendessen schaute ich mir mit Birdie eine Wiederholung der *Sopranos* an, die Folge, in der Adriana verprügelt wird. Dabei griff ich immer wieder nach dem Festnetztelefon. Kontrollierte, ob das Ding auch funktionierte. Warf es wieder auf die Couch.

Ryan rief nicht an. Und kam an diesem Abend auch nicht zu mir.

Obwohl Birdie und ich um elf im Bett waren, wollte der Schlaf lange Zeit nicht kommen. Ich ließ mir unsere Begegnung im Autopsiesaal vier noch einmal durch den Kopf gehen und erkannte dabei, was mich störte. Ryan hatte kaum einmal gelächelt oder einen Witz gerissen. Das war sehr untypisch für ihn.

Jetzt reagier nicht wie ein verunsichertes Schulmädchen, sagte ich mir. Ryan hat viel zu tun. Macht sich Sorgen wegen seiner Tochter. Wegen eines Serienmörders. Wegen Ohrenschmalz, das seinen Gehörgang verstopft. Wegen des Senfflecks auf seiner Krawatte.

Ich glaubte es mir selbst nicht.

6

Für die Säuberung von Knochen benutze ich eine selbst erdachte Apparatur. Die Vorrichtung, die ursprünglich für Großküchen gedacht war, besteht aus Wasserzulauf- und -ablaufrohren, einem Fettfiltersystem, einem unterteilten Kessel und Eintauchkörben, wie sie normalerweise zum Frittieren von Pommes oder Fisch benutzt werden.

In den quadratischen Körben köchle ich kleine Körperteile, abgetrennte Unterkiefer, Hände, Füße, einen Schädel vielleicht. In dem großen, rechteckigen säubere ich die großen Sachen, Röhrenknochen, Brustkörbe oder Becken, nachdem diese von den Technikern entfleischt worden sind. Wasser bis knapp unter den Siedepunkt erhitzen, Reinigungsmittel auf Enzymbasis hinzufügen, um die Fettabsonderung zu minimieren, umrühren. Das Rezept ist jedes Mal ein Hit.

Außer natürlich die Knochen sind zu zerbrechlich. Dann ist Handwäsche angesagt.

An diesem Morgen war der »Kocher« bis zum Rand gefüllt. Die Leiche aus dem Lac des Deux Montagnes. Teile von Santangelos verbranntem Bettraucher. Geneviève Doucet.

Verfaultes, durchweichtes Fleisch beschleunigt den Prozess. Und Ryans Wasserleiche war als Erste in den Kessel gekommen. Denis holte eben diese Knochen heraus, als ich nach der morgendlichen Personalbesprechung ins Labor kam.

Zuerst öffnete ich die braunen Umschläge mit den Fundort- und Autopsiefotos vom Lac des Deux Montagnes. Eins nach dem anderen ging ich sie von Beginn der Bergung bis zum Abschluss der Autopsie durch.

Es war offensichtlich, warum LaManche Hilfe brauchte. Als man die Leiche aus dem Wasser zog, sah sie aus wie eine mit moosfarbenem Frühstücksfleisch bedeckte Marionette. Keine Haare. Keine Gesichtszüge. Das Fleisch großflächig von Krebsen und Fischen angefressen. Mir fiel auf, dass die Frau nur rote Socken getragen hatte.

Ich fing an, die angeforderten Teile des biologischen Profils zu rekonstruieren. Ich brauchte den ganzen Vormittag. Obwohl ich Bescheid gegeben hatte, dass man mich sofort anrufen sollte, sobald irgendetwas aus Rimouski eintraf, klingelte das Telefon kein einziges Mal, und es streckte auch niemand den Kopf zur Tür meines Labors herein.

Zu niemand gehörte auch Ryan.

Beim Mittagessen erzählte ich LaManche, was ich über die Frau aus dem Lac des Deux Montagnes herausfand. Er erzählte mir, dass Théodore Doucet das erste seiner psychiatrischen Evaluierungsgespräche hinter sich hatte.

Dem Doktor zufolge hatte Doucet vom Tod seiner Tochter und seiner Frau überhaupt nichts mitbekommen. In seinem Wahn glaubte er, Dorothée und Geneviève wären in die Kirche gegangen und würden bald zurückkommen, um das Essen zu kochen. Doucet wurde im Institut Philippe-Pinel festgehalten, Montreals zentraler psychiatrischer Klinik.

Als ich dann wieder in meinem Labor war, sah ich das Becken sowie die Oberarm und -schenkelknochen des Brandopfers auf einer Arbeitsfläche liegen. Ich streifte mir Handschuhe über, trug die Überreste zu einem zweiten Autopsietisch und fing mit meiner Untersuchung an.

Trotz starker Schädigung der Knochen war noch genügend Struktur vorhanden, um die Geschlechtsbestimmung männlich zu bestätigen. Die Schambeinfuge und die fortgeschrittene Arthritis deuteten auf ein Alter hin, das vereinbar war mit dreiundneunzig.

Alter und Geschlecht vereinbar. Seriennummer des Hüftimplantats identisch mit der im Orthopädiebericht verzeichneten. Bekannter Bettraucher. Mir reichte das. Jetzt lag es am Coroner. Um drei hatte ich meinen Bericht abgeschlossen und brachte ihn ins Sekretariat, damit man ihn dort abtippte.

Es ist nicht üblich, dass ich als Erste vom Eintreffen eines Skeletts erfahre. Normalerweise geht ein Fall zuerst an einen der fünf Pathologen des Instituts und erst über ihn oder sie an mich. Aber bei den Knochen, die Bradette aus Rimouski schicken wollte, hatte ich um sofortige Benachrichtigung gebeten. Nur für den Fall, dass man es vergessen hatte, fragte ich bei der Leichenhallenaufnahme nach.

Nichts.

Geneviève Doucets waren die dritten Überreste, die über Nacht geköchelt hatten. Mit langstieligen Zangen fischte ich Schädel, Becken und mehrere Röhrenknochen heraus und brachte dann eine Stunde damit zu, Fleischreste abzuschälen. Das Zeug war zäh wie Alligatorhaut, deshalb schaffte ich sehr wenig.

Ich tauchte eben Genevièves Korb wieder in den Kessel, als meine Labortür aufging. Ich drehte mich um.

Natürlich. Ryan schafft es immer, genau dann aufzutauchen, wenn ich unvorteilhaft aussehe. Ich wartete auf einen Witz über dampfglatte Haare und *eau de kochfleisch.* Er machte keinen.

»Tut mir leid, dass ich Charlie gestern Abend nicht vorbeigebracht habe.«

»Kein Problem.« Ich legte den Edelstahldeckel auf den Kessel und kontrollierte die Temperatur.

»Lily.« Sollte wohl eine Erklärung sein.

»Ich hoffe, nichts Ernstes.«

»Ich komme heute Abend vorbei.« Ryan deutete mit dem Daumen auf das Skelett hinter mir. »Ist das meine Wasserleiche?«

»Ja.« Ich trat an den Tisch und hielt dabei die nassen, fettigen Handschuhe von meinem Körper weg. »Sie ist jung. Fünfzehn bis achtzehn. Gemischte Abstammung.«

»Erzähl mir mehr davon.«

»Von den Zähnen abgesehen, würde ich sagen, sie war weiß. Die Nasenöffnung ist schmal und hat unten einen Dorn, der

Nasenrücken ist hoch, die Wangenknochen nicht besonders ausgestellt. Aber alle acht Schneidezähne sind schaufelförmig.«

»Das heißt?«

»Es besteht die hohe Wahrscheinlichkeit, dass sie zum Teil asiatisch oder eingeboren amerikanisch ist.«

»Indianerin?«

»Oder Japanerin, Chinesin, Koreanerin. Du weißt schon, Asiatin?«

Ryan ignorierte die Spitze. »Zeig's mir.«

Ich drehte den Schädel der Frau so, dass die obere Zahnreihe zu sehen war. »Jeder der vier flachen Zähne vorn hat auf der Zungenseite am unteren Rand eine Aufwölbung.« Ich nahm den Unterkiefer zur Hand und zeigte auf die entsprechenden Wölbungen. »Unten dasselbe.«

Ich legte den Unterkiefer wieder ab.

»Ich habe den Schädel vermessen und die Daten durch Fordisc 3.0 gejagt. Rein von den Maßen her fällt sie in den Überlappungsbereich zwischen kaukasoid und mongoloid.«

»Weiß und indianisch.«

»Oder asiatisch.« Eine Lehrerin, die ihren Schüler verbessert. »Interesse an Altersindikatoren?«

»Nur das Wichtigste.«

Ich deutete auf eine gefurchte Linie an der Schädelbasis. »Die Basilarnaht ist verschmolzen.«

»Die Weisheitszähne sind noch nicht ganz draußen«, bemerkte Ryan.

»Richtig. Die dritten Backenzähne sind zwar durchgebrochen, aber noch nicht auf gleicher Höhe wie die Zahnreihe.«

Ich ging ein Stückchen am Tisch entlang und strich mit dem Finger über eine unregelmäßige Linie unter der Oberkante der rechten Beckenschaufel. »Der Darmbeinkamm ist partiell verschmolzen.« Ich nahm ein Schlüsselbein zur Hand und deutete auf eine ähnliche Unregelmäßigkeit am Halsende. »Dasselbe gilt für die medialen Klavikularepiphysen.« Ich bewegte die

Hand über die Arm- und Beinknochen. »Die Wachstumskappen auf den Röhrenknochen sind in unterschiedlichen Stadien der Verschmelzung.«

»Sonst noch was?«

»Sie war ungefähr eins sechzig groß.«

»Das ist alles?«

Ich nickte. »Keine Abnormalitäten oder Anomalien. Keine neuen oder verheilten Frakturen.«

»LaManche meinte, das Zungenbein sei intakt.«

Ryan meinte einen winzigen u-förmigen Knochen in der Kehle, der bei manueller Strangulation oft beschädigt wird.

Ich legte mir auf der Innenfläche eines Handschuhs eine kleine eiförmige Scheibe und zwei schmale Sporne zurecht. »In ihrem Alter sind Flügel und Körper des Zungenbeins noch nicht verknöchert. Das bedeutet, sie sind noch elastisch, das Zungenbein kann also beträchtlichen Druck aushalten, ohne zu brechen.«

»Dann könnte sie also doch erdrosselt worden sein.«

»Erdrosselt, erstickt, vergiftet, erstochen. Ich kann dir nur sagen, was die Knochen mir sagen.« Ich legte das Zungenbein wieder zurück.

»Und zwar?«

»Sie wurde nicht erschossen oder erschlagen. Ich fand nirgendwo auf dem Skelett Einschuss- oder Austrittswunden, Brüche, Stich- oder Schnittwunden.«

»Und die Autopsie hat auch nichts ergeben.«

LaManche und ich hatten beim Mittagessen über seine Ergebnisse gesprochen. Viel war das allerdings nicht gewesen.

»Die Lunge war so zerstört, dass nicht mehr festzustellen war, ob sie noch atmete, als sie im Wasser landete. Marine Aasfresser haben sich über ihre Augen hergemacht, also lässt sich auch nicht mehr feststellen, ob Petechien vorhanden waren.«

Petechien sind nadelspitzgroße Blutungen, verursacht von platzenden Kapillargefäßen unter erhöhtem venösem Druck.

Da ein längeres Zusammenpressen des Halses einen Rückstau von Blut, das zum Herzen zurückfließen will, verursacht, sind Petechien auf der Gesichtshaut und vor allem im Augenbereich ein deutlicher Hinweis auf eine Strangulation.

»Sie könnte also schon tot gewesen sein, als sie ins Wasser kam.«

»Ich könnte versuchen, mit Diatomeen herumzuspielen.«

»Ich weiß, dass du mir gleich sagen wirst, was das ist.«

»Einzellige Algen, wie man sie in aquatischen und feuchten terrestrischen Lebensräumen findet. Einige Pathologen glauben, dass das Einatmen von Wasser ein Eindringen dieser Kieselalgen, wie man sie auch nennt, in die Lungenbläschen und den Blutkreislauf verursacht und als Folge davon eine Ablagerung in Hirn, Nieren und anderen Organen, darunter auch im Knochenmark. Sie betrachten das Vorhandensein von Diatomeen als ein Indiz für Ertrinken.«

»Du klingst skeptisch.«

»Ich frage mich, ob Diatomeen nicht sowieso in eine im Wasser befindliche Leiche eindringen, ob derjenige nun ertrunken ist oder nicht. LaManche genauso. Aber es gibt noch eine andere Anwendung. Viele Kieselalgenarten sind lebensraumspezifisch, man kann deshalb in oder an Leichen gefundene Ansammlungen vergleichen mit Ansammlungen in Kontrollproben aus verschiedenen Lebensräumen. Manchmal können so ganz spezielle Mikrolebensräume identifiziert werden.«

»Benutze die Diatomeen, um einzugrenzen, wo die Leiche gewesen ist. Salzwasser. Flussgrund. Mündungsgebiet.«

»So in der Richtung. Kann aber auch ein Schuss ins Blaue sein.«

»Klingt gut.«

»Vor dem Kochen habe ich Knochenproben für einen DNS-Test entnommen. Ich könnte einen Meeresbiologen das Mark in diesen Knochen untersuchen lassen. Und auch die Socken.«

Ryan zeigte mir seine Handflächen. »Der Fall ist so gut wie gelöst.«

Ich hob fragend die Augenbrauen.

»Das Mädchen starb in der Nähe des Flusses oder irgendwo anders. Sie war am Leben oder tot, als sie im Wasser landete. Falls am Leben, dann fiel sie, sprang oder wurde gestoßen, also ist die Todesart Selbstmord, Mord oder ein Unfall.«

»Außer sie hatte einen Schlaganfall oder einen Herzinfarkt«, sagte ich, weil ich wusste, dass die einzigen Kategorien, die noch übrig waren, »natürlich« und »unbestimmt« waren.

»Außer das. Aber sie war ein Teenager.«

»Kommt trotzdem vor.«

Ryan kam an diesem Abend wirklich. Ich hatte geduscht und die Haare geföhnt. Und ja, ich muss gestehen, hatte Wimperntusche und Lippenstift aufgelegt und mir einen Spritzer Alfred Sung hinter jedes Ohr getupft.

Es klingelte gegen neun. Ich las eben einen Artikel über FTIR-Spektroskopie im *Journal of Forensic Sciences*. Birdie absolvierte am anderen Ende der Couch seine Abendtoilette. Als er das Interesse an seinen Zehenzwischenräumen verlor, tapste er in die Diele.

Der Kontrollmonitor zeigte Ryan in der Vorhalle mit dem Vogelbauer zu seinen Füßen. Ich ließ sie herein und begrüßte beide herzlich. Nachdem Ryan die Katze begrüßt und hinter den Ohren gekrault hatte, nahm er mein Angebot eines Biers an.

Während ich Moosehead und Diet Coke in Gläser goss, stellte Ryan Charlie auf den Tisch im Esszimmer. Birdie nahm auf einem der Sessel seine Sphinxpose ein, den Kopf aufgerichtet, die Pfoten über Kreuz, jeden Sinn auf den Käfig und seinen Bewohner gerichtet.

Charlie war in Topform, er hüpfte auf seiner Stange hin und her, spuckte Futterkörner und legte den Kopf nach links und nach rechts, um die Katze zu beäugen. Und hin und wieder ließ er eine Zeile aus seinem *répertoire noir* vom Stapel.

Ryan setzte sich auf Birdies Ende der Couch. Ich setzte mich auf meine Seite und zog die Beine unter den Hintern. Wieder versicherten wir uns gegenseitig, dass es unseren Töchtern gut gehe. Lily kellnerte im Café Cherrier an der Rue Saint-Denis. Katy machte einen Sommer-Spanischkurs in Santiago de Chile.

Meine Wohnung in Montreal ist nicht groß. Küche, Schlafzimmer, Arbeitszimmer, zwei Bäder. Nur der Wohnbereich ist geräumig. Flügeltüren öffnen sich an zwei Seiten, die nördliche zu einem Innenhof, die südliche zu einem handtuchgroßen Rasenstück.

Gemauerter, offener Kamin. Esstisch mit Glasplatte. Gelbblaue Sitzgarnitur aus Sofa und Zweisitzer aus der Provence. Sockelleisten, Fensterrahmen und Kaminsims aus Kirschholz.

Während wir uns unterhielten, ließ Ryan den Blick von Objekt zu Objekt wandern. Bilder von Katy. Von meiner jüngeren Schwester Harry. Meinem Neffen Kit. Ein Keramikteller, den mir eine alte Frau in Guatemala geschenkt hatte. Eine in Ruanda gekaufte geschnitzte Giraffe. Nur selten traf sein Blick den meinen.

Und unweigerlich wandte sich das Gespräch Beruflichem zu. Sicheres, neutrales Terrain.

Ryan bearbeitete seit dem Tod seines Partners vor einigen Jahren nur Sonderaufträge. Er erläuterte seine augenblickliche Ermittlung.

Drei vermisste Mädchen. Zwei andere, die in oder in der Nähe von Gewässern gefunden wurden. Und jetzt war da noch diese Wasserleiche aus dem Lac des Deux Montagnes. Insgesamt sechs.

Ich erzählte Ryan von dem Brandopfer, den Doucets und dem Rimouski-Skelett, das unterwegs in mein Institut sein sollte. Er fragte mich, wer für Letzteres verantwortlich sei. Ich erzählte ihm von meinem Treffen mit Hippo Gallant.

Ryan meinte, Hippo helfe ihm bei seinen Vermissten- und Todesfällen. Und so kamen wir auf die unvermeidlichen Hippo-Geschichten. Als er seine Waffe auf der Toilette einer Tankstelle vergessen hatte. Als er einen Verdächtigen aus einem Abwasserkanal zog und sich dabei die Hose am Hintern zerriss. Als sich ein Verhafteter im Fond seines Wagens erleichterte.

Die Unterhaltung war anregend und freundlich. Und verdammt brüderlich. Kein Wort über die Vergangenheit oder die Zukunft. Kein Körperkontakt. Der Einzige, der über Sex redete, war Charlie.

Um halb elf stand Ryan auf. Ich brachte ihn zur Tür, und in meinem Hirn schrie jede Zelle, dass das, was ich mir gerade überlegte, eine verdammt schlechte Idee sei. Männer hassen es, gefragt zu werden, was sie fühlen. Ich hasse es ebenfalls.

Nicht zum ersten Mal ignorierte ich den Rat meines Instinkts.

»Rede mit mir, Ryan.« Ich legte ihm die Hand auf den Arm.

»Im Augenblick ist Lily …«

»Nein«, unterbrach ich ihn, »es geht um mehr als nur um Lily.«

Die kornblumenblauen Augen wichen meinem Blick aus. Ein Herzschlag verging. Dann: »Ich glaube nicht, dass du über deinen Mann schon hinweggekommen bist.«

»Pete und ich sind seit Jahren getrennt.«

Schließlich schaute Ryan mir in die Augen. Ich spürte, wie mein Magen sich verkrampfte.

»Wesentliches Wort«, sagte er. »Getrennt.«

»Ich hasse Anwälte und Papierkram.«

»Du warst ein ganz anderer Mensch, als du mit ihm zusammen warst.«

»Der Mann war angeschossen worden.«

Ryan erwiderte nichts.

»Mein Familienstand hat dir nie etwas ausgemacht.«

»Nein. Hat er nicht.«

»Warum jetzt?«

»Ich habe euch beide zusammen gesehen.«

»Und da du es jetzt gesehen hast?«

»Sehe ich, wie viel dir an ihm noch liegt.« Bevor ich antworten konnte, fügte Ryan hinzu: »Und wie viel es mir ausmacht.«

Das verblüffte mich. Im ersten Augenblick wusste ich nicht, was ich sagen sollte.

»Und jetzt?«

»Ich versuche, darüber hinwegzukommen.«

»Wie läuft's?«

»Nicht gut.«

Und damit war er verschwunden.

Als ich im Bett lag, stritten in mir die Gefühle. Verärgerung über das Gefühl, dass Ryan mich übertölpelt hatte. Die ganze Fragerei. Und dann das verkrampfte Bemühen, alles unbeschwert zu halten.

Wut darüber, dass Ryan den beleidigten Cowboy spielte, dem man Unrecht getan hatte.

Aber ein stichhaltiges Argument hatte Ryan. Warum ließ ich mich nicht von Pete scheiden?

Es dauert sehr lange, bis ich mich verletzt fühle, Beleidigungen kann ich bis in alle Ewigkeit abspeichern. Ryan ist das genaue Gegenteil, er ist schnell beleidigt, kann aber ebenso schnell wieder verzeihen. Wir beide verstehen die Signale des anderen sehr gut.

Ryan war Lichtjahre darüber hinaus, nur gekränkt oder verstimmt zu sein. Seine Signale waren unmissverständlich.

Deshalb empfand ich vorwiegend Traurigkeit. Ryan löste sich von mir.

Eine Träne quoll mir aus dem Augenwinkel.

»Okay, Cowboy«, sagte ich laut in meinem einsamen Bett. »*Adiós.*«

7

Harry lebt in Texas, seit sie die Highschool in der Abschlussklasse verließ. Lange Geschichte. Kurze Ehe. Was sie sich unter telefonischer Etikette vorstellt, sieht ungefähr so aus: Ich bin wach. Ich will reden. Ruf zurück.

Die Welt im Fenster färbte sich eben grau, als mein Handy klingelte.

»Bist du wach?«

Ich schaute auf die Uhr. Viertel nach sechs. Wie ein Pilotwal braucht Harry ungefähr fünf Stunden Schlaf pro Nacht.

»Jetzt schon.«

Meine Schwester ließ sich einmal ein Motto auf ein T-Shirt drucken: »Nie beschweren, nie erklären.« Während sie den ersten Teil nicht ganz so ernst nimmt, ist sie Weltklasse beim zweiten, sie folgt nur ihren Launen und entschuldigt sich nie für das Ergebnis.

Das tat sie auch jetzt nicht.

»Ich fahre auf die Canyon Ranch.« Harry ist blond und langbeinig und gibt sich alle Mühe, wie dreißig auszusehen. Und obwohl sie diese Grenze schon vor einem Jahrzehnt überschritten hat, gelingt ihr das, in den richtigen Klamotten und im richtigen Licht, sogar.

»Das ist das wievielte Wellnesscenter in diesem Jahr?«

»Der Hintern ist schlaff, und die Titten hängen. Muss Sprossen essen und Eisen stemmen. Komm mit.«

»Ich kann nicht.«

»Ich verkaufe das Haus.«

Der abrupte Themenwechsel überrumpelte mich. »Oh.«

»Arschgesicht war ein unverzeihlicher Fehler.«

Ich nahm an, dass Arschgesicht Ehemann Nummer fünf war. Oder sechs? Ich suchte nach einem Namen. Donald? Harold? Ich gab es wieder auf.

»Ich glaube, ich habe schon mal angedeutet, dass der Mann nicht gerade ein wahr gewordener Mädchentraum ist.«

»Du hast angedeutet, dass er blöd ist, Tempe. Arnoldo ist nicht blöd. Das Problem ist, er hat nur eine Saite auf seiner Fiedel.«

Harry liebt Sex. Harry ist außerdem schnell gelangweilt. Von Arnoldos Geige wollte ich nichts hören.

»Warum verkaufst du das Haus?«

»Es ist zu groß.«

»Es war nicht zu groß, als du es gekauft hast.«

Ehemann Nummer irgendwas hatte in Öl gemacht. Ich habe nie so recht herausgefunden, was das bedeutete, aber ihre kurze Ehe ließ meine Schwester bestens geschmiert zurück, wenn man so will.

»Ich brauche dringend einen Tapetenwechsel. Komm und hilf mir beim Häuseranschauen.«

»Ich kann wirklich nicht.«

»Hast du gerade einen interessanten Fall?«

Ich überlegte, ob ich ihr von dem Rimouski-Skelett erzählen sollte, entschied mich aber dann dagegen. Hat Harry erst einmal Feuer gefangen, kann sie nicht mehr gelöscht werden. Außerdem gab es keinen Beweis für eine Verbindung zu Évangéline Landry.

»Das ist meine Hochsaison.«

»Brauchst du schwesterlichen Beistand?«

Bitte nicht. »Du weißt, dass ich deine Besuche liebe, aber im Augenblick stecke ich so tief drin, dass ich keine Zeit für dich habe.«

Schweigen in der Leitung. Dann:

»Was ich über Arnoldo gesagt habe, stimmt eigentlich gar nicht. Tatsache ist, ich habe den Mistkerl beim Herumvögeln erwischt.«

»Tut mir leid, Harry.« Das tat es wirklich. Überrascht war ich allerdings nicht.

»Ja. Mir auch.«

Nachdem ich mir Jeans und ein Poloshirt angezogen hatte, fütterte ich Birdie und füllte Charlies Futter- und Wasserschüsseln. Der Vogel pfiff und forderte mich auf, zu zeigen, was ich habe. Ich trug seinen Käfig ins Arbeitszimmer und legte eine Papagei-Trainings-CD ein.

Im Institut war nichts in meinem Postfach. Kein blinkendes rotes Licht am Telefon. Auf meinem Schreibtisch war eine Minilawine abgegangen. In dem Durcheinander lag allerdings kein rosa Zettel mit einer Nachricht.

Ich rief unten in der Leichenhalle an. Aus Rimouski waren noch keine Knochen angekommen.

Okay, Freundchen. Bis Mittag gebe ich dir noch.

Bei der Morgenbesprechung erhielt ich einen neuen Fall zugewiesen.

Der Käufer eines Bestattungsinstituts hatte in einem Kühlfach im Keller eine einbalsamierte und voll bekleidete Leiche gefunden. Die Vorbesitzer hatten neun Monate zuvor ihre Tore geschlossen. Der Pathologe, Jean Pelletier, wollte meine Meinung zu den Röntgenaufnahmen. Auf das Formular hatte er geschrieben: *Ganz umsonst aufgetakelt.*

Zurück in meinem Büro, rief ich eine Biologieprofessorin an der McGill University an. Sie beschäftigte sich nicht mit Kieselalgen, ein Kollege von ihr allerdings schon. Ich durfte die Proben der Leiche aus dem Lac des Deux Montagnes spätnachmittags am nächsten Tag abliefern.

Nachdem ich die Socken und die Knochenprobe verpackt und die Formulare ausgefüllt hatte, wandte ich mich Pelletiers vergessener Leiche zu.

Ein Vergleich der antemortalen mit den postmortalen Röntgenbildern ergab, dass der Verblichene ein Junggeselle war, dessen einziger lebender Bruder nach Griechenland gezogen war. Die Beerdigung des Mannes war bereits vor zwei Jahren per Zahlungsanweisung bezahlt worden. Dank unserer eindeutigen Identifikation war der Fall nun eine Sache für den Coroner.

Als ich in mein Labor zurückkehrte, sah ich, dass Genevièves Knochen endlich aus dem Kocher draußen waren. Den Rest des Vormittags und einen Großteil des Nachmittags brachte ich damit zu, jeden einzelnen mit meinem neuen Leica-Stereomikroskop mit vergrößertem Digitaldisplay zu untersuchen. Nachdem ich mich jahrelang über einen Dinosaurier gebeugt hatte, bei dessen Positionierung ich mir des Öfteren fast einen Bruch gehoben hätte, war ich jetzt ausgerüstet mit dem neuesten Stand der Technik. Ich liebte dieses Mikroskop.

Dennoch erbrachte die Vergrößerung sehr wenig. Lippenförmige Aufwölbung der Zwischenglied-Gelenksoberflächen des rechten mittleren Zehs. Eine asymmetrische Erhöhung auf dem vorderen Mittelschaft des rechten Wadenbeins. Von diesen verheilten, kleineren Verletzungen abgesehen, war Genevièves Skelett auffällig unauffällig.

Ich rief LaManche an.

»Sie hat sich einen Zeh gestaucht und das Schienbein angeschlagen«, fasste er meine Befunde zusammen.

»Ja«, pflichtete ich ihm bei.

»Das hat sie nicht umgebracht.«

»Nein.« Hier war ich ebenfalls seiner Meinung.

»Das ist doch etwas.«

»Tut mir leid, dass ich nicht mehr zu berichten habe.«

»Wie gefällt Ihnen das neue Mikroskop?«

»Die Auflösung ist fantastisch.«

»Freut mich sehr, dass es Ihnen gefällt.«

Ich legte eben auf, als Lisa mit einem großen Pappkarton in mein Zimmer kam. Ihre Haare waren zu einem lockigen Pferdeschwanz zusammengefasst, und sie trug blaue Autopsiekluft. Die ihr sehr gut stand. Mit ihrem festen Hintern, der schlanken Taille und den beachtlichen Brüsten ist Lisa bei den Polizisten sehr beliebt. Und die beste Autopsietechnikerin im Institut.

»Sagen Sie nur, Sie bringen mir ein Skelett aus Rimouski.«

»Ich bringe Ihnen ein Skelett aus Rimouski.« Lisa benutzte mich oft, um ihr Englisch zu trainieren. Das tat sie auch jetzt. »Ist eben angekommen.«

Ich blätterte in den Unterlagen. Dem Fall waren bereits Leichenhallen- und Institutsnummern zugewiesen worden. Ich prägte mir Letztere ein. LSJML-57748. Die Überreste waren bei *agent* Luc Tiquet von der Sûreté du Québec in Rimouski konfisziert worden. In das Kästchen für die Kurzcharakteristik hatte Bradette geschrieben: *Weibliche Heranwachsende, archäologisch.*

»Das werden wir ja mal sehen, du Neunmalkluger.«

Lisa schaute mich fragend an.

»Der Trottel meint, er könnte meine Arbeit machen. Haben Sie unten viel zu tun?«

»Alle Autopsien sind fertig.«

»Wollen Sie mal einen Blick darauf werfen?« Ich wusste, dass Lisa Knochen mochte.

»Sicher.«

Während ich ein Fallformular holte, stellte Lisa den Karton auf den Tisch. Ich ging zu ihr, nahm den Deckel ab, und dann spähten wir beide hinein.

Mit einer Sache hatte Bradette recht. Das war keine Erwachsene.

»Sieht sehr alt aus«, sagte Lisa.

Okay. Vielleicht mit zwei Sachen.

Das Skelett war gelb und braun gesprenkelt und hatte viele Bruchschäden, der Schädel war unförmig, das Gesicht stark beschädigt. Tief in Augenhöhlen und Resten der Nasenöffnung konnte ich spinnennetzartige Fäden erkennen.

Die Knochen fühlten sich federleicht an, als ich sie aus dem Karton holte und anatomisch korrekt auf dem Tisch anordnete. Als ich damit fertig war, lag eine unvollendete, kleine Person vor mir.

Ich inventarisierte die Knochen. Sechs Rippen, fast alle Finger- und Zehenknochen, ein Schlüsselbein, ein Schienbein, eine

Elle und beide Kniescheiben fehlten. Ebenso alle acht Schneidezähne.

»Warum keine Vorderzähne?«, fragte Lisa.

»Jeder hat nur eine Wurzel. Wenn das Zahnfleisch verschwunden ist, hält sie nichts mehr.«

»Ziemlich stark beschädigt das alles.«

»Ja.«

»Peri- oder postmortal?« Lisa wollte wissen, ob die Schädigungen zum Zeitpunkt des Todes oder danach verursacht worden waren.

»Ich vermute, der Großteil ist postmortal. Aber ich muss mir die Bruchstellen unter Vergrößerung anschauen.«

»Ziemlich jung, hm?«

Ein Bild blitzte auf. *Ein Mädchen in einem Badeanzug auf einem Strand in South Carolina. In der Hand ein kleines weißes Buch mit grüner Beschriftung. Aus dem es mit einem komischen französischen Akzent laut Gedichte vorliest.*

Ich deutete auf einen proximalen rechten Oberarmknochen, eine distale rechte Elle, ein proximales linkes Wadenbein und einen distalen rechten Oberschenkelknochen. »Sehen Sie, wie einige der Röhrenknochen an den Enden normal aussehen, diese dagegen gefurcht und irgendwie unfertig?«

Lisa nickte.

»Das heißt, die Gelenkstücke waren noch nicht ganz mit den Schäften verbunden. Das Mädchen befand sich noch im Wachstum.«

Ich nahm den Schädel zur Hand und drehte ihn mit der Unterseite nach oben.

Zwischen Dünen laufen. Schwarze Locken, die wild im Wind tanzen.

»Die Basilarnaht ist noch nicht verschmolzen. Es sind noch keine Weisheitszähne vorhanden und die zweiten Backenzähne nur minimal abgenutzt.«

Ich griff zu einem Hüftknochen.

»Jede Beckenhälfte entsteht aus drei separaten Knochen: Darmbein, Sitzbein und Schambein. Zur völligen Vereinigung kommt es erst in der Pubertät.« Ich deutete auf ein schwaches Y, das die Hüftgelenkspfanne dreiteilte. »Sehen Sie diese Linie? Die Verschmelzung war noch im Gange, als das Mädchen starb. Anhand der Zähne, der Röhrenknochen und des Beckens würde ich schätzen, dass es ungefähr dreizehn oder vierzehn war.«

Évangéline Landry, wie sie, die Augen geschlossen, die Hände gefaltet, Kerzen ausbläst. Vierzehn Stück auf dem Kuchen.

»Und das Becken spricht für weiblich.«

»Ja.«

»War sie weiß?«

»Rasse dürfte schwierig werden, weil das Gesicht zertrümmert und der Gaumen Geschichte ist, inklusive der Schneidezähne.«

Ich nahm den Schädel wieder zur Hand. Und spürte Erleichterung aufflackern.

»Die Nasenöffnung ist breit und gerundet. Die Unterkante ist zerbrochen, aber der Nasendorn scheint nicht sehr ausgeprägt gewesen zu sein. Das sind nichteuropäische Merkmale. Ich werde es genauer wissen, wenn ich die Erde herausgeputzt habe.«

»Warum sieht der Kopf so« – Lisa wedelte mit der Hand, suchte nach dem englischen Wort – »komisch aus?«

»In der Pubertät sind die Schädelnähte noch weit offen.« Ich meinte die gewundenen Furchen zwischen den einzelnen Schädelknochen. »Infolge der Hirnzersetzung, unter Druck, können die Knochen sich verbiegen, sich trennen oder überlappen.«

»Druck wie unter der Erde?«

»Ja. Allerdings kann Schädelverzerrung auch andere Faktoren als Ursache haben, Sonnenlicht zum Beispiel oder extreme Hitze oder Kälte. Das Phänomen tritt sehr häufig bei Kindern auf.«

»Da ist so viel Erde. Glauben Sie, dass sie beerdigt wurde?«

Ich wollte eben antworten, als das Telefon auf dem Schreibtisch bimmelte.

»Können Sie in dem Karton nachsehen, ob wir irgendetwas übersehen haben?«

»Sicher.«

»Wie geht's, wie steht's, Doc?« Hippo Gallant.

Ich ließ die Nettigkeiten aus. »Das Skelett Ihres Kumpels Gaston ist eben aus Rimouski eingetroffen.«

»Ach ja?«

»Meine vorläufige Untersuchung lässt schließen, dass es sich um ein pubertierendes Mädchen handelt.«

»Indianisch?«

»Möglich, dass es gemischtrassiger Abstammung ist.«

»Dann ist sie also gar nicht so alt?«

»Die Knochen sind trocken, ohne Fleischanhaftungen und ohne jeden Geruch, ich bezweifle deshalb, dass der Tod in den letzten zehn Jahren eingetreten ist. Im Augenblick kann ich aber nicht mehr sagen. Da ist jede Menge zu säubern, und das muss per Hand geschehen.«

»*Crétaque.* Hat die Kleine Zähne?«

»Einige. Aber keine Hinweise auf zahnärztliche Behandlung.«

»Machen Sie auch DNS?«

»Ich werde Proben entnehmen, aber wenn keine organischen Komponenten mehr vorhanden sind, ist eine Sequenzierung unmöglich. Die Erde steckt tief in Spalten und den Markhöhlen, was darauf hindeutet, dass sie irgendwann einmal begraben wurde. Ehrlich gesagt, ich befürchte beinahe, der Coroner in Rimouski könnte recht haben. Die Überreste könnten auf einem alten Friedhof ausgewaschen oder von einer archäologischen Stätte gestohlen worden sein.«

»Was ist mit C14 oder sonst irgendwelchen Supertricks?«

»Bis auf ein paar spezielle Anwendungen ist die C14-Datierung bei Material, das weniger als Hunderte von Jahren alt ist, nutzlos. Außerdem, wenn ich berichte, dass dieses Mädchen ein halbes Jahrhundert tot ist, werden die maßgeblichen Stellen weder für DNS, Radiokarbon noch irgendeinen anderen Test Geld ausgeben.«

»Glauben Sie, Sie kriegen was raus?«

»Ich werde mir Mühe geben.«

»Wie wär's, wenn ich mit dem Kerl rede, der die Knochen hatte? Mir seine Geschichte anhöre.«

»Das wäre gut.«

Ich legte auf und wandte mich wieder Lisa zu.

»Warum sieht der so anders aus?« Sie deutete auf den zweiten rechten Mittelhandknochen.

Lisa hatte recht. Trotz seiner Schmutzkruste schien dieser Fingerknochen nicht recht zu den anderen zu passen.

Nachdem ich an Erde weggebürstet hatte, was ich konnte, ohne Schaden zu verursachen, legte ich den komischen Knochen unter mein fabelhaftes neues Mikroskop, erhöhte die Vergrößerung und stellte die Schärfe ein, bis das distale Ende den Bildschirm ausfüllte.

Und hob dann überrascht die Augenbrauen.

8

Die Oberfläche des Knochens sah aus wie eine Kraterlandschaft.

»Was ist denn das?«, fragte Lisa.

»Ich bin mir nicht sicher.« Im Geist ging ich bereits die Möglichkeiten durch. Kontakt mit Säure oder anderen ätzenden Chemikalien? Mikroorganismen? Eine lokale Infektion? Symptome einer Allgemeinkrankheit?

»War sie krank?«

»Vielleicht. Vielleicht ist es aber auch postmortal. Da ist noch zu viel festgebackene Erde dran für eine eindeutige Aussage.« Ich nahm den Knochen wieder aus dem Mikroskop und ging zu dem Skelett. »Wir müssen jeden Knochen säubern und untersuchen.«

Lisa schaute auf ihre Uhr. Auf höfliche Art.

»Was bin ich doch für ein Trottel. Ich habe Sie schon viel zu lange aufgehalten.« Es war zwanzig nach fünf. Die meisten Labortechniker gingen schon um halb fünf. »Gehen Sie.«

»Soll ich zusperren?«

»Danke, aber ich bleibe noch ein bisschen länger.«

Aus dem »bisschen« wurden zweieinhalb Stunden. Wahrscheinlich hätte ich die ganze Nacht durchgearbeitet, hätte mein Handy sich nicht gemeldet.

Ich legte ein Fersenbein weg, zog die Maske herunter, fischte das Handy aus der Tasche und schaute aufs Display. Unbekannte Nummer.

Ich ging dran. »Brennan.«

»Wo bist du?«

»Mir geht es bestens, danke. Und dir?«

»Seit sechs rufe ich schon in deiner Wohnung an.« Klang Ryan wirklich verärgert?

»Ich bin nicht zu Hause.«

»Ganz was Neues.«

»Schätze, ich hab mir die elektronische Überwachungsfessel vom Knöchel gerissen.«

Kurzes Schweigen. Dann: »Du hast nicht gesagt, dass du Pläne hast.«

»Ich habe *auch* ein eigenes Leben, Ryan.« Um acht Uhr abends Erde von Knochen bürsten.

Ich hörte das Geräusch eines Streichholzes, dann tiefes Einatmen. Nach zwei Jahren Abstinenz rauchte Ryan jetzt wieder Zigaretten. Ein Zeichen von Stress.

»Du kannst wirklich eine grässliche Nervensäge sein, Brennan.« Ohne Groll.

»Ich arbeite daran.« Meine Standardantwort.

»Hast du Schnupfen?«

»Meine Nase ist gereizt, weil ich seit Stunden durch eine Maske atme.« Ich fuhr mit einem Zahnstocher durch den Kegel trockener Erde, der sich auf der Tischplatte angesammelt hatte.

»Bist du in deinem Labor?«

»Hippo Gallants Skelett ist heute aus Rimouski angekommen. Weiblich, wahrscheinlich dreizehn oder vierzehn Jahre alt. Irgendwas an den Knochen ist komisch.«

Nikotindröhnung, dann Ausblasen.

»Ich bin unten.«

»Wer ist denn hier der Loser, der Überstunden macht?«

»Diese vermissten und toten Mädchen machen mich langsam fertig.«

»Willst du hochkommen?«

»Bin in zehn Minuten bei dir.«

Ich saß wieder am Mikroskop, als Ryan auftauchte, das Gesicht angespannt, die Haare zerstrubbelt. Eine Erinnerung blitzte auf. Ryan, der über einen Ausdruck gebeugt dasitzt und sich mit den Fingern durch die Haare fährt. So vertraut.

Mir wurde flau im Magen. Ich wollte nicht, dass Ryan wütend war. Oder verletzt. Oder was immer er war.

Ich hätte schon fast die Hand ausgestreckt und ihm über die Haare gestrichen.

Aber ich wollte auch nicht, dass Ryan mein Leben beherrschte. Ich musste Schritte unternehmen, wenn ich beschlossen hatte, dass Schritte unternommen werden mussten. Beide Hände blieben am Mikroskop.

»Du solltest hier nachts nicht allein arbeiten.«

»Das ist doch lächerlich. Das ist ein gesichertes Gebäude, und ich bin im zwölften Stock.«

»Das Viertel ist nicht sicher.«

»Ich bin ein großes Mädchen.«

»Wie du willst.« Ryans Stimme klang weder kalt noch unfreundlich. Nur neutral.

Als Katy noch jung war, brachten gewisse Fälle, die ich bearbeitete, mich dazu, ihr Leben einzuschränken. Übertragung von Vorsicht. Sie konnte nichts dafür. Ich eigentlich auch nicht. Einen Kindsmord zu bearbeiten war so, als würde ich einen Schritt in meinen eigenen schlimmsten Albtraum machen. Vielleicht machten diese vermissten und toten Mädchen Ryan überfürsorglich. Ich ließ ihm diese Bevormundung durchgehen.

»Schau mal.« Ich rutschte zur Seite, damit Ryan auf den Monitor schauen konnte. Als er sich neben mich stellte, roch ich Acqua di Parma, männlichen Schweiß und einen Hauch der Zigaretten, die er geraucht hatte.

»Neues Gerät?«

Ich nickte. »Ein Wahnsinnsding.«

»Was sehen wir da?«

»Metatarsus.«

»Aha.«

»Fußknochen.«

»Sieht komisch aus. Irgendwie spitz.«

»Gutes Auge. Das distale Ende sollte knubbelig sein, nicht spitz zulaufend.«

»Was ist das für ein Loch da in der Mitte des Schafts?«

»Ein Foramen.«

»Aha.«

»Ein Kanal für die Arterie, die das Knocheninnere mit Nährstoffen versorgt. Das ist eigentlich ganz normal. Was ungewöhnlich sein kann, ist die Größe. Er ist riesig.«

»Das Opfer hat einen Schuss in den Fuß abbekommen.«

»Vergrößerte Foramina können Folge wiederholter Kleinstverletzungen sein. Aber ich glaube nicht, dass das hier der Fall ist.«

Ich legte einen anderen Fußknochen unter das Mikroskop.

»Dieser sieht an einem Ende wie ausgelöffelt aus.«

»Genau.«

»Irgendwelche Ideen?«

»Unmengen. Da aber die meisten Fußknochen fehlen, ist die Entscheidung ziemlich schwer.«

»Gib mir ein paar Beispiele.«

»Fraßspuren von Nagern mit darauf folgender Erosion der Knochenumgebung. Oder vielleicht lag der Fuß in Kontakt mit etwas Ätzendem. Oder schnell fließendem Wasser.«

»Das erklärt die großen Löcher nicht.«

»Zerstörung der Fußknochen in Kombination mit der Vergrößerung der Foramina könnte auch eine Folge von Erfrierungen sein. Oder rheumatoider Arthritis. Aber das ist unwahrscheinlich, da die Gelenke nicht betroffen sind.«

»Vielleicht hat sie einfach richtig große Löcher.«

»Das ist möglich. Aber es sind nicht nur die Füße.«

Ich legte Lisas merkwürdigen Knochen unter das Mikroskop. »Das ist ein Fingerknochen.«

Ryan betrachtete schweigend die pockennarbige Oberfläche.

Nun ersetzte ich den Knochen durch eins der vorhandenen Fingerendglieder. »Das ebenfalls.«

»Das Loch ist so groß, dass eine ganze U-Bahn durchfahren könnte.«

»Foramina können von der Größe her sehr unterschiedlich sein. Wie du gesagt hast, es könnte sein, dass diese riesigen Löcher normal für das Mädchen waren.« Selbst für mich klang ich nicht sehr überzeugend.

»Was ist mit dem Rest des Skeletts?«, fragte Ryan.

»Ich bin über Hände und Füße noch nicht hinausgekommen. Und so viel ist auch nicht mehr da.«

»Vorläufige Diagnose?«

»Verstärkter Blutfluss in die Extremitäten. Vielleicht. Deformation der Fußknochen. Vielleicht. Rindenzerstörung an einem Mittelhandknochen.« Ich hob frustriert die Hände. »Lokale Infektion? Symptome einer Allgemeinerkrankung? Postmortale Zerstörung, entweder absichtlich oder natürlich? Eine Kombination von allem?« Ich ließ die Hände wieder sinken. »Ich habe keine Diagnose.«

Mein Labor ist zwar alles andere als ein Hightechtempel, aber es genügt seinem Zweck. Zusätzlich zu den Arbeitstischen, dem Kocher und dem neuen Supermikroskop ist es mit dem Üblichen ausgestattet: Neonröhren an der Decke, Fliesenboden, Waschbecken, Rauchabzug, eine Augenspülstation für den Notfall, Fotoständer, Lichtkästen, Schränke mit Glasfronten. Das kleine Fenster über dem Waschbecken geht auf den Gang hinaus. Das große hinter meinem Schreibtisch bietet einen Ausblick über die Stadt.

Ryans Blick wanderte nun zu Letzterem. Der meine folgte. Zwei Schemen spiegelten sich im Glas. Ein großer Mann und eine schlanke Frau, die Gesichter nicht zu erkennen, durchscheinende Gestalten vor dem St. Lawrence und der Jacques-Cartier-Brücke.

Ein angespanntes Schweigen legte sich über den Raum, eine Leere, die gefüllt werden wollte. Ich gab nach.

»Aber dieses Skelett sieht ziemlich alt aus.«

»LaManche will deshalb nicht alle Register ziehen.«

»Nein.« Ich schaltete das Mikroskoplicht aus. »Willst du über die Fälle reden, an denen du arbeitest?«

Ryan zögerte so lange, dass ich schon dachte, er wollte nicht antworten.

»Kaffee?«

»Sicher.« Das war das Letzte, was ich brauchte. Meine vierte Tasse stand kalt auf meinem Schreibtisch.

Habitat 67 ist ein modernes Pueblo aus aufeinandergestapelten Betonkästen. Ursprünglich erbaut als architektonisches Experiment für die Expo 67, ruft der Komplex noch immer starke

Gefühle hervor. Das ist untertrieben. Die Montrealer lieben ihn oder hassen ihn. Keiner ist neutral.

Habitat 67 liegt am St. Lawrence gegenüber dem Vieux-Port. Da Ryan dort wohnt und meine Wohnung in *centre-ville* liegt, entschieden wir uns für ein Café in der Mitte.

Ryan und ich waren beide mit dem Auto da, deshalb fuhren wir getrennt in die Altstadt hinein. Juni ist Hochsaison, und wie erwartet, lief der Verkehr stockend, auf den Bürgersteigen wimmelte es von Menschen, und an den Bordsteinen parkten die Autos Stoßstange an Stoßstange.

Auf Ryans Tipp hin bog ich mit meinem Mazda in eine Auffahrt ein, die von einem orangefarbenen Gummikegel blockiert wurde. Auf einem handgemalten Schild stand *Plein.* Besetzt.

Ein Mann in Sandalen, Shorts und einem Red-Green-T-Shirt kam zu mir. Ich nannte ihm meinen Namen. Der Mann hob den Kegel an und winkte mich hinein. Polizistenprivileg.

Auf dem Weg hügelabwärts über die Place Jacques-Cartier kam ich an alten Steinhäusern vorbei, die jetzt Souvenirläden, Restaurants und Bars beherbergten. Touristen und Einheimische bevölkerten die Terrassen und schlenderten über den Platz. Ein Stelzengänger jonglierte mit Bällen und erzählte Witze. Ein anderer spielte auf Löffeln und sang.

Als ich auf die gepflasterte Rue Saint-Paul einbog, wehte mir der Geruch von Fisch und Öl vom Fluss her entgegen. Ich konnte sie zwar nicht sehen, wusste aber, dass Ryans Wohnung sich am gegenüberliegenden Ufer befand. Meine Meinung? Habitat 67 ähnelt einer riesigen kubistischen Skulptur, die, wie das Kreuz auf dem Mont Royal, aus der Entfernung besser wirkt als aus der Nähe.

Ryan war noch nicht da, als ich das Café betrat. Ich ging zu einem Tisch im hinteren Teil und bestellte mir einen koffeinfreien Cappuccino. Ryan setzte sich zu mir, als die Kellnerin ihn brachte. Augenblicke später war sie mit seinem doppelten Espresso wieder da.

»Willst du heute Nacht durchmachen?«, fragte ich mit Blick auf seine Hardcore-Wahl.

»Ich habe mir Akten mitgenommen.«

Das war keine Einladung, Cowgirl. Ich wartete, bis Ryan bereit war anzufangen.

»Ich mache es chronologisch. Was die alten Fälle angeht, da haben wir drei Vermisste und zwei nicht identifizierte Leichen. Zusammen mit der Wasserleiche aus dem Lac des Deux Montagnes ergibt das drei nicht identifizierte Tote.«

Ryan rührte Zucker in seinen Espresso.

»Siebenundneunzig. Vermisste Nummer eins. Kelly Sicard, achtzehn, lebt bei ihren Eltern in Rosemère. Am zwölften März verlässt sie um ein Uhr vierzig nachts eine Gruppe Saufkumpane, um einen Bus zu erreichen. Doch den kriegt sie nicht.«

»Die Kumpel sind überprüft?«

»Und die Familie und ihr Freund.«

Ryan trank einen Schluck. Seine Hand an der winzigen, weißen Tasse sah aufreizend männlich aus.

»Neunundneunzig. Tote Nummer eins. Die Leiche einer Heranwachsenden verfängt sich in einem Bootspropeller in der Rivière des Mille Îles. Du hast den Fall mit LaManche bearbeitet.«

Ich erinnerte mich. »Die Leiche war verfault. Ich schätzte damals, dass das Mädchen weiß war und vierzehn oder fünfzehn Jahre alt. Wir machten eine Gesichtsrekonstruktion, aber das Mädchen konnte nie identifiziert werden. Die Knochen liegen noch in meinem Lager.«

»Das ist sie.«

Ryan kippte den Rest seines Espresso.

»Zweitausendeins. Tote Nummer zwei. In Dorval wird am Ufer beim Forest and Stream Supper Club ein Teenagermädchen gefunden. LaManche zufolge hatte die Leiche weniger als achtundvierzig Stunden im Fluss gelegen. Er macht eine Autopsie, kommt zu dem Schluss, dass das Mädchen bereits tot war, als sie im Wasser landete, findet keine Schuss-, Stich- oder

Schlagverletzungen. Ihr Foto wird in der ganzen Provinz verteilt. Aber niemand meldet sich.«

Ich erinnerte mich auch an diesen Fall. »Das Mädchen wurde schließlich als unbekannt begraben.«

Ryan nickte und erzählte weiter.

»Zweitausendzwei. Vermisste Nummer zwei. Claudine Cloquet radelt mit ihrem Schwinn-Dreigangtreter durch ein Waldgebiet in Saint-Lazare-Sud. Claudine ist zwölf Jahre alt und leicht zurückgeblieben. Zwei Tage später wird ihr Fahrrad gefunden. Claudine nicht.«

»Ziemlich unwahrscheinlich, dass sie durchgebrannt ist.«

»Vater ist verdächtig, hat aber ein Alibi. Wie der Rest der Familie. Der Vater ist inzwischen gestorben, die Mutter war zwei Mal wegen Depressionen in stationärer Behandlung.

Zweitausendvier. Vermisste Nummer drei. Erster September. Anne Girardin verschwindet mitten in der Nacht aus ihrem Zuhause in Blainville.« Ryan spannte die Kiefermuskeln an, entspannte sie wieder. »Die Kleine ist zehn Jahre alt.«

»Ziemlich jung, um einfach abzuhauen.«

»Ist aber schon vorgekommen. Und das war eine Zehnjährige, die sich auf der Straße auskannte. Auch hier ist der Alte ein Loser, wir konnten aber nichts finden, was ihn mit ihrem Verschwinden in Verbindung brächte. Dasselbe für den Rest des Haushalts. Die Überprüfung der Nachbarschaft bringt nichts.«

Wir verstummten beide, weil wir uns an die gigantische Suche nach Anne Girardin erinnerten. Alarmstufe orange. SQ. SPVM. Suchhunde. Örtliche Freiwilligentrupps. Personal vom NCECC, dem nationalen Koordinationszentrum gegen Kindsmissbrauch. Gefunden wurde rein gar nichts. Alle Hinweise erwiesen sich als Nieten.

»Und jetzt habe ich Tote Nummer drei, die Wasserleiche aus dem Lac des Deux Montagnes.«

»Sechs Mädchen. Drei im Wasser oder in der Nähe eines

Gewässers gefunden. Drei Vermisste, die wahrscheinlich keine Ausreißer sind.« Ich fasste das Gesagte zusammen. »Irgendwelche anderen Verbindungen?«

Wieder spannte Ryan die Kiefermuskeln an. »Kann sein, dass wir noch eine vierte Vermisste haben. Phoebe Jane Quincy, dreizehn. Lebt in Westmont. Vermisst, seit sie vorgestern ihr Zuhause verließ, um zu einer Tanzstunde zu gehen.«

Ryan zog ein Foto aus der Tasche und legte es auf den Tisch. Ein Mädchen, das Marilyn in *Das verflixte siebte Jahr* nachmachte, in einem Kleid, das sich im Luftstrom aufbauschte. Licht von hinten ließ ihre Figur durch den dünnen weißen Stoff durchscheinen.

Dreizehn?

»Wer hat das Foto aufgenommen?«

»Die Eltern haben keine Ahnung. Haben es ganz unten in einer Wäscheschublade gefunden. Wir gehen dem nach.«

Ich schaute das Foto an. Die Darstellung war zwar nicht übermäßig sexuell, aber doch verstörend.

»Ihre Freundinnen sagen, dass sie Model werden will«, sagte Ryan.

Könnte sie durchaus werden, dachte ich, als ich mir die schlanke Figur, die langen Haare und die leuchtenden grünen Augen betrachtete.

»Viele kleine Mädchen wollen Model werden«, sagte ich.

»Wolltest du auch mal?«

»Nein.«

»Auch Kelly Sicard träumte vom Ausbrechen.«

»Dürftige Spur.«

»Besser dürftig als gar keine«, sagte Ryan.

Wir sprachen noch ein paar Minuten über die Fälle. Ich hörte vorwiegend zu.

Ryan lässt sich von Gewalt oder Tod nicht so leicht aus der Fassung bringen. Er sieht beides häufig und hat gelernt, seine Gefühle zu verbergen. Aber ich kenne den Mann. Weiß, dass der Missbrauch von Schutzlosen, die sich nicht verteidigen können, ihn sehr betroffen macht. Mich ebenfalls. Ich war mir meiner Gefühle in diesem Augenblick sehr deutlich bewusst, hatte ich doch die letzten Stunden mit den Knochen eines Kinds verbracht.

Obwohl Ryan behauptete, nur müde zu sein, konnte ich doch die Traurigkeit und die Frustration dahinter erkennen. Nun gut. Das bringt der Job so mit sich. Aber spürte ich sonst noch etwas? Gab es noch einen weiteren Grund für Ryans Aufgewühltsein, der ihm seine gewohnte Unbeschwertheit nahm und ihn wieder zum Rauchen verführte? Oder bildete ich mir das alles nur ein?

Nach einer Weile winkte Ryan nach der Rechnung.

Ich ging auf den Parkplatz zurück, startete meinen Mazda und fuhr in Richtung Heimat. Ich brauchte Erholung. Eine Dusche. Und Zeit zum Nachdenken.

Einen Drink zu brauchen, konnte ich mir nicht leisten.

Als ich in westlicher Richtung auf die René-Lévesque einbog, kurbelte ich das Fenster herunter. Die Luft war warm und feucht und unnatürlich schwer, der Himmel eine schwarze Leinwand, über die hin und wieder ein Blitz zuckte.

Der Abend roch nach Regen.

Bald würde ein Sturm losbrechen.

9

Der nächste Tag verging, ohne dass ich von Hippo oder Ryan etwas hörte. Harry war da eine ganz andere Geschichte. Die kleine Schwester hatte Termine vereinbart für die Besichtigung einer Penthouse-Wohnung in der Innenstadt von Houston, einer Pferderanch im Harris County und einem Anwesen am Strand von South Padre Island. Ich schlug ihr vor, sie solle sich erst einmal die Zeit nehmen zu überlegen, was sie nach Arnoldo wirklich wollte, anstatt im südöstlichen Texas herumzugondeln und auf Inspiration zu hoffen.

Ich stapfte durch das Chaos in meinem Büro und bürstete dann weiter Erde von den Rimouski-Überresten. Ich gebe meinen Unbekannten oft Spitznamen. Irgendwie komme ich ihnen dadurch näher. Obwohl Hippo mit dem Fall eigentlich nur am Rande zu tun hatte, war das Skelett für mich inzwischen Hippos Mädchen.

Je mehr Details ich über Hippos Mädchen herausfand, desto verwirrender wurde das Bild.

Gegen elf traf ein Schädel aus Iqaluit ein, ein Stecknadelkopf auf der Quebecer Karte Trillionen Meilen weiter nördlich an der Frobisher Bay. Ich suchte den Ort im Atlas. Obwohl ich lieber an Hippos Mädchen weitergearbeitet hätte, hielt ich mich an das Versprechen, das ich LaManche gegeben hatte, und nahm mir den Neuankömmling vor.

Gegen fünf verließ ich das Institut, lieferte die Knochenprobe und die Socke der Leiche aus dem Lac des Deux Montagnes bei dem Biologen an der McGill ab und machte dann kurz einen Abstecher zu Hurley's für meine Version eines Pints. Diet Coke auf Eis mit einer Scheibe Zitrone. Ich ging natürlich nicht wegen der Limonade hin, sondern wegen des Kontakts mit Freunden, den der Pub mir bieten würde.

Als ich durch den Spielsaal ging, schaute ich kurz hoch zu dem an der Wand befestigten Fernseher. Zu sehen war ein klassisches Schulporträt als Hintergrund für einen ernst dreinblickenden Moderator. Die Augen des jungen Mädchens waren grün und voller Schalk, das Haar in der Mitte gescheitelt und zu schulterlangen Zöpfen geflochten. Phoebe Quincy.

Eine kleine Gruppe Stammgäste saß an der Bar im Untergeschoss: Gil, Chantal, Black Jim und Bill Hurley selbst. Sie begrüßten mich mit düsteren Gesichtern und unterhielten sich dann weiter über Quincys Verschwinden.

»Heilige Mutter Gottes, dreizehn Jahre alt.« Chantal schüttelte den Kopf und bestellte sich ein frisches Bier. Als Neufundländerin konnte sie die Besten der Besten unter den Tisch trinken. Und tat es oft auch.

»Hoffen wir mal, dass sie einfach nur ausgerissen ist.« Black Jims Akzent änderte sich mit jeder Geschichte, die er über sich erzählte. Niemand wusste, wo Jim eigentlich herkam. Sooft ihn jemand fragte, tischte er eine andere Story auf. An diesem Tag sprach er Australisch.

»Wie lange ist sie schon verschwunden?« Bill winkte dem Barkeeper, und gleich darauf stand ein Diet Coke vor mir.

»Drei Tage. Wollte in die Tanzstunde. Allmächtiger.«

»Hast du was damit zu tun?«, fragte mich Bill.

»Nein.«

»Ryan?«

»Ja.«

»Wo ist Ryan? Bist du diesen Penner endlich losgeworden?«

Ich nippte an meinem Coke.

»Sieht nicht gut aus, was?« Gil erinnerte an eine alternde, französische Version des Fonz.

»Vielleicht taucht sie ja wieder auf«, sagte ich.

»Glaubt die Polizei, dass irgend so ein Mistkerl sie sich geschnappt hat?« Black Jim.

»Ich weiß es nicht.«

»Kannst du dir vorstellen, was ihre armen Eltern durchmachen?« Gil.

»Wenn die diesen Wichser fassen, dann melde ich mich freiwillig und schneide ihm den Schwanz ab.« Chantal.

Ich starrte in mein Glas und zweifelte daran, ob dieser Abstecher hierher wirklich das Richtige für mich war. Ich hatte den Mantel der Trauer und des Todes abstreifen und dann abgelenkt und erfrischt zu Hause ankommen wollen, aber so wie es aussah, sollte ich heute keine Entspannung finden.

Was war tatsächlich mit Phoebe passiert? War sie einfach nur irgendwo da draußen auf der Straße, allein zwar, aber stur ihren eigenen Plan verfolgend? Oder wurde sie an einem dunklen Ort festgehalten, hilflos und verängstigt? War sie überhaupt noch am Leben? Wie überstanden ihre Eltern die endlosen Stunden der Unsicherheit?

Und was war mit der Leiche aus dem Lac des Deux Montagnes? Wer war das Mädchen? Hatte man es ermordet?

Und das andere Mädchen in meinem Labor? Hippos Mädchen. Wann war sie gestorben? Ein irrationaler Gedankensprung. Konnte das Skelett Évangéline Landry sein? Wo war Évangéline?

Ich bemerkte, dass Bill mit mir sprach. »'tschuldigung. Was?«

»Ich habe gefragt, wo Ryan ist.«

Offensichtlich hatte es sich im Pub noch nicht herumgesprochen, dass Ryan und ich uns getrennt hatten. Oder was immer wir getan hatten.

»Ich weiß es nicht.«

»Alles okay mit dir? Du siehst ziemlich fertig aus.«

»Ich habe ein paar harte Tage hinter mir.«

»Verdammte Scheiße«, sagte Chantal.

Ich hörte der Unterhaltung noch ein paar Minuten zu. Dann trank ich mein Coke aus und machte mich auf den Heimweg.

Der Freitagmorgen brachte keine neuen Anthropologiefälle. Ich schrieb eben einen Bericht über den Schädel aus Iqaluit, als Ryan in mein Labor kam.

»Schöne Frisur.«

Mit der linken Hand steckte ich mir automatisch eine lose Strähne hinters Ohr, doch dann erkannte ich, dass Ryans Bemerkung dem Schädel gegolten hatte. Er war von der Sonne gebleicht, und oben auf der Krone prangte grünes Moos.

»Der lag ziemlich lange in der Tundra.«

Normalerweise hätte Ryan gefragt, wie lange. Er tat es nicht. Ich wartete, dass er mir den Grund seines Besuchs nannte.

»Hab heute Morgen einen Anruf von Hippo Gallant bekommen. Ein Kerl namens Joseph Beaumont trainiert gerade sein Sitzfleisch in Bordeaux.«

Bordeaux ist die größte Haftanstalt in Quebec.

»Gestern Abend kam in den Sechs-Uhr-Nachrichten auf CFCF ein Bericht über Phoebe Quincy. Und darin wurden auch Kelly Sicard und Anne Girardin erwähnt.«

»Nur die beiden?«

Ryan hob die Hände, was wohl »Wer weiß, warum?« bedeuten sollte. »Beaumont sah den Bericht und bat danach um einen Termin mit dem Wärter. Behauptet, er weiß, wo Sicard begraben ist.«

»Ist er glaubwürdig?«

»Beaumont könnte nur ein Schwindler sein, der sich das Leben ein bisschen angenehmer gestalten will. Aber ganz abtun darf man den Kerl auch nicht.«

»Was sagt er?«

»Bietet mir was an.«

»Und?«

»Wir verhandeln noch. Wollte dir nur Bescheid geben. Falls der Tipp einleuchtend klingt, schicken wir sofort ein Team dorthin. Wir wollen dort sein, bevor die Presse Lunte riecht.«

»Ich werde bereit sein.«

Ich überprüfte eben meine Ausrüstung, als Ryan anrief.

»Wir sind so weit.«

»Wann?«

»Der Transporter der Spurensicherung ist schon unterwegs.«

»Ich treffe dich in fünf Minuten unten in der Lobby.«

Ryan fuhr auf der Autoroute 15 in nordwestlicher Richtung aus der Stadt hinaus und dann nach Süden auf Saint-Louis-de-Terrebonne zu. Um die Mittagszeit herrschte nur schwacher Verkehr. Unterwegs brachte er mich auf den neuesten Stand.

»Beaumont hat sich damit zufriedengegeben, dass er seine

Postprivilegien zurückerhält. Vor drei Monaten bekam der Trottel ein Exemplar von ›*Catch-22*‹ mit LSD im Einbandkleister.«

»Kreative Kumpel. Was erzählt er?«

»Vor sechs Jahren teilte Beaumont sich eine Zelle mit einem Kerl namens Harky Grissom. Er behauptet, Grissom hätte ihm von einem Mädchen erzählt, das er siebenundneunzig umgebracht hatte. Sagte, er hätte sie mitten in der Nacht an einer Bushaltestelle aufgegabelt, mit nach Hause genommen, vergewaltigt und ihr dann mit einem Steckschlüssel den Schädel eingeschlagen.«

»Beaumont könnte Berichte über Sicards Verschwinden gelesen oder gehört haben.«

»Grissom erzählte Beaumont, das Mädchen, das er gekillt hätte, sei ganz verrückt nach NASCAR-Rennen gewesen. Behauptete, er hätte sie mit dem Versprechen angelockt, sie würde Mario Gosselin kennenlernen.«

Ich sah zu, wie die gelben Mittelstreifen über Ryans dunkle Sonnenbrille huschten.

»Dass Sicard Stockcar-Rennen mochte, stimmt genau.« Ryan schaute mich an, und die gelben Streifen rutschten von der Brille. »Aber das gelangte nie an die Öffentlichkeit.«

»Wo ist Grissom jetzt?«

»Wurde neunundneunzig begnadigt. Und starb im selben Jahr bei einem Autounfall.«

»Der hilft uns nicht mehr weiter.«

»Nicht ohne Séance, aber der hätte uns sowieso nicht geholfen. Wir müssen uns auf Beaumonts Erinnerung verlassen.«

Ryan bog nach rechts ab. Wir fuhren durch Wald zu beiden Seiten der Straße. Augenblicke später sah ich, was ich erwartet hatte. Am rechten Straßenrand standen der Lkw der LSJML-Spurensicherung, ein schwarzer Transporter des Coroners, ein SQ-Streifenwagen, ein ziviler Chevrolet Impala und ein Geländewagen.

Anscheinend hatten Tempo und Verschwiegenheit gewirkt. Kameras oder Mikrofone waren nirgendwo zu sehen. Kein einziger Kuli über einem Block. Zumindest für den Augenblick.

Hippo redete mit zwei Uniformierten. Zwei Techniker der Leichenhalle rauchten neben ihrem Transporter. Ein Kerl in Zivil goss für einen Bordercollie Wasser aus einer Flasche in eine Schüssel.

Ryan und ich stiegen aus. Die Luft traf mich wie Karamellsirup. An diesem Morgen hatte die *Gazette* Regen und Temperaturen über dreißig Grad angekündigt. Juni in Quebec. Stellen Sie sich vor.

Während wir auf Hippo zugingen, erklärte Ryan mir die Lage der Dinge.

»Laut Beaumont erzählte Grissom von einer verlassenen Scheune abseits der Route 335, in einem Waldstück, das an eine Pferdefarm grenzt.«

Ich folgte der Kompassnadel von Ryans Hand.

»Die Straße ist hinter uns. Der Parc équestre de Blainville ist hinter diesen Bäumen da. Saint-Lin-Jonction und Blainville liegen im Süden.«

Ich spürte eine gewisse Enge in der Brust. »Anne Girardin verschwand in Blainville.«

»Ja.« Ryan hielt den Blick geradeaus gerichtet.

Wir erreichten die Gruppe. Hände wurden geschüttelt, Begrüßungen ausgetauscht. Vielleicht war es die klebrige Hitze. Vielleicht das Unbehagen angesichts dessen, was wir möglicherweise gleich finden würden. Keiner riss Witze oder flapsige Sprüche.

»Die Scheune ist ungefähr zehn Meter da drin.« Hippos Gesicht war nass, seine Achselhöhlen dunkel. »Ein guter Windstoß haut sie um.«

»Was wurde bereits unternommen?«, fragte Ryan.

»Hab den Hund mal rumschnüffeln lassen«, sagte Hippo.

»Mia«, warf der Hundeführer dazwischen.

Der Collie stellte beim Klang seines Namens die Ohren auf.

Hippo verdrehte die Augen.

»Sie heißt Mia.« Auf der Brusttasche des Hundeführers war *Sylvain* eingestickt.

Hippo ist berüchtigt für seine Abneigung gegen die »moderne Scheißtechnik«, wie er das nennt. Leichenhunde beäugte er offenbar genauso kritisch wie Computer, Iris-Scanner und Tonwahltelefone.

»*Mia* wirkte nicht sonderlich beeindruckt.« Hippo zog ein Döschen aus der Tasche, schnippte den Deckel mit dem Daumen ab, schüttelte ein paar Magensäurehemmer heraus und schob sie sich in den Mund.

»Die Scheune ist voller Pferdescheiße.« Sylvain klang leicht gereizt. »Das beeinträchtigt ihre Witterung.«

»GPR?« Ich kürzte den Wortwechsel mit meiner Frage nach einem Ground Penetration Radar, einem Bodendurchdringungsradar, ab.

Hippo nickte und drehte sich um. Ryan und ich folgten ihm in das Waldstück. Die Luft roch nach Moos und lehmiger Erde. Kein Lüftchen regte sich in dem dichten Laubwerk. Schon nach wenigen Metern schwitzte ich und atmete schwer.

Nach einer halben Minute hatten wir die Scheune erreicht. Der Holzbau stand auf einer Lichtung kaum größer als er selbst und hatte Schlagseite wie ein Schiff in schwerer See. Die Bretter waren grau und verwittert, das Dach war teilweise eingestürzt. Was aussah wie das Haupttor, lag als ein Haufen verfaulendes Holz im Gras. Durch die Öffnung sah ich Dunkelheit, durchstochen von Strahlen staubflirrenden Lichts.

Hippo, Ryan und ich blieben an der Schwelle stehen. Ich packte den Ausschnitt meines T-Shirts mit zwei Fingern und wedelte. Hosenbund und BH trieften inzwischen vor Schweiß.

Das Innere der Scheune roch schwer nach Feuchtigkeit und Alter. Nach verfaulender Vegetation. Staub. Und etwas süßlich Organischem.

Die Spurensicherungstechniker sahen in ihren Masken und weißen Overalls aus wie Astronauten. Ich erkannte jeden an seinen Bewegungen und der Körperform. Der mit den Spinnenbeinen war Renaud Pasteur. Der Kartoffelsack war David Chenevier.

Hippo rief ihnen zu. Pasteur und Chenevier winkten und machten sich dann wieder an die Arbeit.

Chenevier schob eine dreirädrige Vorrichtung in parallelen Bahnen über den Scheunenboden. Unter der Hauptachse des Karrens hing ein rechteckiger, roter Kasten, dessen Unterseite nur Zentimeter vom Boden entfernt war. Auf der Lenkstange war ein kleiner LCD-Monitor befestigt.

Pasteur schoss abwechselnd Fotos und filmte mit einer Videokamera und räumte immer wieder Unrat weg, der Cheneviers Karren im Weg war. Steine. Limodosen. Ein Stück verrostetes Metall.

Hat den kürzeren Strohhalm gezogen, dachte ich, als ich sah, dass Pasteur etwas aufhob, kurz untersuchte und dann wieder wegwarf.

Vierzig Minuten später fuhr Chenevier die letzte und hinterste Ecke der Scheune ab. Er hielt inne und sagte etwas. Pasteur ging zu ihm, und die beiden unterhielten sich über etwas, das sie auf dem Monitor sahen.

Ein kalter Schauer jagte über meinen erhitzten Körper. Ich spürte, wie Ryan neben mir sich verkrampfte.

Chenevier drehte sich um. »Wir haben etwas.«

10

Ryan und ich stapften über den unebenen Boden. Hippo folgte uns im Zickzack. Er trug ein Hemd, das nur aus einem Billigmarkt stammen konnte. Einem Billigstmarkt. Glänzende Pinguine mit dicken Schals und Baskenmützen. Der Stoff sah ziemlich leicht entflammbar aus.

Chenevier und Pasteur rückten zur Seite, damit wir auf den Monitor schauen konnten. Ein Schichtkuchen aus Farben wellte sich auf der Mattscheibe. Rote, grüne und blaue Abstufungen. In der Mitte des Kuchens war ein blassgrauer Buckel zu sehen.

Ein Bodendurchdringungsradar ist nicht so kompliziert, wie der Name vermuten lässt. Ein solches Gerät besteht aus Funksender und -empfänger, die mit zwei an den Boden gekoppelten Antennen verbunden sind.

Ein Signal wird in den Boden geschickt. Da das Objekt oder die Störung im Erdreich andere elektrische Eigenschaften hat als die Umgebung, wird ein Signal, das von diesem Objekt oder dieser Störung reflektiert wird, den Empfänger mit leichter Verzögerung erreichen. Auf dem Monitor erscheint dann ein anderes Wellenmuster.

Denken Sie an ein Sonar, ein Fischsuchgerät. Das Ding sagt Ihnen, dass da unten etwas ist, aber es kann Ihnen nicht sagen, was.

»Könnte ein Tierbau sei.« Cheneviers Gesicht war schweißnass. »Oder ein alter Graben für Rohre.«

»Wie tief?«, fragte ich und starrte die umgedrehte, graue Sichel an.

Chenevier zuckte die Achsel. »Fünfundvierzig bis fünfzig Zentimeter.«

Tief genug für einen Grabschaufler, der es eilig hat.

Mia wurde gerufen und zu der Stelle geführt. Sie schlug an, indem sie sich hinsetzte und einmal scharf bellte.

Bis zum Mittag hatte ich mit Stöcken und Schnur ein Quadrat von etwa drei Metern Kantenlänge abgesteckt. Ryan und ich fingen mit langstieligen Spaten zu graben an. Pasteur fotografierte. Chenevier siebte.

Hippo stand ein wenig abseits, wischte sich Schweiß von der Stirn und trat von einem Fuß auf den anderen. Hin und wieder steckte er eine Hand in die Tasche. Dann mischte sich das Klirren von Schlüsseln unter das Klicken von Pasteurs Kameraverschluss und das Rieseln von Erde durch das Siebgitter.

Das Erdreich des Scheunenbodens war stark von organischem Material durchsetzt und deshalb leicht zu schaufeln und leicht zu sieben.

Um halb eins hatten wir einen amöbenähnlichen Fleck freigelegt, der deutlich dunkler als die Erde der Umgebung war. Erdflecken. Ein Hinweis auf Verwesung.

Ryan und ich nahmen nun Kellen und fingen an, die Krume wegzukratzen, wobei wir beide mit Unbehagen daran dachten, was wir unter der Verfärbung finden würden. Hin und wieder trafen sich unsere Blicke und senkten sich dann wieder in das Loch, das wir buddelten.

Im Sieb tauchte der erste Knochen auf.

»Hab was.« Cheneviers Stimme durchschnitt die Stille.

»Gaubine!« Hippo warf grimmig noch einen Magensäurehemmer ein.

Mich im Loch halb aufrichtend, schaute ich mir an, was er in der Hand hielt.

Das Skelett eines Erwachsenen besteht aus zweihundertsechs Knochen, die alle in Größe und Form unterschiedlich sind. Einzeln geben sie nur wenig Aufschluss über die Lebensgeschichte eines Menschen. Alle zusammen aber können, wie Puzzlestücke, sehr viel aussagen. Alter. Geschlecht. Abstammung. Gesundheit. Lebensgewohnheiten. Je mehr Knochen, umso mehr erfährt man.

Cheneviers Fund löste das Rätsel jedoch ganz allein.

Dünn und weniger als zehn Zentimeter lang, sah der Knochen aus wie ein Stift, den man benutzt, um einen Haarknoten zu fixieren. Er war an einem Ende dicker und verjüngte sich dann zu einem kleinen Knubbel am anderen Ende.

Ich schaute in acht neugierige Augen.

»Das ist ein Baculum.«

Vier verständnislose Blicke.

»Ein Knochen, den man im Penis der meisten Säugetiere findet. Ich schätze, der da kommt von einem großen Hund.«

Noch immer sagte keiner etwas.

»Das Baculum hilft bei der Kopulation, wenn die Paarung bei einer schnellen Begegnung vollzogen werden muss.«

Pasteur räusperte sich.

»Wenn die Tiere schnell machen müssen.« Ich schob mir meine Maske zurecht.

»Pour l'amour du Bon Dieu!« Hippos Ausruf deutete darauf hin, dass in ihm ähnliche Gefühle aufstiegen wie in mir. Erleichterung. Verwirrung. Hoffnung.

Ich gab Pasteur den Knochen. Während er ihn fotografierte und in eine Tüte packte, gruben Ryan und ich weiter.

Um drei war Grissoms »Opfer« völlig freigelegt. Die Schnauze war breit, der Schädel gefurcht. Schwanzwirbel lagen zwischen Hinterläufen, die irgendwie zu kurz für den Torso wirkten.

»Langer Schwanz.«

»Irgendeine Pitbull-Mischung.«

»Vielleicht ein Schäferhund.«

Die Testosteron-Truppe schien an der Abstammung des Hundes außerordentlich interessiert zu sein. Mir war sie völlig egal. Ich war verschwitzt, meine Haut juckte, und ich wollte unbedingt aus meinem Tyveck-Overall heraus. Die Dinger sind zwar dazu da, den Träger vor Blut, Chemikalien und toxischen Flüssigkeiten zu schützen, aber sie behindern auch die Luftzirkulation und lassen einen schwitzen wie in einer Sauna.

»Egal, was für eine Rasse, dieser Kerl war ein Casanova.« Pasteur hielt den Beutel mit dem Penisknochen des Hundes in die Höhe. Chenevier hob die Hand. Pasteur klatschte ab.

Die Witzeleien hatten bereits begonnen. Ich war froh, ihnen nicht gesagt zu haben, dass das Baculum manchmal auch als Hillbilly-Zahnstocher bezeichnet wird. Oder dass man das prächtigste Exemplar beim Walross findet, dessen Männchen manchmal auf bis zu fünfundsiebzig Zentimeter kommen. Es würde so schon schlimm genug werden.

Während meiner Dissertation hatte eine Kommilitonin das Baculum von Rhesusaffen untersucht. Sie hieß Jeannie. Meine alten Klassenkameraden, die inzwischen alle Professoren und angesehene Forscher sind, ziehen sie immer noch mit »Jeannies Penis« auf.

Um zwei war der Hund verpackt und lag im Transporter des Coroners. Wahrscheinlich unnötig, aber sicher ist sicher.

Um sechs hatten Ryan und ich das gesamte Quadrat sechzig Zentimeter tief ausgegraben. Weder in der Grube noch im Sieb war noch irgendetwas aufgetaucht. Chenevier war die Scheune und die sie umgebende Wiese noch einmal mit dem GPR abgefahren, hatte aber keine Hinweise auf weitere Störungen im Erdreich gefunden.

Hippo kam zu uns, als ich eben meinen Overall abstreifte.

»Tut mir leid, dass ich Sie für nichts und wieder nichts hierhergeschleift hab.«

»Das ist der Job, Hippo.« Ich war heilfroh, aus dem Tyveck heraus zu sein. Und erleichtert, dass wir nicht Kelly Sicard ausgegraben hatten.

»Wie lang ist es her, dass der alte Kläffer seinen Hannes präsentiert hat?«

»Die Knochen sind fleischlos, geruchlos und einheitlich erdfleckig. Die einzigen Insekteneinschlüsse, die ich gefunden habe, waren vertrocknete Puppenhüllen. In dieser Tiefe und innerhalb der Scheune vergraben, würde ich schätzen, dass der

Hund mindestens zwei Jahre tot ist. Aber mein Bauch sagt mir, noch um einiges länger.«

»Zehn Jahre?«

»Möglich.«

»Könnte Grissom gehört haben. Oder Beaumont.«

Oder Céline Dion, dachte ich.

Hippo schaute in die Ferne. Seine Brillengläser waren schmutzverschmiert, sodass ich den Ausdruck seiner Augen nicht erkennen konnte. Ich vermutete, dass er sich gerade ein paar passende Sätze für seinen Informanten zurechtlegte.

»Wenn Sie noch ein bisschen warten können, nehme ich Sie mit.«

Ich schaute hinüber zu Ryan. Er telefonierte mit seinem Handy. Hinter ihm flirrte die Hitze über dem Asphalt der Straße und den abgestellten Fahrzeugen.

Als Ryan mich ansah, bedeutete ich ihm, dass ich mit Hippo fahren würde. Er winkte kurz und telefonierte weiter.

»Okay«, sagte ich.

»Dann erzähle ich Ihnen von Luc Tiquet.«

Ich starrte Hippo an.

»Sûreté du Québec, Rimouski? Die Knochen meines Kumpels Gaston?«

»Was hatte er zu erzählen?«

»Das sage ich Ihnen im Auto.«

Der Innenraum des Impala war heiß wie ein Brennofen.

Als Hippo auf den Highway einbog, drehte ich die Klimaanlage auf Maximum und hielt die Hand an die Lüftungsschlitze. Heiße Luft versengte mir fast die Finger.

»L'air conditionné est brisé.«

Dass die Klimaanlage kaputt war, hätte er mir nicht zu sagen brauchen. Das hatte ich bereits gemerkt.

Das Funkgerät knisterte. Ich zupfte mir feuchte Haarsträhnen aus dem Nacken und wartete.

»Haben Sie das Kühlmittel kontrolliert?«

»Reine Zeitverschwendung.« Hippo machte eine wegwerfende Handbewegung. »Die Hitze hält doch nicht. Tut sie nie.«

Ich verbiss mir einen Kommentar. Sinnlos. Kühlmittel war für Hippo wahrscheinlich ein Mysterium.

Als ich mein Fenster herunterließ, wehte der Geruch von Dünger und frisch gemähtem Gras ins Auto.

Ich lehnte mich zurück und schoss sofort wieder nach vorn, als glühend heißes Vinyl nackte Haut berührte. Ich suchte mir vorsichtig eine bequeme Sitzposition, verschränkte die Arme, schloss die Augen und ließ mir vom Wind die Haare verwirbeln.

Aus eigener Erfahrung wusste ich, dass eine Fahrt mit Hippo so war wie ein Ritt auf *el toro* in der Rodeo Bar. Ich klammerte mich an der Armlehne fest, während wir mit halsbrecherischem Tempo durch die Landschaft düsten und Hippo abwechselnd die Bremse ebenso heftig durchdrückte wie das Gaspedal.

»Dieser Tiquet ist kein schlechter Kerl.«

Ich öffnete die Augen. Wir fuhren eben auf die Fünfzehner. »Was hat er Ihnen erzählt?«

»Sagt, vor fünf oder sechs Jahren bekam er einen Anruf, mit dem eine Störung in einem Steinbruch gemeldet wurde. Verhaftete damals ein paar Jungs wegen unbefugten Betretens und Zerstörung fremden Eigentums. Die Burschen behaupteten, sie seien Graffitikünstler, die zeitlose Kunstwerke schaffen.«

Ich stemmte mich gegen das Armaturenbrett, als Hippo ausscherte, um einen Pick-up zu überholen. Der Fahrer zeigte ihm den Finger. Hippos Miene deutete darauf hin, dass er sich überlegte, es ihm mit gleicher Münze heimzuzahlen.

»Das Skelett?« Ich wollte, dass Hippo endlich zur Sache kam.

»Fand sich im Kofferraum, als Tiquet ihr Auto durchsuchte.«

»Wo war dieser Steinbruch?«

»Irgendwo in der Nähe der Grenze zwischen Quebec und New Brunswick. Tiquet war da nicht sehr präzise.«

»Konnte er sich an die Namen der Jungs erinnern?«

»Nein, aber er hat die Akte rausgesucht. Ich hab sie mir aufgeschrieben.«

»Na gut. Er hat das Skelett bei einer Verhaftung sichergestellt. Aber warum hat er es behalten?«

»Sagt, er hat den Coroner angerufen.«

»Bradette.«

»Genau den. Bradette kam vorbei, schaute es sich kurz an und meinte, er sollte sich an einen Archäologen wenden. Aber die gehörten nicht gerade zu Tiquets engstem Freundeskreis.«

»Und er kam nie dazu, einen ausfindig zu machen.«

»Bingo.«

Ein Schlagloch schleuderte uns beide an die Decke.

»Moses! Sorry.«

»Wie erklärten die Jungs das Skelett?«

»Behaupteten, sie hätten die Knochen von einem Pfandleiher gekauft. Wollten damit irgendeine Graffitiskulptur machen.«

»Hübsch. Und woher hatte der Pfandleiher sie?«

»Das wusste Tiquet nicht.

»Wo war dieser Pfandleiher?«

»Miramichi.«

Ich drehte den Kopf und schaute zum Fenster hinaus. Wir waren wieder in der Stadt, und statt frisch umgegrabener Erde roch ich jetzt Abgasdämpfe. Eine Autolackiererei huschte vorbei. Ein heruntergekommenes Einkaufszentrum. Eine Petro-Canada-Tankstelle.

»Wo ist Miramichi?«

»New Brunswick.«

»Das ist eine große Provinz, Hippo.«

Hippo runzelte die Stirn. »Da haben Sie recht, Doc. Miramichi ist eine Stadt mit achtzehn-, vielleicht zwanzigtausend Einwohnern. Aber der Name bezeichnet auch den Fluss und die ganze Region.«

»Aber wo ist sie?«

»Northumberland County.«

Ich verkniff mir ein Augenverdrehen und wackelte mit den Fingern im Sinne von »Jetzt reden Sie schon«.

»Die nordöstliche Küste von New Brunswick.«

»Akadien?«

»Tief im Herzen.«

Ich lauschte dem Wummern der Reifen auf dem Asphalt. Vor der Windschutzscheibe verschleierte eine Smogschicht den Sonnenuntergang, der die Stadt in einen weichen, goldenen Schein tauchte.

Miramichi? Ich hatte den Namen schon einmal gehört. In welchem Kontext?

Plötzlich fiel es mir wieder ein.

11

In dem Sommer, als ich zehn und Évangéline zwölf war, erzählte sie von einem Ereignis, das im Dezember davor passiert war. Der Vorfall hatte sie so beunruhigt, dass sie in ihren Briefen nichts davon hatte schreiben können.

Nachdem sie Obéline in die Obhut einer Nachbarin gegeben hatte, war Évangélines Mutter in eine Nachbarstadt gefahren, um Lebensmittel einzukaufen. Das war ungewöhnlich, weil Laurette normalerweise in Tracadie einkaufte. Nach Verlassen des Supermarkts hatte sie ihrer Tochter aufgetragen, zu ihrem alten Ford zurückzukehren und dort auf sie zu warten.

Doch Évangéline war neugierig, wartete deshalb, bis ihre Mutter um die Ecke verschwunden war, und folgte ihr dann. Laurette betrat ein Leihhaus. Durchs Fenster sah sie ihre Mutter in erregtem Gespräch mit einem Mann. Verängstigt lief Évangéline zum Auto zurück.

Laurette besaß ein einziges Schmuckstück, einen Saphirring mit winzigen, weißen Diamanten. Obwohl Évangéline nichts von der Geschichte des Rings wusste, hatte sie ihre Mutter noch nie ohne ihn gesehen. Als Laurette sich an diesem Tag hinters Steuer setzte, war der Ring verschwunden. Évangéline sah ihn nie wieder.

Unsere kindliche Fantasie beschwor Geschichten über gebrochene Herzen und verlorene Liebe herauf. Ein gut aussehender Verlobter, der im Krieg getötet worden war. Eine Familienfehde wie die der Capulets und Montagues, nur eben in Akadien. Wir schrieben Verse, die sich auf den Namen der Stadt reimten. *Peachy. Beachy. Lychee.*

Und so kam ich drauf.

Évangéline und ihre Mutter waren nach Miramichi gefahren.

Kam Hippos Mädchen aus Miramichi?

»Wie weit ist Miramichi von Tracadie entfernt?« Noch mehr verrückte Möglichkeiten schossen mir durch den Kopf.

»Ungefähr fünfundsechzig Meilen.«

Unmöglich. Es gab keinen Grund für die Befürchtung, dass Évangéline nicht mehr am Leben war.

»Immer den Highway 11 runter.«

Und trotzdem? Hippo um eine Überprüfung der Vermisstenlisten bitten? Unrealistisch. Sie konnte einen anderen Namen angenommen haben, jetzt ganz woanders leben.

Ich atmete tief durch und erzählte Hippo die Geschichte von Évangéline Landry. Als ich fertig war, schwieg er so lange, dass ich schon dachte, er sei gar nicht mehr bei der Sache. Doch so war es nicht.

»Glauben Sie wirklich, dass diesem Mädchen was passiert ist?«

Diese Frage hatte mich im Lauf der Jahre immer wieder gequält. Hatten Onkel Fidèle und Tante Euphémie, weil sie keine Lust mehr hatten, sich um ihre beiden jungen Nichten zu kümmern, sie einfach nach Hause geschickt? Oder war es andersherum gewesen? War Évangéline das Lowcountry langweilig geworden? Oder meine Freundschaft? War meine sommerliche Seelenfreundin einfach schneller erwachsen geworden als ich? Ich glaubte es nicht. Sie hätte mir gesagt, dass sie wegging. Und warum Tante Euphémies Bemerkung über Gefahr?

»Ja«, sagte ich. »Das glaube ich.«

Wie fuhren eben auf die Insel. Ich sah, wie Hippos Blick seitwärts zum angeschwollenen Wasser der Rivière de Prairies glitt. Ich fragte mich, ob er an das Mädchen dachte, das sich neunundneunzig im Rivière des Mille Îles in einem Bootspropeller verfangen hatte, Ryans Tote Nummer eins. Oder das Mädchen, das zweitausendeins in Dorval ans Ufer gespült wurde, Ryans Tote Nummer zwei. Oder dasjenige, das man letzte Woche im Lac des Deux Montagnes gefunden hatte, vielleicht Tote Nummer drei in dieser Reihe.

»Sie sagen, das Skelett war gemischtrassig«, begann Hippo. »Was war Ihre Freundin?«

»Das ist nur mein erster Eindruck. Ich hatte noch keine Zeit, das Skelett vollständig zu säubern. In der Hinsicht habe ich mir über Évangéline noch keine Gedanken gemacht. Ich hielt sie einfach immer für exotisch auf eine geheimnisvolle Art.«

Hippo ließ sich eine Weile Zeit zum Nachdenken.

»Sie haben mir gesagt, die Knochen sind ziemlich ramponiert. Kommt ein PMI infrage, das an die vierzig Jahre kratzt?«

Über das postmortale Intervall hatte ich schon sehr eingehend nachgedacht. »Ich bin mir sicher, dass das Mädchen begraben wurde, und dann wurden die Knochen für eine gewisse Zeit über der Erde aufbewahrt. Das Problem ist, ich weiß rein gar nichts über den Kontext. Wie begraben? In sandigem Boden? Saurem Boden? Flaches Grab? Ein tiefes? In einem Ölfass?

Die Zeit seit Todeseintritt könnte zehn, vierzig oder hundertvierzig Jahre betragen.«

Hippo dachte auch darüber eine Weile nach. Dann:

»Wie gut kannten Sie die Familie dieses Mädchens?«

»Ich kannte Évangélines Tante und Onkel, aber nur oberflächlich. Ich sprach damals kein Französisch, und die beiden waren sehr unsicher im Englischen. Laurette war nur sehr selten auf Pawleys Island, und sie war nicht zweisprachig, und deshalb hieß es bei den wenigen Begegnungen zwischen uns eigentlich immer nur Hallo und Auf Wiedersehen.«

»Sie sagten, es gab auch noch eine Schwester?«

»Obéline, acht Jahre jünger als Évangéline.«

Hippo bog auf die Papineau ein. Inzwischen krochen wir nur noch, der Verkehr lief Stoßstange an Stoßstange.

»*Ben.* Sie kennen das System, die Jungs vom Morddezernat müssen sich auf aktuelle Fälle konzentrieren. Nur wenn sie Zeit haben, können sie sich alte, ungelöste anschauen. Das Problem ist, sie haben nie Zeit, weil dauernd irgendjemand irgendjemanden umbringt. Hier kommen wir von den Altfällen ins Spiel. Wir nehmen uns Akten vor, die niemand mehr bearbeitet.«

Hippo blinkte links und wartete, bis drei Teenager über den Zebrastreifen gelatscht waren. Jeder trug Klamotten, in denen er auch die anderen beiden hätte unterbringen können.

»Von neunzehnsechzig bis zweitausendfünf hatten wir fünfhundertdreiundsiebzig *dossiers non résolus* in dieser Provinz. Die Abteilung für Altfälle wurde zweitausendvier eingerichtet. Seitdem haben wir sechs von diesen ungelösten Fällen aufgeklärt.«

Vierzig Jahre. Sechs Antworten. Fünfhundertsiebenundsechzig Familien, die noch immer warteten. Das machte mich traurig.

»Wie können so viele mit einem Mord davonkommen?«

Hippo zog eine Schulter hoch. »Vielleicht gibt's keine Beweise, keine Zeugen. Vielleicht macht irgendjemand einen Fehler. Bei den meisten Ermittlungen ist es so, dass man, wenn man nicht gleich in den ersten Tagen eine tragfähige Spur findet, gar nicht weiterkommt. Jahre vergehen. Der Ordner füllt sich mit Formularen, auf denen, ›keine neuen Entwicklungen‹ steht. Irgendwann beschließt der Detective, dass es Zeit ist, sich anderen Fällen zuzuwenden. Traurig, aber was ist schon ein weiterer ungelöster Mord?«

Wir waren nur noch ein paar Blocks vom Édifice-Wilfrid-Derome entfernt. Ich fragte mich, ob Ryan irgendwo hinter uns war, auf dem Rückweg in die SQ-Zentrale. Fragte mich, ob er in meinem Büro oder meinem Labor vorbeischauen würde.

Während er rechts auf die Parthenais einbog, redete Hippo weiter.

»Einige der Cowboys vom Morddezernat glauben, dass man uns Altfälle-Jungs einfach nur aufs Abstellgleis geschoben hat. So seh ich das nicht. Nach meiner Meinung ist ein Mord nicht weniger wichtig, nur weil er vor zehn Jahren passiert ist. Oder zwanzig. Oder vierzig. Wenn Sie mich fragen, sollten Opfer von Altfällen Priorität haben. Die warten schon länger.«

Hippo bog auf den Parkplatz des Wilfrid-Derome ein, fuhr eine Fahrzeugreihe entlang und bremste neben meinem Mazda. Während er den Impala auf Parken schaltete, wandte er sich mir zu.

»Und für Kinder trifft das doppelt zu. Die Familien von vermissten und ermordeten Kindern durchleiden Höllenqualen. Jedes Mal, wenn sich der Vorfall jährt, der Tag, an dem das Kind entführt oder die Leiche gefunden wurde. Jedes Weihnachten. Jedes Mal, wenn der Geburtstag des Kindes auf dem Kalender steht. Ein totes Kind ist eine große, hässliche Wunde, die nicht heilen will.« Unsere Blicke trafen sich. »Das Schuldbewusstsein frisst sie auf. Was ist passiert? Warum? Warum waren wir nicht da, um den Jungen oder das Mädchen zu retten? Eine solche Hölle wird nie kalt.«

»Nein«, entgegnete ich mit wachsender Hochachtung für den Mann neben mir.

Hippo griff zwischen uns hindurch, schnappte sich sein Sakko vom Rücksitz und holte einen kleinen Spiralblock heraus. Dann nahm er einen Kuli von der Mittelkonsole, befeuchtete sich den Daumen und blätterte Seiten um. Nachdem er kurz einiges überflogen hatte, schaute er mich an.

»Zurzeit konzentrier ich mich auf diesen Job mit Ryan. Und verstehen Sie mich nicht falsch, vierzig Jahre sind eine lange Zeit. Zeugen verlassen die Stadt, sterben. Dasselbe gilt für Verwandte, Nachbarn, Freunde. Berichte verschwinden. Beweisstücke gehen verloren. Den Tatort können Sie vergessen, wenn Sie je einen hatten. Wenn Sie es schaffen, irgendwas ans Tageslicht zu fördern, wird kein Mensch gleich alles stehen und liegen lassen, nur um es zu bearbeiten. Kein Mensch rückt Geld für irgendwelche exotischen Tests raus.«

Jetzt kommt die Abfuhr, dachte ich.

»Wenn niemand Druck macht, passiert nichts. Und genau das mache ich. Druck.«

Ich wollte etwas sagen, aber Hippo war noch nicht fertig.

»Wenn Sie glauben, daß irgendjemand dieser Évangéline was angetan hat, dann reicht mir das. Wenn Sie sogar glauben, dass das ihr Skelett sein könnte, dann reicht mir das ebenfalls. Und auch wenn nicht, irgendjemands Kind ist es auf jeden Fall.«

Hippo senkte den Blick wieder auf seinen Spiralblock. Er blätterte wieder, schrieb etwas, riss dann das Blatt heraus und gab es mir.

»Die Sache ist alles andere als tot. Wir haben Hinweise.«

Ich las, was Hippo geschrieben hatte. Die Namen Patrick und Archie Whalen, eine Adresse in Miramichi, eine Telefonnummer mit einer 506-Vorwahl.

»Tiquets Graffitikünstler?«, fragte ich.

»Offensichtlich ist das Genre nicht gerade ein Karrieresprungbrett. Die Trantüten sind jetzt Ende zwanzig und leben immer noch bei ihren Eltern. Rufen Sie sie mal an. Ich schätze, dass sie bei Ihnen gesprächiger sein werden.«

Weil ich eine Frau bin? Englisch spreche? Weil ich Zivilistin bin? Hippos Motive waren unwichtig. Ich konnte es kaum erwarten, an ein Telefon zu kommen.

»Ich rufe an, sobald ich zu Hause bin.«

»Inzwischen kümmere ich mich um dieses Mädchen und seine Familie. So viele Évangélines und Obélines werden auf diesem Planeten ja nicht rumlaufen.«

»Wohl kaum«, stimmte ich zu.

Es war fast acht, als ich meine Wohnung erreichte. Ich hätte ganz Vermont verdrücken können und immer noch Platz für eine Nachspeise gehabt.

Birdie empfing mich an der Tür. Er schnupperte nur einmal und verzog sich unter die Couch. Ich verstand den Hinweis. Während ich mich im Bad auszog, hörte ich Charlies Machopfiffe über den Gang hallen.

»Das netteste Kompliment, das ich den ganzen Tag gehört habe, Charlie.«

»Strokin'!«

»Das einzige Kompliment, das ich den ganzen Tag bekommen habe.«

Charlie pfiff.

Ich fing an, etwas zu antworten.

Es ist ein Papagei, Brennan.

Nach einer langen Dusche hörte ich den Anrufbeantworter ab.

Vier Nachrichten. Harry. Ein Anrufer, der aufgehängt hatte. Harry. Harry.

Die Kühltruhe bot zwei Sachen zur Auswahl. Miguel's Mexican Flag Fiesta. Mrs. Farmers Country Chicken Pot Pie. Ich entschied mich für den Hühner-Pie. Den halben Tag hatte ich schließlich auf einer Farm verbracht.

Während mein gefrorenes Mahl buk, wählte ich die Nummer, die Hippo mir gegeben hatte.

Keine Antwort.

Ich rief Harry an. Drei Minuten später hatte ich Folgendes erfahren.

Scheidungsanwälte gibt es in Houston wie Sand am Meer. Scheidungen kosten eine Stange Geld. Arnoldo hatte nicht gerade die besten Karten. Der Mann musste sich auf einiges gefasst machen.

Nachdem ich aufgelegt hatte, aß ich meinen Pie und versuchte es dann noch einmal bei den Whalen-Brüdern.

Noch immer keine Antwort.

Enttäuscht schaltete ich die Nachrichten ein.

Auf der Metropolitan hatte es eine Massenkarambolage gegeben, ein Toter, vier Verletzte. Ein Richter war wegen Geldwäsche angeklagt worden. Gesundheitsbeamte waren besorgt wegen einer Bakterienplage am Strand der Île Sainte-Hélène. Die Polizei hatte in Bezug auf Phoebe Jane Quincys Verschwinden noch nichts Neues in Erfahrung gebracht.

Die guten Nachrichten hatten mit dem Wetter zu tun. Regen war unterwegs und mit ihm kühlere Temperaturen.

Ziemlich mutlos schaltete ich den Fernseher aus und schaute auf die Uhr. Zwanzig nach zehn. Was soll's? Ich wählte ein letztes Mal die Nummer der Whalens.

»Wassis?« Englisch.

»Mr. Whalen?«

»Kann sein.«

»Spreche ich mit Archie Whalen?«

»Nein.«

»Patrick?«

»Wer will das wissen?«

»Dr. Temperance Brennan. Ich bin Anthropologin beim gerichtsmedizinischen Institut in Montreal.«

»Aha.« Argwöhnisch? Beschränkt? Ich war mir nicht sicher.

»Spreche ich mit Patrick Whalen?«

»Kommt drauf an, was Sie zu verkaufen haben.«

»Vor ungefähr fünf oder sechs Jahren haben Sie und Ihr Bruder in einem Pfandhaus in Miramichi ein Skelett erworben. Ist das korrekt?«

»Woher haben Sie diese Nummer?«

»Von einem SQ-Detective, der Altfälle bearbeitet.«

»Wir haben das Zeug ganz legal gekauft. Genau das bezahlt, was verlangt wurde.«

»Spreche ich mit Patrick?«

»Man nennt mich Trick.«

Trick?

»Ist Ihnen bewusst, dass der Handel mit menschlichen Überresten illegal ist?«

»Da mache ich mir ja gleich in die Hose.« Die Frage IQ versus Benehmen stellte sich hier nicht.

»Durchaus möglich, dass wir die Vorwürfe fallen lassen können, Trick. Vorausgesetzt, Sie kooperieren mit uns in Bezug auf die Herkunft des Skeletts.« Ich war mir nicht sicher, wer »wir« waren, aber so klang es offizieller.

»Das ist aber ein Stein von meiner Brust.«

Okay, Arschloch. Mal sehen, wie trickreich du wirklich bist.

»Laut Polizeibericht behaupteten Sie, Sie hätten das Skelett von einem Pfandleiher gekauft.«

»Ja.«

»Wo hatte der es her?«

»Ich habe den Kerl nicht groß mit Fragen gelöchert. Wir sahen das Ding in seinem Laden, hatten so 'ne Idee mit einer Todesszenen-Skulptur, irgendwas total Schlachtfeldmäßiges, Knochen, Kugeln, viel schwarze und grüne Farbe.«

»Sie haben sich nicht nach der Herkunft des Skeletts erkundigt?«

»Der Kerl meinte, es stammte von einem alten indianischen Friedhof. Uns war das ziemlich egal.«

»Aha.«

»Schädel, Mann. Klapperschlangen. Leichentücher. Düsteres *mojo*, wenn Sie wissen, was ich meine.«

Ein totes Kind. Ich versuchte, mir meinen Abscheu nicht anmerken zu lassen.

»Sie wurden in Quebec verhaftet. Warum waren Sie dort?«

»Haben einen Cousin besucht. Er hat uns von einem Steinbruch erzählt. Wir dachten, diese ganzen Felsen da ein bisschen aufzupeppen, das wäre echt geil. Hören Sie, als dieser Bulle uns hopsgenommen hat, sind wir völlig durchgeknallt. Die Knochen hatten wir völlig vergessen.«

»Wie lange hatten Sie sie im Kofferraum?«

»Ein Jahr. Vielleicht länger.«

»Was machen Sie jetzt, Mr. Whalen?«

Eine Pause. Im Hintergrund glaubte ich einen Fernseher zu hören.

»Sicherheitsgewerbe.« Abwehrend. »Nachtdienst in der Highschool.«

»Und Ihr Bruder?«

»Archie ist ein verdammter Junkie.« Der Machoton klang jetzt eher weinerlich. »Tun Sie uns beide einen Gefallen. Verhaften Sie ihn und holen Sie ihn aus diesem Scheißloch raus.«

Ich hatte noch eine letzte Frage.

»Erinnern Sie sich noch an den Namen des Pfandleihers?«

»Natürlich erinnere ich mich an diesen Wichser. Jerry O'Driscoll.«

Ich hatte kaum aufgelegt, als mein Handy klingelte.

Hippo.

Seine Neuigkeiten hauten mich um.

»Laurette Philomène Saulnier Landry. Geboren am 22. Mai 1938. Gestorben am 17. Oktober 1972.«

Tod mit vierunddreißig Jahren? Wie traurig.

Ich stellte mir Laurette in Euphémies Küche auf Pawleys Island vor. Mein kindlicher Verstand hatte sich nie Gedanken über ihr Alter gemacht. Sie war einfach eine Erwachsene, jünger als Grandma, aber mit mehr Falten als Mama.

»Sie ist so jung gestorben. Woran?«

»Der Totenschein führt natürliche Ursachen an, geht aber nicht näher darauf ein.«

»Sind Sie sicher, dass es die richtige Laurette Landry ist?«

»Laurette Philomène Saulnier heiratete Philippe Grégoire Landry am 20. November 1955. Aus der Ehe gingen zwei Kinder hervor. Évangéline Anastasie, geboren am 12. Mai 1956, und Obéline Flavie, geboren am 16. Februar 1964.«

»Mein Gott. Ich kann kaum glauben, dass Sie sie so schnell gefunden haben.« Nach meinen jugendlichen Telefonaktionen hatte ich es immer mal wieder bei den Standesämtern von New Brunswick probiert. Doch immer ohne Ergebnis.

»Habe meinen akadischen Charme benutzt.«

Sollte Hippos Charme Türen öffnen, dann höchstens die automatischen in der U-Bahn.

»In den Sechzigern hat meistens noch die Kirche das Personenstandsregister geführt. In einigen Teilen von New Brunswick wurden Babys noch zu Hause auf die Welt gebracht, vor allem in ländlichen Gegenden und kleineren Orten. Viele Akadier hatten keine Zeit für die Regierung und ihre Institutionen. Haben sie heut noch nicht.«

Ich hörte ein leises Glucksen und nahm an, dass Hippo mal wieder Magentabletten schluckte.

»Hab eine Nichte, die in der Kirche St. John the Baptist in

Tracadie bei der Verwaltung arbeitet. Die kennt die Archive wie ich die Größe meines Pimmels.«

Darüber wollte ich auf gar keinen Fall Genaueres wissen.

»Sie haben die Tauf- und Heiratsurkunden dank Ihrer Nichte gefunden?«, vermutete ich.

»Bingo. Da ich aus der Gegend bin, weiß ich, wie ich mit den Leuten reden muss, um was zu erfahren. Wir Akadier stellen uns immer mit unseren Herkunftsnamen vor. Ich zum Beispiel, ich bin Hippolyte à Hervé à Îsaïe à Calixte –«

»Was haben Sie erfahren?«

»Ich hab's Ihnen ja gesagt, vierzig Jahre sind eine lange Zeit. Aber der akadische Heimatkundeverein hat einen verdammt großen Tresorkeller. Hab ein paar Einheimische gefunden, die sich an Laurette und ihre Kinder erinnerten. Viel reden wollte keiner, von wegen Schutz der Privatsphäre und so weiter. Aber das Wesentliche habe ich schon erfahren.

Als Laurette zu krank wurde, um zu arbeiten, nahmen die Verwandten ihres Mannes sie zu sich. Die Landrys lebten außerhalb der Stadt. Blieben meistens für sich. Einer von den Alten nannte sie *morpions.* Proleten. Meinte, sie waren alle mehr oder weniger Analphabeten.«

»Laurette hatte einen Führerschein.«

»Nein. Laurette hatte ein Auto.«

»Sie muss einen Führerschein gehabt haben. Sie ist über die Grenze gefahren.«

»Okay. Vielleicht wurde irgendjemand geschmiert. Vielleicht war sie schlau genug, um ein paar Worte zu lesen und ein paar Straßenschilder auswendig zu lernen. Wie auch immer, Philippe machte sich aus dem Staub, als Laurette mit Obéline schwanger war, sodass sie sich allein um die zwei kleinen Mädchen kümmern musste. Sie schaffte es fünf oder sechs Jahre lang, musste dann aber aufhören zu arbeiten. Schließlich starb sie an irgendwas Chronischem. Klang für mich nach Tb. Dieser alte Knacker meinte, sie sei irgendwann Mitte der Sechziger in

Richtung Saint-Isidore gezogen. Möglich, dass ihre Familie dort lebte.«

»Und die Mädchen?« Das Herz hämmerte mir gegen den Brustkorb.

»Obéline Landry heiratete neunzehnachtzig einen Kerl namens David Bastarache. Bin gerade dabei, ihn zu überprüfen. Und die Saint-Isidore-Spur zu verfolgen.«

»Was ist mit Évangéline?«

»Ich sag's Ihnen ganz ehrlich. Wenn ich nach Laurette oder Obéline frage, kriege ich Auskünfte. Oder zumindest was, das klingt wie Auskünfte. Wenn ich nach der älteren Schwester frage, werden die Leute zu Eisbergen.«

»Was wollen Sie damit sagen?«

»Ich will damit sagen, dass ich so was schon eine ganze Weile mache. Ich habe Antennen. Wenn ich nach diesem Mädchen frage, kommen die Antworten zu schnell und zu eintönig.«

Ich wartete.

»Kein Mensch weiß irgendwas.«

»Verbergen die Leute etwas?« Ich umklammerte den Hörer so fest, dass die Sehnen in meinem Handgelenk hervortraten.

»Da würde ich drauf wetten.«

Ich berichtete Hippo, was ich von Trick Whalen erfahren hatte. Die Pfandleihe in Miramichi. Die *mojo*-Skulptur. Der indianische Friedhof.

»Wollen Sie, dass ich diesen O'Driscoll anrufe?«

»Nein. Wenn Sie Adresse und Telefonnummer herausfinden können, recherchiere ich die Knochen, während Sie den Spuren in Tracadie nachgehen.«

»Gehen Sie nicht weg.«

Hippo ließ mich gut zehn Minuten warten.

»Der Laden heißt Oh, oh! Pawn. Sehr einfühlsam. Ein Pfandleiher, der seine Kunden bedauert.« Er gab mir eine Telefonnummer und eine Adresse am King George Highway.

Zellophan knisterte. Dann: »Sie haben gesagt, dass an dem Skelett dieses Mädchens irgendwas nicht stimmt.«

»Ja.«

»Schon rausgefunden, was?«

»Noch nicht.«

»Lust, am Samstag zu arbeiten?«

Keine Armee der Welt hätte mich von diesen Knochen fernhalten können.

Um halb neun war ich im Wilfrid-Derome. Trotz der Vorhersage hatte es keinen Regen gegeben, und die Temperatur war auch nicht gesunken. Schon jetzt zeigte das Thermometer über fünfundzwanzig Grad.

Ich fuhr allein im Aufzug, und auch in der Lobby und den Korridoren des LSJML begegnete ich niemandem. Es freute mich, dass nichts und niemand mich stören würden.

Ich irrte mich. Eine von mehreren Fehleinschätzungen, die ich an diesem Tag treffen sollte.

Als Erstes rief ich O'Driscoll an. Niemand meldete sich.

Enttäuscht wandte ich mich dem Skelett zu. Hippos Mädchen. Bevor ich von dem Iqaluit-Schädel und der Hundeexhumierung in Blainville unterbrochen worden war, hatte ich gesäubert, was von Torso und Gliedmaßen noch übrig war.

Deshalb wandte ich mich direkt dem Schädel zu, säuberte das Hinterhauptsloch und pulte Erde und kleine Kiesel aus der Schädelbasis.

Um halb zehn versuchte ich es noch einmal bei O'Driscoll. Wieder kein Glück.

Zurück zu den Erdarbeiten. Rechter Gehörgang. Linker. Hinterer Gaumen. Im ganzen Institut dröhnte die Stille, die nur in Regierungseinrichtungen am Wochenende möglich ist.

Um zehn legte ich meine Sonde weg und wählte zum dritten Mal die Nummer in Miramichi. Diesmal meldete sich ein Mann.

»Oh, oh! Pawn.«

»Jerry O'Driscoll?«

»Am Apparat.«

Ich nannte ihm meinen Namen und meine Funktion im LSJML. Entweder hatte O'Driscoll mich nicht verstanden, oder es war ihm egal.

»Interessieren Sie sich für alte Uhren, junge Dame?« Englisch mit leicht irischem Einschlag.

»Ich fürchte, nicht.«

»Hab eben zwei Schönheiten reinbekommen. Mögen Sie Schmuck?«

»Natürlich.«

»Hab ein paar Navajo-Türkis-Sachen, die Sie von den Socken hauen.«

Navajo-Schmuck in einem Laden in New Brunswick? Bestimmt eine lange Geschichte.

»Mr. O'Driscoll, ich rufe an wegen menschlicher Überreste, die Sie vor einigen Jahren an Trick und Archie Whalen verkauft haben.«

Ich hatte Verschlossenheit erwartet. Oder Erinnerungslücken. O'Driscoll war höflich, sogar mitteilsam. Und er hatte ein Gedächtnis wie der Computer einer Kreditkartengesellschaft.

»Frühling zweitausend. Die Jungs meinten, sie bräuchten es für ein Kunstprojekt am College. Hab es Ihnen für fünfundsechzig Dollar verkauft.«

»Sie haben ein ausgezeichnetes Gedächtnis.«

»Die Wahrheit ist, das war das erste und letzte Skelett, das ich je verkauft hab. Das Ding war älter als alle Engel und Heiligen. Das Gesicht kaputt und voller Dreck. Trotzdem, der Gedanke, eine tote Seele zu verkaufen, war mir nicht so recht geheuer. Egal, ob der arme Teufel Christ oder Indianer oder Bantu war. Deshalb erinnere ich mich so gut daran.«

»Woher hatten Sie das Skelett?«

»Von einem Kerl, der alle paar Monate mal vorbeikam. Behauptete, er wäre vor dem Krieg Archäologe gewesen. Vor welchem Krieg hat er nicht gesagt. Hatte immer so einen räudigen Terrier bei sich. Nannte das Ding Bisou. Kuss. Also, meine Lippen hätte dieser Köter nie gespürt. Der Kerl brachte seine Zeit damit zu, nach Sachen zu suchen, die er verhökern konnte. Wühlte in Müllhalden. Hatte einen Metalldetektor, mit dem er das Flussufer absuchte. Solche Sachen. Brachte mir einmal eine Brosche, die ziemlich hübsch war. Ich konnte sie an eine Dame verkaufen, die oben in Neguac lebt. Die meisten seiner Fundstücke waren allerdings nur Schrott.«

»Das Skelett?«

»Der Kerl meinte, er hätte es gefunden, als er in den Wald ging, um Bisou zu begraben. Überraschte mich nicht. Der Hund sah aus, als wäre er hundert Jahre alt. Und der alte Knabe sah aus, als könnte er an diesem Tag eine Aufmunterung vertragen. Dachte mir, ich mach zwar Verlust, gab ihm aber trotzdem fünfzig Mäuse. Was soll's?, dachte ich mir.«

»Sagte Ihnen der Mann, wo er seinen Hund begraben hatte?«

»Auf irgendeiner Insel. Behauptete, es gäbe dort einen alten indianischen Friedhof. Hätte auch Quatsch sein können. Ich höre jede Menge davon. Die Leute meinen immer, eine gute Geschichte erhöht den Wert der Sachen, die sie mir anbieten. Ist aber nicht so. Ein Artikel ist genau so viel wert, wie er wert ist.«

»Kennen Sie den Namen des Mannes?«

O'Driscolls Kichern klang wie platzendes Popcorn. »Sagte, er heiße Tom ›Jones‹. Ich wette Tante Rosies Schlüpfer drauf, dass er sich den ausgedacht hat.«

»Warum das?«

»Der Kerl war Franzose. Sprach den Namen englisch aus wie ›Jones‹. Schrieb ihn aber Jouns.«

»Wissen Sie, was aus ihm geworden ist?«

»Vor drei Jahren kam er dann plötzlich nicht mehr. Der alte Knabe war ziemlich klapperig. Dürfte inzwischen tot sein.«

Nach dem Anruf kehrte ich zu den Knochen zurück. War etwas Wahres an Tom Jouns' Geschichte von der indianischen Begräbnisstätte? Konnte Hippos Mädchen eine präkolumbische Eingeborene sein?

Die Schädelform war durch Brüche und Verwerfungen entstellt. Die brachte mich nicht weiter. Ich drehte den Schädel und schaute mir die Reste des Gesichts an. Der Nasendorn war so gut wie nicht vorhanden. Ein nichtweißes Merkmal. Die Nasenöffnung war zwar mit Erdreich verkrustet, wirkte aber breiter als die eines typischen Europäers.

Ich pulte noch mehr Erde heraus. Die Zeit verging, und die einzigen Geräusche in meinem Labor waren das Summen der Kühlung und das Sirren der Neonröhren an der Decke.

Die Augäpfel sind vom Stirnlappen durch einen papierdünnen Knochen getrennt, der den Boden der vorderen Schädelgrube bildet. Nachdem ich die rechte Höhle gesäubert hatte, sah ich gezackte Risse in diesem Knochen. Ich wandte mich der zweiten zu.

Nachdem ich die linke Höhle ausgeräumt hatte, erregte etwas meine Aufmerksamkeit. Ich legte meine Sonde weg, befeuchtete ein Tuch und wischte mit der Fingerspitze über die Höhlendecke. Erde löste sich, und in der oberen, äußeren Ecke der Augenhöhle kam narbiger, poröser Knochen zum Vorschein.

Cribra orbitalia.

Das war doch etwas. Oder nicht? Die Krankheit hat zwar einen exotischen wissenschaftlichen Namen, und die entsprechenden Schädigungen treten vorwiegend bei Kindern auf, aber ihre Ursache konnte bis jetzt noch nicht zufriedenstellend erklärt werden.

Ich ging im Geist die Liste der möglichen Übeltäter durch. Eisenmangelanämie? Vitamin-C-Mangel? Infektion? Pathogener, soll heißen krank machender Stress?

Alle vier? Keiner der vier? Nur A und B?

Ich war ratlos wie zuvor.

Zu den Befunden bis hierher zählten Veränderung der Zehenknochen, Vergrößerung der Foramina in Händen und Füßen, Rindenzerstörung an mindestens einem Fingerknochen, und jetzt Cribra orbitalia. Abnormal genarbte Augenhöhlen.

Ich hatte viele Punkte. Ich musste sie nur noch verbinden.

Eins war allerdings klar. Das Mädchen war krank gewesen. Aber woran hatte sie gelitten? Hatte die Krankheit sie getötet? Warum dann das eingedrückte Gesicht? Postmortale Schädigung?

Mit warmem Wasser säuberte ich die gesamte linke Augenhöhle. Dann nahm ich ein Vergrößerungsglas zur Hand.

Und kam so zur zweiten Überraschung dieses Vormittags.

Schwarze Schnörkel schlängelten sich knapp innerhalb des oberen Augenhöhlenrands über das Dach.

Ein Wurzelabdruck? Eine Beschriftung?

Ich eilte zum Mikroskop und legte den Schädel mit dem Gesicht nach oben auf den Korkring. Den Blick auf den Monitor gerichtet, stellte ich die nötige Vergrößerung ein.

Winzige, handschriftliche Buchstaben sprangen auf den Monitor. Nach einigen Minuten und einigen Feineinstellungen konnte ich die Inschrift entziffern.

L'Île-aux-Becs-Scies.

Die Stille des leeren Gebäudes hüllte mich ein.

Hatte Jouns sein Skelett mit dem Namen der Insel beschriftet, auf der er es gefunden hatte? Archäologen taten genau das. Er hatte behauptet, in seiner Jugend einer gewesen zu sein.

Ich rannte aus meinem Labor, den Gang hinunter und in die Bibliothek des LSJML. Ich suchte mir einen Atlas und blätterte zu einer Karte von Miramichi.

Fox Island. Portage. Sheldrake. Obwohl ich den Kartenteil mit den Flüssen und der Bucht gründlich absuchte, fand ich keine Île-aux-Becs-Scies.

Hippo.

Wieder im Labor, rief ich sein Handy an. Er ging nicht dran.

Gut. Ich würde ihn später fragen. Er würde es wissen.

Ich kehrte zum Schädel auf meinem Arbeitstisch zurück und löste mit einer langen, scharfen Sonde die Erde aus der Nasenöffnung.

Und kam so zur dritten Überraschung des Vormittags.

13

Die Öffnung sah aus wie ein umgedrehtes Herz, schmal an der Spitze und sich nach unten hin in die Breite wölbend. Nichts Dornartiges ragte aus dem Grübchen an der Unterseite des Herzens heraus.

Okay. Ich hatte recht gehabt mit der breiten Nasenöffnung und dem kurzen Nasendorn. Aber der Nasenrücken war schmal, und die beiden Knochen liefen zur Mitte hin spitz zu. Und ich konnte erkennen, dass der Rand der Öffnung schwammig aussah, was auf eine Resorption des sie umgebenden Oberkiefers hindeutete.

Die Nasenarchitektur des Mädchens deutete nicht darauf hin, dass sie Indianerin oder Afrikanerin war. Eine Krankheit hatte den Dorn verkürzt und den Öffnungsumriss verändert.

Was für eine Krankheit?

Defekte an Händen, Füßen, Augenhöhlen und Nase.

Hatte ich auf dem Schädel irgendetwas übersehen?

Ich untersuchte noch einmal jeden Millimeter der Innen- und der Außenseite.

Das Schädeldach war normal. Die Basis ebenso. Was vom harten Gaumen noch übrig war, war ebenfalls intakt. Den Zwischenkiefer konnte ich nicht untersuchen, ebenso wenig wie den vorderen Teil des Oberkiefers. Das alles fehlte zusammen mit den Schneidezähnen.

Dann schaute ich mir das restliche Skelett noch einmal an, fand aber nichts Neues mehr.

Hände. Füße. Augenhöhlen. Nase. Was für eine Krankheit konnte zu einer solch verstreuten Knochenschädigung führen?

Wieder ging ich alle Möglichkeiten durch.

Syphilis? Lupus vulgaris? Thalassämie? Gaucher-Krankheit? Knochenmarksentzündung? Septische oder rheumatische Arthritis? Parasiten in der Blutbahn? Infektion durch Befallsausbreitung von der darüberliegenden Haut?

Die Diagnose würde Recherche erfordern. Und bei so vielen fehlenden oder beschädigten Knochen war ich nicht sehr optimistisch.

Ich zog eben Bulloughs *Orthopaedic Pathology* heraus, als Hippo durch die Tür kam. Er trug ein mit Bananenstauden und roten Palmen verziertes Hemd, eine graue Hose und einen Hut, der einen Drogenbaron stolz gemacht hätte.

Trotz seiner *»Don't worry, be happy«*-Aufmachung schien Hippo keinen guten Tag gehabt zu haben. Seine Tränensäcke waren noch dicker als gewöhnlich, und er runzelte die Stirn.

Hippo setzte sich vor meinen Schreibtisch. Er roch nach gebratenem Speck und schalem Deodorant.

»Ausgehuniform?«, fragte ich lächelnd.

Hippo lächelte nicht.

»Ich hab die kleine Schwester gefunden.«

»Wo?« Plötzlich war ich ganz Ohr.

»Hören Sie sich die ganze Geschichte an.«

Ich lehnte mich zurück, voller Freude und zugleich voller Neugier.

»Ich hab mir diesen Ehemann ein bisschen genauer angesehen.«

»David Bastarache.«

»Bastard wäre passender. Die kleine Schwester Ihrer Freundin hat in eine Familie von Schmugglern und Schwarzbrennern eingeheiratet.«

»Im Ernst?«

»Davids Großvater, Siméon, hatte in den Zwanzigern mit Alkoholschmuggel eine hübsche Stange verdient und das Ganze in Immobilien investiert. Bars in Tracadie und Lamèque. Eine Pension in Caraquet. Davids Vater, Hilaire, wusste mit seiner Erbschaft viel anzufangen. Er widmete einige Liegenschaften seines Vaters in ›Verstecke‹ um, sichere Lagerräume für illegalen Schnaps und Schmuggelware.«

»Moment mal. Alkoholschmuggler?«

»Erinnern Sie sich noch an diese stolze Epoche der amerikanischen Geschichte, die vom Eighteenth Amendment und dem Volstead Act ausgelöst wurde?«

»Die Prohibition.«

»Von neunundzwanzig bis dreiunddreißig. Die Republikanische und die Prohibitionspartei stiegen zur Mäßigungsbewegung ins Bett.« Hippo lächelte schief. »Kommt daher Ihr Vorname, von lateinisch *temperantia* – Mäßigung?«

»Nein.«

»Aber Sie sind doch die Pepsi-Lady, oder?«

»Diet Coke. Zurück zu Bastarache.«

»Wie Sie vielleicht noch aus dem Geschichtsunterricht wissen, haben zwar ein paar Politiker und Bibelfanatiker das Gelübde abgelegt, der Großteil der amerikanischen Bürger aber nicht. Kennen Sie Saint-Pierre et Miquelon?«

Südlich von Neufundland gelegen, ist diese kleine Inselgruppe der letzte Rest des früheren Kolonialterritoriums von Neufrankreich. Zwar stehen die Inseln seit 1763 im wesentlichen unter französischer Herrschaft, doch seit einer Verfassungsreform im Jahr 2003 besitzen sie den Status eines überseeischen Territoriums und sind dadurch gleichgestellt mit Guadeloupe und Martinique in der Karibik, Französisch-Guayana in Südamerika und Réunion im Indischen Ozean. Mit eigenen Briefmarken, eigener Fahne, eigenem Wappen und sechstausenddreihundert glühend frankophilen Bewohnern ist

Saint-Pierre et Miquelon der französischste der französischen Außenposten in Nordamerika.

Ich nickte.

»Die Amerikaner wollten weiter ihre Cocktails, und den Franzosen war die Prohibition scheißegal, und so stand Saint-Pierre et Miquelon plötzlich im Mittelpunkt des Interesses. In den Zwanzigern ersoffen die Inseln fast im Alkohol. Ich rede nicht nur von kanadischem Whiskey. Champagner aus Frankreich. Westindischer Rum. Britischer Gin. Und der ganze Stoff musste unter die Leute gebracht werden. Das bedeutete florierende Zeiten für viele kleine Dörfer im atlantischen Kanada.«

Hippo missverstand meine Ungeduld als Missbilligung.

»Ein Mann konnte mit einem einzigen Schnapstransport mehr verdienen, als wenn er sich ein ganzes Jahr lang auf einem Fischerkahn den Arsch abgefroren hätte. Wofür würden Sie sich entscheiden? Wie auch immer, ob richtig oder falsch, der Schnaps strömte die Ostküste entlang und in die Rum Row.«

Hippo schaute mich fragend an. Ich nickte noch einmal. Auch von der Rum Row hatte ich schon gehört, eine kleine Flotte aus Schiffen, die außerhalb der Drei-Meilen-Zone vor der amerikanischen Ostküste ankerten und nur darauf warteten, Alkohol an Unternehmer wie Al Capone und Bill McCoy abzugeben.

»Sie wissen, wie das ausgegangen ist. Das Twenty-first Amendment machte der Prohibition den Garaus, aber Uncle Sam besteuerte den Alkohol bis zum Gehtnichtmehr. Der Schmuggel lief deshalb weiter. Schließlich erklärten die Vereinigten Staaten und Kanada unabhängig voneinander den Alkoholschmugglern auf dem Atlantik den Krieg. Haben Sie mal den Song von Lennie Gallant über die *Nellie J. Banks* gehört?«

»Vielleicht im Hurley's.«

»Die *Nellie J. Banks* war das berüchtigtste Schmuggelschiff von Prince Edward Island. Und das letzte der Insel. Der Kahn wurde 1938 aufgebracht. Die Ballade erzählt seine Geschichte.«

Hippos Blick wanderte zu einer Stelle über meiner Schulter. Einen schrecklichen Augenblick lang befürchtete ich, er würde singen. Zum Glück redete er aber weiter.

»Die RCMP, unsere Mounties also, und der kanadische Zoll haben immer noch alle Hände voll zu tun. Aber so wie damals ist es nicht mehr. Die Mistkerle, die jetzt die Küste bearbeiten, transportieren vorwiegend Drogen und illegale Immigranten.«

»Ihr Wissen ist beeindruckend.«

Hippo zuckte die Achseln. »Alkoholschmuggler sind so eine Art Hobby von mir. Ich hab da einiges drüber gelesen.«

»Und was hat das mit Obélines Ehemann zu tun?«

»Ja. Dazu komme ich noch. Hilaire Bastarache war der Zweite in dieser Dynastie. Da er nach dem Zweiten Weltkrieg die Profite erhöhen wollte, fügte er einen neuen Geschäftszweig hinzu.«

»Kein Schmuggel mehr.«

Hippo schüttelte den Kopf. »Frischfleischgewerbe. Tittenbars. Bordelle. Massagesalons. Erwies sich als ziemlich lukrativ.«

»David, der Dritte in der Reihe, ist ein komischer Vogel, eine Kreuzung aus Howard Hughes und so was wie einem urbanen Milizionär. Bleibt ziemlich für sich. Misstraut allem, was mit der Regierung oder ihren Institutionen zu tun hat. Schulen. Militär. Gesundheitssystem. Der Kerl hat keine Sozialversicherungsnummer, keine Krankenversicherung, hat sich nie als Wähler registrieren lassen. Wurde einmal von einem Lastwagen angefahren. Weigerte sich strikt, sich ins Krankenhaus bringen zu lassen. Und natürlich Polizisten. Polizisten hasst Bastarache ganz besonders.«

»Ich kann ja verstehen, dass jemand im Schmuddelgewerbe etwas gegen die Polizei hat, aber warum diese Paranoia gegenüber Behörden im Allgemeinen?«

»Das ist zum Teil Daddys Schuld. Der kleine David wurde zu Hause unterrichtet und für sehr lange Zeit an einer sehr kurzen Leine gehalten. Hilaire Bastarache war nicht gerade ein Ausbund an Geselligkeit. Aber es rührt noch tiefer. Mit zehn musste der Junge mit ansehen, wie seine Mutter bei einer verpatzten Razzia in einem der Lagerhäuser des Alten erschossen wurde.«

»War sie bewaffnet?«

Hippo schüttelte den Kopf. »Zur falschen Zeit am falschen Ort. Ähnlich wie damals in Ruby Ridge.«

Hippo meinte einen Vorfall 1992 in Idaho, die Belagerung einer Blockhütte durch US-Marshalls. Damals erschoss ein Scharfschütze des FBI eine Frau, die eben ihren zehn Monate alten Sohn in den Armen hielt.

»Trotz seiner Komplexe schafft Bastarache es, seine Geschäfte am Laufen zu halten. Schottet sich mit einer Horde angeheuerter Gorillas nach außen hin ab. Vor ein paar Jahren wurde Opas Etablissement in Caraquet hochgenommen. Der gegenwärtige Bastarache hatte angeblich keine Ahnung, dass das Haus als Puff benutzt wurde. Dachte, er würde die Zimmer an aufstrebende junge Damen vermieten.« Hippo schnaubte verächtlich. »Das Gericht kaufte ihm das ab. Eine Nutte namens Estelle Faget musste den Kopf dafür hinhalten.

Bastarache besitzt einen Stripclub in Moncton am Highway 106. Le Chat Rouge. Hat zweitausendeins seinen Hauptsitz dorthin verlegt. Aber soweit ich weiß, ist er in letzter Zeit auch ziemlich oft in Quebec City. Hat dort eine Bar mit dem Namen Le Passage Noir.«

»Warum dieser Umzug?«

»Wurde erwischt, als er eine Stripperin vögelte. Wie sich zeigte, war das Mädchen erst sechzehn. Bastarache hielt es für das Beste, Tracadie zu verlassen.«

»Mein Gott.« Meine Stimme triefte vor Abscheu.

Hippo zog einen zusammengefalteten Zettel aus der Brusttasche. Als ich die Hand danach ausstreckte, presste er ihn auf die Tischplatte.

»Meine Quelle sagt, dass Bastarache nicht gerade Chorknaben auf seiner Gehaltsliste hat.« Hippo schaute mir tief in die Augen. »Es heißt, dass seine Außendienstler ziemlich brutal vorgehen.«

»Was für ein Mannsbild«, schnaubte ich. »Und betrügt seine Frau mit einem Teenager.«

»Ich werd Ihnen eine Geschichte erzählen. Ein Kerl namens Thibault verkaufte Bastarache siebenundneunzig ein Auto. Bastarache monierte, dass die Kurbelwelle in schlechtem Zustand sei. Der Kerl zeigte ihm die kalte Schulter. Drei Tage später tauchte unter der Little Tracadie River Bridge No. 15 eine Leiche auf. Im Brustkorb steckte eine Kurbelwelle.«

»Wurde Bastarache angeklagt?«

»Man konnte ihm nichts anhängen, und keiner wollte singen.«

»Könnte Zufall gewesen sein.«

»Könnte sein, dass mich die Montreal Alouettes als Fullback engagieren. Hören Sie, was ich sagen will, Bastarache ist verrückt, er ist fies, und er hat einen ziemlich üblen Haufen um sich. Das ist eine schlechte Kombination.«

Ich konnte ihm nicht widersprechen.

Aber warum hatte Obéline einen solchen Kerl geheiratet? Und warum hatte *er* sich gerade *sie* ausgesucht? Was war aus dem kleinen Mädchen geworden, das ich auf Pawleys Island gekannt hatte?

Hippo senkte den Blick. Er nahm den gefalteten Zettel wieder zur Hand und drehte ihn im Kreis, dass Ecke um Ecke auf die Tischplatte klopfte.

»Ich hab noch eine Geschichte.«

Ich wollte ihn schon unterbrechen.

»Betrifft Ihre Freundin.«

Die Veränderung in Hippos Stimme jagte mir einen Schauer über den Rücken.

»Die Handlung ist nicht sehr originell. Ein Streit. Ehemann

benutzt die Fäuste. Anonyme Anrufe bei der Polizei. Ehefrau weigert sich, Anzeige zu erstatten. Schließlich bricht er ihr den Arm. Sie ist in Gips, er vögelt eine Stripperin.«

»Obéline.«

Hippo nickte. »Ist nicht ganz klar, wie sie ihn aus dem Haus bekam. Vielleicht hat sie gedroht, ihn diesmal anzuzeigen, wenn er nicht verschwindet. Zwei Wochen später gibt es ein Feuer.«

Ich schluckte.

»Verbrennungen dritten Grades auf über zwanzig Prozent ihres Körpers. War ziemlich lange in Reha. Und kam ziemlich vernarbt zurück.«

Ich stellte mir ein kleines Mädchen mit Pfirsichhaut und kastanienbraunen Locken vor, das lachte und am Strand der Insel Möwen jagte.

Mittig auf der Oberfläche des Säugetierhirns, direkt unter der Großhirnrinde, befindet sich eine Neuronenverknüpfung, die man das limbische System nennt. Dieser kleine Klumpen grauer Zellen steuert unsere Gefühle: Zorn, Angst, Leidenschaft, Liebe, Hass, Freude, Traurigkeit.

Ein limbischer Schalter wurde umgelegt, und weiße Hitze versengte meine Hirnhaut. Ich ließ mir meinen Zorn nicht anmerken. Das ist nicht meine Art. Wenn dieser Stromkreis geschlossen wird und echte Wut in meinem Schädel explodiert, dann schreie ich nicht und schlage nicht um mich. *Au contraire.* Ich werde eisig ruhig.

»Brandstiftung?«, fragte ich mit monotoner Stimme.

»Die Polizei vermutete, dass das Feuer absichtlich gelegt wurde.«

»Bastarache?«

»Alle glaubten, dass es der Scheißkerl war, aber man konnte ihm nichts anhängen, und keiner wollte reden. Seine Schläger haben allen eine Heidenangst eingejagt.«

Ich streckte die Hand aus.

Hippo behielt den Zettel in seiner Hand. »Ich weiß, dass Sie Sachen gern auf Ihre eigene Art machen, Doc. Aber ich will, dass Sie sich von diesem Kerl fernhalten.«

Ich wedelte mit den Fingern im Sinne von: »Her damit.«

Widerstrebend schob Hippo das zusammengefaltete Papier über den Tisch.

Ich faltete das Blatt auf, strich es glatt und las die Adresse und die Telefonnummer.

Der Raum wich zurück. Die sirrenden Neonröhren. Das Skelett. Hippos Hawaiihemd. Ich war auf einer Veranda an einem Sommerabend im Lowcountry. Aus einem Transistorradio plärrte *Ode to Billy Joe*. Évangéline und ich lagen, die Arme hinter dem Kopf verschränkt, die Knie angezogen, auf unseren Liegestühlen und sangen mit.

War es wirklich so einfach? Nur diese Ziffern wählen, und Obéline würde antworten? Würde das Rätsel lösen, das mich all diese Jahre gequält hatte? Mich vielleicht zu Évangéline führen?

»Alles okay?«

Ich nickte, obwohl mir Hippos Frage kaum ins Bewusstsein drang.

»Muss los. Ryan wartet unten.«

Ich hörte, wie Hippo aufstand, dann wie die Labortür geöffnet und geschlossen wurde.

Mein Blick wanderte zu den Knochen.

Oder wäre es genau andersherum? Würde ich Obéline Antworten liefern?

Sekunden, vielleicht Epochen später ging die Tür wieder auf. Ich hob den Kopf.

»Keine Zeitungscomics mehr am Samstagvormittag?«

»Hey.«

»Hippo hat mir gesagt, dass du hier oben bist.«

Anscheinend hatte Hippo ihm mehr mitgeteilt als nur die nüchterne Tatsache meiner Anwesenheit. Besorgnis sprach aus seinem Blick.

»Tüchtiger Kerl.« Ich schaffte ein dünnes Lächeln. »Hat er dir auch erzählt, dass Obéline Landry mit diesem Kotzbrocken David Bastarache verheiratet ist?«

Ryan nickte.

»Er will nicht, dass ich Kontakt mit ihr aufnehme.«

»Aber wir alle wissen, dass du es tun wirst.«

»Glaubst du, dass Bastarache mich erschießt, nur weil ich seine ihm entfremdete Frau anrufe?«

»Ich weiß es nicht. Aber –«

Ich deutete mit dem Finger auf Ryan und beendete den Satz für ihn. »– passen Sie auf sich auf, da draußen.« Polizeirevier Hill Street. Des Sergeants täglicher Abschiedsgruß war zwischen uns eine stehende Redewendung.

Ryan zögerte, als müsste er erst seine Gedanken ordnen. Oder als würde er sich überlegen, wie er anfangen sollte.

»Hör zu, Tempe. Ich muss dir etwas sagen.«

Ich wartete gespannt.

»Ich habe eine Entsch–«

Ryans Handy bimmelte. Er machte eine entschuldigende Miene, drehte sich halb um und schaltete ein.

»Ryan.«

Ich hörte ihn ein paar Mal »*Oui*« sagen.

»Beschissenes Timing.« Ryan wackelte mit dem Handy. »Aber es kann sein, dass wir endlich bei dem Quincy-Mädchen weiterkommen.«

»Verstehe.« Ich bemühte mich um Gelassenheit. »Sollen wir uns später treffen?«

Ryan brauchte lange für die Antwort. »Klar.«

»Curry?«

»Um sieben im Ben's?«

»Klingt gut.«

Besorgte blaue Augen betrachteten mein Gesicht. Als würde er sich jedes Detail einprägen.

Irgendwas drückte mir aufs Herz.

»Komm her.« Ryan breitete die Arme aus. »Lass dich mal umarmen.«

Überrascht stand ich auf und drückte die Wange an Ryans Brust. Die Umarmung verstieß gegen jede Regel, die ich in Bezug auf Intimitäten bei der Arbeit aufgestellt hatte. Das war mir egal. Es war zu lange her. Es war Samstag. Das ganze Haus war leer.

Ryan schloss die Arme um mich. Sein Kinn lag auf meinen Haaren. Wärme durchströmte mich, und eine Röte stieg mir vom Hals hoch.

Ich roch den vertrauten Geruch nach Seife und Acqua di Parma, spürte die vertrauten Muskeln und Höhlungen und fragte mich, ob ich Ryans Blick falsch interpretiert hatte.

Dann hörte ich die Worte, geflüstert, mehr zu sich selbst als zu mir.

»Das wirst du wahrscheinlich nie mehr tun.«

14

Ich verbot mir, an Ryan zu denken.

Ich verbot mir, zum Telefon zu stürzen. Bevor ich diese Ziffern eintippte, wollte ich mir genau überlegen, was ich zu Obéline sagte.

Stattdessen konzentrierte ich mich auf Knochenpathologie.

Obwohl der Mittelfußknochen schlank und ungewöhnlich spitz war, wirkte die Rinde auf den Röntgenaufnahmen normal. Ähnliche Veränderungen treten bei einem fortgeschrittenen Verlauf von rheumatischer Arthritis auf. Aber bei rheumatischer Arthritis sind auch die Gelenke betroffen. Die Gelenke des Mädchens waren aber in Ordnung.

Lupus kann Veränderungen in den Hand- und Fußknochen verursachen. Er kann außerdem den Nasendorn und die -öffnung befallen und eine Resorption des Zwischenkiefers und des Zahnhöhlenbogens verursachen. Aber Lupus ist eine Autoimmunkrankheit, die viele innere Organe und Gewebetypen angreift. Die Schädigung des Skeletts dieses Mädchens war nicht so weit verbreitet.

Erworbene Syphilis führt zu einer Verkümmerung des Nasendorns und des Vordergaumens. Aber bei Syphilis ist auch ein Befall des Gaumenbogens sehr häufig. Der Bogen des Mädchens war in Ordnung.

Angeborene Syphilis.

Unterkiefer.

Tuberkulose.

Und so weiter. Nichts passte.

Um fünf gab ich auf und ging nach Hause.

Während ich mich auf den Verkehr konzentrierte, hatten meine Gehirnzellen freien Auslauf.

War bei Birdie mal wieder ein Gesundheitscheck fällig?

Du warst im März mit ihm beim Tierarzt.

Jetzt ist Juli.

Schau dir seinen Impfpass an.

Haare schneiden.

Mal richtig kurz, wie Halle Berry.

Dann siehst du aus wie Demi Moore in Die Akte Jane.

Schrecklicher Film.

Darum geht's nicht.

Wer nicht wagt, der nicht gewinnt.

Oder wie Pee Wee Herman.

Ryan.

Zum Teufel, ich war müde.

Wie bei den vorhergehenden Themen gab es auch hier zerebrale Meinungsunterschiede.

Trennung, prophezeite die Pessimistenfraktion.

Nie und nimmer, entgegneten die Optimisten.

Die Pessimisten präsentierten eine Filmszene. *Der Stadtneurotiker.* Wie Alvie und Annie ihre Habseligkeiten aufteilen.

Wir hatten nie zusammengewohnt, aber ich hatte Nächte in Ryans Wohnung verbracht, er in meiner. Waren Besitztümer gewandert? Wollte Ryan vielleicht CDs zurück?

Ich machte eine Liste seiner Sachen in meiner Wohnung. Der Korkenzieher. Eine Zahnbürste. Eine Flasche Boucheron Aftershave.

Charlie?

Er hat mit Familienstand nichts mehr am Hut.

Er hat sich verabschiedet.

Warum dann die Umarmung?

Er ist spitz.

»Jetzt reicht's«. Ich schaltete das Radio ein.

Garou säuselte *Seul.* Einsam.

Ich schaltete wieder aus.

Birdie begrüßte mich, indem er sich auf die Seite legte, alle viere von sich streckte und sich auf den Rücken drehte. Ryan nannte das Manöver »Fallen und Abrollen«.

Ich kraulte dem Kater den Bauch. Anscheinend spürte er die Anspannung in meiner Berührung. Er stellte sich wieder auf die Füße und starrte mich an, die Augen gelb und rund.

Zum Teil Ryan. Zum Teil Obéline. Zum Teil koffeininduzierte Fahrigkeit.

»Tut mir leid, mein Großer. Hab einfach viel am Hals.«

Als Charlie meine Stimme hörte, mischte er sich ein. *»... love drunk off my hump.«*

Die *Black Eyed Peas.* Das Geld für die Trainings-CD hat sich gelohnt, Ryan.

Aber warum gerade diese Zeile über Liebeskummer?

Wenn bei meinem Rauchmelder die Batterie schwach wird, schrillt er, bis eine frische eingelegt wird. Das passierte einmal in einer Woche, in der ich Charlie alleine lassen musste. Die nächsten drei Monate schrillte der Papagei. Auf den Rhythmus kommt es an, sagte ich mir. Nicht auf die Texte.

Ich legte die Papagei-Trainings-CD auf, füllte seine Futter- und Wasserschalen und fütterte die Katze. Dann ging ich von einem Zimmer ins andere und vergaß jedes Mal, warum.

Ich brauchte Bewegung.

Ich zog meine Laufschuhe an, joggte zuerst den Hügel hoch und wandte mich dann nach Westen. Gegenüber in Richtung Sherbrooke lag das Anwesen von Le Grand Séminaire, wo ich vor vielen Jahren eine Leiche geborgen hatte. Einer der ersten Fälle, die ich mit Ryan bearbeitet hatte.

Noch immer kein Regen, und der Luftdruck war kein bisschen gesunken. Schon nach wenigen Blocks schwitzte ich und atmete schwer. Die körperliche Anstrengung tat mir gut. Ich rannte an Shriner's Temple, Dawson College und dem Westmount Park vorbei.

Nach eineinhalb Meilen machte ich kehrt.

Diesmal keine Begrüßung von Birdie. In meiner Hast, hatte ich die Tür zum Arbeitszimmer offen gelassen.

Katze und Vogel hockten sich Auge in Auge gegenüber. Federn und Hülsen lagen auf dem Boden verstreut, wobei keine der beiden Spezies besonders aufgeregt wirkte. Aber Action hatte es in meiner Abwesenheit zweifellos gegeben.

Ich scheuchte Birdie aus dem Zimmer und stellte mich unter die Dusche.

Während ich mir die Haare föhnte, meldeten sich meine Gehirnzellen wieder.

Wimperntusche und Rouge.

Rausputzen für einen alten Hut?

Will mich ja auch selber im Spiegel anschauen können.

Red's dir nur ein.

Ich tupfte Issey Miyake auf.

Flittchen.

La Maison du Cari ist ein Kellerlokal an der Bishop, gegenüber der Concordia University Library. Ben, der Besitzer, erinnert sich an die Vorlieben eines jeden Stammgastes. Meine stand außer Frage. Bens Korma ist so gehaltvoll, dass es ein Lächeln sogar auf das Gesicht des blasiertesten Gourmets zaubert.

Als ich die Stufen hinunterstieg, sah ich Ryans Haarschopf durch das kleine, vordere Fenster. Ziemlich unscharf. Curry, brillant. Tandoori, phänomenal. Saubere Scheiben, vergiss es.

Ryan trank Newcastle Ale und knabberte Papadum. Ich hatte mich kaum gesetzt, als schon ein Diet Coke vor mir stand. Viele Eiswürfel. Eine Scheibe Limone. Perfekt.

Nachdem wir das Neueste von Bens Tochter in Schweden gehört hatten, bestellten wir. Hühnchen-Vindaloo. Lamm-Korma. Channa Masala. Gurken-Raita. Nan.

Die Unterhaltung begann bei dem neutralen Thema Phoebe Jane Quincy.

»Kann sein, dass wir eine Spur haben. Das Mädchen hatte kein Handy, die beste Freundin schon. Jetzt hat sie endlich gestanden, dass sie Phoebe erlaubt hatte, Anrufe zu machen, die sie zu Hause nicht machen konnte. Die Aufzeichnungen des Anbieters zeigen eine fremde Nummer. Wurde in den letzten drei Monaten acht Mal gewählt.«

»Der Freund?«

»Fotostudio. Eher untere Schublade, drüben auf dem Plateau. Vermietet an einen Kerl namens Stanislas Cormier.« Ryan spannte die Kiefermuskeln an, entspannte sie wieder. »Cormier hat der Kleinen versprochen, aus ihr ein Supermodel zu machen.«

»Hat dir das die Freundin erzählt?«

Ryan nickte. »Quincy hielt sich für die nächste Tyra Banks.«

»Hast du dir Cormier geschnappt?«

»Hatte einen wunderbaren Nachmittag mit dem Trottel. Er ist so unschuldig wie Bambi.«

»Seine Erklärung für die Anrufe?«

»Behauptet, Quincy hätte ihn in den Gelben Seiten gefunden. Wollte eine Fotosession. Der aufrechte Bürger fragte sie nach ihrem Alter, hörte dreizehn und meinte, ohne Eltern geht nichts.«

»Sie hat acht Mal angerufen.«

»Cormier meinte, sie ließ sich nicht abwimmeln.«

»Glaubst du ihm?«

»Was denkst du?«

»Hat er die Marilyn-Aufnahme gemacht?«

»Behauptet, dass er davon nichts weiß.«

»Kannst du ihn festhalten?«

»Wir finden schon einen Grund.«

»Und jetzt?«

»Wir warten auf einen Durchsuchungsbeschluss. Sobald der da ist, stellen wir das Studio auf den Kopf.«

»Was ist mit LaManches Wasserleiche aus dem Lac des Deux Montagnes? Hat sich mit den neuen Daten über Alter und Rasse, die ich dir gegeben habe, was Neues ergeben?«

»Sie ist weder in CPIC noch in NCIS.«

Das Essen kam. Ryan bestellte sich noch ein Newcastle. Während wir uns die Teller vollluden, fiel mir etwas aus einer früheren Unterhaltung ein.

»Hast du nicht gesagt, dass Kelly Sicard ebenfalls Model werden wollte?«

»Ja.« Ryan schob sich eine Gabel voll Curry in den Mund. »Stell dir vor.«

Wir aßen schweigend. Neben uns saßen zwei Jugendliche Hand in Hand und mit verschränkten Blicken da, während das Essen vor ihnen kalt wurde. Liebe? Lust? Wie auch immer, ich beneidete sie.

Schließlich kam Ryan auf den Punkt.

Er wischte sich den Mund, faltete die Serviette dann sorgfältig zusammen und legte sie auf den Tisch. Strich sie mit der Handfläche glatt.

»Ich muss dir was sagen. Es ist nicht einfach, aber du solltest es wissen.«

Eine Faust umklammerte meine Eingeweide.

»Lilys Probleme sind schlimmer, als ich dir erzählt habe.«

Die Faust öffnete sich ein wenig.

»Vor drei Wochen wurde sie verhaftet, weil sie in einer Blockbuster-Filiale DVDs geklaut hatte. Der Kollege rief mich sofort an. Ich ersetzte dem Besitzer den Schaden und konnte ihm eine Anzeige ausreden. So kam Lily nicht in den Computer. Dieses Mal noch nicht.«

Ryans Blick wanderte zum Fenster hoch, durch die Scheibe hindurch und in die Dunkelheit auf der Bishop.

»Lily ist heroinsüchtig. Sie stiehlt, um sich Geld für den Stoff zu besorgen.«

Ich zuckte mit keiner Wimper und schaute auch nicht zu dem Pärchen neben uns hinüber.

»Das Ganze ist zu einem großen Teil meine Schuld. Ich war einfach nie da.«

Lutetia hatte dir ihre Existenz verheimlicht. Ich sprach es nicht aus.

Ryans Blick wanderte wieder zu mir. Ich sah Schmerz und Schuldbewusstsein darin. Und noch etwas. Die Traurigkeit eines Endes.

Die Faust griff wieder fester zu.

»Meine Tochter braucht medizinische Hilfe. Psychologische Beratung. Das bekommt sie alles. Aber sie braucht auch ein richtiges Zuhause. Die Überzeugung, dass jemand an sie glaubt.«

Ryan nahm meine Hände in die seinen.

»Lutetia ist seit zwei Wochen in Montreal.«

Meine Brust wurde zu Eis.

»Wir haben stundenlang über die ganze Sache gesprochen.« Ryan stockte kurz. »Wir glauben, wir können Lily die Sicherheit geben, die sie braucht.«

Ich wartete.

»Wir haben beschlossen, es mit unserer Beziehung noch einmal zu versuchen.«

»Du gehst zu Lutetia zurück?« Ruhig und völlig im Gegensatz zu dem Aufruhr in mir.

»Das ist die schmerzhafteste Entscheidung, die ich je treffen musste. Ich habe kaum geschlafen. Ich habe an nichts anderes gedacht.« Ryan senkte die Stimme. »Und die ganze Zeit bekam ich dabei das Bild von dir und Pete in Charleston nicht aus dem Kopf.«

»Er wurde angeschossen.« Kaum hörbar.

»Ich meine davor. Du in seinen Armen.«

»Ich war hundemüde und völlig fertig nach zu viel Arbeit. Pete hat doch nur versucht, mich zu beruhigen.«

»Ich weiß. Ich muss gestehen, als ich euch beide das erste Mal zusammen sah, fühlte ich mich betrogen. Gedemütigt. ›Wie kann sie nur?‹, habe ich mich immer wieder gefragt. Ich hätte dich am liebsten auf dem Scheiterhaufen gesehen. An diesem ersten Abend habe ich mir eine Flasche Scotch gekauft und mich in meinem Zimmer zugesoffen. Ich war so wütend, dass ich das Telefon in den Fernseher geschmissen habe.«

Ich hob die Augenbrauen.

»Das Hotel hat mir sechshundert Dollar abgeknöpft.« Gequältes Lächeln. »Hör mal, ich will dich nicht kritisieren oder dir die Schuld zuschieben. Aber inzwischen ist mir klar, dass du von Pete nie ganz loskommen wirst.« Ryans Daumen streichelten meine Handrücken. »Und diese Erkenntnis hat mich dazu gebracht, über alles noch einmal gut nachzudenken. Vielleicht haben die Dichter und Liedermacher doch nicht recht. Vielleicht bekommen wir doch eine zweite Chance, um alles richtig zu machen.«

»Andrew Redford und Lutetia Streisand. So wie wir waren.« Das war erbärmlich und gemein. Aber ich konnte nicht anders.

»Das wird unsere Zusammenarbeit natürlich nicht beeinträchtigen.« Noch ein dünnes Lächeln. »Wir bleiben Mulder und Scully.«

X-Akten. Ex-Geliebte.

»Bei diesen Vermissten und Toten brauche ich deine Hilfe.«

Ich verkniff mir eine Erwiderung, die ich später bereut hätte.

»Und du bist dir ganz sicher?«

»Ich war mir in meinem ganzen Leben noch nie so wenig sicher. Aber eins weiß ich ganz genau: Ich bin es meiner Tochter schuldig, es zu versuchen. Ich kann nicht untätig zusehen, wie sie ihr Leben zerstört.«

Ich brauchte frische Luft.

Ich bot ihm weder Trost noch Hilfe an. Keinen Streisand-Witz. Keine Umarmung.

Ich presste mir ein Lächeln ab, stand auf und verließ das Restaurant.

Ich fühlte mich bleiern, die samstagabendlichen Flaneure, mit denen ich den Bürgersteig teilte, huschten wie Schemen an mir vorüber. Meine Füße hoben und senkten sich, ich bewegte mich ohne jedes Gefühl. Plötzlich hielten sie an.

Ich hob den Kopf.

Hurley's.

Es war nicht frische Luft, was ich brauchte. Ich war wieder dort, wo ich eigentlich nie mehr hinwollte. Der rubinrote Schein in langstieligen Gläsern, das Kratzen im Hals, die Hitze im Bauch. Der Schnellzug zu kurzfristigem Glück und Wohlbefinden.

Ich musste nur hineingehen und bestellen.

Aber ich kenne mich. Ich bin Alkoholikerin. Es wäre kein kurzer Flirt mit dem Stoff. Und unweigerlich würde die Euphorie der Selbstverachtung Platz machen. Stunden, vielleicht Tage wären aus meinem Leben ausradiert.

Ich machte kehrt und fuhr nach Hause.

Als ich im Bett lag, fühlte ich mich völlig allein im Universum.

Meine Gedanken wiegten sich in einem Totentanz.

Dorothée und Geneviève Doucet, vergessen in einem Schlafzimmer im Obergeschoss.

Kelly Sicard, Claudine Cloquet, Anne Girardin, Phoebe Jane Quincy, verschwunden, vielleicht misshandelt und ermordet.

Drei junge Leichen, zwei davon grotesk aufgebläht.

Laurette, verlassen, tot mit vierunddreißig.

Meine eigene Mutter, verwitwet, neurotisch, tot mit siebenundfünfzig.

Der kleine Kevin, tot mit drei Jahren.

Das Skelett eines jungen Mädchens, aus ihrem Grab gerissen.

Obéline, geschlagen und entstellt.

Évangéline, verschwunden.

Ryan, verschwunden.

In diesem Augenblick hasste ich meine Arbeit. Ich hasste mein Leben.

Die ganze Welt war schlecht.

Es gab keine Tränen. Nur eine überwältigende Taubheit.

15

Ich wachte auf, weil das Telefon klingelte. Ich fühlte mich träge und schlapp und wusste nicht, warum. Dann fiel es mir wieder ein.

Ryan.

Die Taubheit der letzten Nacht meldete sich wieder. Das war gut. Sie brachte mich durch den Anruf.

»Guten Morgen, Zuckerschnäuzchen.«

Pete hatte mich in Montreal noch nie angerufen.

Katy! Ich schnellte in die Höhe.

»Was ist los?«

»Nichts ist los.«

»Mit Katy alles in Ordnung?«

»Natürlich ist alles in Ordnung mit ihr.«

»Hast du mit ihr gesprochen? Wann?«

»Gestern.«

»Was hat sie gesagt?«

»*Buenos días.* Chile ist der Hammer. Schick mir Geld. *Adiós.*«

Ich lehnte mich zurück und zog die Decke bis zum Kinn hoch.

»Wie geht's dir?«

»Blendend.«

»Wo bist du?«

»Charlotte. Ich muss dir was sagen.«

»Du bist mit Paris Hilton verlobt.« Ich war so erleichtert über die guten Nachrichten von Katy, dass ich über meinen eigenen Witz lachte. Es tat gut.

Pete antwortete nicht.

»Hallo?«

»Ich bin da.« Ohne jeden Humor.

Schlimme Vorahnungen zerrten an meinen bereits strapazierten Nerven.

»Pete.«

»Nicht Paris. Summer.«

»Du willst heiraten?« Ich konnte nicht verbergen, wie schockiert ich war.

»Du wirst sie mögen, Zuckerschnäuzchen.«

Ich werde sie hassen.

»Wo habt ihr euch kennengelernt?« Ich versuchte, fröhlich zu klingen.

»Im Selwyn Pub. Sie sah traurig aus. Ich spendierte ihr ein Bier. Wie sich zeigte, war an diesem Tag ein Hündchen eingeschläfert worden. Sie ist Tierarzthelferin.«

»Wie lange bist du mit Summer schon zusammen?«

»Seit März.«

»Mein Gott, Pete.«

»Sie ist sehr intelligent, Tempe. Sie will Tiermedizin studieren.«

Natürlich will sie das.

»Wie alt ist Summer?«

»Neunundzwanzig.«

Pete würde sich demnächst von den Fünfzigern verabschieden.

»Drei Monate sind aber nicht sehr lange.«

»Summer will Nägel mit Köpfen machen.« Pete lachte. »Was soll's? Ich bin ein alter Junggeselle, der sich allein durchs Leben wurstelt. Vergiss nicht. Du hast mich rausgeworfen, Babe.«

Ich schluckte. »Was soll ich tun?«

»Nichts. Ich erledige den Gerichtskram. Unüberbrückbare Differenzen. Wir müssen uns nur über die Aufteilung des gemeinsamen Besitzes einig werden. Das tatsächliche Aufteilen können wir dann später erledigen.«

»Viel gibt's da eh nicht mehr aufzuteilen.«

»In North Carolina gilt das Verschuldensprinzip nicht, keiner braucht dem anderen also irgendeine Bösartigkeit nachzuweisen.«

»Wie bald schon?« Ich versuchte nun gar nicht mehr, fröhlich zu klingen.

»Wir beide leben ja schon seit Jahren nicht mehr zusammen, eine Pflichttrennungszeit ist deshalb unnötig. Wenn wir uns über die Finanzen einigen können, sollte die Scheidung ziemlich schnell durchgehen.«

»Wie sieht dein Zeitrahmen aus?« Leblos.

»Wir peilen den Frühling an. Im nächsten Mai vielleicht. Summer will eine Hochzeit in den Bergen.«

Ich stellte mir Summer vor. Barfuß, sonnengebräunt, den Kopf mit Gänseblümchen geschmückt.

»Hast du es Katy schon erzählt?«

»Das ist kein Thema fürs Telefon. Wir setzen uns mal zusammen, wenn sie aus Chile zurückkommt.«

»Kennt Katy Summer?«

Ein leichtes Zögern. »Ja.«

»Nicht gut?«

»Katy hat an jeder Frau was auszusetzen, mit der ich ausgehe.«

Das stimmte nicht. Hin und wieder erzählte meine Tochter von den Eroberungen ihres Vaters. Bei einigen hatte sie den Eindruck, ihre Attraktivität liege im Busen. Bei anderen waren es die Titten. Die Melonen. Die Möpse. Die Glocken. Einige der Damen mochte sie sehr gern.

»Es könnte ein bisschen problematisch werden«, sagte Pete. »Summer will Kinder. Katy könnte damit Schwierigkeiten haben.«

Allmächtiger.

»Ich möchte deinen Segen, Zuckerschnäuzchen.«

»Wie du willst.« Die Taubheit löste sich auf wie Nebel in der Morgensonne. Ich musste auflegen.

»Du wirst Summer mögen. Wirklich.«

»Ja.«

Bewegungslos saß ich da, eine tote Leitung am Ohr.

Mein mir entfremdeter Ehemann liebt Frauen wie eine Motte die Glühbirne auf der Veranda. Er flirtet gern und spielt herum, fühlt sich angezogen, ist aber nie bereit, sich endgültig festzulegen. Ich musste das auf die schmerzhafte Art erfahren. Und verbrannte mir die Finger dabei. Die Ehe, jede Ehe, scheint einfach nicht seinem Wesen zu entsprechen. Vor einigen Monaten in Charleston, bevor ihn die Kugel traf, schien er die Chancen für eine Versöhnung erkunden zu wollen. Und jetzt wollte Pete sich von mir scheiden lassen, Summer heiraten und Kinder haben.

Traurige Summer. Sehr intelligente Summer. Summer mit deinen zwanzig und ein paar Jahren.

Langsam und behutsam legte ich den Hörer auf die Basisstation.

Ließ mich aufs Kissen sinken. Drehte mich auf die Seite. Zog die Knie an die Brust.

Und ließ mich fallen.

Ich weiß nicht, wie lange die Tränen flossen oder wann ich einschlief.

Wieder weckte mich das Telefon. Diesmal war es mein Handy. Ich schaute auf die Uhr. Neun Uhr dreiundvierzig.

Ich schaute auf das Display.

Harry.

Im Augenblick konnte ich mit Melodramatik nicht umgehen. Ich ließ es läuten.

Sekunden später schrillte der Festnetzapparat.

Fluchend schnappte ich mir den Hörer und schaltete ein.

»Was ist?«, blaffte ich.

»Heute sind wir aber gar nicht gereizt, was?«

»Es ist Sonntagvormittag, verdammt noch mal.«

»Habe gerade ein tolles Rezept für Kätzchen gefunden. Dachte mir, du möchtest es vielleicht mal ausprobieren.«

»Hahaha, Harry.«

»Braucht unser Strahlegesicht vielleicht eine Silikoninjektion?«

»Wehe, jetzt kommt Runde sechs über Arnoldo.« Ich warf die Decke zurück und ging in die Küche. Ich brauchte Koffein.

»Uralte Geschichte.«

»Raus mit dem Alten, rein mit dem Neuen?« Schroff, aber ich war nicht in Stimmung für Geschichten über schiefgelaufene Ehen.

»Pete hat angerufen.«

Das verblüffte mich. »Mein Pete? Wann?«

»Gerade eben. Klingt nicht so, als wäre er noch deiner.«

»Warum ruft er dich an?« Ich holte die Bohnen aus dem Schrank, schüttete sie in die Mühle.

»Meinte, dass du vielleicht ein wenig Aufmunterung gebrauchen könntest.«

»Wie rücksichtsvoll von ihm. Mir geht's gut.«

»Du klingst aber nicht so.«

Ich sagte nichts.

»Wenn du reden willst, ich will zuhören.«

Ich drückte auf den Knopf. Das Mahlwerk sirrte. Ein warmer Kaffeegeruch erfüllte die Küche.

»Tempe?«

»Ja.«

»Ich bin's. Die kleine Schwester.«

Ich schüttete das Pulver in die Kaffeemaschine. Goss Wasser dazu.

»Hey, Tempe?«

Wollte ich reden?

»Ich rufe dich zurück.«

Neunzig Minuten später hatte ich alles abgeladen.

Ryan. Lily. Lutetia. Die Altfall-Ermittlung mit den toten und vermissten Mädchen. Phoebe Jane Quincy. Die Wasserleiche aus dem Lac des Deux Montagnes. Die Doucets.

Meine Schwester ist launisch, unstet und neigt zu Hysterie. Aber als Zuhörerin ist sie Weltklasse. Sie unterbrach mich nicht.

Schließlich erzählte ich Harry von Hippo und dem Skelett, das ich vom Coroner in Rimouski angefordert hatte. Hippos Mädchen.

»Zu Pete oder Ryan kann ich dir nichts Kluges sagen, also lass uns über dieses Skelett reden. Mal sehen, ob ich das alles richtig verstanden habe. Hippo ist der Typ mit den alten Fällen. Er hat von seinem Kumpel Gaston, der ebenfalls bei der SQ ist, von diesem Skelett erfahren. Gaston entdeckte das Ding bei einem Provinzbullen namens Luc Tiquet. Tiquet hatte es bei zwei Graffiti-Punks beschlagnahmt, Trick und Archie Whalen.

Die hatten es in Jerry O'Driscolls Pfandleihe gekauft. O'Driscoll hatte es von einem alten Knacker namens Tom Jouns. Jouns hatte es auf einer indianischen Begräbnisstätte ausgebuddelt. Stimmt das so weit?«

»Falls alle die Wahrheit sagen.«

»Das Leben ist voller ›Falls‹.«

»Das ist es wirklich.«

»Was für eine Art von indianischer Begräbnisstätte?«

»Ich weiß es nicht. Vielleicht Micmac.«

»Dann war das Mädchen also Indianerin.«

»Ich glaube, sie ist weiß.«

»Warum?«

»Gesichtsarchitektur.«

»Du schätzt, dass sie mit dreizehn oder vierzehn starb?«

»Ja.«

»An irgendeiner Krankheit?«

»Sie war krank, aber ich weiß nicht, ob diese Krankheit sie getötet hat.«

»Was dann?«

»Ich weiß es nicht.«

»Welche Krankheit?«

»Ich weiß es nicht.«

»Na, das ist doch was, das wir in die Zeitung schreiben können. Wie lange ist sie schon tot?«

»Auch das weiß ich nicht.«

»Schon länger?«

»Ja.«

Harry schnalzte mit der Zunge.

Ich atmete tief durch.

»Erinnerst du dich noch an Évangéline und Obéline Landry?«

»Glaubst du, ich bin reif für die Klapsmühle? Natürlich erinnere ich mich. Ich war neun, du warst zwölf. Sie verschwanden von Pawleys Island und tauchten nie wieder auf. Drei Jahre lang haben wir versucht, sie ausfindig zu machen. Säcke voller Münzen gingen für Ferngespräche nach Kanada drauf.«

»Das klingt jetzt vielleicht ein bisschen weit hergeholt, aber es besteht die entfernte Möglichkeit, dass Hippos Mädchen tatsächlich Évangéline sein könnte.«

»Hippos Mädchen?«

»Das Jouns-O'Driscoll-Whalen-Tiquet-Gaston-Hippo-Skelett.«

»Wie entfernt ist diese Möglichkeit?«

»Sehr.«

Ich erzählte Harry von Laurette und Obéline. Und David Bastarache.

»Elender Hurensohn. Gib mir freie Sicht und einen Schuss auf seinen Schwanz, und dieses Arschloch legt nie wieder ein Feuer.«

Harry konnte Metaphern vermischen wie niemand sonst, den ich kannte. Ich wies sie nicht darauf hin, dass diese Kombination die menschliche Anatomie neu definierte.

Schweigen summte über den Kontinent. Dann sagte Harry, was Harry sagen würde.

»Ich komme rauf?«

»Was ist mit dem Verkauf deines Hauses?«

»Glaubst du wirklich, ich bleibe hier und spiele mit Immobilien herum? Du bist eine intelligente Frau, Tempe, aber manchmal frage ich mich, wie du dir morgens dein Höschen anziehst.«

»Was soll das heißen?«

»Du hast Obélines Adresse und Telefonnummer?«

»Ja.«

»Brauchst du einen Riesen-Neonfinger, der auf einen brennenden Dornbusch zeigt?«

Ich ließ sie weiterreden.

»Ich schwinge meinen Arsch in eine Maschine nach *La Belle Province.* Du buchst uns Tickets nach New Brunswick.«

»Willst du damit vorschlagen, dass wir Obéline besuchen?«

»Warum nicht?«

»Zum einen dürfte Hippo stocksauer sein.«

»Dann sag's ihm nicht.«

»Das wäre unprofessionell und potenziell gefährlich. Ich bin keiner von den Bullen, weißt du. Ich bin auf sie angewiesen.«

»Dann schicken wir ihm 'ne SMS aus dem Urwald.«

16

Harrys Maschine sollte um zehn Uhr ankommen. Ich hatte uns einen Mittagsflug nach Moncton gebucht. Wir hatten abgemacht, uns am Abflugs-Gate zu treffen.

Montreals wichtigster Flughafen liegt im West-Island-Bezirk in der Vorstadt Dorval. Jahrelang hieß er einfach nur Dorval. Kam mir ziemlich sinnvoll vor. Am 1. Januar 2004 wurde er umbenannt in Pierre-Elliott Trudeau International. Die Einheimischen nennen ihn immer noch Dorval.

Um zehn hatte ich mein Auto geparkt, eingecheckt und die Sicherheitskontrollen hinter mir. Harry war noch nicht bei Gate 12-C. Ich machte mir keine Gedanken. Dorvals »Willkommen in Kanada«-Einreiseschlange lässt den Lindwurm, der sich vor dem Tor von Disneyworld im Zickzack durch das Labyrinth von Absperrbändern wälzt, meistens kurz aussehen.

Zehn Uhr fünfundvierzig. Noch immer keine Harry. Ich schaute auf die Ankunftstafel. Ihre Maschine war um zehn null sieben gelandet.

Um elf wurde ich langsam unruhig. Ich versuchte zu lesen, aber mein Blick wanderte immer wieder hoch zu der Flut vorbeiziehender Gesichter.

Um elf fünfzehn fing ich an, mir eine Liste möglicher Komplikationen zu überlegen.

Kein Pass. Vielleicht wusste Harry nicht, dass ein Personalausweis nicht mehr ausreichte, um mit dem Flugzeug nach Kanada einzureisen.

Fehlendes Gepäck. Vielleicht füllte Harry Formulare in dreifacher bis fünffacher Ausfertigung aus. Von früheren Besuchen wusste ich, dass sie nicht mit leichtem Gepäck reiste.

Schmuggeln. Vielleicht klimperte Harry vor einem versteinert dreinblickenden Zollbeamten mit den Wimpern. Ja. Das passte.

Ich konzentrierte mich wieder auf meinen Jasper-Fforde-Roman.

Der Mann neben mir war fleischig, hatte drahtige Haare und quoll aus einem Polyester-Sportsakko, das einige Nummern zu klein für ihn war. Er wippte beständig mit einem Knie und klopfte mit seiner Bordkarte auf die Armlehne zwischen uns.

Montreal ist nicht Toronto. Im Gegensatz zu seinem faden, Englisch sprechenden Nachbarn im Westen feiert die Inselstadt die Geschlechtsunterschiede und den Sex. In Bars und Bistros prickelt die Pheromon-Party bis in die frühen Morgenstunden. Reklametafeln preisen Veranstaltungen mit schlüpfrigen Doppeldeutigkeiten an. An den Highways werben halbnackte Models für Bier, Gesichtscremes, Uhren und Jeans. Heißes Blut und Schweiß pulsieren in der Stadt.

Aber auf meine Schwester ist Big Easy North nie vorbereitet.

Als Drahthaar erstarrte, wusste ich, dass Harry angekommen war. Sie tat es mit ihrer gewohnten Extravaganz, aufrecht stand sie in dem Transportkarren, die Arme ausgebreitet wie Kate Winslet im Bug der *Titanic*. Der Fahrer lachte und zerrte an ihrem Hosenbund, um ihren Hintern wieder auf dem Sitz zu platzieren.

Der Karren bremste, und Harry sprang heraus. In Jeans, die so eng waren, dass man sie für Haut hätte halten können, rosé- und türkisfarbenen Stiefeln und einem pinkfarbenen Stetson.

Als sie mich entdeckte, riss sie sich den Hut vom Kopf und winkte damit. Blonde Locken fielen ihr bis auf die Taille.

Ich stand auf.

Drahthaar hinter mir blieb erstarrt. Ich wusste, dass andere in dieselbe Richtung starrten. Andere mit einem Y in jeder Zelle.

Harry kam auf mich zugelaufen. Der Fahrer folgte ihr, ein Sherpa mit Neiman-Marcus und Louis Vuitton auf dem Rücken.

»Tem-pee-roo-nee!«

»Ich habe mich schon gefragt, ob du dich vielleicht verirrt hast.« Aus der Enge einer rückgratzertrümmernden Umarmung hervorgepresst.

Harry ließ mich los und legte den Arm um den Sherpa. »Wir haben parlai-vuut, nicht, Piie-air?«

Pierre lächelte völlig ratlos.

Wie inszeniert verkündete nun eine Stimme aus dem Lautsprecher, dass unsere Maschine zum Einsteigen bereitstehe.

Der Sherpa fasste zwei Bordcases auf einmal mit einer Hand und gab sie ihr zusammen mit einer Schultertasche von der Größe einer Satteltasche. Die Neiman-Marcus hielt er mir hin. Ich nahm sie.

Harry gab dem Sherpa einen Zwanziger, ein strahlendes Lächeln und ein dickes »Mär-cie«.

Pierre sauste davon, ein Mann mit einer Geschichte.

In Moncton war der Leihwagen, den ich am Flughafen gebucht hatte, aus irgendeinem Grund nicht verfügbar. Man bot mir zum selben Preis ein größeres Modell an.

Was für ein Modell?

Geräumig. Es wird Ihnen gefallen.

Habe ich eine andere Wahl?

Nein.

Während ich den Vertrag ausfüllte, erfuhr Harry das Folgende.

Der Mann am Schalter hieß George. Er war dreiundvierzig, geschieden, und hatte einen zehnjährigen Sohn, der noch immer ins Bett machte. Nach Tracadie kam man, indem man einfach nur den Highway 11 hochfuhr. Billiges Benzin gab es bei der Irving-Tankstelle knapp hinter Kouchibouguac. Im Le Coin du pêcheur in Escuminac gab es gemein gute Hummerbrötchen. Die Fahrt würde ungefähr zwei Stunden dauern.

Das geräumigere Modell erwies sich als glänzender, neuer Cadillac Escalade EXT. Schwarz. Harry war hin und weg.

»Jetzt schau dir diesen Wahnsinnskarren an. Super Motor. Vierradantrieb und Anhängerkupplung. Mit diesem Eisenpony können wir bergauf, bergab und querfeldein fahren.«

»Danke, aber ich bleibe lieber auf der Straße. Will mich nicht verfahren.«

»Werden wir auch nicht.« Harry klopfte sich auf die Handtasche. »Ich habe GPS auf meinem Handy!«

Wir stiegen ein. Das Eisenpony roch nach neuem Auto und hatte gerade mal fünfundvierzig Meilen auf dem Tacho. Ich kam mir vor, als würde ich einen Truppentransporter fahren.

Mit den Brötchen hatte George recht gehabt, doch bei der Fahrzeit war er sehr optimistisch gewesen.

Als wir Tracadie erreichten, zeigte meine Uhr sieben zwanzig. Acht zwanzig Ortszeit. Warum wir so lange gebraucht hatten? Richtig geraten. Harry.

Die Vorzüge? Wir hatten uns mit einem Constable der RCMP angefreundet und mit fast allen Einwohnern von Escuminac. Außerdem hatten wir Schnappschüsse von uns beiden Arm in Arm vor *Le Plus Grand Homard du Monde.* Shediac war zwar ein Umweg, aber wie oft kann man sich vor dem größten Hummer der Welt fotografieren lassen?

Bei der Anmeldung erzählte die nette Dame vom Hotel Harry von einem Restaurant mit traditionellem akadischem Essen und einer Freiterrasse. Ich wartete, bis Harry sich die Haare geföhnt hatte, dann gingen wir ans Wasser.

Plastikstühle. Plastiktische. Plastikspeisekarte.

Allerdings eine nette Atmosphäre. Wir teilten sie mit Männern in Baseballkappen, die Bier aus langhalsigen Flaschen tranken.

Die Luft war kühl und roch nach Fisch und salzigem Schlamm. Das Wasser war dunkel und unruhig und vom aufgehenden Mond weiß gesprenkelt. Hin und wieder schrie eine schlaflose Möwe und hörte dann sofort wieder auf, als hätte ihre eigene Stimme sie überrascht. Harry bestellte Spaghetti. Ich nahm den Kabeljau mit Kartoffeln. Als die Kellnerin wieder gegangen war, deutete Harry auf eine Zeitung, die jemand am Nachbartisch liegen gelassen hatte. *L'Acadie Nouvelle.*

»Okay, Chef. Hintergrund. Fangen wir mal damit an, wo zum Teufel wir eigentlich sind.«

»Tracadie-Sheila.« Ich sprach es Schai-la aus, wie die Einheimischen.

»Das weiß ich auch schon.«

»Im Bauch von *L'Acadie,* dem Heimatland der berühmten, vier Jahrhunderte alten akadischen Kultur.«

»Du klingst wie eine dieser Touristenbroschüren in der Motellobby.«

»Ich habe vier gelesen, während du mit deinen Haaren beschäftigt warst.«

»Sie waren fettig.«

»Bis auf den kleinen Abstecher nach Shediac sind wir heute stur nach Norden gefahren, parallel zur Northumberland Straight. Erinnerst du dich noch, dass wir an Schildern mit der Aufschrift ›Neguac‹ vorbeigekommen sind?«

»Irgendwie schon.«

»Die akadische Halbinsel erstreckt sich von Neguac aus ungefähr zweihundert Kilometer nach Norden, entlang der nordöstlichen Küste von New Brunswick, oben an der Spitze hinaus auf die Insel Miscou, und dann um die Chaleur Bay herum nach Bathurst. In der Provinz leben ungefähr zweihundertzweiundvierzigtausend Französisch sprechende Einwohner und ungefähr sechzigtausend davon hier auf der Halbinsel.«

Unser Essen kam. Einige Augenblicke lang streuten wir Parmesan beziehungsweise Salz und Pfeffer darüber.

»Die Leute hier führen ihren speziellen französischen Dialekt, ihre Musik und sogar ihre Art zu kochen auf das Poitou und die Bretagne zurück.«

»In Frankreich.« Harry war eine Meisterin des Offensichtlichen.

»Die Vorfahren der heutigen Akadier kamen bereits Ende des siebzehnten Jahrhunderts hierher und brachten diese Traditionen mit.«

»Sind die denn nicht alle nach New Orleans gezogen? Évangéline hat oft davon gesprochen.«

»Das stimmt so nicht ganz. Siebzehnfünfundfünfzig befahlen die Engländer die Vertreibung von einigen Zehntausend Französischsprechenden aus Nova Scotia. Die Akadier nannten die Deportation *Le Grand Dérangement.* Ländereien wurden konfisziert, und die Leute wurden eingefangen und abtransportiert, vor allem nach Frankreich und in die USA. Heute berufen sich etwa eine Million Amerikaner auf akadische Vorfahren, und die meisten davon leben in Louisiana. Wir nennen sie Cajuns.«

»O Mann.« Harry streute sich noch mehr Käse auf die Nudeln. »Warum wollten die Engländer sie draußen haben?«

»Weil sie sich weigerten, der englischen Krone die Treue zu schwören. Einige schafften es, den Säuberungen zu entkommen, und suchten hier oben Zuflucht, an den Flüssen Restigouche und Miramichi und an der Küste der Chaleur Bay. Ende des achtzehnten Jahrhunderts stießen dann Akadier zu ihnen, die aus dem Exil zurückkehrten.«

»Dann durften die Franzosen also zurückkehren?«

»Ja, aber die Engländer waren noch immer vorherrschend und verdammt feindselig, und so erschien ihnen der abgelegene Finger, der in den Golf des St. Lawrence hineinragt, als gute

Wahl für einen Ort, an dem man sie in Frieden lassen würde. Viele von ihnen ließen sich hier nieder.«

Harry drehte Spaghetti auf die Gabel, und in ihren Augen sah man ihr Gehirn arbeiten.

»Was war das für ein Gedicht, das Évangéline und du immer nachgespielt habt?«

»*Évangéline*, von Henry Wadsworth Longfellow. Es geht um zwei akadische Liebende, deren Liebe zum Scheitern verurteilt ist. Tom wird aufgrund des englischen Deportationsbefehls gegen seinen Willen in den Süden geschafft. Évangéline durchstreift Amerika auf der Suche nach ihm.«

»Was passiert?«

»Die Geschichte geht nicht gut aus.«

»Blöd.« Harry schluckte die Nudeln, drehte sich noch eine Gabel voll auf. »Weißt du noch, wie ich genörgelt habe, damit ich auch eine Rolle bekomme?«

»O ja.« Ich sah Harry vor mir, die dürren Arme verschränkt, das sonnengebräunte Gesicht voller trotziger Herausforderung. »Und dann hast du es ungefähr zehn Minuten lang ausgehalten, hast dann angefangen, über die Hitze zu jammern, und bist davongelaufen, und wir hatten eine Lücke in der Besetzung.«

»Ich bekam ja immer nur lausige Rollen ohne Text. Einen Baum. Oder einen blöden Gefängniswärter.«

»Zum Star wird man nicht über Nacht.«

Harry verdrehte die Augen und schaufelte wieder Pasta.

»Ich habe Évangéline immer sehr gemocht. Sie war –« Harry suchte nach dem richtigen Wort »– liebenswürdig. Außerdem hielt ich sie damals für unwahrscheinlich glamourös. Wahrscheinlich, weil sie fünf Jahre älter war als ich.«

»Ich war drei Jahre älter.«

»Ja, aber du warst meine Schwester. Ich habe gesehen, wie du Cool Whip mit dem Finger direkt aus der Packung gegessen hast.«

»Nein, das hast du nicht.«

»Und Jell-O.«

Wir lächelten einander zu, erinnerten uns an eine Zeit der Autofahrten auf dem Rücksitz, der Achterbahn-Geburtstage, des So-tun-als-ob, der Nancy-Drew-Suche nach einer verlorenen Freundin. Eine einfachere Zeit. Eine Zeit, als Harry und ich ein Team waren.

Schließlich wandte sich unsere Unterhaltung Obéline zu.

Sollten wir anrufen, unseren bevorstehenden Besuch ankündigen? Obéline war kaum sechs Jahre alt gewesen, als wir sie das letzte Mal gesehen hatten. Seitdem hatte sie ein ziemlich hartes Leben geführt. Ihre Mutter war tot, ihre Schwester vielleicht ebenfalls. Bastarache hatte sie misshandelt. Sie war von einem Feuer entstellt. Wir waren unterschiedlicher Meinung, was den Empfang anging, den wir zu erwarten hätten. Harry meinte, wir würden begrüßt werden wie verloren geglaubte Freundinnen. Ich war mir da nicht so sicher.

Als wir gezahlt hatten, war es nach zehn. Zu spät, um noch anzurufen. Die Entscheidung war also gefallen. Wir würden unangekündigt auftauchen.

Unser Motel lag dem Restaurant gegenüber auf der anderen Seite der kleinen Bucht. Als wir den Highway 11 wieder zurückfuhren, nahm ich an, dass wir die Little Tracadie River Bridge No. 15 ein zweites Mal überquerten. Ich dachte an Hippos Geschichte, bedauerte den armen Kerl, der die Leiche mit der Kurbelwelle in der Brust gefunden hatte.

An diesem Abend hatte ich nur eine Erkenntnis.

Wenn Harry Jeans trägt, dann nur die.

Am Morgen bestand Harry auf Pfannkuchen.

Unsere Kellnerin war stämmig, mit kirschroten Lippen und strähnigen Haaren irgendwo zwischen Butter und Sahne. Sie versorgte uns reichlich mit Kaffee, Ratschlägen über Nagellack und einer Wegbeschreibung zu der Adresse, die Hippo mir gegeben hatte. Highway 11, dann nach Osten auf die Rue Sureau

Blanc. Nach rechts am Ende des grünen Zauns. Dann noch einmal. Wie war der Familienname?

Bastarache. Kennen Sie sie?

Die faltigen Lippen zogen sich zu einem dünnen, roten Strich zusammen. Nein.

Obéline Landry?

Ist das dann alles?

Nicht einmal Harry konnte der Frau noch ein Wort entlocken.

Um neun saßen wir wieder im Escalade.

Tracadie ist nicht groß. Um Viertel nach neun bogen wir auf eine Wohnstraße ein, die in jeden Vorort auf jedem Kontinent gepasst hätte. Gepflegte Blumenbeete. Sauber abgestochene Rasenkanten. Alle Anstriche in gutem Zustand. Die meisten Häuser sahen aus, als wären sie in den Achtzigern gebaut worden.

Hippos Adresse führte uns zu einer hohen Steinmauer am hinteren Ende der Häuserzeile. Ein Schild gab Auskunft über die Bewohner dahinter. Ein offenes Vorhängeschloss hing an einem rostigen Eisentor. Harry stieg aus und öffnete es.

Eine moosbewachsene, gepflasterte Auffahrt teilte eine Rasenfläche, die schwer mit Unkraut zu kämpfen hatte. Am Ende erhob sich ein Haus aus Ziegeln, Stein und Holzbalken mit einem verwitterten Schindeldach. Nicht gerade ein Herrenhaus, aber auch keine Hütte.

»Sieht aus wie Ye Olde Rod and Gun Club«, sagte Harry.

Sie hatte recht. Das Haus wirkte irgendwie wie eine Jagdhütte.

»Bereit?«

Harry nickte. Seit dem Aufstehen war sie ungewöhnlich still gewesen. Bis auf einen kurzen Wortwechsel über ihre Abneigung gegen Höschen hatte ich sie in Ruhe gelassen. Ich vermutete, dass sie ihre Erinnerungen an Obéline durchging. Sich vorbereitete auf die bevorstehende Begegnung mit der entstellten Frau. Ich tat das jedenfalls.

Wortlos stiegen wir aus und gingen zum Haus.

Über Nacht hatte der Himmel sich mit feuchtigkeitsschweren Wolken überzogen. Der Vormittag versprach Regen.

Da ich keine Klingel fand, klopfte ich an die Tür. Sie war aus dunkler Eiche, mit einer Scheibe aus Bleiglas in der Mitte, die nichts über das Leben im Inneren verriet.

Keine Antwort.

Ich klopfte noch einmal, diesmal auf das Glas. Meine Knöchel feuerten ein scharfes Rat-a-tat-tat ab.

Über uns segelte eine Möwe und kündigte schreiend den bevorstehenden Sturm an. Meldete den Tidenstand. Klatsch, den nur die Gehirne der Gattung Larus verstehen konnten.

Harry drückte das Gesicht an die Scheibe.

»Keine Bewegung drinnen«, sagte sie.

»Vielleicht schläft sie lange.«

Harry richtete sich auf und drehte sich um. »Bei unserem Glück ist sie vielleicht in Wichita Falls.«

»Warum sollte Obéline nach Wichita Falls wollen?«

»Warum sollte irgendjemand nach Wichita Falls wollen?«

Ich schaute mich um. Nebengebäude gab es keine.

»Ich schaue mal hinten nach.«

»Ich sichere die Front, Sir.« Harry salutierte und ließ sich die Satteltasche von der Schulter rutschen. Mit einem dumpfen Schlag klatschte sie vor ihren Füßen auf.

Ich stieg die Stufen wieder hinunter und ging nach rechts.

Eine steinerne Veranda nahm fast die gesamte Breite der Rückseite ein. Ein Gebäudeflügel erstreckte sich dahinter im rechten Winkel, weshalb er von der Vordertür aus nicht zu sehen war. Er sah neuer aus als der Rest des Gebäudes, der Lack auf dem Holz leuchtete kräftiger. Ich fragte mich, ob das Feuer vielleicht dort gewütet hatte.

Auf der Veranda standen eine Gartengarnitur, ein Grill und einige Liegestühle, alle leer. Ich stieg hinauf, ging zur Rückwand und spähte durch eine Doppelglastür.

Normale Einbauküche. Tisch und Stühle aus Kiefernholz. Katzen-Kuckucksuhr mit Pendelschwanz.

Frei stehende Koch- und Arbeitsinsel in der Mitte. Ein Chefmesser, ein Küchentuch aus Papier, eine Apfelschale.

Ich spürte meine Nerven kribbeln.

Sie ist zu Hause!

Ich drehte mich um.

Am hinteren Ende des Rasens stand eine Art Pavillon. Dahinter war Wasser, aufgewühlt und metallisch grau. Ein Seitenarm des Golfs von St. Lawrence, vermutete ich.

Merkwürdige Säulen flankierten den Eingang des Pavillons, ziemlich hoch, mit Vorsprüngen, die vorn und an den Seiten herausragten, und seltsam geformten Säulenköpfen.

Durch das Gitterwerk des Pavillons konnte ich etwas undeutlich eine Silhouette erkennen. Ich prägte mir die Details ein.

Klein, wahrscheinlich weiblich. Vorgebeugt. Bewegungslos.

Die Frau, die vielleicht Obéline war, saß mit dem Rücken zu mir. Ich konnte nicht erkennen, ob sie las, döste oder einfach nur aufs Wasser hinausschaute.

Während ich auf den Pavillon zuging, registrierten meine Sinne weitere Informationen. Ein klimperndes Windspiel. Schäumende Wellen, die gegen eine Mauer klatschten.

Beim Näherkommen sah ich, dass die Säulen aus geschnitzten Tiergestalten bestanden. Die Vorsprünge waren Schnäbel und Flügel. Die Umrisse obendrauf waren stilisierte Darstellungen von Vögeln.

Und dann die Erkenntnis, das Resultat anthropologischer Studien vor vielen Jahren. Der Pavillon war früher eine Schwitzhütte gewesen, deren Wände man nachträglich durch Gitterwerk ersetzt hatte.

Das Ensemble sah hier völlig fehl am Platz aus. So etwas würde man Tausende Meilen weiter südlich erwarten. Totempfähle und Schwitzhütten waren typisch für die Völker des pazifischen Nordwestens, für die Tlingit etwa oder die Haida oder die Kwakiutl, aber nicht für die Micmac oder die anderen Stämme der Maritimes.

Drei Meter vor dem Bau blieb ich stehen.

»Obéline?«

Die Frau riss den Kopf hoch.

»Quisse qué-la?« Wer da? Akadisches Französisch.

»Temperance Brennan.«

Die Frau reagierte nicht.

»Tempe. Von Pawleys Island.«

Nichts.

»Harry ist auch da.«

Eine Hand hob sich, zögerte, als wüsste sie nicht so recht, wozu.

»Wir waren Freundinnen. Du und Harry. Évangéline und ich.«

»Pour l'amour du bon Dieu.« Geflüstert.

»Ich kannte Tante Euphémie und Onkel Fidèle.«

Die Hand schoss an die Stirn der Frau, senkte sich zu ihrer Brust und wanderte dann von Schulter zu Schulter.

»Ich suche schon eine sehr lange Zeit nach euch.«

Die Frau stand auf, legte sich ein Tuch über den Kopf, zögerte kurz und kam dann zur Tür geschlurft.

Streckte die Hand aus.

Türangeln quietschten.

Die Frau trat ins Tageslicht.

17

Die Erinnerung ist launisch, manchmal spielt sie ein ehrliches Spiel, manchmal trügt sie. Sie kann verdecken, leugnen, quälen oder sich einfach irren.

Hier gab es keinen Irrtum und auch keinen Trug.

Obwohl ich das Gesicht der Frau nur zur Hälfte sah, traf mich der Anblick wie ein Schlag in die Magengrube. Dunkle Zigeuneraugen, störrisch wulstige Oberlippe über einer kleinen, schmalen Unterlippe. Auf der Wange ein Muttermal in der Form eines springenden Frosches.

Eine kichernde Obéline. Évangéline, die sie kitzelte und neckte: Froschgesicht! Froschgesicht!

Die Haut unter dem Kinn war schlaff, das Gesicht tief gefurcht. Egal. Die Frau war eine gealterte und verwitterte Mutation des Kindes, das ich auf Pawleys Island gekannt hatte.

Mir traten die Tränen in die Augen.

Ich sah Obéline, wie sie mit stampfenden Beinchen darum bettelte, bei unseren Spielen mitmachen zu dürfen. Évangéline und ich hatten ihr Geschichten vorgelesen, sie mit Flitter und Tutus kostümiert, ihr am Strand Sandburgen gebaut. Meistens aber hatten wir sie weggeschickt.

Ich zwang mich zu einem Lächeln. »Harry und ich haben euch schrecklich vermisst.«

»Was wollt ihr?«

»Mit dir reden.«

»Warum?«

»Wir würden gern verstehen, warum ihr so plötzlich weg wart. Warum Évangéline nie auf meine Briefe geantwortet hat.«

»Woher hast du diese Adresse?« Ihre Stimme war dünn wie Draht, Atmen und Schlucken waren sehr regelmäßig, vielleicht die Folge einer Sprechtherapie nach dem Feuer. »Arbeitest du für die Polizei?«

Ich erzählte ihr, dass ich für den Coroner in Montreal arbeitete.

»Hat dieser Coroner dich zu mir geschickt?«

»Das ist eine lange Geschichte. Ich erzähle sie dir gern.«

Obéline nestelte an dem Kopftuch herum, das sich unter ihrem Kinn bauschte. Die Haut ihrer Finger war narbig und wächsern weiß wie erkaltete Hafergrütze.

»Das Grauen wird Wirklichkeit.«

»Wie bitte?« Obélines *chiac*-Akzent war so stark, dass ich nicht alles verstand.

»Der wahr gewordene Albtraum.«

»Entschuldigung?«

Sie ignorierte meine Frage. »Harry ist auch da?«

»An der Haustür.«

Ihr Blick wanderte an mir vorbei und verweilte kurz, wie ich vermutete, bei einem längst vergangenen Augenblick. Dann:

»Geh wieder zu ihr. Ich lasse euch rein.«

Nachdem Obéline zurückgeschoben hatte, was wie hundert Riegel klang, ließ sie uns in ein kleines Foyer ein, das in eine große Eingangshalle führte. Das Licht, das durch die Bleiglasfenster fiel, gab dem großen, leeren Saal etwas Provisorisches.

In der Mitte der Halle führte eine reich mit Schnitzereien verzierte Treppe nach oben, und von der Decke hing ein nachgemachter Louis-Irgendwas-Lüster. Die Halle war möbliert mit geschnitzten und bemalten Bänken mit hoher Lehne, ebenfalls Artefakte aus dem pazifischen Nordwesten.

An einigen Stellen trug die Blumenmustertapete deutlich leuchtendere, roséfarbene und grüne Rechtecke, was darauf hindeutete, dass dort früher Gemälde oder Porträts gehangen hatten. Der Boden war bedeckt von einem riesigen, persischen Sarouk-Farahan-Teppich, der mehr gekostet haben musste als meine Eigentumswohnung.

Obéline hatte sich das Kopftuch jetzt um den Hals gewickelt und im Nacken verknotet. Aus der Nähe war offensichtlich, warum. Ihr rechtes Augenlid hing nach unten, und die rechte Wange sah aus wie blasiger Marmor.

Unwillkürlich wich ich ihrem Blick aus. Dann schoss mir eine Frage durchs Hirn. Wie würde ich mich fühlen, wenn ich die Entstellte wäre und sie die Besucherin aus einer so lange zurückliegenden Vergangenheit?

Harry sagte »*Howdy*«. Obéline sagte »*Bonjour*«. Beide wirkten gehemmt. Beide mieden sie Körperkontakt. Ich wusste, dass Harry dasselbe Mitgefühl und dieselbe Traurigkeit empfand wie ich.

Obéline bedeutete uns, dass wir sie begleiten sollten. Harry ging hinter ihr her, mit leisem Kopfschütteln. Ich folgte ebenfalls.

Links und rechts der Halle gingen massive Schiebetüren ab. Hinter der Treppe führten normale Türen in andere Zimmer und Wandschränke. Über jeder hing ein kleines Kruzifix.

Ganz offensichtlich hatte der Architekt nicht den Auftrag gehabt, Mutter Natur in den hinteren Teil des Hauses zu lassen. Doch auch so war es in dem kleinen Salon, in den wir geführt wurden, noch viel düsterer, als man es bei den winzigen Fenstern vermuten würde. Alle Läden waren geschlossen. Zwei Tischlampen aus Messing spendeten ein Minimum an Licht.

»*S'il vous plaît.*« Sie deutete auf einen Zweisitzer mit goldenem Baumwollsamtbezug.

Harry und ich setzten uns. Obéline nahm in einem Lehnsessel auf der anderen Seite des Zimmers Platz, zog die Ärmel bis zu den Handgelenken herunter und legte die Hände im Schoß ineinander.

»Harry und Tempe.« Mit dem *chiac*-Akzent klangen unsere Namen merkwürdig.

»Dein Zuhause ist wunderbar.« Ich fing ganz beiläufig an. »Und die Totempfähle sind erstaunlich. Gehe ich recht in der Annahme, dass der Pavillon früher eine Schwitzhütte war?«

»Mein Schwiegervater hatte einen Angestellten, dessen Hobby Eingeborenenkunst war. Der Mann wohnte viele Jahre in dieser Hütte.«

»Der Baustil ist ungewöhnlich.«

»Der Mann war –« Sie suchte nach dem passenden Adjektiv. »– ungewöhnlich.«

»Mir sind auch die geschnitzten Bänke in der Halle aufgefallen. Hast du noch viele Stücke aus seiner Kollektion?«

»Ein paar. Als mein Schwiegervater starb, feuerte mein Gatte diesen Mann. Die Trennung war keine freundschaftliche.«

»Das tut mir leid. Solche Dinge sind immer schwierig.«

»Es war unvermeidlich.«

Harry neben mir räusperte sich.

»Und es tut mir sehr leid, dass deine Ehe so schlecht verlaufen ist«, sagte ich, nun mit sanfterer Stimme.

»Dann habt ihr die Geschichte also gehört.«

»Zum Teil, ja.«

»Ich war sechzehn, arm und hatte kaum eine andere Wahl.« Mit ihrer gesunden Hand schnippte sie etwas von ihrem Rock weg. »David fand mich schön. Die Heirat bot mir einen Ausweg. Das ist schon so lange her.«

Vergiss den Small Talk. Ich steuerte geradewegs auf das zu, was ich wissen wollte. »Wohin seid ihr gegangen, Obéline?«

Sie verstand sofort. »Hierher natürlich.«

»Ihr seid nie nach Pawleys Island zurückgekehrt.«

»Mama wurde krank.«

»So plötzlich?«

»Sie brauchte Pflege.«

Das war nicht wirklich eine Antwort.

Ich fragte mich, was für eine Krankheit Laurette getötet hatte. Ließ es dann aber auf sich beruhen.

»Ihr seid weggegangen, ohne euch zu verabschieden. Tante Euphémie und Onkel Fidèle weigerten sich, uns irgendwas zu erklären. Deine Schwester schrieb mir nicht mehr. Viele Briefe kamen ungeöffnet zurück.«

»Évangéline zog zu *grand-père* Landry.«

»Aber hätte man ihr die Post denn nicht dorthin nachgeschickt?«

»Sie war weit draußen auf dem Land. Du kennst doch den Service der Post.«

»Warum zog sie dorthin?«

»Als Mama nicht mehr arbeiten konnte, nahm die Familie ihres Mannes das Heft in die Hand.« War ihre Stimme härter geworden, oder war das nur eine Folge des mühsam wiedererlernten Sprechens?

»Eure Eltern waren wieder zusammen?«

»Nein.«

Einige Augenblicke vergingen in verlegenem Schweigen, nur das Ticken einer Uhr war zu hören.

Obéline brach schließlich das Schweigen.

»Darf ich euch eine Limonade anbieten?«

»Sehr gerne.«

Obéline verschwand durch dieselbe Tür, durch die wir hereingekommen waren.

»Du könntest es doch wenigstens auf Englisch *versuchen.«* Harry klang verärgert.

»Ich will, dass sie sich wohlfühlt.«

»Ich habe dich Pawleys Island sagen gehört. Worum ging's da?«

»Sie brachten die Kinder hierher, weil Laurette krank wurde.«

»Was für eine Krankheit?«

»Hat sie nicht gesagt.«

»Das ist alles?«

»So ziemlich.«

Harry verdrehte die Augen.

Ich schaute mich in dem Zimmer um. Die Wände waren bedeckt mit amateurhaften Landschaften und Stillleben in grellen Farben und mit verzerrten Proportionen. Regale voller Bücher und Nippes ließen das kleine Zimmer vollgestopft und klaustrophobisch wirken. Vögel aus Glas. Schneekugeln. Indianische Traumfänger-Amulette. Schalen und Kerzenhalter aus weißem Hobnail-Porzellan. Spieluhren. Statuen der Jungfrau Maria und ihrer Heiligenschar. Andreas? Franziskus? Petrus? Eine bemalte Gipsbüste. Die kannte ich. Nofretete.

Obéline kehrte zurück, das Gesicht noch immer zu dieser unergründlichen Miene erstarrt. Als sie uns die Limos gab, schaute sie weder mir noch Harry in die Augen. Dann setzte sie sich und konzentrierte sich auf ihr Getränk. Mit einem Daumen wischte sie nervös Feuchtigkeit von der Dose.

Wieder stellte ich das Visier scharf.

»Was ist mit Évangéline passiert?«

Der Daumen erstarrte. Obélines schiefer Blick hob sich zu meinem.

»Aber du bist doch gekommen, um *mir* das zu sagen, oder?«

»Was meinst du damit?«

»Du bist hier, um mir zu sagen, dass man das Grab meiner Schwester gefunden hat.«

Mein Herz machte einen Satz. »Évangéline ist tot?«

Da Harry dem Französisch nicht folgen konnte, war es ihr langweilig geworden, und sie hatte angefangen, Buchtitel zu studieren. Als sie die Schärfe in meiner Stimme hörte, riss sie den Kopf herum.

Obéline befeuchtete sich die Lippen, sagte aber nichts.

»Wann starb sie?« Ich brachte die Wörter kaum heraus.

»Zweiundsiebzig.«

Zwei Jahre, nachdem sie die Insel verlassen hatte. Mein Gott. Ich dachte an das Skelett in meinem Labor, an das zerstörte Gesicht und die beschädigten Finger- und Zehenknochen.

»War Évangéline krank?«

»Natürlich war sie nicht krank. Das ist verrücktes Gerede. Sie war erst sechzehn.«

Zu schnell? Oder bildete ich mir das nur ein?

»Bitte, Obéline. Sag mir, was passiert ist.«

»Ist das jetzt noch von Bedeutung?«

»Für mich schon.«

Vorsichtig stellte Obéline ihre Dose auf den Klapptisch neben ihrem Sessel. Rückte sich das Kopftuch zurecht. Strich ihren Rock glatt. Legte die Hände in den Schoß. Starrte sie an.

»Mama war bettlägerig. *Grand-père* konnte nicht arbeiten. So war es Évangélines Aufgabe, Geld nach Hause zu bringen.«

»Sie war doch noch ein Kind.« Ich konnte meine Gefühle nicht verbergen.

»Damals war alles anders.«

Die Aussage hing in der Luft.

Ticktack. Ticktack.

Ich war zu bestürzt, um weiter in sie zu dringen.

Unnötig. Obéline redete aus eigenem Antrieb weiter.

»Als wir getrennt wurden, wollte ich anfangs sterben.«

»Getrennt?«

»Meine Mutter und meine Schwester zogen zu *grand-père*. Ich wurde zu einem Landry-Cousin geschickt. Aber Évangéline und ich tauschten uns aus. Nicht oft. Aber ich wusste, was los war.

Morgens und abends pflegte Évangéline Mama. Den Rest des Tages arbeitete sie als Hausmädchen. Einen Teil des Lohns bekamen wir für meinen Lebensunterhalt.«

»Was fehlte deiner Mutter?«

»Ich weiß es nicht. Ich war viel zu jung.«

Wieder zu schnell?

»Wo war dein Vater?«

»Falls ich ihn je sehen sollte, werde ich ihn sicher fragen. Das wird natürlich erst in einem anderen Leben sein.«

»Ist er tot?«

Sie nickte. »Das war schwer für Évangéline. Ich wollte helfen, aber ich war doch noch so klein. Was hätte ich denn tun können?«

»Keine von euch ging zur Schule?«

»Ich für ein paar Jahre. Évangéline konnte ja schon lesen und rechnen.«

Meine Freundin, die Bücher und Geschichten liebte und Dichterin werden wollte. Ich wagte es nicht, etwas darauf zu sagen.

»Mama starb«, fuhr Obéline fort. »Vier Monate später dann *grand-père*.«

Obéline hielt inne. Um sich wieder zu fassen? Um Erinnerungen zu ordnen? Um abzuwägen, was sie sagen und was sie verschweigen sollte?

»Zwei Tage nach *grand-pères* Begräbnis wurde ich in sein Haus gebracht. Jemand hatte leere Kartons besorgt. Man befahl mir, alles einzupacken. Ich war oben in einem Schlafzimmer, als ich Geschrei hörte. Ich schlich nach unten und horchte an der Küchentür.

Évangéline stritt sich mit einem Mann. Die Worte konnte ich nicht verstehen, aber ihre Stimmen erschreckten mich. Ich rannte wieder nach oben. Als wir dann Stunden später losfahren wollten, schaute ich in die Küche.« Sie schluckte. »Blut. An der Wand. Noch mehr auf dem Tisch. Blutige Lappen im Spülbecken.«

O Gott.

»Was hast du getan?«

»Nichts. Was hätte ich denn tun können? Ich war total verängstigt. Ich behielt es für mich.«

»Wer war der Mann?«

»Ich weiß es nicht.«

»Was ist mit Évangéline passiert?«

»Ich habe sie nie wiedergesehen.«

»Was hat man dir gesagt?«

»Dass sie davongelaufen ist. Ich fragte nicht nach dem Blut oder ob sie verletzt war. Sie war nicht mehr da, und ich musste zurück zu den Landrys.«

Ticktack. Ticktack.

»Ich war acht Jahre alt.« Jetzt zitterte Obélines Stimme. »Damals gab es für Kinder keine sicheren Häuser oder psychologischen Berater. Als Kind hatte man niemanden, mit dem man reden konnte.«

»Verstehe.«

»Wirklich? Weißt du, wie das ist, mit so einem Geheimnis zu leben?« Tränen traten ihr in die Augen. Sie zog ein Papiertaschentuch hervor, wischte sie weg, schnäuzte sich und warf das zusammengeknüllte Tuch auf den Tisch. »Weißt du, wie es ist, wenn man so jung jeden verliert, den man liebt?«

In meinem Hirn wetteiferten Bilder. Évangéline, die im Licht meiner Pfadfinder-Taschenlampe las. Évangéline, die Erdnussbutter auf Graham-Cracker strich. Évangéline in einem Badetuch-Cape auf der Suche nach ihrem Geliebten. Kevin. Daddy. Hippos Mädchen, das schon so lange tot war und jetzt in meinem Labor lag.

Ich ging zu Obéline, kauerte mich vor sie hin und legte meine Hände auf ihre Knie. Ich spürte ihre Beine zittern, roch den feinen Duft von *muguet.* Maiglöckchen.

»Ich weiß es«, flüsterte ich. »Ich weiß es wirklich.«

Sie schaute mich nicht an. Ich senkte den Blick, wollte nicht ihr verwüstetes Gesicht anstarren.

Einen Augenblick saßen wir alle mit gesenkten Köpfen da, ein Stillleben der Trauer. Als ich sah, dass Tränen kleine, dunkle, perfekt runde Kreise auf ihren Rock malten, überlegte ich mir, wie viel ich ihr erzählen sollte.

Sollte ich ihr von den Knochen des jungen Mädchens berichten? Hatte ich mich bei der Altersschätzung von Hippos Mädchen vielleicht geirrt? Konnte sie auch sechzehn gewesen sein?

Diese Frau hatte ihre Mutter, ihre Schwester und ihren Großvater fast gleichzeitig verloren. Ihr Vater hatte sie im Stich gelassen. Ihr Ehemann hatte sie geschlagen und dann verlassen und schließlich versucht, sie zu verbrennen. Eine Erwähnung des Skeletts würde vielleicht Hoffnungen wecken, die später wieder zunichtegemacht werden könnten.

Nein. Ich würde ihren Schmerz nicht noch schlimmer machen. Ich würde warten, bis ich mir sicher war.

Und das war jetzt möglich.

»Ich bin sehr müde.« Obéline zog ein zweites Papiertuch hervor und betupfte sich die unteren Lider.

»Lass mich dir ins Bett helfen.«

»Nein. Bitte. In den Pavillon.«

»Natürlich.«

Harry stand auf. »Kann ich mal kurz auf die Toilette?«

Ich übersetzte.

Obéline antwortete, ohne den Kopf zu heben. »Durch die Küche. Dann durchs Schlafzimmer.«

Ich übersetzte noch einmal und deutete mit dem Kinn auf Obélines Limodose. Harry nickte, sie hatte meine stumme Aufforderung verstanden.

Ich legte Obéline den Arm um die Taille und richtete sie auf. Sie ließ sich durch die Küche, über die Veranda und durch den Garten führen. Vor dem Pavillon löste sie sich von mir und verabschiedete sich.

Ich wandte mich bereits zum Gehen, als ein plötzlicher Gedanke mich innehalten ließ.

»Darf ich dir noch eine Frage stellen?«

Obéline nickte knapp, aber auch ein wenig argwöhnisch.

»Évangéline arbeitete als Hausmädchen. Weißt du, wo?«

Ihre Antwort verblüffte mich.

18

»Droit ici.« Genau hier.

»In Tracadie?«

»In diesem Haus.«

»In diesem Haus?« Ich war so schockiert, dass ich ihren Satz nur wiederholen konnte.

Obéline nickte.

»Das verstehe ich nicht.«

»Évangéline arbeitete für den Vater meines Mannes.«

»Hilaire Bastarache.«

In ihren Augen flackerte etwas. Überraschung ob der vielen Dinge, die ich wusste?

»Die Familien der Bastaraches und der Landrys standen seit Generationen in Verbindung. Der Vater meines Vaters und seine Brüder halfen dem Großvater meines Mannes, Siméon, dieses Haus hier zu bauen. Als Mama krank wurde, bot der Vater meines Mannes Évangéline Arbeit an. Hilaire war Witwer und hatte keine Ahnung von Putzen oder Wäschewaschen. Sie brauchte Arbeit.«

»Acht Jahre später hast du seinen Sohn geheiratet.«

»David war großzügig, er zahlte für meinen Lebensunterhalt, nachdem Évangéline verschwunden war. Er besuchte mich. Sein Vater starb neunzehnhundertachtzig. Er machte mir einen Antrag. Ich nahm ihn an.«

»Du warst sechzehn. Er war dreißig.«

»Ich hatte keine andere Wahl.«

Ich fand die Antwort merkwürdig, ging aber nicht darauf ein.

»Und seitdem lebst du in diesem Haus?«

»Ja.«

»Geht es dir gut hier?«

Resigniert. »Ich will nirgendwo anders sein.«

Ich wollte sie fragen, wovon sie lebte. Tat es aber nicht. Ich kam mir vor, als würden enge Bänder meine Brust einschnüren. Ich schluckte. Nahm ihre Hand.

»Ich verspreche dir eins, Obéline. Ich werde alles tun, um herauszufinden, was mit Évangéline passiert ist.«

Ihre Miene blieb unbewegt.

Ich gab ihr meine Visitenkarte, nahm sie in den Arm.

»Ich werde dich wieder besuchen.«

Sie sagte nichts zum Abschied. Bevor ich um das Haus herumging, schaute ich noch einmal zurück. Sie betrat eben den Pavillon, und die Enden ihres Halstuchs flatterten in der Brise.

Harry wartete im Escalade. Als ich einstieg, grinste sie und klopfte auf ihre Handtasche.

»Du hast den Dosenrand doch nicht berührt, oder?«

»Jeder Trottel mit einem Fernseher weiß inzwischen, dass man das nicht tut.« Harrys Grinsen ließ in meinem Hirn die Alarmglocken schrillen.

»Was?«

»Du wirst stolz auf deine kleine Schwester sein.«

O nein. »Erzähl.«

»Ich habe auch die Taschentücher eingepackt.«

Erfreut und erleichtert hielt ich ihr die Hand hin. Harry klatschte ab. Wir grinsten beide, die Brennan-Schwestern mal wieder als Detektive.

»Und jetzt?«, fragte sie.

»Sobald wir wieder in Montreal sind, schicke ich die Dose und die Taschentücher zusammen mit einer Knochenprobe an ein freies Labor. Wenn man dort aus dem Knochen DNS extrahieren kann, wird die mit Obélines DNS verglichen, und dann wissen wir, ob das Skelett Évangélines ist.«

»Warum gibst du es raus?«

»Unser Institut macht keine mitochondrische DNS.«

»Und ich bin mir sicher, dass das wichtig ist.«

»Bei alten Knochen erhält man viel eher mitochondrische als Kern-DNS. Davon gibt es mehr Kopien in jeder Zelle.«

»Es ist Évangéline«, sagte Harry.

»Die Chancen stehen eins zu einer Milliarde.«

»Bist du unter die Buchmacher gegangen?«

»Okay. Das habe ich mir eben ausgedacht. Aber es ist höchst unwahrscheinlich, dass Évangélines Skelett einfach so aus heiterem Himmel in meinem Labor gelandet ist.«

»Du kannst denken, was du willst. Die kleine Stimme in meinem Herzen sagt mir, dass es Évangéline ist.«

Wenn Harry einen ihrer außerordentlichen Sprünge der Fantasie macht, bringt es nichts, mit ihr zu streiten. Ich wollte es trotzdem tun, hielt aber inne, weil mir etwas einfiel. Manchmal. Und völlig wider jede Logik. Hat meine Schwester recht.

Ich schaute auf die Uhr. Zehn nach elf. Unsere Maschine ging irgendwann nach sechs.

»Sollen wir gleich nach Moncton fahren?«, fragte ich.

»Was ist mit Mittagessen?«

»Wir haben doch eben erst fünf Pfund Pfannkuchen gegessen.«

»Ich habe Hunger.«

»Ich dachte, du machst dir Sorgen wegen der Breite deines *derrièa.*«

»Als Schnüfflerin braucht man Kraft.«

»Du hast zwei Taschentücher und eine Limodose aufgehoben.«

»Geistige Erschöpfung.«

»Okay. Aber danach direkt zum Flughafen.«

Während der Fahrt in die Stadt wimmelte es in meinem Kopf von Bildern. Obélines tote Augen und ihr entstelltes Gesicht. Laurette auf dem Totenbett. Eine blutverschmierte Wand, ein blutiger Tisch. Blutige Lumpen. Grausige Visionen von Évangélines letzten Augenblicken.

Ich wollte unbedingt zurück ins Labor, um das skelettale Alter von Hippos Mädchen noch einmal zu überprüfen. Um die DNS-Proben einzupacken und zu verschicken. Ich überlegte mir bereits Argumente, warum mein Fall oberste Priorität erhalten sollte. Mir fiel nur eins ein, das funktionieren würde. Geld.

Harry entschied sich für eine Brasserie an der Rue Principale. Ihr gefiel die Markise. Die Speisekarte war uninspiriert. Wir bestellten beide Burger.

Die Unterhaltung schwankte zwischen Vergangenheit und Gegenwart hin und her. Obéline jetzt. Wir vier vor Jahrzehnten auf Pawleys Island. Während wir redeten, blitzten Bilder von Harry und mir vor mir auf, bei Kissenschlachten, beim Plätzchenbacken, wie der Schulbus auf uns wartete, wie wir unsere Rucksäcke mit unserem jungen Leben und unseren Träumen füllten.

Trotz meiner Traurigkeit wegen Obéline, Ryan und der vermissten Mädchen musste ich einfach lächeln. Die Begeisterung, mit der Harry Évangéline finden wollte, übertraf sogar noch die meine. Da saß ich an unserem Tisch, lauschte ihren lebhaften Planungen und merkte plötzlich, wie sehr ich meine kleine Schwester liebte. Ich war froh, dass sie gekommen war.

Als wir das Restaurant verließen, sahen wir zwei Männer, die an unserem Escalade lümmelten.

»Na, wenn das nicht Cheech und Chong sind.«

»Psch.«

»Das musst du doch zugeben, fürs Titelblatt von *GQ* wären die nicht gerade erste Wahl.«

Harry hatte recht. Die Männer trugen Jeansstoff von Kopf bis Fuß, Stiefel und schwarze T-Shirts. Körperpflege schien ihnen nicht gerade sehr wichtig zu sein. Obwohl der Tag ziemlich bedeckt war, trugen sie beide Sonnenbrillen.

»Allerdings ganz schöne Pakete.«

»Lass mich das machen.« Ich konnte darauf verzichten, dass Harry die Eingeborenen entweder veräppelte oder verführte.

»Bonjour.« Ich lächelte und klimperte mit den Autoschlüsseln.

Cheech und Chong hoben ihre Hintern nicht von der Motorhaube.

»Tut mir leid, aber wir müssen fahren.« Unbeschwert, freundlich.

»Nette Karre.«

»Danke.« Als ich mich zur Fahrerseite bewegte, streckte Chong den Arm aus und erwischte mich auf Brusthöhe.

»Flugverbotszone, Kumpel.« Harrys Tonfall war eine Million Lichtjahre von freundlich entfernt.

Ich trat einen Schritt zurück, schaute Chong streng an und

wiederholte, was ich eben gesagt hatte, diesmal jedoch auf Französisch. Aber die Männer rührten sich nicht.

»Was ist denn los mit euch, Jungs?« Harry starrte, die Hände in den Hüften, Cheech und Chong finster an.

Chong grinste hinter seiner Sonnenbrille. »*Eh, mon chouchou.* Großer Laster für kleine Mädchen.« Englisch mit *chiac*-Akzent.

Weder Harry noch ich antworteten.

»Freundinnen von Obéline Landry?«

»Schätze, das geht euch nichts an.« Harry hatte Blut geleckt.

»Wir waren in der Kindheit befreundet«, sagte ich, um die Situation etwas zu entschärfen.

»Eine Schande, was mit ihr passiert ist.« Chongs Sonnenbrille war jetzt auf mich gerichtet.

Ich erwiderte nichts.

»Ihr zwei nehmt jetzt eure mickrigen Ärsche von diesem Fahrzeug, damit meine Schwester und ich losfahren können.«

Ich schaute Harry mit zusammengekniffenen Augen an. »Mach mal halblang«, sollte das heißen. Harry schob eine Hüfte vor, spitzte die Lippen und verschränkte die Arme.

»Ist Mrs. Landry bei guter Gesundheit?«

»Ja.« Frostig.

»Behauptet sie, dass Bastarache ein perverser Mistkerl ist?«

Ich sagte nichts.

Cheech stieß sich von der Motorhaube ab. Chong folgte seinem Beispiel.

»Dann wünsche ich den beiden Damen eine gute Fahrt zurück nach Montreal.« Im Gegensatz zu seinem Partner sprach Cheech Englisch.

Harry öffnete den Mund. Ich brachte sie mit einer Handbewegung zum Schweigen.

Cheech trat auf den Bordstein, formte mit Daumen und Zeigefinger eine Pistole und zielte in unsere Richtung. »Und Vorsicht mit der tollen Karre.«

Beim Losfahren schaute ich in den Rückspiegel. Die Männer standen noch immer auf dem Bürgersteig und schauten uns nach.

Im Flugzeug sprachen Harry und ich noch einmal über Obéline und machten uns dann Gedanken über diese Begegnung mit Cheech und Chong.

»Testosteron-Bürschchen, die angeben wollen.«

»Ich bin mir da nicht so sicher«, sagte ich.

»Vertreiben sich wahrscheinlich die Zeit damit, dass sie in den Achselhöhlen Furzgeräusche machen.«

Ich war nicht überzeugt, dass das so locker zu nehmen war.

Die Männer wussten, dass wir Obéline besucht hatten. Wussten, dass wir aus Montreal gekommen waren. Woher? Hatten sie uns verfolgt? War Cheechs Abschiedsgeste eine Drohung oder ein Macho-Adieu? Ich wollte Harry keine Angst einjagen und behielt diese Überlegungen für mich.

Als wir in meiner Wohnung ankamen, ließ Birdie sich nicht sehen, wahrscheinlich war er sauer, weil wir ihn allein gelassen hatten. Ich warf eben meine Reisetasche aufs Bett, als Harry mich rief.

»Ist dein Vogel ein Fan der Band Korn?«

»Was hat er gesagt?«

»Das willst du gar nicht wissen.«

Obwohl Charlies Sprüche nicht immer für jedes Publikum geeignet waren, musste ich doch die Breite seines Repertoires bewundern. Ich trug ihn eben ins Esszimmer, als mein Handy klingelte.

Ich stellte den Käfig ab und schaute aufs Display. Keine Anrufererkennung.

Ich schaltete ein.

»Wie geht's?« Ryan klang müde.

»Gut.« Neutral.

»Hast du ein paar Minuten Zeit?«

»Moment mal.«

»Hast du alles, was du brauchst?«, fragte ich Harry.

Sie formte mit den Lippen: »Ryan?«

Ich nickte.

Sie reckte eine Faust. »Ja!«

Kopfschüttelnd ging ich ins Schlafzimmer und schloss die Tür.

»Hörst du eigentlich *Korn*?«, fragte ich.

»Wen?«

»Die Black Eyed Peas?«

»Nein. Wieso?«

»Egal.«

»Hast du jemanden in der Wohnung?«

Ryan war gut. Das war zwar nur eine einfache, ganz beiläufige Frage, aber er wollte damit zwei Sachen erfahren. Bin ich zu Hause? Bin ich allein?

»Harry ist hier.«

»Spontaner Besuch?« Frage Nummer drei.

»Sie hat sich von ihrem Ehemann getrennt.«

Ich hörte ein tiefes Einatmen, gefolgt von einem langsamen Ausatmen. Ryan rauchte. Das bedeutete, er war nervös. Oder wütend. Ich machte mich schon gefasst auf eine Standpauke wegen meines Abstechers nach Tracadie. Aber sie kam nicht.

»Ich brauche deine Hilfe.«

Ich wartete.

»Als wir den Durchsuchungsbeschluss hatten, haben wir Cormiers Studio auf den Kopf gestellt. Haben einen ganzen Tag gebraucht, um vielleicht ein Achtel der Aktenschränke zu durchsuchen. Der Kerl hat Zeug gebunkert, das Jahrzehnte zurückreicht.«

»Er speichert seine Bilder nicht digital ab?«

»Der Trottel glaubt, er ist Ansel Adams. Behauptet, digitale Aufnahmen haben nicht dieselbe ätherische Qualität wie belichteter Film. Benutzt eine Hasselblad, die seit den Achtzigern nicht mehr produziert wird. Der Kerl ist wahrscheinlich zu blöd, um mit moderner Technik umzugehen.«

»Es gibt auch andere Fotografen, die derselben Meinung sind.«

»Cormier macht hauptsächlich Porträts. Paare. Haustiere. Viele Frauen. Glamour-Fotos. Du weißt schon, dickes Make-up, aufgedonnerte Frisur.«

»Aha.«

»Solltest du auch mal versuchen. Vielleicht mit einer Federboa.«

»Hast du mich deshalb angerufen?«

»Cormier hat auch Kinder fotografiert. Hunderte.«

»Phoebe Jane Quincy?«

»Bis jetzt noch nichts.«

»Kelly Sicard?«

»Nein.«

Ich fragte nicht nach Claudine Cloquet oder Anne Girardin.

Ryan zog sich Rauch in die Lungen, stieß ihn wieder aus. Ich wartete darauf, dass er zum Wesentlichen kam.

»Ich will, dass du dir diese Kinderfotos mal anschaust. Vielleicht entdeckst du ja eine von meinen Vermissten. Oder das Mädchen, das wir am Ufer von Dorval geborgen haben.«

»Das Foto wurde doch schon zweitausendeins veröffentlicht, als die Leiche gefunden wurde.«

»Das war ein Autopsiefoto. Die Leute schauen da nicht sehr genau hin.«

Ryan hatte recht. Und ich hatte auch schon erlebt, dass es in beide Richtungen schiefging. Leute, die eine Leiche als verwandt identifizierten, obwohl sie es gar nicht war, oder eine nicht als verwandt erkannten, obwohl sie es war.

»Du kennst dich mit Knochen aus.« Ryan redete noch immer. »Gesichtsarchitektur. Wenn du ein Mädchen entdeckst, das einer meiner Vermissten oder Toten ähnelt, vielleicht jünger oder aufgedonnert, dann kannst du die gleiche Nummer wie mit den Überwachungsbildern machen.«

Ryan meinte damit eine Technik, bei der Bilder metrisch verglichen werden, das eine von einem bekannten Verdächtigen, das andere von einem Täter, der von einer Kamera aufgenommen wurde. Die Abstände zwischen anatomischen Merkpunkten werden vermessen und Verhältnisse errechnet, dann lässt man den Computer die Wahrscheinlichkeit ausspucken, nach der der verhaftete Verdächtige und der gefilmte Täter identisch sind.

»Einen anthropometrischen Abgleich.«

»Ja.«

»Ich schätze, einen Versuch ist es wert. Ich könnte mir auch die Gesichtsrekonstruktion raussuchen, die wir bei dem Mädchen von der Rivière des Mille Îles gemacht haben.«

»Ich hole dich um acht ab.«

»Glaubst du wirklich, dass Cormier Dreck am Stecken hat?«

»Der Kerl ist ein Schleimbeutel.«

»Was ist mit seiner Wohnung?«

»Der Richter sagt, wenn ihr in dem Studio was findet, was mit den Mädchen zu tun hat, dann gibt's noch einen Schrieb.«

Ich öffnete die Schlafzimmertür. Rein zufällig ging Harry gerade vorbei.

»Deine Indizien.« Sie hielt ihre Handtasche in die Höhe. Etwas hastig.

»Lahme Ausrede.«

»Willst du damit andeuten, dass ich gelauscht habe?«

»Ich hole ein paar Ziploc-Beutel.«

Als ich aus der Küche zurückkehrte, saß Harry im Schneidersitz auf meinem Bett. Ich stülpte mir jeden Beutel verkehrt herum über die Hand und holte damit zuerst die Dose, dann die Taschentücher aus Harrys Tasche.

»Du hast anscheinend schon den einen oder anderen Hundehaufen aufgeklaubt.«

»Ich bin vielseitig talentiert.«

»Ich habe noch was.«

Sie nahm mir ihre Tasche ab, zog etwas aus einer Seitentasche und legte es aufs Bett.

Zuerst wusste ich nicht so recht, was das Ding zu bedeuten hatte. Ich nahm es in die Hand.

Und stand plötzlich unter Strom.

»Wo hast du das her?«

»Von Obélines Nachtkästchen.«

19

Ich hielt ein kleines Buch mit zartem, grünem Lesebändchen in der Hand. Der Einband war rot. Die Beschriftung schwarz.

Bones to Ashes: An Exultation of Poems.

»Sieht aus wie eins dieser Dinger aus den Sechzigern mit Mao-Zitaten.«

»Hast du das gestohlen?«

»Ich habe es befreit.« Scheinheilig. »Mao wäre stolz auf mich gewesen.«

Ich schlug das Buch auf. Die Seiten waren körnig und gelblich, billiges Papier wie bei einem Comicheftchen. Der Druck war verwaschen und unscharf.

Kein Autor. Kein Erscheinungsdatum. Keine ISBN-Nummer. Das einzige Identifikationsmerkmal neben dem Titel war der Name des Verlags. O'Connor House.

Ich schlug die letzte Seite auf. Achtundsechzig. Leer.

Ich schlug das Buch am Lesezeichen auf. Es markierte ein Gedicht mit demselben Titel wie die Sammlung.

»Das ist Poesie, Tempe.« An Harrys Körpersprache merkte ich, dass sie aufgeregt war.

»Von O'Connor House habe ich noch nie was gehört. Könnte ein Selbstkostenverlag sein.«

»Was ist das?«

»Bei einem Selbstkostenverlag muss der Autor Druck und Bindung aus eigener Tasche bezahlen.«

Harry machte ein verwirrtes Gesicht.

»Die Zielgruppe eines kommerziellen Verlags ist die Allgemeinheit. Die Zielgruppe eines Selbstkostenverlags ist der Autor oder die Autorin selber.«

Die stark geschminkten Augen wurden rund.

»Okay. Das passt zusammen. Évangéline wollte doch Dichterin werden, oder?«

»Richtig.«

»Was, wenn sie die Autorin ist?«

Ich schaute in Harrys aufgeregtes Gesicht.

»Wir haben absolut keinen Grund für diese Annahme«, sagte ich und hoffte dabei, eine der fantasiereichen, aber meist völlig unbegründeten Hypothesen meiner Schwester zu hören.

»Kannst du dir vorstellen, warum ich gerade dieses kleine Bändchen geklaut habe?«

Ich schüttelte den Kopf.

»Hast du dir die Bücher in diesem Wohnzimmer angeschaut?« Sie wartete nicht auf meine Antwort. »Natürlich nicht. Du hast ja parliert. Aber ich schon. Es waren Dutzende. Unmengen. Und jedes einzelne auf Französisch. Im Schlafzimmer dasselbe. Das ich, nur damit du nicht wieder auf falsche Gedanken kommst, durchqueren musste, um aufs Klo zu kommen. Das einzige englische Buch im ganzen Haus war das da. Und es lag neben Obélines Bett.«

»Worauf willst du hinaus?«

»Ein einsames, kleines, englisches Taschenbuch? Direkt neben ihrem Bett?«

»Das heißt doch nicht gleich –«

»Vielleicht hat Obéline Évangélines Gedichte gesammelt und sie drucken lassen. Als Andenken. Du weißt schon. Den Traum ihrer Schwester doch noch verwirklicht.«

»Könnte eine Möglichkeit sein. In dem Fall war es sehr falsch von uns, dass wir es genommen haben.«

Harry lehnte sich enthusiastisch nach vorn. »Wir bringen es zurück. Es ist ein Hinweis. Wir spüren diesen Verlag auf, und vielleicht erfahren wir dort etwas über Évangéline. Vielleicht ziehen wir eine Niete. Na und? Dem Buch wird es nicht schaden.«

Ich konnte ihr nicht widersprechen.

»Ich denke, es ist einen Versuch wert.«

»Morgen muss ich Ryan helfen. Und das Skelett will ich auch noch einmal untersuchen.«

Harry krabbelte vom Bett und warf sich die Haare über die Schulter.

»Überlass das alles deiner kleinen Schwester.«

Ryan klingelte um sieben Uhr vierzig an. Als ich ihn hereinließ, kam mir der Gedanke, dass er nur so früh dran war, weil er Harry sehen wollte.

Sorry, Cowboy. Das Starlet des Schlummers steht erst in ein paar Stunden auf.

Ich zeigte Ryan den Kaffee, beendete dann meine Morgentoilette und fragte mich dabei, ob er und Harriet Lee bei ihrem letzten Besuch tatsächlich »was gehabt hatten«. Katys Spruch. Meine lüsterne Neugier.

Als ich aus dem Bad kam, war Ryan in eine Unterhaltung mit Charlie vertieft. Birdie beobachtete die beiden von der Rückenlehne des Sofas aus.

»Cheaper to keep her.« Mit Schritten nach links und rechts auf seiner Stange.

»Buddy Guy.« Die Kornblumenaugen wandten sich mir zu. »Charlie ist ein Blues-Mann.«

»Charlie ist ein Sittich mit einem unflätigen Schnabel.« Ich zwang mich, streng zu klingen. »Benutzt du seine Trainings-CD?«

»Mit Inbrunst.« Die reine Unschuld. »Stimmt's, Kumpel?«

Als wäre er ein Komplize, pfiff Charlie eine Zeile aus *Pop Goes the Weasel*.

»Er hat Texte von *Korn* aufgeschnappt«, sagte ich.

»Ich hab's dir doch gesagt. Ich stehe nicht auf *Korn*.«

»Irgendjemand schon.«

Verlegene Erkenntnis. Ryan schaute weg und zupfte sich an der Nase.

Auch mir ging ein Licht auf.

Neue CDs. Neuer Musikgeschmack. Lutetia war bereits bei Ryan eingezogen. Ich fragte mich, seit wann sie schon bei ihm wohnte.

»Gehen wir«, sagte ich, und das Unglück lag mir schwer wie Blei im Magen.

Cormiers Studio befand sich in einem zweistöckigen Backsteingebäude an der Kreuzung von Saint-Laurent und Rachel. Das Erdgeschoss war an einen Zahnarzt namens Brigault vermietet. Der Mieter des Obergeschosses bot etwas an, das Chinesischkenntnisse erforderte.

Ryan bemerkte, dass ich das Namensschild betrachtete.

»Ho. Macht Akupunktur und Tui Na.«

»Was ist Tui Na?«

»Ich hatte gehofft, dass du mir das sagen kannst.«

Hippo sperrte eben Cormiers Studio auf, als Ryan und ich den ersten Stock erreichten. Zu seinen Füßen stand ein Pappkartontablett mit einer weißen Papiertüte und drei Bechern mit Plastikdeckel.

Während meines kurzen Abstechers nach New Brunswick hatte die Hitzewelle in Montreal tapfer ausgeharrt. Das enge Treppenhaus kochte, die Luft roch nach Staub und Moder.

Hippo stieß die Tür auf, zog ein Taschentuch aus seiner Hose und wischte sich den Schweiß vom Gesicht. Dann schaute er mich an.

»Jetlag?«, fragte er nicht sehr freundlich.

Ohne eine Antwort abzuwarten, bückte er sich, hob das Tablett vom fadenscheinigen Teppichboden auf und verschwand in der Wohnung.

»Was sollte denn das?«

Ich schüttelte den Kopf.

Ich hatte Hippo vom Flughafen in Moncton angerufen, allerdings bei unserer Abreise, nicht bei unserer Ankunft. Sein Missfallen war unüberhörbar gewesen. Er hatte detaillierte Beschreibungen von Cheech und Chong verlangt und danach abrupt aufgelegt.

Cormiers Wohnung war das, was Montrealer Immobilienmakler eine Viereinhalb nennen. Das große Wohnzimmer vorn benutzte er für seine Aufnahmen. An den Wänden standen diverse Teile fotografischer Ausrüstung. Scheinwerfer. Hintergründe. Messgeräte. Rollen farbiger Plastikbahnen.

Ein Schlafzimmer war zum Büro umfunktioniert, das andere war das Archiv. Ich schätzte, dass die beiden Zimmer ungefähr fünfundvierzig Aktenschränke enthielten.

Das größere Badezimmer diente als Dunkelkammer. Die Quelle des leicht beißenden Geruchs, der über der Wohnung lag, vermutete ich. Lockenstäbe, Föhne und beleuchtete Spiegel deuteten darauf hin, dass das kleinere Bad als Schminkraum und Garderobe benutzt wurde.

Die winzige Küche hatte ihre ursprüngliche Funktion behalten. Dort aßen wir Nussschnecken, tranken Kaffee und besprachen die Strategie.

»Wie sind die Schränke geordnet?«, fragte ich.

»Sie haben Schubladen. Alle sind mit Mappen vollgestopft.«

Ryan hob die Augenbrauen, als er Hippos Sarkasmus hörte, sagte aber nichts.

»Sind die Mappen alphabetisch nach Kundennamen geordnet? Nach Datum? Nah Kategorien?« Ich sprach geduldig wie ein Elternteil mit einem abfälligen Teenager.

»So wie ich das sehe, lief Cormiers System ungefähr so: erledigt. Bezahlt. Ab in die Schublade.« Die rostige Stimme klang kalt.

»Also trennte er bezahlte von unbezahlten Aufträgen?«

»Unübersichtlich, was?« Hippo griff nach seiner dritten Schnecke. »Da dürften einige Flüge nötig sein, um dieses Problem zu lösen.«

Nun meldete Ryan sich zu Wort. »Cormier hatte auf seinem Schreibtisch einen Eingangskorb für unbezahlte Aufträge. Ansonsten scheint seine Archivierung keinem System zu folgen.«

»Aber die Schränke sollten doch wenigstens eine ungefähre Chronologie repräsentieren, oder?«

»So alt sind die ganzen Sachen nicht«, sagte Ryan. »Irgendwann hatte Cormier anscheinend andere Unterlagen hierhergebracht. Wie's aussieht, hat er das alte Zeug einfach in Schubladen gestopft.«

Die Strategie, auf die wir uns einigten, sah etwa so aus: Jeder nimmt sich einen Schrank vor. Arbeitet von oben nach unten, von vorn nach hinten. Legt jede Mappe beiseite, bei der das Modell jung und weiblich ist.

Wer sagt, dass Detektivarbeit nicht komplex ist?

Obwohl Ryan die Fenster im Wohnzimmer und in der Küche öffnete, kam kaum ein Luftzug in die fensterlosen Schlafzimmer im hinteren Teil der Wohnung. Nach vier Stunden Arbeit juckten meine Augen, und meine Bluse war schweißnass.

Cormier bewahrte viele seiner Aufnahmen in großen braunen oder blauen Umschlägen auf. Der Rest steckte in ganz normalen Manilataschen, wie man sie in jedem Schreibwarenladen findet.

Und Ryan hatte recht. Der Kerl war faul. In einigen Schubladen hatte er sich nicht einmal die Mühe gemacht, die Mappen aufrecht hinzustellen, sondern sie einfach nur hineingeworfen.

Die meisten Umschläge waren mit dem Namen des Kunden in schwarzem Filzstift beschriftet. Die meisten Aktenordner waren auf den Rückenetiketten beschriftet. Sowohl die Umschläge wie die Ordner enthielten Kontaktbögen und Negative in glänzenden Papierhüllen. Einige der Kontaktbögen trugen ein Datum. Andere nicht. In einigen Mappen fanden sich Fotokopien von Schecks. In anderen nicht.

Bis zum frühen Nachmittag hatte ich mir Hunderte von Gesichtern angeschaut, die alle in unterschiedlichen Posen von »Ich bin so glücklich« oder »Ich bin so sexy« erstarrt waren. Bei einigen hatte ich verweilt und mir den Augenblick vorgestellt, als Cormier den Auslöser betätigte.

Hatte diese Frau sich für einen desinteressierten Ehemann die Haare gelockt und die Lippen geschminkt? Was hatte in ihr die Hoffnung auf eine neu zu entfachende Romanze geweckt?

Dachte dieses Kind an Harry Potter? An sein Hündchen? An das Eis, das man ihm versprochen hatte, wenn es brav war und freundlich lächelte?

Obwohl ich einige Mappen beiseitegelegt und Hippo oder Ryan um ihre Meinung gefragt hatte, blieb letztendlich keine einzige davon übrig. Ein paar Ähnlichkeiten, aber keine Übereinstimmung. Diese Mädchen gehörten nicht zu den toten oder vermissten Altfällen, die ich kannte.

Hippo wälzte Papier auf der anderen Seite des Zimmers. Hin und wieder sprühte er sich die Nase oder schluckte eine Magentablette. Ryan war auf der anderen Seite des Gangs in Cormiers Büro. Seit fast einer Stunde hatte keiner von beiden mich um meine Meinung gefragt.

Mein Kreuz schmerzte, weil ich immer ganze Armladungen von Mappen auf einmal heben musste und in einem ergonomisch ungünstigen Winkel vorgebeugt dasaß. Ich stand von dem kleinen Hocker auf, streckte mich und bückte mich dann, um die Zehen zu berühren.

Das Papierrascheln hörte auf. »Soll ich uns Pizza bestellen?«

Pizza klang gut. Ich wollte schon Ja sagen.

»Oder vielleicht in Tracadie anrufen?«

»Lassen Sie's gut sein, Hippo.«

Ich hörte, wie Papier auf Holz klatschte. Dann tauchte Hippos Gesicht über der hinteren Schrankreihe auf. Es sah schweißnass und verärgert aus.

»Ich hab Ihnen doch gesagt, dass dieser Bastarache ein echt schlimmer Finger ist. Es wär nicht verkehrt gewesen, wenn jemand Sie aus der Entfernung im Auge behalten hätte, nur für den Fall, dass es brenzlig wird.«

Er hatte natürlich recht. Hippo hatte unzählige Informanten. Er hätte uns beschatten lassen können und vielleicht so erfahren, wer es sonst noch tat.

»Wer ist die Blonde?«

»Meine Schwester.« Also hatte man ihm Bericht erstattet. Wahrscheinlich nach meinem Anruf. »Wir haben mit Obéline gesprochen. Das ist alles. Wir haben nicht herumgeschnüffelt.«

Hippo wischte sich mit dem Taschentuch über Stirn und Nacken.

»Wollen Sie wissen, was wir erfahren haben?«

»Ist das Skelett dieses Mädchen, das Sie kannten?«

»Erst die Pizza.«

Hippo kam um seine Schrankreihe herum. Sein Hemd war so nass, dass es beinahe transparent war. Kein schöner Anblick.

»Gibt's eigentlich irgendwas, das Sie nicht essen?«

»Da müssten Sie sich schon sehr anstrengen.«

Als er gegangen war, fiel es mir wieder ein. Ryan hasst Ziegenkäse.

Die Chance, dass Hippo an etwas anderes denken würde als an die traditionelle Wurst- und Käseabteilung, war allerdings ziemlich gering. Und falls doch, dann hatte Ryan eben Pech.

Ich schaffte noch eine weitere Schublade, bevor Hippo zurückkehrte. Ich hatte recht gehabt. *Toute garnie.* Mit allem. Schinken. Salami. Grüne Paprika. Pilze. Zwiebeln.

Beim Essen berichtete ich von meinem Besuch in Tracadie und erzählte noch einmal meine Begegnung mit den beiden Schlägern vor der Brasserie. Hippo fragte mich, ob ich Namen aufgeschnappt hätte. Ich schüttelte den Kopf.

»Bastaraches Leibwache?«, fragte Ryan.

»Die meisten dieser Kerle sind sogar als Nachtwächter zu blöd.« Hippo warf seinen Krustenrand in den Karton und nahm sich ein weiteres Stück. »Das heißt aber nicht, dass Bastarache einem nicht die Hölle heiß machen kann.«

»Ich habe doch nur seine Frau besucht.«

»Die Frau, die er geschlagen und angezündet hat.«

Ich war fest entschlossen, Hippos schlechte Laune zu ignorieren. »Ich schicke die DNS-Proben gleich morgen los.«

»Wie stehen die Chancen, dass der Coroner die Kohle springen lässt?«

»Wenn er es nicht tut, zahle ich aus eigener Tasche.«

»Du hast das Alter des Skeletts auf vierzehn geschätzt«, sagte Ryan.

»Das Mädchen war krank. Falls die Krankheit seine Entwicklung verlangsamt hatte, könnte ich die Schätzung zu niedrig angesetzt haben.«

»Aber Obéline sagte, ihre Schwester war gesund.«

»Ja«, sagte ich. »Das hat sie.«

Um Viertel nach fünf wuchtete ich den letzten Mappenstapel aus der untersten Schublade meines achten Schranks.

Die erste enthielt Glamour-Aufnahmen. Claire Welsh. Schmollmund. Aufgedonnerte Frisur. Push-up-BH für ein imposantes Dekolleté.

Die zweite war ein Kleinkind. Christophe Routier. Auf einem Dreirad. Auf einem Schaukelpferd. Mit einem Plüschtier im Arm.

Die dritte war ein Paar. Alain Tourniquette und Pamela Rayner. Hand in Hand. Hand in Hand. Und Hand in Hand. Der Kontaktbogen trug das Datum 24. Juli 1984.

Wo war ich im Sommer 1984? Chicago. Mit Pete verheiratet. Schwanger mit Katy. Mitten in der Promotion an der Northwestern. Im folgenden Jahr wechselte Pete in eine andere Anwaltskanzlei, und wir zogen nach Charlotte. Nach Hause. Ich bekam eine Anstellung an der UNCC.

Mein Blick wanderte zu der Doppelreihe grauer Aktenschränke. Ich fühlte mich überwältigt. Nicht nur von dem Gedanken, dieses immense Reservoir menschlicher Geschichten noch durchsuchen zu müssen, sondern von allem. Die toten und vermissten Mädchen. Das Skelett, das ich Hippos Mädchen nannte. Évangéline und Obéline. Pete und Summer. Ryan und Lutetia.

Vor allem Ryan und Lutetia.

Vergiss es, Brennan. Ihr wart Kollegen, bevor ihr ein Paar wart. Ihr seid immer noch Kollegen. Er braucht dein Fachwissen. Wenn jemand diesen Mädchen mit Absicht etwas angetan hat, dann ist es deine Aufgabe, bei der Ergreifung dieses Mistkerls mitzuhelfen. Kein Mensch interessiert sich für dein Privatleben.

Ich öffnete den nächsten Aktenordner.

20

Auf dem Etikett stand der Name Kitty Stanley.

Kitty Stanley schaute direkt in die Kamera, blaue Augen unter unmöglich langen Wimpern, bernsteinfarbene Locken unter einem schwarzen Hut, den sie sich tief in die Stirn gezogen hatte.

Auf einigen Fotos saß sie rittlings auf einem Stuhl, die Arme auf der Rückenlehne, den Kopf darauf gestützt. Auf anderen lag sie auf dem Bauch, das Kinn auf den verschränkten Fingern, die Füße erhoben und an den Knöcheln gekreuzt. Einige andere zeigten Großaufnahmen des Gesichts.

Die Intensität. Die dichten geraden Augenbrauen.

Adrenalin schoss mir ins System, als ich einen Beweismittelbeutel öffnete, ein Foto aussuchte und es neben Cormiers Kontaktbogen hielt. Die einzelnen Bilder auf dem Bogen waren so klein, dass ein Vergleich ziemlich schwierig war.

Ich legte alles weg, was ich auf dem Schoß hatte, entdeckte auf einem Aktenschrank eine Handlupe und verglich die Gesichter unter Vergrößerung.

Kelly Sicard. Ryans Vermisste Nummer eins. Das Mädchen hatte bei seinen Eltern in Rosemère gelebt und war 1997 nach einer abendlichen Kneipentour mit Freunden verschwunden.

Kitty Stanley.

Kelly Sicard.

Beide hatten blaue Augen, bernsteinfarbene Locken und Augenbrauen wie Brooke Shields.

Kelly Sicard war achtzehn, als sie verschwand. Kitty Stanley sah aus wie etwa sechzehn.

Ich drehte den Kontaktbogen um. Kein Datum.

Kelly Sicard.

Kitty Stanley.

Hin und her. Hin und her.

Nachdem ich die Bilder sehr lange studiert hatte, war ich überzeugt. Obwohl Beleuchtung und Brennweiten unterschiedlich waren, hatten beide Mädchen die gleichen hohen Wangenknochen, den gleichen schmalen Abstand zwischen den Augenhöhlen, die gleiche lange Oberlippe, den gleichen breiten Unterkiefer und das gleiche spitz zulaufende Kinn. Ich brauchte weder Messzirkel noch ein Computerprogramm. Kitty Stanley und Kelly Sicard waren ein und dasselbe Mädchen.

Sicard sah so jung aus. Ich wollte mit meiner Stimme das Zelluloid durchdringen und mit ihr sprechen. Sie fragen, warum sie in dieses schreckliche Studio gekommen war, um für diesen Mann zu posieren. Sie fragen, was nach diesem Tag passiert war. War sie nach New York gegangen, um einen Traum zu verfolgen? War sie ermordet worden?

Und warum der falsche Name? Hatte Sicard Cormier engagiert, ohne es ihren Eltern zu sagen? Hatte sie nicht nur einen falschen Namen, sondern auch ein falsches Alter angegeben?

»Ich habe Sicard.« Es kam mit tödlicher Ruhe aus meinem Mund.

Hippo sprang auf und war in drei Schritten bei mir. Ich gab ihm die Lupe, das Foto und den Kontaktbogen.

Hippo starrte die Bilder an. Er brauchte wirklich eine Dusche.

»Crétaque!« Und über die Schulter: »Ryan. Hierher.«

Ryan war sofort da. Hippo gab ihm Lupe und Fotos.

Ryan betrachtete die Bilder. Auch er hatte Seife und Wasser nötig.

»Das Sicard-Mädchen?« An mich gerichtet.

Ich nickte.

»Bist du sicher?«

»Bin ich.«

Ryan griff nach seinem Handy und wählte. Ich hörte eine weit entfernte Stimme. Ryan fragte nach einer Frau, von der ich wusste, dass sie Staatsanwältin war. Eine Pause entstand, dann meldete sich eine andere Stimme.

Ryan nannte seinen Namen und kam dann direkt zur Sache.

»Cormier hat Kelly Sicard fotografiert.«

Die Stimme sagte etwas.

»Kein Datum. Sieht aus, als wäre es ein, vielleicht zwei Jahre vor ihrem Verschwinden aufgenommen worden.«

Die Stimme sagte noch etwas.

Ryan schaute in meine Richtung.

»Ja«, sagte er. »Ich bin sicher.«

Um sieben hatten wir die Hälfte von Cormiers Mappen durchsucht. Wir drei sahen aus wie Dorothy, der Löwe und die Vogelscheuche, verschwitzt, schmutzig und entmutigt.

Wir waren alle verdammt gereizt.

Ryan fuhr mich nach Hause. Bis auf ein paar Sätze über Cormier und meinen Besuch in Tracadie fuhren wir schweigend. Weder Charlie noch Korn noch Lutetia wurden erwähnt.

In der Vergangenheit hatten Ryan und ich immer gewetteifert mit obskuren Zitaten in einer Art permanentem »Wer hat das gesagt?«-Spiel. Albern, ich weiß. Aber wir lieben beide die Herausforderung.

Ein Einzeiler schoss mir ins Hirn. »Fakten hören nicht auf zu existieren, nur weil sie ignoriert werden.«

Aldous Huxley.

Sehr gut, Brennan.

Ich gab mich damit zufrieden, mir selbst zu gratulieren.

Ryan bremste eben vor meinem Haus, als er den Anruf erhielt. Der Durchsuchungsbeschluss für Cormiers Privatwohnung war ausgestellt.

Ob ich dabei sein wollte?

Natürlich. Aber ich musste zuerst ins Institut. Ich würde selbst fahren.

Ryan gab mir die Adresse.

Als ich die Wohnungstür aufschloss, wehte mir Essensgeruch entgegen. Kreuzkümmel, Zwiebeln und Chilis. Harry bereitete gerade ihre Spezialität zu. Nicht gerade das, was ich nach einem Tag im Hochofen brauchte.

Ich rief einen Gruß. Harry bestätigte, dass es zum Abendessen San Antonio Chili gab.

Innerlich aufstöhnend, schlich ich mich in die Dusche.

In gewisser Weise war Harrys Chili therapeutisch wirksam. Was ich in Cormiers Studio an Toxinen noch nicht ausgeschwitzt hatte, wurde ich mit Sicherheit beim Essen los.

Harry war aufgeregt wegen des Gedichtbands. Und ich muss zugeben, ich war beeindruckt von ihren Ergebnissen.

»Du hattest recht. O'Connor House war ein Verlag für frustrierte Schriftsteller, die selber veröffentlichen wollten. Ein Familienunternehmen, das einem Ehepaar namens O'Connor gehörte und auch von ihnen betrieben wurde.«

»Flannery und Gemahl.«

Harrys Augen wurden rund. »Du kennst sie?«

Meine wurden noch runder. »Das hast du dir jetzt ausgedacht. Diese Frau wurde doch nicht wirklich nach Flannery O'Connor benannt?«

Harry schüttelte den Kopf. »Erst nach ihrer Heirat. Flannery und Michael O'Connor. Der Hauptsitz der Firma befand sich in Moncton. Gedruckt und gebunden wurde woanders.«

Harry streute sich eine Handvoll geriebenen Cheddar auf ihr Chili.

»Offensichtlich war dieser Selbstkostenverlag nicht die Überholspur zum Reichtum, wie die O'Connors es sich vorgestellt hatten. Der Verlag wurde dichtgemacht, nachdem er gigantische vierundneunzig Bücher, Handbücher und Broschüren herausgebracht hatte. Salat?«

Ich hielt ihr meinen Teller hin. Harry füllte ihn.

»Chili braucht Sauerrahm.«

Anscheinend hatte Harry bei ihrem Abstecher in die Küche einfach weitergeredet. Als sie zurückkam, war sie schon ein Stückchen weiter.

»Von denen entsprachen zweiundzwanzig den Kriterien.«

»Was für Kriterien?«

»Zweiundzwanzig Bücher waren Gedichtbände.«

»Im Ernst? Hast du auch Autorennamen herausbekommen?«

Harry schüttelte den Kopf. »Aber ich habe eine Telefonnummer von Flannery O'Connor. Sie lebt jetzt in Toronto, arbeitet in einer Werbeagentur. Ich habe angerufen und eine Nachricht hinterlassen. Nach dem Abendessen probiere ich's noch mal.«

»Wie hast du das alles herausbekommen?«

»Bücher, Tempe. Wir reden über Bücher. Und wer kennt sich mit Büchern aus?«

Ich nahm an, dass die Frage rhetorisch gemeint war.

»Bibliothekare, wer sonst? Natürlich heißen die Bibliotheken hier *bibliothèques*. Aber ich fand eine mit einer Website in unserer schönen Muttersprache. Hat ein Personalverzeichnis mit Namen und E-Mail-Adressen und Telefonnummern. Du kannst dir nicht vorstellen, was passierte, als ich den Informationsschalter anrief.«

Ich konnte es nicht.

»Ein menschliches Wesen sprach mit mir. Auf Englisch. Eine freundliche Dame mit dem Namen Bernice Weaver. Bernice meinte, ich sollte gleich mal vorbeikommen.«

Harry wischte die Reste ihres Chilis mit einem Stückchen Baguette auf.

»Das Gebäude sieht aus wie ein großes, altes Puppenhaus.« Harry deutete mit dem Baguette ungefähr in westliche Richtung. »Ist gleich da drüben.«

»Redest du von der Westmount Public Library?«

Harry nickte mit vollem Mund.

Gegründet 1897 in Erinnerung an Queen Victorias diamantenes Kronjubiläum, ist die Westmount Public Library tatsächlich ein Paradebeispiel für die architektonischen Schrullen dieser Zeit. Ihre Sammlungen gehören zu den ältesten in ganz Montreal, und die Klientel ist rein englischsprachig.

Gute Wahl, Harry.

»Und Bernice konnte die Besitzer und die Veröffentlichungsliste von O'Connor House eruieren?«

»Bernice ist klasse.«

Offensichtlich.

»Ich bin beeindruckt. Ehrlich.«

»Nicht so beeindruckt, wie du es gleich sein wirst, große Schwester.«

Harry musterte meine nassen Haare, das Trägershirt und die

Pyjamahose mit Kordelbund. Vielleicht weil sie neugierig war, warum ich vor dem Essen geduscht und mir etwas Bequemes angezogen hatte, fragte sie mich, wie mein Tag gewesen war. Da Ryans Tote und Vermisste und das Verschwinden von Phoebe Jane Quincy überall in den Medien waren, sah ich keinen Grund für Heimlichtuerei.

Ich erzählte Harry von den Altfällen, die Ryan und Hippo bearbeiteten. Die Vermissten Kelly Sicard, Claudine Cloquet, Anne Girardin und seit Kurzem Phoebe Jane Quincy. Die Toten von der Rivière des Mille Îles, aus Dorval und jetzt auch vom Lac des Deux Montagnes. Ich erzählte ihr knapp von der Aktion im Studio, ohne Cormiers Namen zu erwähnen, und beschrieb ihr Kelly Sicards Foto.

»Hurensohn.«

Da konnte ich nur zustimmen. Hurensohn.

Unseren eigenen Gedanken nachhängend, beendeten wir das Essen. Erst als ich vom Tisch aufstand, brach ich das Schweigen.

»Warum versuchst du's nicht noch mal bei Flannery O'Connor, während ich diesen Verhau hier aufräume?«

Harry war zurück, bevor ich die Spülmaschine eingeräumt hatte. In Toronto meldete sich immer noch niemand.

Sie schaute mich an und dann auf die Uhr. Fünf nach zehn.

»Süße, du siehst fix und fertig aus.« Sie nahm mir den Teller aus der Hand. »Hau dich hin.«

Ich widersprach ihr nicht.

Birdie folgte mir ins Bett.

Aber der Schlaf ließ mich im Stich.

Ich warf mich hin und her, klopfte das Kissen aus, warf die Decke zurück, zog sie wieder hoch. Immer und immer wieder gingen mir dieselben Fragen durch den Kopf.

Was war mit Phoebe Jane Quincy passiert? Mit Kelly Sicard, Claudine Cloquet und Anne Girardin? Wer waren die Mädchen, die man in Dorval, an der Rivière des Mille Îles und im Lac des Deux Montagnes gefunden hatte?

Und immer wieder sah ich Bilder von Kelly Sicard/Kitty Stanley. Warum hatte Sicard einen falschen Namen benutzt? Warum hatte Cormier sie fotografiert? Hatte er mit ihrem Verschwinden zu tun? Mit dem Verschwinden und/oder dem Tod der anderen?

Und das Skelett aus Rimouski. Hippos Mädchen. Was bedeuteten die Verletzungen an Fingern und Zehen und im Gesicht? Wo lag L'Île-aux-Becs-Scies? War das Mädchen eine Eingeborene? War ihr Tod jüngeren Datums? Konnten es die Knochen von Évangéline Landry sein? War Évangéline ermordet worden, wie ihre Schwester glaubte? Oder hatte sich Obélines kindliche Erinnerung wegen eines Furcht einflößenden Vorfalls verzerrt? War Évangéline krank gewesen? Falls ja, warum hatte Obéline dann darauf bestanden, sie wäre gesund gewesen?

Ich versuchte, mir Évangéline vorzustellen, mir ein Bild zu machen von der Frau, die sie heute wäre. Eine Frau, die zwei Jahre älter wäre als ich.

Und natürlich dachte ich an Ryan.

Vielleicht war es die Erschöpfung. Oder die Mattheit nach so vielen entmutigenden Erfahrungen. Oder die optische Überlastung nach den Hunderten von Gesichtern, die ich mir an diesem Tag angesehen hatte. Vor meinem geistigen Auge sah ich nur dunkle Locken, einen blauen Badeanzug, ein gepunktetes Sommerkleidchen. Eingeblendete Schnappschüsse, keine echten Erinnerungen. Sosehr ich es auch versuchte, ich sah Évangélines Gesicht einfach nicht mehr vor mir.

Große Traurigkeit überwältige mich.

Ich warf die Decke zurück, schaltete die Nachttischlampe an und setzte mich auf die Bettkante. Bird stupste mich am Ellbogen. Ich hob den Arm und drückte ihn an mich.

Ein leises Klopfen an der Tür.

»Was ist los?«

»Nichts.«

Harry öffnete die Tür. »Du wirfst dich rum wie ein Fisch auf dem Trockenen.«

»Ich kann mich nicht mehr erinnern, wie Évangéline ausgesehen hat. Nicht wirklich.«

»Und das hält dich wach?«

»Das ist im Augenblick meine fixe Idee.«

»Warte mal.«

Augenblicke später war sie wieder da und drückte sich ein großes, grünes Buch an die Brust.

»Ich wollte das eigentlich als Gastgeschenk für den Abschied aufheben, aber du siehst aus, als könntest du es jetzt schon gebrauchen.«

Harry setzte sich neben mich aufs Bett.

»Ist dir klar, dass deine Schwester die unübertroffene Meisterin in der Geschichte des Sammelalbenbastelns ist?«

»Sammelalbenbasteln?«

Gespieltes Erstaunen. »Du hast noch nie von Sammelalbenbasteln gehört?«

Ich schüttelte den Kopf.

»Sammelalbenbasteln ist größer als Scheiblettenkäse. Zumindest in Texas. Und ich bin der Superstar des Genres.«

»Du klebst Zeug in Sammelalben?«

Harry verdrehte die Augen, bis nur noch das Weiße zu sehen war.

»Nicht einfach nur Zeug, Tempe. Erinnerungsstücke. Und man klatscht es nicht nur einfach so hinein. Jede Seite ist eine kunstvoll gestaltete Collage.«

»Das habe ich nicht gewusst.«

»Temperance Daessee Brennan.« Harrys Stimme war von unerreichter Theatralik. »Das ist dein Leben.« Sie öffnete das Sammelalbum. »Aber die frühen Jahre kannst du dir zu einem künftigen Zeitpunkt deiner Wahl betrachten.«

Sie blätterte mehrere Seiten um und legte mir dann ihr Werk auf den Schoß.

Und da waren wir, braun und barfuß, in die Sonne blinzelnd.

Neben den grobkörnigen Schnappschuss hatte Harry »Zehnter Geburtstag« geschrieben. Außer Évangéline und mir prangten auf der Seite noch ein Foto von Grandmas Haus, eine Serviette von einer Fischbude auf Pawleys Island und eine Eintrittskarte für den Gay-Dolphin-Park an der Promenade von Myrtle Beach. Aufkleber mit Abbildungen von Seeigeln und Delphinen vervollständigten die kunstvolle Collage.

»Ich liebe es.« Ich schlang meine Arme um sie. »Ehrlich, ich liebe es. Vielen Dank.«

»Hör auf zu sabbern.« Harry stand auf. »Du brauchst jetzt dringend Schlaf. Auch wenn Ryan ein treuloser Mistkerl ist, ist er immer noch ein Knüller. Morgen früh musst du wie aus dem Ei gepellt aussehen.«

Mein Augenverdreher stempelte Harry zum Amateur.

Bevor ich das Licht ausschaltete, schaute ich mir Évangélines Gesicht lange an. Dunkle Locken. Kräftige, leicht höckerige Nase. Zarte Lippen um eine keck vorgestreckte Zungenspitze.

Ich hatte keine Ahnung, wie bald schon ich dieses Gesicht wiedersehen würde.

21

Ich weiß nicht, was ich erwartet hatte. *Aha!* Einen Schlag an die Stirn. Eine Offenbarung. Falls ja, enttäuschte ich mich selbst.

Abgesehen von den Indikatoren für eine Krankheit, fand ich an den Knochen des Mädchens nichts, was meine ursprüngliche Altersschätzung geändert hätte, aber auch nichts, was die Möglichkeit, dass sie sechzehn gewesen war, ausgeschlossen hätte. Die Art dieser Skelettpathologie stellte mich noch immer vor ein Rätsel.

Um neun rief ich ein privates DNS-Labor in Virginia an. Schlechte Nachricht: Die Preise waren in die Höhe geschossen, seit ich ihre Dienste das letzte Mal in Anspruch genommen hatte. Gute Nachricht: Ich durfte als Privatperson Proben einreichen.

Nachdem ich mir die erforderlichen Formulare aus dem Internet heruntergeladen und ausgefüllt hatte, packte ich die Sprite-Dose, die Papiertaschentücher, einen Backenzahn und eine Knochenprobe aus dem rechten Oberschenkelknochen des Mädchens ein. Dann machte ich mich auf die Suche nach LaManche.

Die Fingerspitzen unter dem Kinn aneinandergelegt, hörte mein Chef mir zu. Évangéline. Obéline. Detective Tiquet. Die Whalen-Brüder. Jerry O'Driscolls Pfandleihe. Tom Jouns.

LaManche stellte einige Fragen. Ich antwortete. Dann rief er den Coroner an.

Hippo hatte recht. Keine Chance, Temperance.

Nun sagte ich LaManche ganz offen, was ich vorhatte. Widerstrebend gestattete er mir, aus meiner eigenen Tasche für die Tests zu bezahlen.

LaManche informierte mich, dass ich einen neuen Fall hatte. Nichts Dringendes. In der Nähe von Jonquière hatte man Röhrenknochen gefunden. Wahrscheinlich Überreste eines alten Friedhofs.

Dann brachte er mich in der Sache Doucet auf den neuesten Stand. Der Psychiater war zu dem Schluss gekommen, dass Théodore unzurechnungsfähig war. Da weder bei Dorothée noch bei Geneviève eine eindeutige Todesursache festgestellt werden konnte, wurde keine Anklage erhoben.

Ich skizzierte kurz die Altfälle, an denen Hippo und Ryan arbeiteten, und beschrieb meine Beteiligung daran. Die Vermissten, Kelly Sicard, Claudine Cloquet und Anne Girardin. Die Toten von der Rivière des Mille Îles, aus Dorval und vom Lac des Deux Montagnes. Das Telefon klingelte, als ich eben die mögliche Verbindung zu Phoebe Jane Quincy erläuterte.

LaManche hob zur Entschuldigung beide Hände. Was soll man da machen?

Zurück in meinem Labor, bat ich Denis, die DNS-Proben mit Federal Express abzuschicken. Dann rief ich das Institut an und bat um schnellstmögliche Bearbeitung. Der Mann sagte, er werde tun, was er könne.

Ich griff eben nach meiner Handtasche, als mir eine von LaManches Fragen wieder einfiel.

»Où se situe l'Île-aux-Becs-Scies?«

Ja, wo lag diese Insel eigentlich? Auf Karten von New Brunswick hatte ich sie nirgendwo finden können.

Und was bedeutete der Name? Die Insel der was? Vielleicht benutzten die Karten, auf denen ich nachgeschaut hatte, eine englische Übersetzung.

Ich zog mein Französisch-Englisch-Lexikon heraus.

Ich wusste, dass *scie* Säge bedeutete. Ich hatte das Wort unzählige Male auf Anfragen für die Untersuchung von verstümmelten Leichen gesehen. Bei *bec* war ich mir nicht so sicher.

Viele Möglichkeiten. Schnabel. Schnauze. Nase (eines Werkzeugs). Düse (eines Schlauchs). Ausgießer (eines Krugs). Tülle (einer Kanne). Spitze (eines Fahrradsattels). Mundstück (einer Klarinette).

Werd einer schlau aus den Franzosen!

Ich suchte nach anderen Bedeutungen für *scie.*

Nichts. Säge war so ziemlich die einzige. Loch-, Holz-, Kreis-, Bügel-, Elektro-, Dekupier-, Stich-, Ketten-, Laubsäge. Die feinen Unterschiede wurden mit Modifikationen des Zentralbegriffs beschrieben.

Insel der Schnabelsägen. Insel der Schnauzensägen. Insel der Sattelspitzensägen.

Ich gab auf. Da sollte ich besser Hippo fragen.

Cormiers Wohnung lag einen Block von seinem Studio entfernt in einem weißen Ziegelkasten ohne irgendein versöhnendes architektonisches Detail. In jedem Fenster in jedem Stockwerk surrten die Klimaanlagen und trieften vor Verdunstungsfeuchtigkeit. Goldene Lettern über dem Glaseingang nannten den Namen des Gebäudes: Château de Fougères.

Schöner Gedanke, aber ein Farn war nirgendwo in Sicht.

Ryans Jeep stand am Bordstein. Ein Stückchen weiter oben entdeckte ich einen dunkelblauen Taurus. Das Nummernschild verriet mir, dass das Fahrzeug zur SQ gehörte.

Im Windfang des Châteaus hatten sich die üblichen Werbezettel und Broschüren angesammelt. Ich stieg über sie drüber und drückte auf den Klingelknopf neben Cormiers Namen. Ryan ließ mich ein.

Die Vorhalle war ausgestattet mit einem braunen Plastiksofa und grünen Plastikfarnen. Okay. Mein Urteil über die Flora war etwas vorschnell gewesen.

Mit dem Aufzug fuhr ich in die dritte Etage. Entlang eines grau gefliesten Korridors gingen links und rechts Türen ab. Ich suchte die Nummer, die Ryan mir gegeben hatte. Drei-null-sieben. Die Wohnungstür war unverschlossen.

Rechts lag die Küche. Direkt vor mir ein Wohnzimmer mit Parkettboden. Links führte ein kurzer Gang zu Schlafzimmer und Bad. Zum Glück war die Wohnung nur klein.

Und sauber. Jede Oberfläche glänzte. Die Luft roch schwach nach Desinfektionsmittel.

Obwohl draußen Hitze und Feuchtigkeit um Vorherrschaft stritten, erreichte die Temperatur hier drinnen kaum zwanzig Grad. Cormier ließ seine Klimaanlage immer auf Hochtouren laufen.

Klasse. Nach der Sauna von gestern trug ich heute nur ein ärmelloses Top und Shorts. Bereits jetzt machte sich Gänsehaut bemerkbar.

Ryan war im Schlafzimmer und sprach mit denselben Spurensicherungstechnikern, die mit ihrem GPR den Hund in dieser Scheune entdeckt hatten. Chenevier bestäubte Oberflächen auf der Suche nach Fingerabdrücken. Pasteur wühlte in Schubladen. Ryan durchsuchte den Wandschrank. Ihre Gesichter wirkten angespannt.

Wir sagten *bonjour.*

»Kein Hippo?«, fragte ich.

»Er ist im Studio.« Ryan kontrollierte eben die Taschen eines sehr schmuddeligen Trenchcoats. »Ich fahre auch hin, wenn ich hier fertig bin.«

»Schon was gefunden?«

Ryan zuckte die Achseln. Nicht wirklich.

»Der Kerl hat einiges an feiner Elektronik.« Chenevier deutete mit dem Kinn zur Westwand des Schlafzimmers. »Sollten Sie sich mal anschauen.«

Ich kehrte ins Wohnzimmer zurück.

Die westliche Seite des Zimmers war vollgestopft mit Sofa, Sessel und Couchtisch aus dem Billigmarkt. Der Plasmafernseher war so groß wie eine Reklametafel.

Ein Arbeitsplatz aus Glas und Stahl nahm die ganze Länge der östlichen Wand ein und noch einen Teil der nördlichen. Darauf standen ein Kabelmodem, eine Tastatur, ein Flachbettscanner und ein Zwanzig-Zoll-LCD-Monitor. Auf dem Boden in der Ecke stand ein PC-Rechner.

Als ich die Betriebsleuchten des Modems blinken sah, kam mir ein Gedanke. Irgendetwas passte da nicht zusammen. Zu Hause hatte Cormier High-Speed-Internet, aber sein Geschäft lief mit Umschlägen und Manilataschen?

Die schnurlose Maus leuchtete rot. Ich bewegte sie ein bisschen, und der Monitor sprang an. Blauer Hintergrund. Ein schwarzer Cursor blinkte in einem rechteckigen, weißen Kästchen.

»Deckt der Durchsuchungsbeschluss auch den Computer ab?«, rief ich.

»Ja.« Ryan verließ das Schlafzimmer und kam zu mir. »Ich hab schon ein paar Stunden damit rumgespielt.«

»Cormier benutzt kein Passwort?«

»Das Genie verwendet seinen Familiennamen.«

Ich machte ihm Platz. Ryan setzte sich und tippte ein paar Tastenkombinationen. Eine Tonfolge erklang, und auf dem Bildschirm erschien der vertraute Windows-Desktop. Das Wallpaper zeigte eine Stadtansicht von Montreal, aufgenommen nachts vom Mont Royal aus. Das Foto war gut. Ich fragte mich, ob Cormier es selbst aufgenommen hatte.

Ich erkannte die meisten Programmsymbole. Word. HP Director. WinZip. Adobe Photoshop. Andere waren mir unbekannt.

Ryan klickte den Startknopf auf der unteren Symbolleiste, dann auf Suchen und Eigene Dateien. Eine Liste von Ordnern und Dateien erschien auf dem Bildschirm. *Korrespondenz. Ausgaben. Bestellungen. Meine Alben. Meine Archive. Meine eBooks. Meine Musik. Meine Bilder. Meine Videos. Bevorstehende Ereignisse.*

»Ich habe jeden Ordner, jede Datei durchsucht. Bin, soweit ich konnte, auch seinen Internetspuren nachgegangen. Ich bin kein Experte, aber für mich sieht das aus wie jede Menge harmloses Zeug.«

»Vielleicht ist Cormier sauber.«

»Vielleicht.« Ryan klang nicht überzeugt.

»Vielleicht ist der Kerl einfach nur, was er zu sein scheint.«

»Und das ist?«

»Ein mittelmäßiger Fotograf mit einem erstklassigen PC.«

»Aha.«

»Vielleicht ist Cormier ein solcher technischer Idiot, dass er sich mehr hat aufschwatzen lassen, als er tatsächlich braucht.«

Ryan drückte das Kinn an die Brust.

»So was kommt vor«, sagte ich.

»Cave canem.«

»Warnung vor dem Hund? Du meinst *caveat emptor.* Möge der Käufer sich vorsehen. Beide sind lateinische Sprichwörter, keine Zitate.«

Die Art, wie diese gottverdammt viel zu blauen Augen in die meinen schauten.

In meiner Brust kribbelte es. Ryan kniff die Lippen zusammen.

Wir wandten beide den Blick ab.

»Ich habe die Division des crimes technologiques angerufen.« Ryan wechselte das Thema. »Der Kerl sollte jeden Augenblick hier sein.«

Wie aufs Stichwort kam der Techniker durch die Tür. Nur, dass es kein Kerl war.

»*Tabarnouche.* Der Verkehr ist beschissen.« Die Frau war groß und dünn, mit strähnigen Haaren, die nach einem Friseur schrien. »Die Vorbereitungen für das Festival verstopfen schon jetzt die Straßen.«

Das *Festival international de Jazz de Montréal* findet jedes Jahr von Ende Juni bis Anfang Juli statt. Und jedes Jahr paralysierte es einen Großteil von *centre-ville.*

Die Frau streckte Ryan die Hand entgegen. »Solange Lesieur.«

Die beiden schüttelten sich die Hand.

Dann kam die Hand zu mir. Lesieurs Griff hätte eine Billardkugel zermalmen können.

»Ist das die Workstation?«

Ohne auf eine Antwort zu warten, setzte sich Lesieur, zog Gummihandschuhe an und ließ die Finger über die Tasten fliegen. Ryan und ich stellten uns hinter sie, damit wir einen besseren Blick auf den Monitor hatten.

»Wird eine Weile dauern«, sagte Lesieur, ohne hochzuschauen.

Verständlich. Auch ich arbeite nicht gern, wenn mir jemand im Nacken sitzt.

Chenevier war noch immer im Schlafzimmer beschäftigt. Pasteur hatte sich inzwischen das Bad vorgenommen. Geräusche seiner Suche kamen den Korridor hoch. Das keramische Klacken einer Spülkastenabdeckung. Das Quietschen der Tür eines Medizinschränkchens. Das Klappern von Tabletten in einer Plastikröhre.

Ryan und ich zogen Gummihandschuhe über, weil wir beschlossen hatten, uns die Küche vorzunehmen.

Ich war eben mit dem Kühlschrank fertig, als Lesieur rief.

Ryan ließ seine Utensilienschublade sein und ging zu ihr.

Ich machte in der Küche weiter.

Auf einer Anrichte standen vier Edelstahlbehälter. Ich öffnete den kleinsten. Kaffeebohnen. Ich stocherte mit einem Löffel in den Bohnen, fand aber nichts von Interesse.

»Dieses System ist ausgelegt für mehrere Festplatten, was seine Kapazität auf eins Komma fünf Terabytes erhöht.«

Ryan stellte eine Frage. Lesieur antwortete.

Der zweite Behälter enthielt einen zusammengebackenen Klumpen braunen Zuckers. Ich stieß mit dem Löffel daran. Sollte da irgendwas drin sein, bräuchten wir einen Schlagbohrer, um es herauszuholen.

Lesieur und Ryan redeten im Nebenzimmer weiter. Ich hielt einen Augenblick inne, um zuzuhören.

»Ein Gigabyte entspricht einer Milliarde Bytes. Ein Terabyte entspricht einer Billion Bytes. Das ist eine verdammte Lokomotive. Aber dieser Trottel macht nichts anderes damit, als im Netz zu surfen und ein paar Dateien abzuspeichern?«

Ich konzentrierte mich wieder auf die Behälter. Der dritte enthielt weißen Zucker. Auch in diesem förderte mein Löffel nichts zutage.

»Er ist kein Ingenieur. Er speichert keine Videos. Wozu braucht er diese ganze Kapazität?« Lesieur.

»Ist der Kerl ein Videospieler?« Ryan.

»Nee.«

Der größte Behälter war randvoll mit Mehl. Zu tief für den Löffel.

»Und was ist mit dem Scanner?« Lesieur.

»Er speichert keine Bilder?« Ryan.

»Keine, die ich gefunden habe.«

Aus einem Hängeschrank holte ich einen Stapel Schüsseln, nahm mir die größte und stellte die anderen zurück.

Ryan sagte etwas. Lesieur antwortete. Der Wortwechsel ging in Geschirrklappern unter.

Ich nahm den Behälter in beide Hände, fing an zu schütten und konzentrierte mich auf das Mehl, das über den Rand rieselte. Eine weiße Wolke stieg auf, bestäubte mir Gesicht und Hände.

Niesen drohte.

Ich stellte den Behälter ab. Wartete. Das Niesen kam nicht.

Ich schüttete weiter. Drei Viertel.

Der Behälter war schon fast leer, als ein Gegenstand in die Schüssel fiel. Ich stellte den Behälter auf die Anrichte und schaute mir das Ding an.

Dunkel. Flach. Ungefähr so groß wie mein Daumen.

Aufregung kribbelte.

Das Ding war zwar in Plastik eingewickelt, kam mir aber bekannt vor.

22

Die mehlbedeckten Hände vom Körper abgestreckt, lief ich ins Schlafzimmer.

»Was gefunden?«, fragte Chenevier.

»In einem Behälter. Sie sollten ihn besser an Ort und Stelle fotografieren und erst dann nach Fingerabdrücken suchen.«

Chenevier folgte mir in die Küche. Er beschriftete ein Beweismitteletikett und fotografierte die Schüssel aus verschiedenen Blickwinkeln. Danach zog er den Gegenstand heraus, klopfte ihn am Rand ab und legte ihn auf die Anrichte.

Chenevier schoss noch mehr Fotos und suchte dann auf der

Außenseite des Objekts nach Fingerabdrücken. Es gab keine. Mit einer kreisförmigen Fingerbewegung bedeutete er mir, die Plastikfolie aufzuwickeln. Ich tat es. Alle paar Zentimeter fotografierte er.

Nach wenigen Minuten lagen eine Beweismitteltüte, eine zwanzig Zentimeter lange Plastikfolie und ein nur daumengroßer Datenspeicher nebeneinander auf dem Resopal. Nirgendwo waren Abdrücke zu finden gewesen.

»Hab was«, rief ich ins Wohnzimmer.

Ryan kam zu uns. Er zog eine Augenbraue hoch und wischte mir Mehl von der Nase.

Ich sah ihn aus schmalen Augen an. Eine Warnung. Sag's nicht. Ryan reichte mir ein Tuch und betrachtete dann den Gegenstand neben der Schüssel.

»USB Flash Drive«, sagte ich. »Sechzehn Gigabytes.«

»Das ist eine Menge.«

»Man könnte die nationalen Archive auf diesem Ding unterbringen.«

Ryan winkte mir, ich solle den Flash Drive zum Computer bringen. Chenevier kehrte ins Schlafzimmer zurück.

Ich gab Lesieur den Speicher. Sie drückte einen Knopf, und eine USB-Schnittstelle glitt aus dem Rechner.

»Haben wir dafür eine Genehmigung?«

Ryan nickte.

Lesieur bückte sich und schob den Drive in den Tower.

Der Computer machte Dingdong, dann erschien auf dem Bildschirm ein Kasten, der ein Passwort verlangte.

»Versuchen Sie es mal mit Cormier«, sagte Ryan.

Lesieur warf ihm einen Blick zu: Soll das ein Witz sein?

»Versuchen Sie's.«

Lesieur tippte C-O-R-M-I-E-R.

Der Bildschirm veränderte sich. Ein neuer Kasten meldete, dass ein externes Gerät entdeckt worden sei und dass der Speicher mehr als einen Typ von Daten enthalte.

»Was für ein Trottel.« Lesieur drückte ein paar Tasten.

Spalten mit Text tauchten auf. Ordner. Dateien. Daten.

Lesieur öffnete eine Datei. Eine zweite. Ryan und ich beugten uns vor, damit wir besser sehen konnten.

»Das wird eine Weile dauern.« Wie zuvor war ihre Andeutung nicht gerade subtil.

Ryan und ich kehrten in die Küche zurück.

Mehrere Schränke und ein ganzes Silo voller Müsli- und Crackerschachteln später rief uns Lesieur. Ryan und ich gingen zu ihr.

»Okay. Hier meine Einschätzung. Oberflächlich betrachtet sieht alles sehr unschuldig aus. Steuererklärungen. Geschäftsakten. Aber ich glaube, dieser Kerl hat noch eine andere, völlig separate Schicht im ungenutzen Speicher dieses Flash Drive versteckt.«

Offensichtlich machten wir beide ein verständnisloses Gesicht.

»Einige der neueren Verschlüsselungsprogramme liefern einen plausiblen Datenschutz, indem sie zwei Schichten erzeugen. Der Benutzer speichert harmlose Dateien auf der ersten Schicht. Steuererklärungen, Geschäftskontakte, Daten, die ein vernünftiger Mensch vielleicht verschlüsseln möchte. Die zweite Schicht ist eine Speicherebene, die im ungenutzten Raum auf dem Speichermedium versteckt ist.«

»Cormier benutzt also ein ganz einfaches Passwort für Schicht eins, weil ihm diese Dateien im Grunde genommen egal sind«, vermutete ich. »Das ist nur eine Tarnung. Was ihm wirklich wichtig ist, das ist Schicht zwei.«

»Genau. Wenn bei dieser Art von Strukturierung jemand anfängt, herumzusuchen, findet derjenige einige Dateien und einiges an freiem Speicherplatz, und alles sieht völlig okay aus. Wenn man sich dann den freien Speicherplatz Byte um Byte anschaut, findet man nichts als Datensalat.«

»Ist das nicht verdächtig?«

Lesieur schüttelte den Kopf. »Betriebssysteme löschen normalerweise gelöschte Dateien nicht wirklich. Sie ändern einfach nur eine Markierung, und die neue bedeutet: ›Diese Datei wurde gelöscht und kann überschrieben werden.‹ Alles, was in der Datei war, bleibt weiterhin im Speicher, bis dieser Platz benötigt wird, das heißt, wenn man sich die ungenutzten Bereiche auf einer normalen Festplatte anschaut, findet man lauter Bruchstücke von alten Dateien. Erinnern Sie sich noch an Ollie North?«

Ryan und ich sagten beide Ja.

»Dadurch konnten die Iran-Contra-Ermittler die Informationen wiederherstellen, die Ollie gelöscht hatte. Ohne diese Bruchstücke alter Dateien, ob es nun schlichter Text ist oder erkennbar strukturierte Computerdaten, zeichnet reiner Datensalat sich durch das aus, was ihm fehlt.«

Lesieur deutete mit dem Kinn auf den Monitor. »Was diesen Kerl verrät, ist die Tatsache, dass ich Megabyte um Megabyte Datensalat finde.«

»Sie vermuten also, dass es verschlüsselte Dateien sind, aber Sie können sie nicht lesen.«

»C'est ça. Der Typ arbeitet mit Windows XP. Wenn nur ein ausreichend langes und willkürliches Passwort verwendet wird, schafft sogar das Standard-Tool von XP Pro Verschlüsselungen, die nur äußerst schwer zu knacken sind.«

»Haben Sie's schon mit Cormier probiert?«, fragte Ryan.

»O ja.«

Lesieur schaute auf ihre Uhr und stand dann auf.

»Ein gigantischer Mikrospeicher in einer Mehldose. Zwei-Schichten-Verschlüsselung. Dieser Kerl versteckt etwas, von dem er ganz ernsthaft will, dass es nicht gefunden wird.«

»Und jetzt?«, fragte Ryan.

»Wenn der Gerichtsbeschluss es zulässt, konfiszieren Sie die Hardware. Wir finden dann schon, was dieser Kerl da versteckt hat.«

Um eins ließen wir Chenevier und Pasteur in der Wohnung zurück, damit sie ihre Arbeit abschlossen und die Tür zusperrten. Ich fuhr direkt in Cormiers Studio. Es war, als würde man aus der Kälte der Arktis in die Hitze und den Dreck der Tropen kommen.

Hippo trug mal wieder ein Hawaiihemd. Rote Schildkröten und blaue Papageien, alles feucht und schlaff. Er hatte zwei weitere Schränke bearbeitet.

Ich erzählte ihm von dem USB Flash Drive. Seine Reaktion kam augenblicklich.

»Der Kerl steht auf Pornos.«

»Vielleicht.«

»Was sonst? Glauben Sie, der hat dort Kirchenmusik abgespeichert?«

Da Bilder und Videos sehr viel Speicherplatz benötigen, vermutete auch ich Pornos. Aber ich mag keine vorschnellen Reaktionen.

»Wir sollten keine übereilten Schlüsse ziehen«, sagte ich.

Hippo blies Luft durch die Lippen.

Um einen Streit zu vermeiden, wechselte ich das Thema.

»Haben Sie je von einer Insel mit dem Namen l'Île-aux-Becs-Scies gehört?«

»Wo soll das sein?«

»In der Nähe von Miramichi.«

Hippo überlegte einen Augenblick und schüttelte dann den Kopf.

»Was bedeutet der Name?«

»Ich glaube, *bec scie* ist eine Entenart.«

Irgendetwas meldete sich in meinem Hinterkopf.

Enteninsel? Was?

Ich suchte mir einen Schrank und arbeitete Mappe um Mappe durch.

Kinder. Haustiere. Paare.

Es fiel mir schwer, mich zu konzentrieren. Ging es mir wirklich nur um vorurteilsfreies Denken? Oder wollte ich es einfach nicht wahrhaben? Cormier ein Pornograf. Cormier ein Fotograf, der Frauen und Kinder ablichtete. Waren die Schlussfolgerungen einfach zu schrecklich?

Und warum diese Meldung aus dem Unterbewusstsein? Enteninsel?

Zum Teil die Hitze. Zum Teil Hunger. In meiner rechten Schädelhälfte brauten sich Kopfschmerzen zusammen.

Ryan hätte eigentlich Mittagessen kaufen und dann aus Cormiers Wohnung direkt ins Studio kommen sollen. Wo zum Teufel blieb er? Gereizt arbeitete ich mich weiter durch unzählige Fotos.

Es war halb drei, als Ryan endlich auftauchte. Anstelle von Salat und Diet Coke, wie ich es bestellt hatte, brachte er Hotdogs und Pommes von Lafleur's.

Beim Essen redeten Ryan und Hippo über den Flash Drive. Ryan meinte ebenfalls, dass Cormier wahrscheinlich Schmuddelzeug versteckte. Verschwitzt, gereizt und den Bauch voller fettiger Wiener, spielte ich den Advocatus Diaboli.

»Vielleicht hatte Cormier einfach keine Lust mehr, sich mit diesem Chaos hier herumzuschlagen.« Ich deutete auf die Aktenschränke. »Vielleicht hat er alle seine alten Bilder und Mappen eingescannt.«

»Auf einen Flash Drive, den er dann in seiner Mehldose versteckt.«

Ein Punkt für Ryan. Er ärgerte mich.

»Okay, dann also Pornografie. Vielleicht ist Cormier einfach nur ein Perverser, der sein schmutziges, kleines Geheimnis verstecken will.«

Beide Männer schauten mich an, als hätte ich behauptet, Anthrax sei Traubenzucker.

»Denkt doch, was ihr wollt.« Ich knüllte mein Einwickelpapier zusammen und stopfte es in die fettige, braune Tüte. »Ich warte auf Beweise.«

Schrank Nummer zwölf. Ich schaute mir eben das Foto eines außerordentlich unattraktiven Babys an, als mein Handy klingelte.

Vorwahl zwei-acht-eins. Harry.

Ich schaltete ein.

»Du warst aber schon früh auf heute Morgen.«

»Ich bin fast jeden Morgen früh auf.«

»Wie geht's diesem französischen Cowboy?«

»Falls du Ryan meinst, er ist ein Blödmann.«

»Ich habe eben mit Flannery O'Connor gesprochen.« Harrys Stimme zitterte vor Aufregung.

»Ich höre.«

Eine Pause.

»Mal wieder eine Laus über die Leber gelaufen?«

»Es ist heiß.« Ich legte das hässliche Baby auf den Stapel mit den bearbeiteten Mappen und nahm mir die nächste vor.

»Es ist noch nicht mal richtig warm.«

»Was hast du rausgefunden?«

»Wenn du's heiß willst, versuch's mal mit Houston im August.«

»O'Connor House?«

»Der Verlag wurde eingestellt, als Flan und ihr Mann sich trennten. Sie nennt sich jetzt Flan. Ich habe sie nicht gefragt, ob sie den Namen offiziell hat ändern lassen oder nicht. Wie auch immer, Flan machte 'ne Fliege, nachdem sie ihren Alten in flagranti mit einem Kerl namens Maurice erwischt hatte.«

»Aha.« Die neue Akte war beschriftet mit *Krenshaw.* Ein Cockerspaniel. Ich legte sie weg, nahm mir die nächste vor.

»Sie ist echt zum Schreien, Tempe. Wir haben über eine Stunde lang geredet.«

Ich konnte mir diese Unterhaltung nur zu gut vorstellen.

»Was hast du über Obélines Buch rausgefunden?« Die nächste Mappe. *Tremblay.* Eine sehr fette Dame posierte mit einem sehr fetten Kind. Die Tremblays kamen ebenfalls auf den Stapel.

»Nach der Scheidung behielt Flan alle Aufzeichnungen des O'Connor House. Kundennamen, Buchtitel, Seitenzahl, Auflagehöhe, was für eine Art der Bindung. Natürlich reden wir hier nicht von Simon and Schuster.«

»Obélines Buch?« Harry bei der Stange zu halten, war so ähnlich wie Flöhehüten.

»In der Zeit seines Bestehens druckte O'Connor House zweiundzwanzig Gedichtsammlungen. Acht dieser Aufträge kamen von Frauen.« Ich hörte Papier rascheln. »*La Pénitence* von Felice Beaufils.«

Was Harry mit der französischen Sprache anstellte, war wirklich erstaunlich.

»*Lie Down Among the Lilies* von Geraldine Haege. *Peppermint Springtime* von Sandra Lacanu, *Un Besoin de Chaleur Humaine* von Charlene Pierpont. Bei dem Titel geht's irgendwie um die Sehnsucht nach menschlicher Wärme.«

Die nächste Mappe. *Briggs.* Errötende Braut. Erledigt.

»Bei den anderen vier gab es keine Autorennamen. Du weißt schon, der Dichter möchte unerkannt bleiben. *Ghostly Mornings.* Flan meinte, das könnte das Projekt eines Literaturclubs gewesen sein. Eine Frau namens Caroline Beecher war die Bestellerin.«

Die Kopfschmerzen pochten jetzt hinter dem Augapfel. Mit dem Daumen massierte ich mir die Schläfe.

»*Parfum* wurde von einer Marie-Joséphine Devereaux bezahlt. *Fringe* von einer Mary Anne Coffey. Jedes dieser Bücher hatte etwa fünfzig Seiten und eine Auflage von hundert Stück. Beecher und Devereaux hatten Adressen in Moncton. Coffey wohnt in St. John –«

»Obéline?« Es kam schärfer heraus, als ich beabsichtigt hatte.

Harry gewährte mir einige Augenblicke Stille in der Leitung.

»Tut mir leid. Ich weiß, dass du dir sehr viel Mühe damit gegeben hast. Es ist einfach nur ein bisschen zu viel Information auf einmal.«

»Hmh.«

»Was hast du über *Bones to Ashes* herausbekommen?«

Die nächste Mappe. *Zucker.* Drei Kinder in Schottenkaros.

»Virginie LeBlanc.« Sehr knapp.

»LeBlanc war die Auftraggeberin?«

»Ja.«

»Hatte O'Connor LeBlancs Adresse?«

»Postfach.«

»Wo?«

»Bathurst.«

»Irgendwelche anderen Kontaktdaten?«

»Nein!«

»Hast du versucht, LeBlanc ausfindig zu machen?«

»Ja.«

»Und?«

Beleidigtes Schweigen.

Ich verdrehte die Augen. Es tat weh.

»Hör zu, Harry. Es tut mir leid. Ich weiß wirklich sehr zu schätzen, was du da tust.«

Vom anderen Ende des Zimmers kam das Bimmeln eines Handys, dann Hippos Stimme.

»Gallant.«

»Darf ich dich heute Abend zum Essen einladen?«, fragte ich Harry.

»Quand? Où?« Hektisches Fragenstakkato im Hintergrund. Wo? Wann?

»Ich bin zu Hause«, sagte Harry.

»Bon Dieu!«

»Du suchst das Restaurant aus«, sagte ich.

Ich hörte ein leises Stöhnen, dann Schritte, die in meine Richtung kamen.

»Du kannst mir dann in aller Ausführlichkeit alles erzählen, was du rausgefunden hast.«

Harry war einverstanden. Allerdings etwas unterkühlt.

Ich schaltete aus.

Hippo stand vor mir.

Ich schaute zu ihm hoch.

Irgendetwas stimmte ganz und gar nicht.

23

Hippos Miene war hart wie Beton.

»Was ist?« Ich legte mir die *Zucker*-Mappe auf den Schoß.

Hippo starrte mich böse schweigend an.

»Erzählen Sie.«

»Hab eben einen Gefälligkeitsanruf von der RCMP in Tracadie erhalten. Obéline Bastarache wird vermisst und ist wahrscheinlich tot.«

Ich schnellte in die Höhe. Die *Zucker*-Mappe fiel zu Boden. »Tot? Wie?«

Hippo hob die rechte Hemdseite kurz an, steckte das Handy in die Hosentasche und wandte sich ab.

»Wie?«, wiederholte ich zu schrill.

»Der Nachbar ein Stück flussabwärts vom Haus der Bastaraches fand ein Kopftuch an einem der Pfeiler unter seinem Steg. Erkannte das Tuch. Schaute nach. Und wurde argwöhnisch, als Obéline nicht zu Hause war. Meinte, dass die Dame selten ausgeht.«

»Das muss aber noch nicht bedeuten, dass Obéline ertrunken ist.«

»Die RCMP hat das Anwesen durchsucht. Fand Blut am Wellenbrecher.«

»Das könnte –«

Hippo fuhr fort, als hätte ich nichts gesagt. »Kleidung am Ende des Wellenbrechers. Ordentlich zusammengelegt. Schuhe obendrauf. *Note d'adieu* in einer Schuhspitze.«

»Ein Abschiedsbrief?«

Hippo drehte sich nicht um, um mir in die Augen zu schauen.

Und sagte auch nicht, was ihm wahrscheinlich auf der Zunge lag.

Das war auch nicht nötig. Schon jetzt lasteten die Selbstvorwürfe schwer auf mir.

Ich schluckte. »Wann?«

»Gestern.«

Ich hatte Obéline am Dienstag besucht. Am Mittwoch war sie tot.

»Was stand in dem Brief?«

»*Adieu.* Das Leben ist beschissen.«

Schuldgefühle wallten in mir auf.

Und Zorn.

Und noch etwas anderes.

Obéline hatte zwar alles andere als glücklich gewirkt, aber doch irgendwie zufrieden. Hatte sie mir nicht gesagt, sie sei dort, wo sie sein wolle?

»Ich habe nichts bemerkt, das auf eine Selbstmordgefährdung hingedeutet hätte.«

»Wo haben Sie gleich wieder Ihr Psychologiediplom gemacht?«

Die Röte stieg mir ins Gesicht. Hippo hatte recht. Was wusste ich von dieser Frau? Von unserem Gespräch vor zwei Tagen abgesehen, hatten wir uns nur als Kinder gekannt.

»Keiner bezweifelt, dass sie tot ist? Ich meine, es gibt keine Leiche. Wird der Fluss mit Schleppnetzen abgesucht?«

»Der Fluss ist dort der reinste Güterzug.« Hippo spähte den Korridor hinunter in das Sonnenlicht, das durch eines der dreckverkrusteten Fenster des Wohnzimmers fiel. »Die Leiche ist inzwischen wahrscheinlich schon im Golf des St. Lawrence.«

»Wo war Bastarache?« Ryan hatte unsere erregten Stimmen gehört und Cormiers Büro verlassen.

»Quebec City.«

»Er hat also ein Alibi?«

»Der Mistkerl hat immer ein Alibi.«

Und damit stürmte Hippo aus dem Zimmer. Sekunden später ging die Studiotür auf und wurde wieder zugeschlagen.

»Tut mir leid.« Ryans Blick zeigte, dass er es ernst meinte.

»Danke.« Schwach.

Ein kurzes, verlegenes Schweigen entstand.

»Was ist eigentlich los mit Hippo und dir?«

»Er ist sauer, weil ich nach Tracadie geflogen bin.«

»Ich glaube nicht, dass du der Grund bist. Du kommst ihm nur gerade recht.«

»Er hat mich gebeten, keinen Kontakt aufzunehmen.«

»Bastarache ist ein Gauner im Frischfleischgewerbe. Hippo glaubt, dass das ein schlechtes Licht auf alle Akadier wirft.«

Ich traute meiner eigenen Reaktion nicht und schwieg deshalb.

»Nimm es dir nicht so zu Herzen. Hippo würde es zwar nie zugeben, aber dass du Cormiers Flash Drive gefunden hast, hat ihn sehr beeindruckt. Wenn Lesieur den erst einmal geknackt hat, dann nageln wir diesen Dreckskerl fest.«

»Wenn ich ihn nicht gefunden hätte, dann die Spurensicherung.«

Ryan wusste, dass das stimmte. Er wollte nur nett zu mir sein.

»Wenn du jetzt aufhören willst, dann kann ich das verstehen«, sagte er.

Ich schüttelte den Kopf. Aber ich hatte seine Aufmerksamkeit bereits verloren.

»Ich muss morgen vor Gericht. Wenn wir heute nicht fertig werden, dann machen wir am Freitag weiter.«

Damit drehte Ryan sich um und ging den Gang wieder hinunter. Und ignorierte mich für den Rest des Tages.

Na gut. So konnte ich mich wenigstens auf Cormiers verdammte Mappen konzentrieren.

Nur konnte ich das eben nicht. Den ganzen Nachmittag sah ich Obéline vor mir. Den Pavillon. Den Wellenbrecher. Das Tuch.

Benommen mühte ich mich durch Mappe um Mappe.

Haustiere. Bräute. Kinder. Nirgends eines von Phoebe. Nirgend eines der Vermissten oder Toten.

Um sechs gab ich auf.

Während ich mich durch den Stoßzeitverkehr nach Hause quälte, zerbrach ich mir den Kopf darüber, wie ich Harry von Obélines Tod erzählen sollte. Meine Schwester empfindet sehr intensiv und reagiert sehr expressiv. Freude. Wut. Angst. Wie Harrys Reaktion auch aussieht, sie ist immer übertrieben. Mir graute vor der Unterhaltung.

Zu Hause angekommen, fuhr ich in die Tiefgarage. Ein Kontrolllämpchen zeigte mir, dass der Aufzug im Dritten stand. Ich stapfte die Treppe hoch.

Sowohl die äußere wie die innere Haustür standen offen. Schutzläufer lagen kreuz und quer in der Eingangshalle. Auf einem davon stand Winston, unser Hausmeister.

»Zieht jemand aus?« Nicht wirklich interessiert. In Gedanken an Harry.

»Drei-null-vier«, antwortete Winston. »Gehen nach Calgary.«

Ich ging um den Geländerpfosten herum und zu meinem Korridor.

»Denken Sie ans Verkaufen?«

»Nein.«

»Komisch.«

Ich drehte mich um. »Was ist komisch?«

»Heute Morgen kamen zwei Typen hier rein. Fragten nach Ihrer Wohnung.«

Ich blieb stehen. »Was wollten sie wissen?«

»Wie viele Zimmer. Ob der hintere Garten Ihnen gehört.«

Winston zuckte die Schultern, die Daumen im Bund seiner Jeans. »Das Übliche eben.«

Ich bekam ein mulmiges Gefühl. »Haben sie eine Telefonnummer oder Ähnliches hinterlassen?«

Winston schüttelte den Kopf.

»Haben sie ausdrücklich meinen Namen genannt?«

Winston überlegte eine Weile. »Bin mir nicht sicher. Hier geht's heute den ganzen Tag zu wie im Zoo. Waren wahrscheinlich nur neugierige Gaffer. Wir kriegen jede Menge von denen.«

»Geben Sie absolut keine Informationen über meine Wohnung raus.«

Winstons Lächeln verschwand. Er verschränkte die Arme vor der Brust.

»Tut mir leid. Ich weiß, dass Sie so was nie tun würden.«

Winston strich sich mit Daumen und Zeigefinger über die Mundwinkel.

Ich lächelte. »Danke, dass Sie es mir gesagt haben.«

»Ihre Schwester ist ja echt 'ne Marke.«

»Nicht?« Ich wandte mich wieder zum Gehen. »Ich geb ihr jetzt mal was zu essen, sonst knabbert sie mir die Tischplatte an.«

Harry, die noch immer beleidigt war, weigerte sich, an der Restaurantauswahl teilzunehmen. Ich ging mit ihr in eines meiner Lieblingsrestaurants. Milo's ist zwar teuer, aber das war kein Abend für Pfennigfuchserei.

Die Unterhaltung bei der Abfahrt verlief ungefähr so:

»Ist der Fisch frisch?«

»Schwimmt noch.«

Bei der Ankunft:

»Wo sind wir?«

»Saint-Laurent, in der Nähe von Saint-Viateur.«

»Heilige Makrele.«

Wir teilten uns einen griechischen Salat und einen Teller frittierter Zucchini. Harry hatte Krebsscheren und ich einen Red Snapper.

Nach viel Betteln war sie bereit, über *Bones to Ashes* zu reden.

»Als ich das Postamt von Bathurst anrief, wurde ich an eine Miss Schtumpheiss weitergeleitet.« Harry sprach den Namen mit nachgemachtem deutschen Akzent aus. »Frau Schtumpheiss wollte weder bestätigen noch verneinen, dass Virginie LeBlanc in ihrer Filiale ein Postfach gemietet hatte. Ich schwöre dir, Tempe, man würde meinen, die Frau leitet einen Gulag.«

»Stalag. Was hat sie gesagt?«

»Dass die Information vertraulich ist. Ich glaube, Frau Schtumpheiss wollte einfach ihren *Allerwertesten* nicht bewegen.«

Ich musste passen. »Allerwerteswas?«

»Ihren Hintern.«

»Woher kennst du das Wort?«

»Conrad sprach Deutsch.«

Conrad war Ehemann Nummer zwei. Oder drei.

»Ich könnte Hippo bitten, mal dort anzurufen«, sagte ich. »Der kommt aus dem Eck.«

»Könnte funktionieren.« Distanziert, aber nicht mehr feindselig. Harrys Laune besserte sich.

Für den Rest des Essens bemühte ich mich um Unbeschwertheit. Als der Kaffee kam, griff ich über den Tisch und fasste nach der Hand meiner Schwester.

»Hippo hat mir heute sehr schlechte Nachrichten überbracht.«

Harry schaute mich mit zwei besorgten Augen an.

Ich schluckte. »Obéline ist möglicherweise tot.«

Die Augen trübten sich. »Omeingott!« Geflüstert. »Wie? Wann?«

Ich erzählte, was ich wusste. Um Fassung bemüht.

Harry nahm den Löffel zur Hand und rührte den Kaffee um. Klopfte ihn auf dem Rand ab. Legte den Löffel auf den Tisch. Lehnte sich zurück. Biss sich nachdenklich auf die Unterlippe.

Keine Tränen. Kein Ausbruch.

»Alles in Ordnung mit dir?«

Harry reagierte nicht.

»Offensichtlich ist die Strömung dort sehr stark.«

Harry nickte.

Die Gefasstheit meiner Schwester war beunruhigend. Ich fing an zu reden. Sie wedelte mit der Hand, ich sollte still sein.

Ich winkte nach der Rechnung.

»Da ist etwas, das wir tun könnten«, sagte sie. »Zum Andenken an Évangéline und Obéline.«

Harry wartete, bis der Kellner meine Tasse nachgefüllt hatte.

»Kannst du dich noch an den Kerl erinnern, der an Universitäten und Fluglinien Briefbomben geschickt hat?«

»Den Unabomber?«

»Ja. Wie lief das ab?«

»Vom Ende der Siebziger bis Anfang der Neunziger tötete Theodore Kaczynski drei und verwundete neunundzwanzig Personen. Der Unabomber war Ziel einer der teuersten Menschenjagden in der Geschichte des FBI. Was hat Kaczynski mit Obéline zu tun?«

Ein manikürter Finger stach in die Luft. »Und wie haben sie ihn schließlich geschnappt?«

»Sein Manifest: *Die industrielle Gesellschaft und ihre Zukunft.* Kaczynski argumentierte, dass die Bomben nötig wären, um die Aufmerksamkeit auf seine Arbeit zu lenken. Er wollte andere dazu bringen, gegen die Unterdrückung zu kämpfen, die der technologische Fortschritt mit sich bringt.«

»Ja, ja, ja. Aber womit haben sie den Widerling festgenagelt?«

»Mitte der Neunziger verschickte Kaczynski wieder Briefe, einige an seine früheren Opfer, in denen er verlangte, dass sein

Manifest von einer großen Tageszeitung abgedruckt werde. Alle fünfunddreißigtausend Wörter. Wörtlich. Wenn nicht, dann drohte er, wieder zu töten. Nach langem Hin und Her empfahl das Justizministerium die Veröffentlichung. Sowohl die *New York Times* wie die *Washington Post* brachten das Ding, weil man hoffte, dass sich daraus irgendetwas ergeben werde.«

»Und?« Harry drehte die Handfläche nach oben.

»Kaczynskis Bruder erkannte den Stil und benachrichtigte die Behörden. Forensische Linguisten verglichen Textbeispiele, die Kaczynskis Bruder und seine Mutter ihnen geliefert hatten, mit dem Manifest des Unabombers und kamen zu dem Schluss, dass sie von ein und derselben Person verfasst worden waren.«

»Da hast du's.« Harry drehte auch die zweite Handfläche nach oben.

»Was?« Ich kapierte nicht, worauf sie hinauswollte.

»Genau das tun wir auch. Zum Andenken an Obéline. Und natürlich auch an Évangéline. Wir suchen uns einen Linguisten, der die Gedichte in *Bones to Ashes* mit denen vergleicht, die Évangéline als Kind geschrieben hatte. Dann machen wir aus Évangéline eine offizielle Dichterin.«

»Ich weiß nicht, Harry. Vieles von ihren frühen Sachen war einfach nur jugendliche Lebensangst.«

»Glaubst du etwa, dass der junge Kaczynski ein verdammter Shakespeare war?«

Ich versuchte, nicht zweifelnd dreinzuschauen.

»Du hast mit Obéline über den Mord an Évangéline gesprochen. Ich spreche kein Französisch, aber ich habe zugehört. Ich weiß, was ich in ihrer Stimme gehört habe. Schuldgefühle. Schreckliche, grässliche, die Eingeweide zerfressende Schuldgefühle. Das ganze Leben dieser Frau war ein einziges, gigantisches Schuldgefühl, weil sie verheimlichte, dass sie über den Mord an ihrer Schwester Bescheid wusste. Wäre es dann nicht in ihrem Sinne, wenn wir ...?«

»Ja, aber –«

»Kennst du einen forensischen Linguisten?«

»Ja, aber –«

»So gut, dass du ihn bitten kannst, einen Vergleich zu machen?«

»Glaub schon.«

Harry ließ beide Hände auf den Tisch sinken und beugte sich auf den Unterarmen vor. »Évangéline und Obéline sind nicht mehr. Das Buch ist das Einzige, was wir haben. Willst du nicht wissen, ob Évangéline es geschrieben hat?«

»Natürlich will ich das, aber –«

»Und Évangélines Namen ins Buch der Geschichte eintragen? Sie zu der veröffentlichten Dichterin machen, die sie immer sein wollte?«

»Aber warte mal. Das ergibt doch alles keinen Sinn. Du gehst davon aus, dass Évangéline die Gedichte geschrieben hatte und Obéline sie von O'Connor House drucken ließ. Aber warum sollte Obéline den Namen Virginie LeBlanc benutzen? Und warum sollte sie Évangéline nicht als Autorin der Sammlung nennen?«

»Vielleicht musste sie das Projekt vor ihrem wirbellosen Ehemann verstecken.«

»Warum?«

»Mann, Tempe, ich weiß es nicht. Vielleicht wollte er nicht, dass alte Geschichten wieder aufgewühlt werden.«

»Der Mord an Évangéline?«

Harry nickte. »Wir wissen, dass Bastarache Obéline die Seele aus dem Leib prügelte. Wahrscheinlich bedrohte er sie auch.« Harry senkte die Stimme. »Tempe, glaubst du, dass er sie jetzt umgebracht hat?«

»Ich weiß es nicht.«

»Glaubst du überhaupt, dass sie tot ist? Ich meine, wo ist die Leiche?«

Ja, dachte ich. Wo ist die Leiche?

Die Rechnung kam. Ich rechnete nach und zeichnete sie ab.

»Da ist nur ein Problem, Harry. Falls wir wirklich noch Gedichte von Évangéline haben, und das ist ein großes Falls, dann sind sie in Charlotte. Hier in Montreal habe ich nichts.«

Ein Grinsen kroch über Harrys Lippen.

24

Wenn Harry die Verschwiegene spielt, dann bringt man auch nichts aus ihr heraus. Trotz intensivem Bohren erzählte sie mir nichts. Meine Schwester ist gern diejenige, die andere überrascht. Und ich wusste, dass mir eine Überraschung bevorstand.

Zwanzig Minuten später saßen wir in meinem Schlafzimmer, das Album meiner Vergangenheit vor uns aufgeschlagen. Die beiden Freundinnen Arm in Arm. Die Eintrittskarte. Die Serviette.

Aber Harry blieb nicht auf dieser Seite des Sammelalbums. Auf die nächste hatte sie drei Sachen geklebt: eine winzige, akadische Fahne – das heißt die französische Trikolore mit einem einzelnen gelben Stern –, einen Aufkleber mit der Abbildung eines Federkiels und einen cremefarbenen Briefumschlag mit metallfarbenem Innenfutter und der mit Schablone gemalten Aufschrift *Évangéline* auf der Außenseite.

Harry hob die Umschlaglasche an, zog mehrere pastellfarbene Blätter heraus und gab sie mir.

Das Zimmer wich zurück. Ich war zwölf. Oder elf. Oder neun. Ich stand am Briefkasten. Und ich sah nichts anderes als den Brief in meiner Hand.

Instinktiv schnupperte ich an dem Briefpapier. *Friendship Garden*. Mein Gott, wie konnte ich mich nur noch an dieses Kindheitsparfum erinnern?

»Wo hast du die gefunden?«

»Als ich beschloss, mein Haus zu verkaufen, fing ich an, in alten Kisten zu stöbern. Das Erste, was ich fand, war unsere Nancy-Drew-Sammlung. Die Briefe steckten in *The Password to Larkspur Lane.* Und dadurch bin ich überhaupt erst auf die Idee mit dem Sammelalbum gekommen. Den rosafarbenen mag ich besonders. Lies ihn.«

Das tat ich auch.

Und starrte in das unvollendete Land von Évangélines Traum.

Das Gedicht hatte keinen Titel.

Late in the morning I'm walking in sunshine, aware and awake like
I have not been before. A warm glow envelops me and tells all around
»Now I am love!« I can laugh at the univers for he is all mine.

»Jetzt hör dir das an.«

Harry schlug das gestohlene Exemplar von *Bones to Ashes* auf und las:

Laughing, three maidens walk carelessly, making their way to the river.
Hiding behind a great hemlock, one smiles as others pass unknowing
Then with a jump and a cry and a hug the girls put their
Surprise behind them. The party moves on through the forest primeval
In a bright summer they think lasts forever. But not the one ailing.
She travels alone and glides through the shadows; others cannot see her.

Her hair the amber of late autumn oak leaves, eyes the deep
purple of
dayclean. Mouth a red cherry. Cheeks ruby roses. Young
bones going to ashes.

Harry und ich saßen schweigend da, versunken in Erinnerung an vier kleine Mädchen, die lächelnd aufs Leben schauen und darauf, was es ihnen bringen wird.

Harry schluckte. »Die Gedichte sind doch irgendwie ziemlich ähnlich, oder?«

Ich spürte einen Schmerz, der so tief saß, dass ich mir nicht vorstellen konnte, er würde je enden. Ich konnte nicht antworten.

Harry nahm mich in den Arm. Ich spürte ihre Brust beben, hörte leise schluchzendes Atmen. Sie ließ mich los und ging aus dem Zimmer. Ich wusste, dass meine Schwester über Obélines Tod ebenso bestürzt war wie ich.

In diesem Augenblick konnte ich es nicht ertragen, auch noch die anderen Gedichte zu lesen. Ich versuchte zu schlafen. Versuchte, alles aus meinem Kopf zu verbannen. Ich schaffte es nicht. Immer wieder blitzten Fragmente dieses Tages vor mir auf. Cormiers Flash Drive. Hippos Wut. Obélines Selbstmord. Évangélines Gedichte. Das Skelett. L'Île-aux-Becs-Scies.

Bec scie. Ente. Weit hinten in meinem Kopf ein Flüstern. Schwach, unverständlich.

Das Schlimmste war, sosehr ich mich auch bemühte, ich konnte nicht mehr als ein sehr verschwommenes Bild von Évangélines Gesicht heraufbeschwören.

War mein Gedächtnis erschöpft, ausgelaugt von zu vielen Anfragen? Oder war es das genaue Gegenteil? In der Medizin sprechen wir von Atrophie, dem Schrumpfen von Knochen oder Gewebe aufgrund mangelnder Benutzung. War Évangélines Gesicht aufgrund von Vernachlässigung verschwunden?

Ich setzte mich auf, weil ich mir den Schnappschuss in dem Album noch einmal genau anschauen wollte. Als ich nach der Lampe griff, kam mir ein beunruhigender Gedanke.

Waren meine Erinnerungen an meine Freundin inzwischen abhängig von fotografischer Auffrischung? Wurden sie geformt von den Zufälligkeiten des Licht- und Schattenspiels in einem kurzen Augenblick der Vergangenheit?

Ich legte mich wieder hin, machte den Kopf frei und fing dann an, tief zu graben.

Widerspenstige dunkle Locken. Ein knappes Senken des Kinns. Ein sorgloses Zurückwerfen des Kopfes.

Wieder das nagende Psst! aus meinem Unterbewusstsein.

Honigfarbene Haut. Rötlichbraune Sommersprossen um eine sonnenverbrannte Nase.

Eine Bemerkung ...

Strahlend grüne Augen.

Irgendeine Verbindung, die ich übersehen hatte ...

Ein etwas zu kantiges Kinn.

Ein Gedanke. Der mich nicht in Ruhe ließ ...

Geschmeidige Glieder. Eine zarte Andeutung von Brüsten.

Etwas über eine Ente ...

Und dann schlief ich ein.

Um acht Uhr am nächsten Morgen saß ich in meinem Büro im Wilfrid-Derome. Es sollte ein Tag der Unterbrechungen werden.

Mein Telefon blinkte wie das Warnsignal an einem Bahnübergang. Ich hörte die Nachrichten ab, rief aber nur ein einziges Mal zurück. Frances Suskind, die Meeresbiologin an der McGill.

Die Diatomeen-Proben, die ich dem jungen Mädchen vom Lac des Deux Montagnes entnommen hatte, hatte ich inzwischen völlig vergessen. Ryans Tote Nummer drei.

Suskind meldete sich nach dem ersten Läuten.

»Dr. Brennan. Ich wollte Sie eben noch einmal anrufen. Meine Studenten und ich sind sehr aufgeregt über unsere Resultate.«

»Sie haben die Informationen an Studenten weitergegeben?«

»Natürlich nur Doktoranden. Wir fanden Ihre Herausforderung sehr inspirierend.«

Herausforderung? Inspirierend?

»Sind Sie vertraut mit dem Bereich der Limnologie?«

»Diatomeen haben ihre eigene -ologie?« Als Witz beabsichtigt. Suskind lachte nicht.

»Diatomeen gehören zu der Klasse Bacillariophyceae des Stamms Chrysophyta der mikroskopischen einzelligen Pflanzen. Wussten Sie, dass die Mitglieder dieser Gruppe so zahlreich sind, dass sie die größte einzelne Sauerstoffquelle unserer Atmosphäre darstellen?«

»Das habe ich nicht gewusst.«

Ich fing an, auf einem Blatt Papier zu kritzeln.

»Ich möchte Ihnen zuerst unsere Vorgehensweise erläutern.

Zunächst sammelten wir zwölf Proben von insgesamt sieben Stellen am Fluss und um den Lac des Deux Montagnes, der ja eigentlich Teil des Flusses ist, und natürlich auch von L'Île-Bizard, in der Nähe des Leichenfundorts. Diese Proben dienten uns als Referenzen für die Untersuchung der vom Opfer erhaltenen Diatomeen-Zusammensetzung. Diese entnahmen wir den Proben, die Sie uns geliefert haben. Dem Knochenstück und der Socke.«

»Aha.« Ich malte Linien und Schnörkel, die ein wenig züngelnden Flammen ähnelten.

»An jeder Stelle entnahmen wir Proben aus jeweils unterschiedlichen Lebensräumen. Flussbett. Flussufer. Seeufer.«

Ich ließ die Flammen noch ein wenig mehr züngeln.

»Unser Referenzproben ergaben achtundneunzig verschiedene Diatomeen-Arten. Die verschiedenen Zusammensetzungen sind einander ähnlich und haben viele gemeinsame Arten.«

Ich fing mit einem Vogel an.

»Zu den dominanten gehören Navicula radiosa, Achnan –«

Es gibt über zehntausend Diatomeen-Arten. Da ich befürchtete, Suskind hatte vor, sie alle aufzuzählen, unterbrach ich sie. »Vielleicht könnten wir das überspringen, bis ich Ihren schriftlichen Bericht habe.«

»Natürlich. Nun, mal sehen. Es gibt Variationen im Vorhanden- oder Nichtvorhandensein von unbedeutenderen Arten und Variationen im Verhältnis der dominanten Arten. Das ist bei der Komplexität der Kleinstlebensräume zu erwarten.«

Ich fügte Schwanzfedern hinzu.

»Im Wesentlichen unterteilen sich die Proben in drei Cluster-Zonen. Ein Lebensraum in der Flussmitte mit einer Wassertiefe von über zwei Metern und mäßiger Strömung. Ein Flachwasser-Lebensraum mit weniger als zwei Metern Tiefe und langsamer Strömung. Und ein Lebensraum am Fluss- oder Seeufer, also über dem Wasserspiegel.«

Ein Auge. Noch mehr Federn.

»Vielleicht sollte ich unser statistisches Vorgehen erläutern. Wir machen eine Cluster-Analyse, um die Cluster zu bestimmen, die ich eben erwähnt habe.« Suskind machte ein trötendes Geräusch, das wohl Lachen sein sollte. »Natürlich. Deshalb nennt man sie ja Cluster-Analyse.«

Ich zeichnete einen Schnabel.

»Um die Kontrollproben mit den Opferproben zu vergleichen, benutzen wir eine Transferfunktion, die man moderne Analogtechnik nennt. Wir berechnen die Unähnlichkeit zwischen einer Opferprobe und der ähnlichsten Referenzprobe, wobei wir die Sehnenlänge im Quadrat als Unähnlichkeitskoeffizienten –«

»Können wir auch die quantitative Analyse für den schriftlichen Bericht aufheben?«

»Natürlich. Das Endergebnis. Wir fanden heraus, dass die Diatomeen-Zusammensetzung in der Socke starke Ähnlichkeit mit Proben aufwies, die wir in der Seemitte und am Seeufer entnommen hatten.«

Füße mit Schwimmhäuten.

»Unsere analoge Vergleichstechnik deutet darauf hin, dass die größte Ähnlichkeit am Seeufer mit einer Referenzprobe besteht, die wir an der Unterseite eines Bootsanlegestegs im Naturreservat Bois de L'Île-Bizard entnommen haben, nicht weit von Ihrem Leichenfundort entfernt.«

Mein Stift verharrte.

»Sie können das mit einer solchen Präzision feststellen?«

»Natürlich. Was wir machen –«

»Wo ist dieses Reservat?«

Sie sagte es mir. Ich notierte es.

»Was ist mit der Knochenprobe?«

»Ich fürchte, das ist ein bisschen komplexer ...«

Aber jetzt war ich ganz Ohr. »Fahren Sie fort.«

»Die Diatomeen-Flora an der Knochenoberfläche ist der aus der Socke sehr ähnlich. Der Markhöhle konnten wir keine Diatomeen entnehmen.«

»Das heißt?«

»Die Interpretation einer negativen Beweislage ist immer riskant.«

»Schlagen Sie ein paar Szenarien vor.«

»Diatomeen gelangen in den Körper durch Einatmen, Schlucken und durch das Eindringen von Wasser in die Lunge. Egal, auf welchem Weg sie in den Körper gelangen, wenn sie nur winzig genug sind, setzen Diatomeen sich in den Organen und dem Mark eines Körpers ab. Bei etwa dreißig Prozent aller Ertrunkenen lassen sich Diatomeen im Knochenmark feststellen. Doch bei Fällen, in denen das Opfer in der Badewanne oder einer ähnlichen Stadtwasserumgebung ertrank, sind sie nur bei einem erheblich geringeren Prozentsatz feststellbar, etwa bei zehn Prozent.«

»Weil Diatomeen und andere Verunreinigungen aus unserem Haushaltswasser herausgefiltert werden«, vermutete ich.

»Natürlich. Wenn sie in Haushaltswasser vorhanden sind, dann stammen sie am ehesten aus Reinigungsmitteln. Aber das sind einzigartige und leicht erkennbare Arten.«

»Sie haben keine gefunden.«

»In der Markhöhle haben wir rein gar nichts gefunden.«

»Dann ist es also möglich, dass das Opfer in behandeltem oder gefiltertem Wasser ertrunken ist und nicht im Fluss?«

»Das ist möglich. Aber lassen Sie mich fortfahren. Die Diatomeen-Konzentration im Knochenmark ist normalerweise proportional zur Diatomeen-Konzentration im Ertrinkensmedium. Diese Konzentration variiert in Relation zum natürlichen Zyklus des Erblühens und Absterbens. In der nördlichen Hemisphäre kommt es im Frühjahr und im Herbst zur Diatomeen-Blüte, was während des ganzen Sommers für eine dauerhaft hohe Dichte in Flüssen und Seen sorgt. Im Winter ist die Dichte normalerweise am geringsten.«

»Das Opfer hätte also im Fluss ertrunken sein können, aber vor der diesjährigen Frühjahrsblüte.«

»Das ist eine andere Möglichkeit.«

»Wann war die Blüte dieses Jahr?«

»Im April.«

Ich schrieb Text neben mein Gekritzel.

»Zum Transport der Diatomeen ist das Einatmen von Wasser nötig«, fuhr Suskind fort. »Der Transport funktioniert, weil Diatomeen gegen den Schleim der Atemwege resistent und außerdem in der Lage sind, aus dem Blutkreislauf in die inneren Organe einzudringen.«

Ich wusste, worauf sie hinauswollte. »Das Blut muss also fließen, um Diatomeen ins Mark zu befördern.«

»Natürlich.«

»Kann also sein, dass das Opfer nicht mehr atmete, als es ins Wasser kam.«

»Das ist eine andere Möglichkeit. Aber vergessen Sie nicht: Nur in einem Drittel der Ertrunkenen werden Diatomeen gefunden.«

»Warum ist der Prozentsatz so niedrig?«

»Aus vielen Gründen. Ich nenne Ihnen die drei wichtigsten. Erstens kann es mit der Probensammlungsmethode zu tun haben. Wenn nur sehr wenige Diatomeen in der Markhöhle vorhanden sind, können sie bei der Probenentnahme einfach verfehlt werden. Zweitens, Opfer, die unter Wasser hyperventilieren oder ohnmächtig werden oder einen Kehlkopfkrampf erleiden, können schneller sterben, was die Menge eingeatmeten Wassers reduziert. Drittens, und das dürfte Ihnen natürlich bekannt sein, fließt nur relativ wenig Blut zu und durch Knochen und Knochenmark. Und von diesem Opfer hatte ich nichts anderes als eine Knochenprobe. Keine Proben aus Lunge, Hirn, Nieren, Leber, Milz.«

»Wann darf ich Ihren Bericht erwarten?«

»Ich schließe ihn gerade ab.«

Ich dankte Suskind und legte auf.

Klasse. Das Mädchen ist ertrunken oder auch nicht. Im Fluss oder irgendwo anders.

Aber der Bootsanlegesteg. Das konnte mich weiterbringen.

Ich rief Ryans Handy an, aber er meldete sich nicht. Ich hinterließ eine Nachricht.

Der Hörer lag noch kaum auf der Gabel, als es schon wieder klingelte.

»Wie geht's, Kätzchen?« Männlich. Akzentfreies Englisch.

»Wer spricht?«

»Unwichtig.«

Ich überlegte, ob ich die Stimme wiedererkannte.

Cheech, der Schläger aus Tracadie? Ich war mir nicht sicher. Er hatte ja nur ein oder zwei Sätze gesagt.

»Woher haben Sie diese Nummer?«

»Sie sind leicht zu finden.«

»Was wollen Sie?«

»Sie arbeiten schwer an der Verbrechensbekämpfung?«

Ich ging nicht darauf ein.

»Ein sehr edles Vorhaben. Die guten Bürger dieser Provinz zu beschützen.«

Irgendwo weiter unten klingelte ein Telefon.

»Aber gefährlich.«

»Wollen Sie mir drohen?«

»Sie haben da eine wirklich sehr gut aussehende Schwester.«

Ein kalter Tentakel schlängelte sich durch meine Eingeweide.

»Was macht die kleine Schwester, während die große Polizistin spielt?«

Ich reagierte nicht.

»Auch sie ist ziemlich leicht zu finden.«

»Leck mich«, sagte ich und knallte den Hörer auf die Gabel.

Einen Augenblick saß ich da und spielte mit der Telefonschnur. Cheech? Falls ja, war er wirklich eine Bedrohung oder nur ein Blödmann mit einer schlechten Masche und einer zu hohen Meinung von seiner Wirkung? Nein. Er drohte mir im Auftrag eines anderen.

Warum? Arbeitete er für Bastarache? Was meinte er mit »dieser Provinz«? Wo war er?

Wer war er?

Ryan anrufen? Er war vor Gericht. Hippo?

Auf keinen Fall.

Fernand Colbert.

Gute Entscheidung, Brennan. Colbert war ein Polizeitechniker, der mir noch etwas schuldig war, weil ich ihm Barbecuesauce aus North Carolina mitgebracht hatte.

Ich rief an.

Als Colbert sich meldete, berichtete ich ihm von dem anonymen Anruf. Er versprach, er würde versuchen, ihn zurückzuverfolgen.

Beim Auflegen fiel mein Blick auf meine Kritzeleien.

Ente ...

Flammen ...

Vergiss es. Konzentrier dich auf die laufenden Fälle. Ryans Vermisste: Kelly Sicard, Anne Girardin, Claudine Cloquet. Ryans Tote: Rivière des Mille Îles, Dorval, Lac des Deux Montagnes.

Ente ...

Flammen ... Brand ...

Das Flüstern im Hinterkopf wurde lauter und verdrängte alle Gedanken an Vermisste, Tote oder an Cheech und die Drohung.

25

Ich eilte in die Bibliothek, zog den Atlas heraus, in dem ich schon am Samstag nachgesehen hatte, und blätterte zur selben Karte. Sheldrake Island lag in der Mündung des Miramichi River.

Ich schlug in einem Lexikon nach. *Sheldrake.*

Brandente. Verschiedene Arten von Altweltenten der Art Tadorna ...

Ente. Brand. Brandente.

Enteninsel. Brandenteninsel. Sheldrake Island.

Und *bec scie* war eine Ente.

Konnte Sheldrake Island das englische Äquivalent der Île-aux-Becs-Scies sein? War es das, was mein Unterbewusstsein mir hatte mitteilen wollen? Konnte Jerry O'Driscolls Streuner, der einstige Archäologe Tom Jouns, das Skelett des Mädchens von Sheldrake Island entwendet haben?

Ich kehrte in mein Büro zurück und loggte mich ins Internet ein. Bevor Google ganz geöffnet war, klingelte schon wieder das Telefon. Diesmal war es Harry.

»Hast du den forensischen Linguisten schon angerufen?«

»Noch nicht.«

Harry bediente sich Schweigen, um ihr Missfallen auszudrücken.

»Ich werde es noch tun.«

»Wann?«

»Noch heute Morgen.«

Wieder summte tadelnde Stille im Hörer.

»Ich mache es gleich.«

»Gut.«

»Was treibst du so?«

»Nicht viel. Ich lese diese Gedichte. Sie sind wirklich ziemlich schön.«

Ich merkte, dass sie deprimiert war.

»Harry, weißt du noch, wie wir immer gekocht haben, wenn Mama mal wieder einen schlechten Tag hatte?«

»Ja.«

»Lass uns das heute Abend machen. Wir beide gemeinsam.«

»Du warst damals ziemlich rechthaberisch.«

»Such dir ein Rezept aus. Ich mache den Hilfskoch.«

»Du rufst den Linguisten an?«

»Sobald ich aufgelegt habe.«

»Wie wär's mit dem Gericht, das wir damals immer mit Hähnchen und Kartoffelbrei zauberten?«

»Perfekt.«

»Werden sie mich in dem kleinen Lebensmittelladen an der Sainte-Catherine überhaupt verstehen?«

»Sprich Englisch. Nicht Texanisch.«

»Haha!«

»Und Harry.« Ich zögerte kurz. »Pass auf dich auf.«

»Warum?«

»Sei einfach vorsichtig.«

Rob Potter schloss eben seine Doktorarbeit in Anthropologie ab, als ich mit meiner Promotion an der Northwestern anfing. Älter und weiser, wie er war, war er mir ein Ohr gewesen, das mir zuhörte, und eine Schulter, an der ich mich ausweinen konnte. Ganz zu schweigen davon, dass so ziemlich jedes Mädchen heimlich in ihn verknallt war. Es klingt zwar unwahrscheinlich, aber bevor er Akademiker wurde, war Rob ein echter Rockstar gewesen. Hatte in Woodstock gesungen. Hatte Lederjacken und hinternbetonende Goldlaméhosen getragen. Kannte Hendrix, Lennon und Dylan. Seiner Aussage nach hatte er die Bühne verlassen, weil die Rockmusik nach dem Tod von Jimi und Janis ihre Strahlkraft verloren hatte und weil er sich seine Zukunft lieber als alternder Professor denn als alternder – oder toter – Rockstar vorstellte.

Während ich mich mit Knochen abmühte, analysierte Rob Sprache und konzentrierte sich dabei auf ihren Kontext in anderen semiotischen Systemen und Modalitäten. Er erklärte mir einmal, was das bedeutet. Und ich verstand. In gewisser Weise.

Rob gehörte jetzt zur Fakultät an der Columbia. Wie ich hatte auch er sich von Polizisten und Juristen, die sein Fachwissen benötigten, in die Forensik ziehen lassen. Obwohl wir noch nie gemeinsam an einem Fall gearbeitet hatten, machten wir doch oft Witze über die Möglichkeit.

Ich schlug im Mitgliederverzeichnis der American Academy of Forensic Sciences nach. Rob war aufgeführt.

Ich wählte. Er meldete sich. Ich nannte meinen Namen.

»Ich habe an dich gedacht.«

»Ich nicht«, sagte ich.

»Und wenn du es hättest tun sollen?«

»Dann habe ich es getan.«

»Freut mich, dass das geklärt ist. Da du so gewissenhaft bist, würdest du es in Betracht ziehen, die Programmleitung für den AAFS-Kongress im nächsten Jahr zu übernehmen?«

»Kann ich darüber nachdenken?«

»Die Frage kannst nur du beantworten.«

»Ich denke darüber nach.«

»Na gut. Was hast du auf dem Herzen?«

»Ich muss dich um einen Gefallen bitten.«

»Nicht, bevor ich weiß, wie viel Geld das kosten wird.«

»Könntest du zwei Gedichtproben analysieren?«

»Könnte ich.«

»Würdest du?«

»Natürlich. Für dich tue ich alles. Geht es darum, demografische Informationen über den Autor herauszufinden oder um die Feststellung, ob die Texte von ein und demselben Autor stammen.«

»Um Letzteres.«

»Rede weiter.«

»Ein Gedicht wurde von einem heranwachsenden Mädchen geschrieben. Der Autor der anderen ist unbekannt.«

»Du vermutest, dass die Gedichte von derselben Hand verfasst wurden.«

»Das ist eine Möglichkeit.«

»Du musst dir bewusst sein, dass eine solche Untersuchung sehr lang dauern kann.«

»Wenn du mal gerade Zeit hast. Aber die Sache hat einen Haken.«

»Kann ich wenigstens mein Mäntelchen dranhängen.«

»Das ist keine offizielle Anfrage.«

»Soll heißen, kein Geld. Oder muss ich die Analyse vergessen, nachdem ich sie dir gegeben habe?«

»Na ja, beides.«

»Ein Gefallen also. Und ein inoffizieller dazu. Und geheim. Und kein Geld.«

»Ich werde –«

»O ja, du wirst schon noch dafür bezahlen. Vielleicht bei deinem nächsten Abstecher nach New York?«

»Mittagessen. Abgemacht.«

»Erzähl mir von der Sache.«

»Einige der Gedichte tauchen in einem bei einem Selbstkostenverlag herausgebrachten Band auf. Andere sind handgeschrieben.«

»Erzähl mir was über den Hintergrund.«

Das tat ich. Pawleys Island. Évangélines plötzliches Verschwinden. Der kürzliche Abstecher nach Tracadie. Harrys »Befreiung« von *Bones to Ashes.* O'Connor House. Nur Obélines Selbstmord erwähnte ich nicht.

»Ich schicke dir das Material noch heute«, sagte ich.

»Du fängst mit einem Thema an.«

»Was?«

»Ein Kongressthema. Ein konzeptioneller Rahmen.«

»Die Organisation eines AAFS-Programms ist eine Riesenaufgabe, Rob.«

»Es ist ein Kinderspiel.«

»So wie es ein Kinderspiel ist, aus der Mojave-Wüste einen blühenden Garten zu machen.«

»Ich liefere den Dünger.«

»Das tust du immer.«

Danach rief ich Harry an, gab ihr Robs Adresse und schlug einen Laden an der Maisonneuve für die Fed-Ex-Verschickung vor. Sie war begeistert, einen neuen Auftrag zu haben.

Ich wandte mich wieder meinem Computer zu. Wie aufs Stichwort tauchte Hippo auf. Seine düstere Miene bedeutete, nicht verziehen und vergessen. Ich machte mich auf weiteren Tadel gefasst.

»Kann sein, dass wir eine Vermisste weniger haben.«

Das traf mich unerwartet. »Was soll das heißen?«

Hippo kaute Kaugummi und gab sich Mühe, mich nicht direkt anzusehen. »Girardins Alter hat sich gestern Abend umgebracht.«

»Anne Girardin? Das kleine Mädchen aus Blainville?«

Knappes Nicken. Ohne Blickkontakt.

»Was ist passiert?«

»Girardin war Alkoholiker. Am Mittwoch soff er sich zu, erzählte einem Kumpel, er hätte seine Tochter umgebracht und im Wald verscharrt. Wollte Mitleid, weil ihr Geist ihn in seinen Träumen verfolgte. Der aufrechte Bürger dachte darüber nach, moralisches Dilemma, Sie wissen schon, Loyalität gegen Bürgerpflicht. Heute Morgen ging er Girardin besuchen. Fand ihn in der Badewanne, eine Remington-Flinte zwischen den Zehen, das Hirn an der Decke.«

»Ach du meine Güte.«

Hippo spuckte sich den Kaugummi auf die Handfläche, warf zwei Magentabletten ein und steckte sich den Klumpen wieder in den Mund. »Der Hund beharrt darauf, dass hinter dem Wohnwagen was ist.«

»Konnten Sie Ryan schon erreichen?«

Hippo nickte. »Ist unterwegs.«

Ich stand auf.

»Gehen wir.«

»Girardin hasste Menschenmassen, misstraute Fremden. Hauste in einem Wohnwagen meilenweit von allem entfernt.«

»Einsames Leben für ein zehnjähriges Mädchen.«

»Ja.« Hippos Blick blieb auf der Straße.

Wieder war ich unterwegs nach Blainville. Wieder erhielt ich Informationen über ein Kind, dessen Leiche ich vielleicht gleich ausgraben würde.

»Das Mädchen verschwand zweitausendvier. Adelaide, das ist Mommy, machte sich sechs Monate später aus dem Staub. Girardin blieb, wo er war.«

»Womit verdiente er seinen Lebensunterhalt?«

»Bauarbeiten. Meistens Gelegenheitsjobs.«

»Wo ist Adelaide jetzt?«

»Verschwunden.«

»Stammt sie aus der Gegend?«

»Thunder Bay, Ontario.« Hippo bog ab. »Keine Angst. Wir finden sie schon.«

Je näher wir unserem Ziel kamen, desto dünner wurde die Besiedelung. Die wenigen Hütten und Wohnanhänger, an denen wir vorbeikamen, sahen aus wie die Kulisse für *Beim Sterben ist jeder der Erste.*

Girardins Wohnwagen war ein rechteckiger Kasten mit stumpfgelben Wänden und orangefarbenen Zierleisten. Vor den Eingang war eine behelfsmäßige Veranda genagelt. Darauf standen ein avocadofarbener Kühlschrank und ein orangefarbener Sessel, aus dem die Polsterung quoll.

Das Grundstück war vollgestellt mit dem üblichen Schrott. Alte Reifen, verrostete Fässer, Plastikmöbel, das Skelett eines Rasenmähers. Zu den größeren Dingen gehörten ein Bootsanhänger und ein uralter Mustang.

Der Laster der Spurensicherung war bereits da. Der Transporter des Coroners. Chenevier und Pasteur. Sylvain und der Leichenhund Mia. Ryan.

Es war heiß, die Luftfeuchtigkeit knapp unter Regen.

Genau so wie bei der Suche nach Kelly Sicard.

Leider mit einem völlig anderen, traurigen Ausgang.

Die Sonne stand tief, als wir das kleine Bündel schließlich heraushoben. Lichtfinger drangen durch das Laubwerk und malten seltsame Muster auf die flache Grube, das Sperrholz, das Fünfzig-Gallonen-Fass.

Das Grab fand sich nicht unerwartet. Unter dem Wohnwagen hatten wir einen halb leeren Sack mit Ätzkalk gefunden. Einen Spaten mit langem Griff.

Und Mia hatte sehr nachdrücklich angeschlagen.

Die anderen sahen zu, wie meine Klinge das Plastik zerschnitt. Gestank wehte heraus, faulig süß wie verrottende Vegetation.

Das Kind war in pink geblümten Jeans, einem pinkfarbenen Kapuzenshirt und pinkfarbenen Turnschuhen begraben worden. Karottenrote Ringelzöpfchen hingen noch an dem schmutzverkrusteten Totenschädel. Die Zähne waren in dem Stadium zwischen Kind und Erwachsenem.

Wir alle hatten plötzlich diesen Schnappschuss wieder vor uns. Aus der Vermisstenanzeige, die Anne Girardins Mutter aufgegeben hatte.

Niemand sagte etwas. Niemand musste etwas sagen.

Wir wussten alle, dass wir Anne gefunden hatten.

Ich bat Ryan, mich ins Institut zu fahren. Er meinte, das sei verrückt, meine Untersuchung könne auch bis Freitag warten. Daddy sei tot. Und Mommy zu finden, könnte einige Zeit dauern.

Denkste. Keine Benachrichtigung der nächsten Verwandten ohne offizielle Identifikation. Als Mutter kannte ich die Angst, die Adelaide Girardins Tage beherrschte. Ich wollte vorbereitet sein.

Hippo blieb am Fundort, um Chenevier und Pasteur bei der Untersuchung des Wohnwagens zu helfen. Ryan fuhr mich zum Wilfrid-Derome. Von unterwegs rief ich Lisa, die Autopsietechnikerin, an. Sie erklärte sich bereit, Überstunden zu machen. Ich bat sie herauszufinden, ob Anne Girardins Zahnbefunde in der Akte waren. Und Marc Bergeron anzurufen, den Odontologen des LSJML.

Außerdem rief ich Harry an, berichtete ihr von den Ereignissen des Tages und sagte ihr, dass unsere kulinarischen Kapriolen warten müssten. Sie fragte mich, wann ich nach Hause kommen würde. Spät. Ich hasste es, sie so lange allein zu lassen. Was, wenn das Paar, das sich nach meiner Wohnung erkundigt hatte, mehr als nur die Immobilie im Sinn hatte? Was, wenn der anonyme Anruf wirklich eine Drohung gewesen war?

Harry bot an, etwas zum Mitnehmen zu holen, wenn ich

so weit wäre. Ich dankte ihr und schärfte ihr ein, immer die Alarmanlage einzuschalten. Ich konnte mir dabei gut vorstellen, wie sie die Augen verdrehte.

Das Mädchen war schon in der Leichenhalle, als ich ankam. Man hatte ihm die Fallnummer LSJML #57836-07 zugewiesen. Röntgenaufnahmen des Gebisses lagen bereits vor.

Die Leute glauben, dass Ätzkalk die Verwesung beschleunigt. Sie irren sich. Kalziumoxid überdeckt nur den Fäulnisgestank. Und schreckt Aasfresser ab.

Aber die Zeit nimmt sich das Fleisch vor. Obwohl an den Überresten keine Fraßspuren von Tieren zu erkennen waren, war die Skelettierung doch komplett. Absolut kein Bindegewebe mehr.

Lisa fotografierte, während ich die verfaulten Kleidungsstücke entfernte und sie auf der Arbeitsfläche auslegte. Kapuzenshirt. Jeans. Sport-BH mit verstellbaren AAA-Körbchen. Baumwollschlüpfer mit Barbie-Muster.

Ich war sehr gefasst gewesen. Trotz der Traurigkeit und der Erschöpfung. Aber die Unterwäsche traf mich hart. Barbie-Schlüpfer und BH. Klettergerüst und Lippenstift. Ein Mädchen an der Schwelle zur Frau. Der Anblick war herzzerreißend.

»Gut, dass der Mistkerl tot ist, was?« Lisa warf mir einen Blick zu, der so schwer war wie ein Grabstein. Ich merkte, dass sie sich so elend fühlte wie ich.

»Ja«, sagte ich.

Konzentrier dich, dachte ich, während ich die Knochen auf dem Autopsietisch arrangierte.

Lisa fotografierte, während ich meine Untersuchungen vornahm.

Die Schädel- und Gesichtsmerkmale des Mädchens deuteten auf kaukasoide Abstammung hin.

Die Verschmelzung der Sitz- und Schambeinäste des Beckens deutete auf ein Alter über acht hin. Das Fehlen eines winzigen runden Knochens an der Basis des Daumens, ein Sesambein, deutete auf ein Alter vor der Pubertät hin. Die Entwicklung der Röhrenknochen deutete auf ein Alter zwischen neun und zehn Jahren hin.

Die Geschlechtsbestimmung ist bei Kindern nicht präzise zu leisten. Obwohl Kleidung und Zöpfchen ein Mädchen vermuten ließen, übersprang ich diesen Teil des biologischen Profils.

Bergeron rief an, als ich mir eben letzte Notizen machte. Er war oben und hatte Anne Girardins prämortale Zahnbefunde. Sie entsprachen den dentalen Röntgenaufnahmen der Überreste.

Keine Überraschung.

Es war schon fast zehn, als ich schließlich nach Hause kam. Nachdem ich geduscht hatte, aßen Harry und ich etwas Thailändisches aus dem Restaurant an der Ecke, und gleich danach entschuldigte ich mich. Sie verstand und bedrängte mich nicht.

Auch in dieser Nacht widersetzte mein Hirn sich dem Schlaf. Als ich schließlich eindöste, stolperte ich durch eine Landschaft unzusammenhängender Träume. Anne Girardin. Évangéline. Das Skelett von Sheldrake Island, Hippos Mädchen. Pawleys Island. Ryan.

Plötzlich war ich wieder wach. Ich schaute auf die Uhr. Zwei Uhr vierzig. Ich schloss die Augen. Schaute wieder auf die Uhr. Drei Uhr zehn. Drei Uhr fünfzig.

Um vier gab ich es auf. Ich warf die Decke zurück, ging in die Küche und kochte mir eine Tasse Jasmintee. Dann fuhr ich meinen Laptop hoch und recherchierte Sheldrake Island.

Dämmerung sickerte durch die Jalousien, als ich mich schließlich zurücklehnte. Verblüfft. Entsetzt.

Zwei Sachen wusste ich jetzt sicher.

Sheldrake Island war tatsächlich L'Île-aux-Becs-Scies.

Hippos Mädchen hatte einen entsetzlichen Tod durchlitten.

26

Ich nehme an, dass der Schlafmangel mein Denkvermögen beeinträchtigte.

Vielleicht war es Petes frühmorgendlicher Anruf wegen Scheidungsgründen. Und Papierkram. Und die Unfähigkeit der jungen Summer, einen Caterer zu finden.

Oder vielleicht Hippos Schocker.

Rückblickend betrachtet ist da immer dieses innerliche Zusammenzucken. Der Verdacht, dass ich Besseres hätte leisten können.

Nachdem ich mit Pete gesprochen hatte, weckte ich Harry und erzählte ihr, was ich im Internet herausgefunden hatte. Dann entschuldigte ich mich, weil ich sie schon wieder allein ließ.

Könnte sein, dass wir jetzt wieder ganz am Anfang sind, sagte sie.

Ja, stimmte ich ihr zu.

Harry ging einkaufen. Ich fuhr ins Institut.

Für das Skelett brauchte ich nur eine Stunde. Die Diagnose lag jetzt wirklich auf der Hand. Wie hatte ich bei diesen Veränderungen nur so vernagelt sein können?

Es ist das Grauen eines anderen Ortes, einer anderen Zeit, sagte ich mir. Nicht das Amerika des zwanzigsten Jahrhunderts.

Stimmt. Trotzdem eine lahme Ausrede.

Als ich mit den Knochen fertig war, loggte ich mich ins Internet ein, weil ich möglichst viel Munition für meine bevorstehende Unterhaltung mit Hippo wollte. Ich schloss eben den Browser, als ein *Ping* mir sagte, dass ich eine E-Mail erhalten hatte.

Eine Behörde an einem Wochenende kontaktieren zu wollen, ist so, als würde man den Papst am Ostermorgen anrufen.

Da ich neugierig war, wer mir an einem Wochenende eine Mail schickte, klickte ich den Eingangskorb an.

Den Absender kannte ich nicht: *wachting@hotmail.ca.*

Als ich die Nachricht öffnete, stachen mir eisig-heiße Stacheln in die Brust.

> Temperance:
> *Staring your severed head in the face*
> Death. Fate. Mutilation.

Mein abgetrennter Kopf? Tod? Schicksal? *Verstümmelung?*

Unter dem Text war ein Foto angefügt.

Donnerstagabend. Harry und ich vor Milo's Eingangsbeleuchtung.

Ich starrte das Foto an, und mir stockte der Atem. Es war nicht nur der Schock, mich selbst zu sehen. Oder die Vorstellung, dass ich von einem Fremden beobachtet worden war. Irgendetwas stimmte nicht. Ganz und gar nicht.

Dann sah ich es.

Harrys Kopf war auf meinem Körper, ihrer auf meinem.

Mein Blick wanderte zu der kursiven Zeile in der Nachricht. Poesie? Eine Liedzeile?

Ich startete eine Internetsuche mit den Begriffen *Death, Fate, Mutilation.* Jeder Link wies mich in dieselbe Richtung.

Death war eine Heavy-Metal-Band, die dreiundachtzig gegründet wurde und sich achtundneunzig wieder auflöste. Ihr Gründer, Chuck Schuldiner, wurde allgemein als Vater des Death-Metal-Genres betrachtet. Das Album *Fate* dieser Gruppe kam zweiundneunzig heraus. Ein Song darauf hieß *Mutilation.*

Als ich mir den Text auf den Bildschirm holte, raste mein Puls. Die Zeile aus der E-Mail stand dort. Und der Refrain. Immer und immer wieder.

You must die in pain.

Mutilation.

Mein Gott. Wo war Harry?

Ich rief ihr Handy an. Sie antwortete nicht. Ich hinterließ eine Nachricht. Ruf mich an.

Wer war dieser Widerling, *wachting@hotmail.ca?*

Dieselbe spontane Reaktion wie bei dem Telefonanruf.

Cheech?

Dieselbe Liste von Fragen.

Macho-Anmache? Drohung? Warum?

Und dann wurde ich wütend.

Ich atmete einmal tief durch und wählte Fernand Colberts Nummer. Er meldete sich.

»Sie arbeiten am Samstag?«, fragte ich.

»Hab eine Telefonüberwachung laufen.«

Ich wusste, dass ich nicht nachfragen durfte. »Ich hoffe, meine Anfrage kommt ihnen da nicht in die Quere.«

»*Mais non.* Außerdem brauche ich die Barbecue-Sauce.«

»Hatten Sie Glück mit der Rückverfolgung?«

»Ja und nein.«

»Erzählen Sie.«

»Da muss ich zuerst was erklären. Telefongesellschaften können jeden Anruf zurückverfolgen, der in ein Festnetz reingeht oder aus einem kommt, mit der möglichen Ausnahme von sehr lokalen Anrufen, die über denselben Schaltknoten laufen. Dasselbe trifft auch auf Handys zu.«

»Das war der Ja-Teil.«

»Ja. Ein Handyanruf in ein Festnetz läuft folgendermaßen. Man wählt eine Nummer auf seinem Handy. Das Gerät ruft den nächstgelegenen Funkmasten an. Mithilfe derselben Technik wie Ihre Anruferkennung sagt es: Ich bin Tempes Telefon und will die Nummer 1-2-3-4-5 anrufen. Der Funkmast schickt Ihren Anruf an die zentrale Mobilfunkvermittlung, die die Verbindung zum Festnetz herstellt. Alles klar?«

»Bis jetzt schon. Ich habe das Gefühl, jetzt kommt der Nein-Teil.«

»Die Mobilfunkvermittlung stellt eine Verbindung her mit der Festnetzschaltzentrale, die wiederum den Anruf an die Schaltzentrale schickt, die Ihr Zielgebiet bedient. Von dort geht der Anruf an den lokalen Schaltknoten Ihres Zielgebiets und von dort zum Zielapparat.

Bei jeder dieser Stationen wird Ihre Identifikation registriert, weil jeder, der mit dem Anruf zu tun hat, bezahlt werden will. Ihre Nummer identifiziert nicht nur Sie, sondern auch Ihren Netzbetreiber. Das Problem ist, Ihre Informationen werden nicht in ihrer Gesamtheit an einer Stelle aufbewahrt, und ohne Gerichtsbeschluss und ohne Rückerstattung der Suchkosten rücken die Gesellschaften diese Informationen nicht raus.

Das andere Problem ist, dass man bei einigen Funknetzbetreibern keine Identifikation, vor allem keine gültige Identifikation eingeben muss, um den Dienst zu starten.«

»Und jeder Trottel kann sich in einem Supermarkt ein Wegwerfhandy kaufen.«

»Genau. Es hilft nichts, die Telefonnummer zu haben, wenn man nicht weiß, wem das Telefon gehört.«

»Mein Trottel rief von einem Handy an, das er sich in einem Wal-Mart besorgt hat«, vermutete ich.

»Oder Costco oder K-Mart oder Pop's Dollorama. Wenn es wirklich wichtig ist, könnten wir herausfinden, wo das Gerät gekauft wurde, dann die Überwachungskameras des Ladens überprüfen und so vielleicht den Kerl finden.«

»Nein. Das ist im Augenblick ein bisschen extrem. Aber ich habe noch eine andere Bitte.«

»Das kostet Sie dann einen ganzen Karton.«

»Den haben Sie schon, Barbecue-Boss.«

Ich beschrieb die E-Mail, aber nicht den Inhalt.

»Derselbe Penner?«

»Ich bin mir nicht sicher. Wahrscheinlich.«

»Bedroht er Sie?«

»Nicht unverhüllt.«

»Wenn der Kerl beim Telefonieren schon so raffiniert ist, dann bringt es wahrscheinlich wenig, zu versuchen, ihn über E-Mail aufzuspüren.«

»Dachte mir schon, dass Sie das sagen würden.«

»Ein mögliches Szenario. Der Kerl fährt mit einem Laptop mit einer Wireless-Karte durch die Gegend und lässt sie nach Netzwerken suchen. Wenn er eins findet, das ungesichert ist, richtet er mit falschen Daten ein Hotmail-Konto ein. Schickt die E-Mail. Schaltet seinen Laptop aus und fährt davon.«

»Man kann so einfach in einem Auto sitzen und das Netzwerk eines anderen benutzen?«

»*Oui*. Die IP-Adresse, von der die Mail verschickt wird, gehört jemandem, der wahrscheinlich nicht einmal Protokolldaten hat, die zeigen, dass noch ein anderer das Netzwerk benutzt. Einige Freaks betreiben das als Sport. Nennen es Kriegsfahrt, auch wenn sie zu Fuß unterwegs sind. Sie laufen durch die Gegend und suchen sich ungeschützte, drahtlose Netze, basteln sich manchmal sogar Richtantennen aus Pringles-Dosen. Es gibt Stifte zu kaufen, die grün blinken, wenn man im Umkreis von zehn Metern zu einem Signal ist.«

Klasse. Noch etwas, um das man sich Sorgen machen muss.

»Hier ist noch ein Trick«, sagte Colbert. »Viele Hotels haben drahtlose Netzwerke, die sie permanent offen lassen, damit sie den Gästen nicht beibringen müssen, wie sie sich mit einem SSID, einem Service Set Identifier, einloggen können. So ein Code kann nämlich bis zu zweiunddreißig Stellen lang sein. Bei einem geschlossenen System muss der Nutzer den Code eingeben, bei einem offenen System wird der SSID an alle drahtlosen Systeme innerhalb seiner Reichweite gesendet. Wenn man also auf einen Parkplatz zwischen ein paar Flughafenhotels fährt, kann man sich wahrscheinlich völlig anonym in ihr drahtloses Netzwerk einloggen.«

»Entmutigend.«

»Ja. Aber ich leg's mal drauf an.«

Ich dankte Colbert und legte auf.

Okay. Zeit, Ryan einzuweihen.

Stattdessen rief ich Hippo an.

Er meldete sich sofort. So viel zur Wochenendfreizeit in der glamourösen Welt der Verbrecherjagd.

»Ich habe Neuigkeiten über das Skelett aus Rimouski«, sagte ich.

»Wirklich? Ich sitze jetzt schon so lange an diesen verdammten Aktenschränken, dass ich Gastons Problem völlig verdrängt habe.«

»Detective Tiquet konfiszierte die Knochen bei den Whalen-Brüdern, die sie in Jerry O'Driscolls Pfandleihe in Miramichi gekauft hatten. O'Driscoll hatte sie von Tom Jouns, der behauptete, sie auf einem Indianerfriedhof ausgegraben zu haben.«

»Klingt ja fast wie so eine Schnitzeljagd mit lauter Hinweisen.« Hippo klang, als würde er ein Karamellbonbon lutschen.

»O'Driscoll meinte, der Friedhof wäre auf einer Insel. Auf dem Schädel des Mädchens fand ich den Namen Île-aux-Becs-Scies.«

»Ja, ich erinnere mich, dass Sie mich nach *becs scies* gefragt haben.«

»L'Île-aux-Becs-Scies heißt jetzt Sheldrake Island.«

Hippo nuschelte etwas Unverständliches.

»Lutschen Sie Karamellbonbons?«

»Toffees.«

»Sheldrake ist eine dreizehn Hektar große Insel im Miramichi River, ungefähr acht Meilen östlich von Chatham. Anfang des neunzehnten Jahrhunderts diente die Insel als Quarantänestation für neu ankommende Immigranten. Achtzehnvierundvierzig machte die Regierung von New Brunswick aus der Insel eine Leprakolonie.«

Alles Lutschen und Kauen hörte auf. »Was?«

»In der Provinz gab es einen Ausbruch von Lepra.«

»Wie in der Bibel? Leute, denen die Finger und Zehen abfallen?«

»In einigen Fällen. Lepra wird verursacht von dem Bazillus Mycobacterium leprae. Inzwischen nennt man sie Hansen-Krankheit.«

»Es gab Leprakranke in New Brunswick?«

»Ja, Hippo. In New Brunswick.«

»Warum habe ich dann davon noch nie was gehört?«

»Lepra ist eine stark tabubehaftete Krankheit. Damals noch mehr als jetzt. Viele behaupteten, Leprakranke hätten diese Krankheit durch sündiges Leben oder mangelnde Reinlichkeit selbst verursacht. Ganz Familien wurden gemieden. Die Leute redeten nicht gern darüber. Und wenn sie es doch taten, nannten sie die Krankheit *la maladie.*«

»Wann war das?«

»Die ersten Fälle tauchten um achtzehnzwanzig auf. In den folgenden beiden Jahrzehnten zeigten immer mehr Menschen Symptome, zuerst innerhalb der Familien, dann auch unter Nachbarn. Sieben starben. Die Gesundheitsbehörde geriet in Panik.«

»Im Ernst?«

»Vergessen Sie nicht, Lepra gehört zu den gefürchtetsten Krankheiten überhaupt. Es gibt sie seit Tausenden von Jahren, sie verursacht Entstellungen, und bis in die Neunzehnvierzigerjahre kannte man kein Heilmittel. Damals wusste man noch nicht einmal, dass Lepra ansteckend war.«

»Ist sie das?«

»Ja, aber der Mechanismus ist noch nicht geklärt. Viele Jahre lang schrieb man die Übertragung einem langfristigen Kontakt zwischen infizierten und gesunden Menschen zu. Heute glauben die meisten Wissenschaftler, dass sich das Bakterium über Tröpfcheninfektion verbreitet. Wie die Tuberkulose.«

»Es ist also gefährlich, mit Leprösen Kontakt zu haben.«

»Lepra ist weder tödlich noch hoch ansteckend. Es ist ein chronischer Zustand, der nur an Menschen mit einer genetischen Prädisposition weitergegeben werden kann, wahrscheinlich um die fünf Prozent der Bevölkerung. Aber im neunzehnten Jahrhundert war das noch nicht bekannt.«

»Also wurden die Leute verbannt?«

»Achtzehnvierundvierzig erließ die Regierung von New Brunswick ein Gesetz, das die Isolierung aller Personen, die Leprasymptome zeigten, anordnete. Eine Gesundheitskommission wurde ernannt und ermächtigt, Menschen, bei denen eine Infektion vermutet wurde, zu besuchen, zu untersuchen und aus ihren Häusern und Wohnungen zu entfernen. Sheldrake wurde ausgewählt, weil es auf dieser Insel nur ein paar baufällige Häuser gab.«

»Wie diese Hawaii-Insel.«

»Molokai. Ja. Nur war Sheldrake schlimmer. Die Kranken wurden mit ungenügender Nahrung, behelfsmäßigen Unterkünften und praktisch ohne jede medizinische Versorgung allein gelassen. Die Kolonie existierte fünf Jahre lang. Von den siebenunddreißig eingewiesenen Patienten starben fünfzehn und wurden auf der Insel begraben.«

»Was passierte mit dem Rest?«

»Eine Handvoll konnte fliehen. Darunter auch ein zehnjähriges Kind.«

Barnabé Savoie. Seine Geschichte hätte mich fast zum Weinen gebracht. Voller Angst war der Junge von der Insel geflohen und in die einzige Zuflucht zurückgekehrt, die er kannte. Sein Zuhause. Barnabé wurde seinem Vater mit vorgehaltener Waffe wieder entrissen, gefesselt und auf die Insel zurückgebracht.

»Man hat dort auch Kinder ausgesetzt?«

»Viele. Auf Sheldrake kamen sogar Babys zur Welt.«

»*Crétaque!* Diese Flüchtlinge, wurden die wieder gefangen?«

»Die meisten wurden gestellt und auf die Insel zurückgebracht. Danach wurden den Exilanten sogar noch strengere Restriktionen auferlegt. Alle Kranken wurden in einem einzigen Gebäude eingesperrt, drum herum wurden Sperrzäune errichtet, und die Zeiten für frische Luft und Bewegung waren begrenzt. Ein bewaffneter Wachmann wurde eingestellt, um die neuen Bestimmungen durchzusetzen.«

In meinem Kopf blitzte ein Bild auf. Kinder mit verzerrten Gesichtern und in Lumpen gewickelten Fingern. Hustend. Nach ihren Müttern schreiend. Ich verdrängte es wieder.

»Was ist mit den anderen, den Überlebenden, passiert?«

»Ich bin mir noch nicht sicher, was mit ihnen passiert ist. Das muss ich erst noch recherchieren.«

»Was hat das mit Gastons Skelett zu tun?«

»Das Mädchen hatte Lepra.«

Ich hörte Klappern. Ich stellte mir vor, dass Hippo den Hörer von der einen Hand in die andere nahm und dabei über die Schlussfolgerungen nachdachte, die sich aus meiner Feststellung ergaben.

»Wollen Sie damit sagen, dass dieses Mädchen vor einhundertundsechzig Jahren starb?«

»Sieht so aus.«

»Damit ist diese Sache also abgeschlossen.«

»Ich kenne eine Archäologin in der Fakultät der UNB in Fredericton. Sobald die Überreste offiziell freigegeben sind, kann ich sie ja mal anrufen.«

Irgendetwas knallte, im Hintergrund rief eine Stimme.

»Moment mal.«

Die Verbindung klang plötzlich gedämpft, offensichtlich drückte Hippo sich den Hörer an die Brust. Als er sich wieder meldete, klang er sehr aufgeregt.

»Sind Sie noch dran?«

»Ja.«

»Das werden Sie jetzt nicht glauben.«

27

»Jemand hat unseren Lieblingsfotografen ausgeknipst.«

»Cormier?«

»Die Leiche wurde heute Morgen hinter einem Lagerhaus in der Nähe des Marché Atwater entdeckt. Zwei Kugeln im Hinterkopf. Ryan hat den Fundort eben verlassen. Er sagt, Cormier wurde woanders umgebracht und dann dort abgelegt. Tatzeit scheint irgendwann nach Mitternacht zu sein.«

»O Gott. Ist er da?«

»Ja. Moment mal.«

Ich hörte Klappern, und dann meldete sich Ryan.

»Ganz neue Wendung«, sagte ich.

»Ja.«

»In der ganzen Aufregung über die Exhumierung von Anne Girardin habe ich vergessen, dir zu erzählen, dass Dr. Suskind sich gemeldet hat.«

»Aha.« Ich merkte, dass Ryan mir kaum zuhörte.

»Suskind ist die Meeresbiologin an der McGill. Ihre Ergebnisse in Bezug auf den Lac-des-Deux-Montagnes-Fall sind kompliziert.«

»Fass sie kurz zusammen.«

»Sie hat Diatomeen auf der Knochenoberfläche gefunden, aber nicht in der Markhöhle.«

»Das heißt?«

»Entweder war das Mädchen schon tot, als sie in den Fluss kam. Sie ertrank woanders in behandeltem Wasser, sie ertrank vor April, sie hyperventilierte und starb schnell, oder Suskind ist bei der Probenaufbereitung ein Fehler unterlaufen.«

»Klasse.«

»Suskind hat allerdings etwas herausgefunden, das uns weiterhelfen könnte. Die Diatomeen-Zusammensetzung auf der Socke passt am besten zu einer Referenzprobe, die in einem

Naturreservat auf L'Île-Bizard an der Unterseite eines Bootsanlegestegs genommen wurde, der nicht weit von der Stelle entfernt liegt, wo die Leiche aus dem Wasser gezogen wurde.«

»Sag das noch mal.«

Ich tat es.

»Könnte die Stelle sein, wo das Opfer ins Wasser kam«, sagte Ryan.

»Oder eine Stelle, wo die Leiche eine Weile festhing. Schon was Neues in Bezug auf die Identifikation?«

»Ich habe eine innerbehördliche Umfrage über vermisste weiß-indianische oder weiß-asiatische Teenager gestartet. Bis jetzt noch nichts Neues.«

»Schon Erfolg bei der Suche nach Adelaide Girardin?«

»Ich verfolge einige Spuren. Aber im Augenblick steht Cormier im Mittelpunkt. Der Fall ging an mich, weil er ja mit Phoebe Quincys Verschwinden zu tun hatte.«

»Hast du's Phoebes Eltern schon gesagt?«

»Nein. Auf diese Unterhaltung freue ich mich schon sehr. Cormier war ja alles, was wir hatten. Aber die gute Nachricht ist, dass der Mord an ihm uns mit dem Flash Drive freie Hand lässt. Der ganze Blödsinn mit Gerichtsbeschlüssen und so weiter ist jetzt Geschichte.«

Ich setzte zum Sprechen an, hielt inne. Ryan reagierte auf mein Zögern.

»Was ist?«

»Du hast doch jetzt schon alle Hände voll zu tun.«

»Erzähl.«

»Ist ja vielleicht nichts dran.«

»Lass mich das entscheiden.«

»Ich habe es Hippo schon gesagt, aber ich dachte mir, du willst es vielleicht auch wissen.«

»Hast du vor, noch irgendwann heute zur Sache zu kommen?«

Ich berichtete ihm von dem anonymen Anruf im Institut

und von der E-Mail mit dem Foto und der Songzeile von *Death*.

»Fernand Colbert steckt bei der Zurückverfolgung des Anrufs in einer Sackgasse. Und bei der E-Mail ist er auch nicht sehr optimistisch.«

»Du denkst an die zwei Typen, die dich in Tracadie belästigt haben?«

»Wer könnte es sonst sein?«

»Du hast aber auch eine Art, Leute zu verärgern.«

»Ich arbeite daran.«

»Du kannst es bereits sehr gut.«

»Danke.«

»Überlass das mir.«

»Mein Held.«

Der Wortwechsel war witzig gemeint. Aber keiner von uns beiden lachte. Neues Thema.

»Ich habe das Problem mit Hippos Mädchen gelöst«, sagte ich und benutzte dabei unbewusst meinen Spitznamen für den Fall.

»Hippos Mädchen?«

»Das Skelett, das ich beim Coroner in Rimouski konfiszieren ließ. Dasjenige, das Hippos Freund Gaston so beschäftigt hat.«

»Und?«

»Die Knochen sind wahrscheinlich alt.«

»Nicht deine alte Freundin?«

»Nein. Wenn du mal Zeit hast, erzähl ich dir die Details. Oder Hippo kann es tun.«

»Habt ihr beide euch wieder versöhnt?«

»Hippo ist nicht nachtragend.«

»Abladen, weitermachen. Sehr gesund.«

»Ja.«

Wieder summte verlegenes Schweigen durch die Leitung.

»Sag Hippo, ich helfe ihm morgen mit Cormiers Unterlagen.«

»Ich lasse dich wissen, was ich über diese Tracadie-Gauner rausfinde.«

Das tat er auch. Schneller, als ich es für möglich gehalten hätte.

Am Sonntagmorgen war der lang erwartete Regen endlich da. Als ich aufwachte, lief Wasser an meinem Schlafzimmerfenster hinunter und verzerrte den Ausblick auf den Garten und die Stadt dahinter. Wind rüttelte an den Ästen des Baums vor dem Fenster und klatschte hin und wieder ein feuchtes Blatt an das Fliegengitter.

Harry schlief noch, als ich mich zu Cormiers Studio aufmachte.

Während der Fahrt durch die Stadt quietschten die Scheibenwischer einen gummierten Rhythmus auf die Windschutzscheibe. Meine Gedanken fielen in den Takt der Wischerblätter mit ein. *Cormier ist tot. Cormier ist tot. Cormier ist tot.*

Ich wusste noch nicht, warum der Fotograf ermordet worden war. Ich wusste allerdings, dass es eine gute Nachricht war.

Ich parkte am Bordstein der Rachel, zog mir die Kapuze meines Sweatshirts über den Kopf und rannte los. Die äußere Eingangstür des Gebäudes war unverschlossen. Die innere wurde von einem zusammengerollten Exemplar von *Le Journal* offen gehalten. Ich nahm an, dass Hippo bereits bei der Arbeit war.

Ich wischte mir Tropfen aus den Haaren und durchquerte die schmuddelige Eingangshalle. An der Tür von Dr. Brigaults Zahnarztpraxis hing ein Schild. *Fermé.* Geschlossen.

Ich stieg in den ersten Stock hoch. Der Regen und die dunklen Wolken ließen das Treppenhaus noch dunkler und bedrohlicher als bei meinem ersten Besuch erscheinen. Der böige Wind erfüllte es mit einem hohlen, klagenden Heulen.

Je höher ich kam, umso dunkler wurde die schmale Treppenflucht. Ich blieb stehen, um mir die Situation bewusst zu machen. Das einzige, schwache Licht, das bis hierher durchdrang, kam von unten.

Ich hob den Kopf. Hoch oben an der Wand entdeckte ich eine einzelne, nackte Glühbirne. Sie war dunkel. Auf dem ersten Treppenabsatz beugte ich mich über das Geländer und schaute zu der Birne über dem ersten Stock hoch. Auch sie war dunkel.

Hatte der Sturm einen Stromausfall verursacht?

In diesem Augenblick spürte ich über mir eine Bewegung.

»Hippo?«

Nichts.

»Sind Sie das, Hippo?«

Wieder keine Antwort.

Alle Sinne aufs Höchste angespannt, erreichte ich den Absatz des ersten Stocks. Die Tür zu Cormiers Studio stand einen Spalt offen. Erleichterung. Natürlich. Hippo war im hinteren Teil der Wohnung, wo er mein Rufen nicht hatte hören können.

Ich zog die Tür auf und betrat die Wohnung. Schatten von Dingen, an denen der Wind rüttelte, huschten über die Wände. Äste. Telefonleitungen. Mit den Geräuschen des Sturms im Hintergrund wirkte die Stille in der Wohnung fast gespenstisch. Ich ging den Korridor hinunter.

In der Küchentür spürte ich, wie sich mir die Nackenhaare aufstellten. Die Ziffern auf der Mikrowelle leuchteten grün. Der Strom war an. Ich wischte mir die feuchten Handflächen an der Jeans ab. Warum das dunkle Treppenhaus? Hatte jemand die Glühbirnen herausgedreht?

Ich lauschte, nur leise atmend. Wind. Regen, der auf die Klimaanlage im Fenster prasselte. Mein eigener Herzschlag. Dann trat noch ein anderes Geräusch hervor. Kramen. Ungeduldiges Suchen.

So leise wie möglich schlich ich den Gang entlang, bis ich durch die offene Badtür sehen konnte. Was ich sah, ließ mich in die Knie gehen. Mit zitternden Fingern stützte ich mich an der Wand ab.

Ein Mann stand mit dem Rücken zu mir da, die Füße gespreizt. Er schaute nach unten, als würde er etwas in seinen Händen betrachten. Dieser Mann war nicht Hippo.

Jedes Härchen auf meinem Körper tat das, was die in meinem Nacken zuvor getan hatten.

Draußen prallte eine heftige Bö gegen das Gebäude, ließ Fenster erzittern und jagte einen metallenen Gegenstand die Rachel entlang.

Hier drinnen, unter meinen Füßen, ächzte eine Diele.

Kaltes Adrenalin überflutete meine Neuronen. Ohne nachzudenken, richtete ich mich halb auf und trippelte rückwärts. Zu schnell. Mit der Ferse blieb ich an einem ausgefransten Teppichrand hängen. Mit einem Poltern ging ich zu Boden.

Vom Bad her hörte ich Sohlen auf Linoleum. Schritte.

Mein Hirn ratterte meine Alternativen herunter. Versuchen, ihm davonzurennen? In einem Schlafzimmer einschließen und nach Hilfe telefonieren?

Hatten diese Zimmer überhaupt Schlösser?

Ohne auf Befehle von oben zu warten, entschieden meine Beine: Raus hier!

Ich rannte den Gang entlang. Durch das Studio. Zur Tür hinaus. Einen kurzen Augenblick lang hörte ich nichts. Dann Schritte. Hinter mir.

Ich war an der obersten Stufe, als ein Laster mich im Rücken traf. Ich spürte eine Hand in meinen Haaren. Der Kopf wurde mir nach hinten gerissen.

Die dunkle Glühbirne wischte an meinen Augen vorbei. Ich roch feuchtes Nylon. Ölige Haut.

Muskulöse Arme drückten mir die Ellbogen an den Körper. Ich wehrte mich. Der Griff wurde nur noch fester.

Ich trat nach hinten aus, traf ein Schienbein. Beugte das Knie, um noch einmal auszutreten.

Eine Seite der Umklammerung löste sich. Ein Schlag traf mich hart an der Schläfe.

Mein Gesichtsfeld zerbarst in Splitter weißen Lichts.

Mit einem Ächzen hob mein Angreifer mich in die Höhe. Meine Füße verließen den Teppich. Er drehte mich um und schob an.

Mit rudernden Armen fiel ich rückwärts, prallte mit dem Kopf auf und rutschte, mit den Wirbeln über Stufenkanten schabend, nach unten. Der erste Treppenabsatz bremste meinen Sturz, meine Wange drückte sich in den Teppich.

Mit hämmerndem Herzen lag ich da. Meine Lunge brannte. Dann hörte ich durch das Getöse in meinen Ohren einen gedämpften Knall. Unten in der Halle? In meinem Kopf?

Sekunden oder Stunden später noch ein Knall. Ich spürte ihn eher, als ich ihn hörte. Schritte kamen von unten auf mich zu, hielten kurz inne, beschleunigten dann.

Durch einen Nebel hörte ich eine blecherne Stimme.

Ich stützte mich mit den Händen ab und richtete mich auf. Lehnte die Schultern an die Wand. Versuchte, Luft zu holen.

Ich ließ den Kopf sinken. Willfährig. Eine Lumpenpuppe. Mein ganzes Sein war nur auf einen einzigen, verzweifelten Gedanken konzentriert.

Atme!

Wieder sirrte die Moskitostimme, doch die Worte gingen im Gedröhn in meinen Ohren unter.

Atme!

Ein Umriss kauerte sich neben mich. Eine Hand berührte meine Schulter.

Atme.

Langsam löste sich der Krampf in meiner Lunge. Ich sog tief Luft ein. Das Dröhnen in meinen Ohren ließ langsam nach.

»– Doc, sind Sie verletzt?« Hippo. Besorgt.

Ich schüttelte den Kopf.

»Soll ich –«

»Ich bin okay«, krächzte ich.

»Sind Sie gestürzt oder was?«

»Wurde gestoßen.«

»Jemand hat Sie gestoßen?«

Ich nickte. Spürte ein Beben unter der Zunge. Schluckte.

»Wo waren Sie?«

»Cormiers Studio.«

»Ist er noch da drinnen?«

»Ich glaube nicht. Ich weiß es nicht.«

»Haben Sie ihn gesehen?«

Ich sondierte mein konfuses Hirn. Der Mann hatte mir den Rücken zugedreht. Und der Angriff war zu schnell und unvermittelt passiert.

»Nein.«

»Ich habe niemanden gesehen.« Hippo klang unschlüssig. Ich spürte, er wusste nicht so recht, ob er mir helfen oder meinem Angreifer nachjagen sollte.

Warum war ich attackiert worden? War ich erkannt worden, war ich speziell das Ziel gewesen? Oder war es nur Zufall, war ich nur ein Hindernis, das einen Fluchtweg blockierte? Wessen Flucht?

Ich hob beide Arme zum Zeichen, dass ich aufstehen wollte.

»Moment.«

Hippo wählte eine Nummer auf seinem Handy, beschrieb, was passiert war, und beantwortete einige Fragen mit knappem *»Oui«*. Als er abschaltete, trafen sich unsere Blicke. Wir wussten beide Bescheid. Ein Streifenwagen würde kommen, die Straße abfahren und Nachbarn befragen. Ohne Zeugen waren die Chancen, den Kerl zu schnappen, gleich null.

Ich wedelte mit den Händen.

»Moses.« Hippo schlang die Arme um meine Taille und hob mich in die Höhe.

Dann stand ich mit zitternden Beinen aufrecht.

»Muss oben nachschauen«, sagte ich.

»Vielleicht sollten Sie einen Arzt –«

Ich packte das Geländer und stieg wieder hoch zu Cormiers Studio. Hippo folgte. Trübes Licht quoll aus dem Türspalt. Hippo stellte sich vor mich und zog seine Waffe.

»Police!«

Keine Reaktion.

»Police!« Die Anspannung ließ Hippos Stimme schrill klingen. *»On défonce.«* Wir kommen rein.

Wieder Schweigen.

Mit erhobener Hand bedeutete Hippo mir, stehen zu bleiben, und trat dann gegen die Tür. Sie schwang nach innen und prallte von der Wand zurück. Er stieß sie mit dem Ellbogen noch einmal auf und bewegte sich, die Waffe beidhändig auf Augenhöhe, in die Wohnung hinein.

Ich hörte Hippos Schritte im Inneren der Wohnung. Kurz darauf rief er mich.

»Alles klar.«

Ich trat ein.

»Hier.« Hippos Stimme kam aus dem Bad, in dem ich den Eindringling entdeckt hatte.

Ich lief den Gang entlang und spähte hinein. Diesmal erkannte ich Details, die mir beim ersten, flüchtigen Blick entgangen waren.

An der Decke verliefen Rohre, die sonst von einer Zwischendeckenkonstruktion aus 30-Zentimeter-Kunststoffplatten mit dünnen Metalleinfassungen verdeckt wurden. Einige Platten waren herausgerissen und lagen im Waschbecken.

Hippo stand auf dem Waschtisch und leuchtete mit seiner Taschenlampe in das Loch.

Wut verdrängte den Schmerz in meinem Kopf. »Wie konnte da jemand so einfach reinmarschieren?«

Hippo stellte sich auf die Zehenspitzen.

»Der Mistkerl wusste genau, was er wollte. Und genau, wo er suchen musste«, schimpfte ich weiter, obwohl Hippo mir gar nicht zuhörte.

»Hurenso…?«

Ohne nach unten zu schauen, reichte Hippo mir seine Taschenlampe.

»Was? Sehen Sie etwas?«

Hippo griff in das Loch. Durch jüngste Erfahrungen sensibel für Fragen von Gleichgewicht und Schwerkraft, stellte ich mich dicht hinter ihn, für den Fall, dass er Ersteres verlieren sollte.

Hippo stellte sich wieder auf die Fersen. Und ließ die Hand zu mir heruntersinken. Ich entnahm ihr ein knittriges Blatt.

Ein Foto. Ich starrte es an.

Mein Herz schaltete in den höchsten Gang.

28

Ich hatte Pornografie erwartet. Silikongeblähte Frauen, die sich in gespielter Ekstase wanden. Oder auf dem Boden knieten wie Katzen mit dem Hintern in der Luft. Darauf war ich vorbereitet.

Doch hierauf nicht.

Der Abzug war ein Kontaktbogen. Sepiabraun. Entweder alt oder auf alt gemacht. Der Bogen war so zerknittert und ausgebleicht, dass ich es nicht sicher sagen konnte.

Der Bogen enthielt zwölf Abbildungen in vier Dreierreihen. Jede Abbildung zeigte ein Mädchen. Jung. Dünn. Nackt. Vielleicht nur aufgrund unprofessioneller Ausleuchtung, vielleicht aber aufgrund eines Belichtungstricks stach die Haut des Mädchens gespenstisch bleich aus der sie umgebenden Dunkelheit hervor.

Die ersten drei Fotos zeigten das Mädchen in sitzender Position, den Rücken gerundet, die Schultern leicht von der Kamera weggedreht. Füße und Hände waren mit Seilen gefesselt.

In der zweiten Serie hing ein drittes Seil von einem Haken in der Wand über dem Kopf des Mädchens und endete in einer

Schlinge um seinen Hals. Wo der Haken in die Wand eingeschlagen war, breiteten sich Risse wie ein Spinnennetz über den Verputz aus.

Die letzten beiden Serien zeigten das Mädchen auf dem Boden, zuerst auf dem Rücken, dann auf dem Bauch liegend. Wieder dienten Seile als Folterinstrumente. Die Hände hinter dem Rücken gefesselt. Die Hände an die Füße gefesselt. Die gefesselten Hände mit dem Seil zu dem Haken hochgezogen.

Auf jedem Foto hatte das Mädchen den Blick abgewandt. Scham? Angst? Oder einem Befehl folgend?

Plötzlich erschütterte mich ein härterer Schlag als der auf der Treppe. Der Raum wich zurück. Ich hörte das dumpfe Pochen des Bluts in meinen Ohren.

Die Wangen waren hohler, die Augen lagen tiefer in den Höhlen. Aber ich kannte dieses Gesicht. Das wilde Durcheinander der Locken.

Ich schloss die Augen, weil ich mich von dem Mädchen, das den Blick von der Kamera abwandte, lösen wollte. So tun wollte, als hätte das Grauen, das ich hier sah, nicht stattgefunden.

»Das ist alles.« Hippos Sohlen klatschen hinter mir auf den Boden. »Hat das Mondkalb, das hier rumsuchte, anscheinend übersehen.«

Hatte sie eingewilligt, sich so missbrauchen zu lassen? Hatte man sie gezwungen?

»Sie sollten sich hinsetzen, Doc.« Hippo stand dicht neben mir. »Sie sind ja weiß wie eine Wand.«

»Ich kenne sie.« Kaum hörbar.

Ich spürte, wie Hippo mir den Kontaktbogen aus den Fingern zog.

»Das ist meine Freundin«, flüsterte ich. »Das ist Évangéline.«

»Wirklich?« Skeptisch.

»Sie war vierzehn, als ich sie auf Pawleys Island das letzte Mal sah. Auf diesen Fotos ist sie älter, aber nicht sehr viel.«

Ich spürte einen Luftzug, als Hippo den Bogen umdrehte, »Kein Datum. Sind Sie sicher, dass sie es ist?«

Ich nickte.

»*Ciel des boss.*« Wieder bewegte sich die Luft.

Ich öffnete die Augen, wagte aber nicht zu sprechen.

Hippo nahm den Blick von dem Mädchen und sprach aus, was ich dachte: »Vielleicht bringt das Bastarache mit Cormier in Verbindung.«

»Werden Sie ihn verhaften?«

»Da können Sie drauf wetten, dass ich ihn verhafte. Aber erst, wenn ich ihn wirklich festnageln –«

»Dann tun Sie es!« Wütend.

»Hören Sie, ich will diesen Scheißkerl so fertigmachen, dass er nicht mehr auf die Beine kommt.« Hippo wedelte mit dem Kontaktbogen. »Aber das reicht nicht.«

»Sie war doch nur ein Mädchen.«

»Ein billiger Fotograf hat schmutzige Bilder von einem Mädchen, das vor dreißig Jahren das Haus von Bastaraches Daddy putzte? Das ist wohl kaum ein rauchender Colt. Jeder Winkeladvokat bekommt Bastarache wieder frei, bevor der auch nur pinkeln muss.«

Ich weiß nicht, wie ich es trotz Kopfschmerzen, meines Kummers wegen Évangéline, meiner Wut auf Cormier und meiner Frustration, dass Hippo Bastarache noch nicht verhaften wollte, durch den Rest des Tages schaffte. Adrenalin, vermute ich. Und kalte Kompressen.

Als ich mich weigerte, nach Hause zu gehen, brachte Hippo mir einen Beutel mit Eiswürfeln und ein paar Socken. Ungefähr jede Stunde drückte er mir eine frisch aufgefüllte Kompresse auf die Wange.

Um fünf waren wir mit Cormiers letztem Aktenschrank fertig. Wir hatten nur noch eine einzige interessante Mappe gefunden.

Opale St.-Hilaires Kontaktbogen zeigte eine lächelnde Heranwachsende mit mandelförmigen Augen und glänzenden, schwarzen Haaren. Der Umschlag war datiert auf April zweitausendfünf.

Hippo und ich waren der Meinung, dass Opale asiatisch oder indianisch aussah, was sie zu einer Kandidatin für die Wasserleiche aus dem Lac des Deux Montagnes machte. Ryans Tote Nummer drei. Er versprach, sie am Montag zu überprüfen.

Obwohl Hippos Eisbehandlung die Schwellung auf meiner Wange minimiert hatte, bemerkte Harry die Prellung, kaum dass ich durch die Tür kam.

»Ich bin gestürzt.«

»Gestürzt.«

»Eine Treppe hinunter.«

»Bist gestolpert und Arsch über Kopf runtergepurzelt.« Wenn Harry einen Verdacht hat, dann lässt sie Inquisitoren aussehen wie Amateure.

»Irgendein Trottel hat mich im Vorbeigehen geschubst.«

Harry kniff die Augen zusammen. »Wer?«

»Der Gentleman blieb nicht stehen, um mir seine Karte zu überreichen.«

»Aha.«

»Die Sache ist kaum der Rede wert.«

»Irgendein Grobian schickt dich fast ins Jenseits, und das ist nicht der Rede wert?« Harry verschränkte die Arme. Einen Augenblick dachte ich wirklich, sie würde gleich mit dem Fuß wippen.

»Das Schlimmste war Hippo. Hat mir dauernd eisgefüllte Socken aufs Gesicht gedrückt.«

Ich grinste. Harry nicht.

»Noch irgendwelche anderen *Sachen,* die nicht der Rede wert sind?«

»Schon gut. Schon gut. Ich hatte einen merkwürdigen Anruf und eine befremdliche E-Mail.«

»Befremdlich? Wie eine Drohung?«

Ich wedelte mit der Hand. Vielleicht ja. Vielleicht nein.

»Erzähl.«

Ich tat es.

»Glaubst du, es ist derselbe, der dich umgerannt hat?«

»Fraglich.«

Ein rot lackierter Fingernagel deutete auf meine Brust. »Ich wette, es sind diese Wichser aus Tracadie.«

»Cheech und Chong? Ein bisschen weit hergeholt. Lass uns was essen.«

Nachdem ich Cormiers Studio verlassen hatte, hatte ich in Schwartz' Delikatessengeschäft Sandwiches mit geräuchertem Fleisch besorgt. *Chez Schwartz Charcuterie Hébraïque de Montréal.* Kultureller Synkretismus. Eine Spezialität der Stadt.

Beim Essen erzählte ich Harry von der Zwischendecke und dem Kontaktbogen. Ihre Reaktion war eine übertriebene Wiederholung der meinen. Wie hatte Évangéline etwas so Demütigendes tun können? Ich hatte keine Antwort darauf. Warum sollte Cormier den Kontaktbogen aufheben? Auch darauf nicht. Warum sollte jemand bei ihm einbrechen, um ihn zu stehlen? Ebenfalls nicht.

Um die Stimmung etwas aufzuhellen, fragte ich Harry, was sie in den letzten beiden Tagen getrieben hatte. Sie erzählte von ihrem Besuch im Oratoire Saint-Joseph und zeigte mir die Ausbeute ihres samstäglichen Einkaufsbummels. Zwei Seidenblusen, ein Bustier und eine wirklich ganz außergewöhnliche rote Lederhose.

Nachdem ich den Tisch abgeräumt hatte, schauten Harry, Birdie und ich uns einen alten Film an. Eine böse Wissenschaftlerin erschuf weibliche Roboter, die so programmiert waren, dass sie alle Männer über vierzig töteten. Normalerweise hätten wir über einen solchen Film herzlich gelacht. An diesem Abend blieben wir eher stumm.

Als wir auf unsere Zimmer gingen, überraschte mich Harry

mit der Ankündigung, dass sie Pläne für den nächsten Tag gemacht habe. Ich konnte sie beschwatzen, wie ich wollte, ich brachte nichts aus ihr heraus.

»Na ja, halt dich von einsamen Gassen fern und achte gut auf das, was um dich herum passiert. Sowohl in der E-Mail wie in dem Anruf wurdest du erwähnt.«

Harry machte nur eine wegwerfende Handbewegung.

Ryan flirtete mit Marcelle, der Rezeptionistin des LSJML, als ich am Montagmorgen aus dem Aufzug stieg. Als sie mich sah, hüpften ihre Augenbrauen bis zum Haaransatz. Das überraschte mich nicht. Mein blauer Fleck auf der Wange hatte inzwischen die Größe von Marokko.

Ryan folgte mir. In meinem Büro fasste er mich am Kinn und drehte mein Gesicht von einer Seite zur anderen. Ich schlug ihm die Hand weg.

»Hat Hippo es dir erzählt?«

»In Technicolor. Kannst du dieses Arschloch identifizieren?«

»Nein.«

»Ist dir an ihm irgendwas aufgefallen?«

»Würde beim Football einen verdammt guten Verteidiger abgeben.«

Ryan fasste mich an den Schultern, schob mich in meinen Sessel, holte einige Verbrecherfotos hervor und legte sie auf meine Schreibunterlage.

Ganove. Ganove. Cheech. Halbganove. Chong.

»Die Herren Nummer drei und fünf.« Wo Ryan mein Gesicht berührt hatte, brannte die Haut. Ich hielt den Blick gesenkt.

Ryan tippte auf die Ganoven, die ich genannt hatte. »Michael Mulally. Louis-François Babin.«

»Und der Rest des Dream-Teams?« Ich deutete auf Ryans Galerie.

»Bastaraches Schläger.«

»Hast du den Kontaktbogen aus Cormiers Versteck schon gesehen?«

»Ja.« Pause. »Tut mir leid.«

Ich musterte Mulallys Gesicht. Schütteres Haar, das dunkel stoppelige Wangen einrahmte. Verbrecherblick. Babin war kleiner und muskulöser, aber ansonsten ein Klon.

»Die E-Mail. Der Anruf. Das Treppenhaus.« Ryan setzte sich mit einer Hinterbacke auf meinen Schreibtisch. »Wen hast du in Verdacht?«

»Das wäre reine Spekulation.«

»Spekuliere.«

»Ich war in Tracadie und habe mit Bastaraches Frau gesprochen.« Ein Bild blitzte plötzlich vor mir auf. Obélines Gesicht vor dem Pavillon. Ich spürte eine kalte Schwere in meiner Brust. Redete weiter. »Ich schnüffle bei Cormier herum. Zwischen Cormier und Bastarache gibt es eine Verbindung, aber er denkt, ich weiß das nicht. Bastarache mag mein Herumschnüffeln nicht, deshalb pfeift er seinen Hunden, damit die mich vertreiben.«

»Warum?«

»Ich bin guter Treibstoff.«

An Ryans Blick merkte ich, dass er das ganz und gar nicht lustig fand.

»Okay. Sagen wir, Bastarache kann nicht verstehen, warum ich so plötzlich nach Tracadie komme und direkt zu Obéline gehe. Das macht ihm Kopfzerbrechen. Er sagt Cheech und Chong, sie sollen herausfinden, was ich vorhabe. Oder mir Angst einjagen.«

»Cheech und Chong?«

»Mulally und Babin. Hast du mit ihnen gesprochen?«

»Noch nicht. Aber ich kenne ihr Vorstrafenregister. Beeindruckend.«

»Hippo meint, es sei zu früh, um Bastarache zu verhaften.«

»Hippo hat recht. Wir wollen erst loslegen, wenn der Fall wasserdicht ist.«

»Du weißt, wo er ist?«

»Wir sind an ihm dran.«

Ryan schaute auf seine Schuhe. Räusperte sich.

»Nenn mich Ishmael.«

Überrascht von seinem unvermittelten Wechsel ins Spielerische und seiner betulichen Verlegenheit, ortete ich sein Zitat.

»Moby Dick.«

»Worum geht's in dem Buch?«

»Um einen Kerl, der einen Wal in einem hölzernen Kahn verfolgt.«

»In dem Buch geht's um Besessenheit.«

»Worauf willst du hinaus?«

»Dass du bei dieser Évangéline-Geschichte wie ein Pitbull reagierst. Vielleicht solltest du ein bisschen lockerlassen.«

Das Lächeln verschwand. »Lockerlassen?«

»Du verhältst dich obsessiv. Wenn die Schwester die Wahrheit gesagt hat, starb das Mädchen vor über dreißig Jahren.«

»Oder wurde ermordet«, blaffte ich. »Darum geht's doch bei Altfallermittlungen, oder?«

»Ist dir eigentlich bewusst, was du vor ein paar Augenblicken gesagt hast? Ist dir eigentlich je in den Sinn gekommen, dass Hippos Sorge um deine Sicherheit berechtigt sein könnte?«

»Soll heißen?« Ich hasse es, wenn Ryan den Beschützer spielt. Ich spürte, dass er gerade dabei war, in diese Rolle zu schlüpfen, und das machte mich gereizt.

»Obéline Bastarache ist verschwunden und vermutlich ertrunken. Cormier ist eindeutig tot.«

»Das weiß ich.«

»Irgendein Arschloch hat gestern versucht, dich in einem Treppenhaus fertigzumachen. Durchaus möglich, dass das Mulally oder Babin war.«

»Du hast den Verdacht, dass sie die E-Mail mit der *Death*-Zeile geschickt haben?«

»Alles, was ich höre, deutet darauf hin, dass diese Clowns ohne Hilfestellung nicht mal ihre Schuhe zubinden können. Kann sein, dass ihnen das Internet zu hoch ist.«

»Wer dann?«

»Ich weiß es nicht. Aber ich habe vor, das herauszufinden. Es ist sehr wahrscheinlich, dass mehr Leute daran beteiligt sind. Leute, die du gar nicht erkennen würdest. Du solltest dich also nicht unbedingt zur Zielscheibe machen. Zeit für ein Mittagessen?«

»Was?«

»Mittagessen? Erdnussbutter und Konfitüre? Thunfisch auf Roggenbrot?«

»Warum?« Bockig.

»Du musst was essen. Und danach weiß ich, wo wir mit ein paar Fragen loslegen können.«

Am Wochenende war am Grund des Ottawa River eine Zwölf-Meter-Catalina gefunden worden. In der Kajüte der Yacht lagen Knochen verstreut. Man ging davon aus, dass die Überreste die von Marie-Ève und Cyprien Dunning waren, ein Paar, das seit einem Segeltörn bei schlechtem Wetter vierundachtzig vermisst wurde.

Nachdem Ryan gegangen war, verbrachte ich den Tag mit den Knochen aus dem Boot.

Um zehn rief Hippo an und sagte mir, dass Opale St.-Hilaire wohlauf sei und bei ihren Eltern in Baie-d'Urfé lebte. Die St.-Hilaires hatten zu ihrem sechzehnten Geburtstag einen Termin bei Cormier vereinbart. Sie waren mit dem Ergebnis sehr zufrieden gewesen.

Um elf rief Ryan an, um das Mittagessen abzusagen. Ohne Angabe von Gründen.

Mittags rief Harry an, als ich gerade in der Cafeteria saß. Keine Nachricht. Ich rief zurück, aber die Voice-Mail sprang an.

Um vier schrieb ich meinen vorläufigen Bericht über die Yacht-Knochen. Ein Mann. Eine Frau. Alle Skelettmerkmale wiesen auf Mr. und Mrs. Dunning hin.

Um vier Uhr fünfunddreißig rief Ryan noch einmal an.

»Fährst du nach Hause?«

»Demnächst.«

»Ich treffe dich dort.«

»Warum?«

»Dachte mir, ich zeige deinem Hausmeister mal Mulallys und Babins Fotos.«

»Die zwei, die sich nach meiner Wohnung erkundigt haben. Das habe ich schon ganz vergessen.«

Ich hörte das Aufflammen eines Streichholzes, dann tiefes Einatmen. Als Ryan weiterredete, klang seine Stimme leicht verändert.

»Bin heute Morgen ziemlich hart mit dir umgesprungen.«

»Vergiss es. Du bist frustriert wegen dieser alten Fälle. Wegen der Ermittlungen zum Lac des Deux Montagnes und Phoebe Quincy. Ich bin frustriert wegen Évangéline.« Ich schluckte. »Und du machst dir Sorgen um Lily.«

»Sie macht sich ganz gut. Hält sich an das Programm.«

»Das freut mich wirklich sehr, Ryan.«

»Wie geht's Katy?«

»Ist immer noch in Chile.«

»Pete?«

»Ist verlobt.«

»Ernsthaft?«

»Ernsthaft.«

Ich hörte, wie Ryan Rauch in die Lunge zog. Und wieder ausatmete.

»Zurückkehren ist schwer.«

Lily zur Nüchternheit? Ryan zu Lutetia? Ich fragte nicht nach.

»Tempe…«

Ich wartete einen weiteren Lungenzug ab, wusste nicht so recht, wohin dieses Gespräch führte.

»Ich möchte wissen, was bei diesem Skelett von Hippos Kumpel rausgekommen ist.«

»Wann immer du willst.«

»Heute Abend?«

»Klar.«

»Gehen wir essen?«

»Da muss ich erst Harry fragen.«

»Sie kann gerne mitkommen.«

»Irgendwie klang diese Einladung sehr unaufrichtig.«

»War sie auch.«

Mann, flüsterte irgendetwas tief in meinem Hirn.

29

Ryan saß auf seinem Jeep, als ich in meine Straße einbog. Er rutschte von der Motorhaube und winkte knapp. Ich winkte zurück. Seine Reflexion blitzte kurz in meinem Rückspiegel auf, als ich in die Tiefgarage hinunterfuhr. Ausgewaschene Jeans. Schwarzes Polohemd. Sonnenbrille.

Ein ganzes Jahrzehnt, und dieser Mann setzte mich noch immer unter Strom. Dieses eine Mal hatte Harry mit ihrer Einschätzung völlig recht. Ryan sah verdammt gut aus.

Auf dem Nachhauseweg hatte ich unser Telefongespräch immer und immer wieder durchgespielt. Was hatte Ryan sagen wollen? Tempe, ich bin der glücklichste Mann auf dieser Welt. Tempe, ich vermisse dich. Tempe, ich habe Sodbrennen von dem Würstchen zu Mittag

Meine neuralen Fraktionen lieferten sich ihre übliche hitzige Debatte.

Du wurdest angegriffen. Ryan sucht nur Ausreden, damit er dich im Auge behalten kann.

Du wurdest schon öfter bedroht. Deine Sicherheit geht Ryan nichts mehr an.

Er will Winston befragen.

Er will etwas über Hippos Mädchen erfahren.

Das Rimouski-Skelett ist nicht sein Fall.

Er ist neugierig.

Das ist nur eine Ausrede.

Genau das hat er gesagt.

Aber seine Stimme hat etwas anderes gesagt.

Nachdem ich das Auto abgestellt hatte, schaute ich in Winstons Kellerwerkstatt. Er war da. Ich erklärte ihm, was Ryan wollte. Er war einverstanden. Ich merkte, dass er neugierig wegen des blauen Flecks auf meiner Wange war. Aber er merkte an meinem Verhalten, dass er mich besser nicht danach fragen sollte.

Ryan stand im Windfang, als Winston und ich ins Erdgeschoss kamen. Ich ließ ihn in die Lobby.

»Nette Schuhe«, sagte ich mit Blick auf seine roten Basketballstiefel.

»Danke«, sagte Ryan. »Undercover.«

Winston nickte wissend.

Ich verdrehte die Augen.

»Dr. Brennan hat Ihnen erklärt, warum ich hier bin?«

»Ja«, sagte Winston, ernst wie ein Leichenbestatter.

Ryan zog die Fotos von Mulally und Babin heraus.

Mit gerunzelter Stirn, die Unterlippe zwischen den Zähnen, starrte Winston die Fotos an. Nach wenigen Sekunden schüttelte er langsam den Kopf.

»Ich weiß es nicht. Ich weiß es einfach nicht.«

»Lassen Sie sich Zeit«, sagte Ryan.

»Tut mir leid, Mann. War einfach zu hektisch an diesem Tag. Belästigen diese Kerle Dr. Brennan?«

Ryan steckte die Fotos wieder ein. »Wenn Sie die noch einmal sehen, lassen Sie's mich wissen.« Ernst.

»Auf jeden Fall.« Ernster.

Ryan zog eine Visitenkarte aus seiner Brieftasche und gab sie Winston. »Gut, dass Sie da sind.«

Die beiden Männer schauten sich tief in die Augen, wie um sich gegenseitig ihrer Verantwortung für die Damenwelt zu versichern.

Ich hätte noch einmal die Augen verdreht, aber das hätte meinem Kopf nicht gut getan.

Ryan streckte die Hand aus. Winston drückte sie und ging dann davon, ein Soldat mit einem Auftrag.

»Undercover?«, schnaubte ich. »In wessen Auftrag? Der Disney-Polizei?«

»Ich mag diese Schuhe.«

»Mal sehen, was Harry treibt.« Ich ging auf meinen Korridor zu.

Was meine Schwester auch trieb, sie tat es woanders. Ein Zettel am Kühlschrank erklärte, dass sie abgereist sei und gegen Ende der Woche wieder zurückkommen werde.

»Vielleicht ist ihr langweilig geworden«, meinte Ryan.

»Warum will sie dann zurückkommen?«

»Vielleicht hat sich zu Hause was ergeben, um das sie sich kümmern muss.«

»Um nach Texas zu fliegen, bräuchte sie ihren Pass.«

Ryan folgte mir ins Gästezimmer.

Klamotten überall. In Koffern, auf dem Bett, über der Sessellehne und über der offenen Schranktür. Auf meine Erinnerung vertrauend, hob ich Pullover vom Schreibtisch und zog die oberste Schublade auf.

Harrys Pass lag zwischen meinen alten Quittungen und Rezepten.

»Sie ist irgendwo in Kanada«, sagte ich. »O Gott. Wird wahrscheinlich mal wieder eine ihrer Überraschungen.«

»Oder sie dachte, dass der kleine Abstecher nicht der Rede wert ist.«

Der Rede wert. Der Satz produzierte einen beunruhigenden Gedanken.

»Gestern habe ich Harry von dem Anruf, der E-Mail und dem Kerl auf der Treppe erzählt. Sie wurde stinksauer. Und dachte sofort an das Paar in Tracadie.«

»Mulally und Babin.«

»Harry kannte ihre Namen nicht. Du glaubst doch nicht, dass sie nach Tracadie gefahren ist?«

»Das wäre ziemlich hirnrissig.«

»Harry ist nicht überzeugt, dass Obéline sich umgebracht hat.« Mein Hirn spielte mit Möglichkeiten. »Ich übrigens auch nicht, auch wenn ich das nie gesagt habe. Obéline wirkte zufrieden, als wir sie besuchten. Vielleicht hat Harry aus diesem Argwohn heraus beschlossen, ein bisschen auf eigene Faust herumzuschnüffeln.«

»Und dabei Mulally und Babin aufzustöbern. Sie richtig zusammenstauchen. Zwei Fliegen mit einer Klatsche.«

Nicht einmal Harry würde so etwas Blödes tun. Oder doch? Ich suchte nach alternativen Erklärungen.

»Gestern Abend haben wir über *Bones to Ashes* gesprochen.«

Ryan schaute mich fragend an.

Ich erzählte ihm von dem Buch, das Harry von Obélines Nachtkästchen gestohlen hatte. Und über Flan und Michael O'Connors Selbstkostenverlag, O'Connor House.

»Harry glaubt, dass die Gedichte von Évangéline stammen. Vielleicht ist sie nach Toronto gefahren, um mit Flan O'Connor zu reden.«

Noch ein Gedanke.

»Harry hat herausgefunden, dass der Druckauftrag für *Bones to Ashes* von einer Frau namens Virginie LeBlanc kam. LeBlanc benutzte ein Postfach in Bathurst. Vielleicht ist Harry nach Bathurst gefahren.«

»Ein bisschen kompliziert, da hinzukommen.«

»Mein Gott, Ryan. Was, wenn sie wirklich nach Tracadie gefahren ist?« Sogar in meinen Ohren klang das ein wenig übergeschnappt.

»Ruf sie an.«

»Was, wenn –«

Ryan legte mir die Hand auf den Arm. »Ruf ihr Handy an.«

»Natürlich. Was bin ich nur für ein Trottel.«

Ich nahm mein Schnurloses zur Hand, tippte Harrys Nummer ein und hörte das Klicken des Verbindungsaufbaus. In meinem rechten Ohr klingelte ein Telefon. Im linken sangen Buddy Holly und die Crickets *That'll be my day.*

Ryan und ich schauten zu dem Sessel.

Ich packte Harrys neue Lederhose und wühlte in den Taschen. Und zuckte zusammen, als meine Finger Metall berührten.

»Sie hat eine andere Hose angezogen und ihr Handy vergessen«, sagte ich und zog Harrys rosa Riegel heraus.

»Es geht ihr gut, Tempe.«

»Als Harry das letzte Mal so was machte, ging es ihr ganz und gar nicht gut.« Meine Stimme brach. »Beim letzten Mal wäre sie beinahe umgebracht worden.«

»Harry ist ein großes Mädchen. Die passt schon auf sich auf.« Ryan streckte die Arme aus. »Komm her.«

Ich rührte mich nicht.

Ryan nahm meine Hände und zog mich zu sich. Fast wie aus Gewohnheit schlang ich meine Arme um ihn.

Beängstigende Bilder schossen mir durch den Kopf, Erinnerungen an einen früheren Zusammenstoß meiner Schwester mit Verrückten. Eiskörner auf einer Windschutzscheibe. Schüsse.

Ryan machte tröstende Geräusche. Klopfte mir auf den Rücken. Ich drückte die Wange an seine Brust.

Harry betäubt und hilflos.

Ryan strich mir über die Haare.

Ein Marionettentanz von Körpern in einem dunklen Haus.

Ich schloss die Augen. Versuchte, meine überanstrengten Nerven zu beruhigen.

Ich weiß nicht mehr, wie lange wir so standen. Wie lange es dauerte, bis aus dem Schulterklopfen Streicheln wurde. Das Streicheln träger. Zärtlicher.

Langsam übernahmen andere Erinnerungen. Ryan in einer winzigen guatemaltekischen *posada*. Ryan in meinem Schlafzimmer in Charlotte. Ryan im Schlafzimmer hinter dieser Wand.

Ich spürte, wie Ryan seine Nase in meinen Haaren vergrub. Einatmete. Etwas murmelte.

Langsam und fast unmerklich definierte der Augenblick sich neu. Ryans Griff wurde fester. Ich reagierte. Unbewusst schmiegten sich unsere Körper aneinander.

Ich spürte Ryans Wärme. Die vertraute Wölbung seiner Brust. Seine Hüften.

Ich wollte etwas sagen. Protestieren? Kaum.

Ryans Hand glitt an meine Kehle. Mein Gesicht. Er hob mir das Kinn.

Ich merkte, dass ich Harrys Handy noch in der Hand hatte. Ich streckte den Arm aus, um es auf den Schreibtisch zu legen.

Ryan packte mich an den Haaren, küsste mich fest auf den Mund. Ich erwiderte den Kuss.

Ließ das Handy fallen.

Unsere Finger tasteten nach Knöpfen und Reißverschlüssen.

Mein Wecker zeigte zwanzig Uhr vierunddreißig. Irgendwann war ich, waren wir, ins Bett gewandert. Ich drehte mich auf den Rücken und streckte den Arm aus.

Kalte Nadeln stachen mir in die Brust. Ich war allein.

Die Kühlschranktür ging auf, eine Schublade klapperte.

Erleichtert zog ich den Bademantel an und lief in die Küche.

Ryan war angezogen, hielt ein Bier in der Hand und schaute ins Leere. Und dann traf es mich. Er sah erschöpft aus.

»Hey«, sagte ich.

Ryan erschrak, als er meine Stimme hörte. »Hey.«

Unsere Blicke trafen sich. Ryan grinste ein Grinsen, das ich nicht interpretieren konnte. Traurigkeit? Wehmut? Postkoitale Melancholie?

»Geht's dir gut?«, fragte Ryan und streckte den Arm aus.

»Mir geht's gut.«

»Du siehst angespannt aus.«

»Ich mache mir Sorgen wegen Harry.«

»Wenn du willst, kann ich mal die Fühler ausstrecken, Fluglinien, Züge und Mietwagenfirmen checken.«

»Nein. Noch nicht. Ich …« Was? Überreagierte ich? War ich zu betont lässig? Der anonyme Anruf und die E-Mail waren nicht nur eine Drohung gegen mich, sondern auch gegen Harry.

»Harry ist einfach so impulsiv. Ich weiß nie, was sie als Nächstes tut.«

»Komm her.«

Ich ging zu Ryan. Er nahm mich in den Arm.

»So«, sagte Ryan.

»So«, wiederholte ich.

Verlegene Anspannung machte sich breit. Birdie stolzierte herein und löste sie.

»Birdster!« Ryan bückte sich und kraulte ihm die Ohren.

»Musst du gleich los?«, fragte ich. Zu Lutetia, meinte ich.

»Soll das ein Hinweis sein?«

»Ganz und gar nicht. Wenn du Hunger hast, kann ich dir schnell was machen. Aber ich verstehe es, wenn du zurückmusst zu –«

Ryans Knie knackte, als er sich aufrichtete. »Ich bin am Verhungern.«

Ich kochte, was die leeren Schränke hergaben. Linguine mit Muschelsauce und einen gemischten Salat. Während wir kochten und aßen, erzählte ich Ryan von dem Skelett aus New Brunswick, das ich Hippos Mädchen getauft hatte. Er hörte zu und stellte gute Fragen.

»Lepra. Also bimmel, bimmel, unrein, haltet euch fern.«

»Das Gebimmel sollte sowohl um Almosen betteln als auch die Leute warnen, dass sie sich einem Kranken näherten. Übrigens, inzwischen nennt man sie die Hansen-Krankheit.«

»Warum?«

»Als Mycobacterium leprae achtzehndreiundsiebzig von Hansen entdeckt wurde, war es das erste Bakterium, das als Krankheitserreger identifiziert wurde.«

»Egal, wie's heißt, beschissen ist es immer.«

»Genau genommen existiert Lepra in zwei Formen, der tuberkuloiden und der lepromatösen. Erstere verläuft viel milder, manchmal verursacht sie nicht mehr als ein paar Depigmentierungsflecken. Lepromatöse Lepra ist sehr viel ernster. Die Haut bricht auf, es kommt zu Knötchenbildung, Verschuppung und Verdickung der Oberhaut. In einigen Fällen ist auch die Nasenschleimhaut betroffen, was zu chronischer Atemwegsverstopfung und Nasenbluten führt.«

»Ganz zu schweigen davon, dass die kleinen Mistviecher einem das Fleisch verfaulen lassen.«

»Das ist eigentlich ein Missverständnis. Es ist nämlich der Versuch des Körpers, diese Bakterien loszuwerden, der zu Gewebezerstörung, exzessiver Regeneration und schließlich zur Verstümmelung führt, nicht das Bakterium selber. Noch Salat?«

»Her damit.«

Ich gab Ryan die Schüssel.

»Ich sehe immer wieder diese Szene aus *Ben Hur* vor mir.«

Ich hob beide Brauen.

»Ben Hurs Mutter und seine Schwester bekamen Lepra und mussten deshalb in einer Höhle in einem alten Steinbruch leben. Die Kolonie wurde versorgt, indem man Körbe mit Essen vom Steinbruchrand hinunterließ.«

»Aha.«

Ryan wickelte sich die letzen Nudeln auf die Gabel und hob sie zum Mund. »Jetzt, wo ich drüber nachdenke, kann ich mich noch schwach an Gerüchte über Lepra in den Maritimes erinnern. Aber darüber sprach man nur hinter vorgehaltener Hand. Ich glaube, da gab's irgendwo sogar eine Leprakolonie.«

»Ja. Sheldrake Island.«

»Nein.« Ryan runzelte nachdenklich die Stirn. »Das war ein Krankenhaus. Ich denke an New Brunswick. Campbellton? Caraquet?« Ryan schluckte und stach dann in plötzlicher Erinnerung mit der Gabel in die Luft. »Verdammt. Es war Tracadie. In Tracadie gab es ein Lazarett.«

»Du meinst die Stadt Tracadie? Wie bei Évangéline? Obéline? Bastarache?« Ich war so schockiert, dass ich klang wie ein Idiot. Oder eine Lehrerin, die die Anwesenheitsliste durchging.

»Sehr angesagtes Pflaster.«

»Bis vor ein paar Tagen kannte kein Mensch Tracadie, und jetzt springt mir das Kaff ins Gesicht, sooft ich mich umdrehe.« Ich schob meinen Stuhl zurück. »Mal sehen, was wir im Internet drüber finden.«

Ryan senkte den Blick auf den Teller. Seufzend legte er die Gabel weg. Ich wusste, was jetzt kam.

»Zeit, zu gehen?« Ich versuchte, fröhlich zu klingen. Schaffte es nicht.

»Tut mir leid, Tempe.«

Ich zuckte die Achseln und spürte ein falsches Lächeln auf meinem Gesicht.

»Ich würde lieber bleiben.« Sehr leise und gefasst.

»Dann bleib.«

»Wenn es nur so einfach wäre.«

Ryan stand auf, berührte meine Wange und ging.

Birdie hob den Kopf, als er die Wohnungstür hörte.

»Was ist heute Abend passiert, Birdie?«

Die Katze gähnte.

»Wahrscheinlich ein Fehler.« Ich stand auf und räumte den Tisch ab. »Aber eine klasse Nummer.«

Nach dem Duschen loggte ich mich ein und suchte mit den Begriffen »Lepra« und »Tracadie«.

Ryan hatte den Nagel auf den Kopf getroffen.

30

Ich surfte sehr lange in dieser Nacht, von einem Link zum anderen. Ich erforschte die Geschichte des Leprosariums von Tracadie, des Lazaretts, wie die Einheimischen es nannten. Ich las persönliche Geschichten. Informierte mich über Ursache, Klassifikation, Diagnose und Behandlung von Lepra. Arbeitete mich durch die sich wandelnde Politik der öffentlichen Hand im Umgang mit der Krankheit.

Was Tracadie anging, erfuhr ich Folgendes:

1849, nach fünf Jahren erschreckend hoher Sterblichkeit, erkannte die Gesundheitsbehörde von New Brunswick, wie unmenschlich die erzwungene Quarantäne auf Sheldrake Island war. In einem abgelegenen Flecken namens Tracadie suchte man sich ein Grundstück und stellte für den Bau eines Lazaretts kärgliche Mittel bereit.

Das Gebäude war ein einstöckiges Holzhaus, das Obergeschoss zum Schlafen, das Erdgeschoss als Aufenthalts- und Speiseraum. Die Toiletten lagen über den Hof. So klein und primitiv die neue Unterkunft auch war, musste sie den siebzehn Überlebenden der Insel doch luxuriös vorgekommen sein.

Auch wenn sie immer noch eingesperrt waren, hatten die Kranken jetzt zumindest ein wenig Kontakt zur Außenwelt. Die Familien waren näher und konnten zu Besuch kommen. Im Verlauf des Jahrzehnts zeigten einige Ärzte unterschiedliche Grade des Engagements. Charles-Marie LaBillois, James Nicholson, A. C. Smith, E. P. LaChapelle, Aldoria Robichaud. Priester kamen und gingen. Ferdinand-Edmond Gauvreau. Joseph-Auguste Babineau.

Trotz besserer Bedingungen blieben die Todesraten in den ersten Jahren ziemlich hoch. Aus Mitleid meldete sich ein Pflegeorden mit Hauptsitz in Montreal, Les Hospitalières de Saint-Joseph, freiwillig für die Pflege der Kranken. Die Nonnen kamen 1868 und blieben für immer.

Ich schaute mir grobkörnige Fotos dieser tapferen Schwestern an, feierlich-ernst in ihren weißen Flügelhauben und den langen, schwarzen Kutten. Allein, in der Dunkelheit, sagte ich mir ihre musikalischen Namen laut vor. Marie Julie Marguerite Crère, Eulalia Quesnel, Delphine Brault, Amanda Viger, Clémence Bonin, Philomène Fournier. Hätte ich je so selbstlos sein können?, fragte ich mich. Hätte ich die Kraft und die Seelenstärke gehabt, mich selbst derart und in solchem Maß zu opfern?

Ich betrachtete Patientenfotos, die man aus den Beständen des Musée historique de Tracadie eingescannt hatte. Zwei junge Mädchen, die Köpfe rasiert, die Hände in den Achselhöhlen versteckt. Ein Mann mit buschigem Bart und eingefallener Nase. Eine Oma mit Kopftuch und bandagierten Füßen. Etwa 1886. 1900. 1924. Die Moden änderten sich. Die Mienen der Verzweiflung blieben immer dieselben.

Augenzeugenberichte waren noch herzzerreißender. 1861 beschrieb ein Priester des Lazaretts das Aussehen eines Leidenden im Endstadium der Krankheit:

»… Gesichtszüge sind nur noch tiefe Furchen, die Lippen große, eiternde Geschwüre, die obere stark angeschwollen und zur nicht mehr vorhandenen Nasenbasis aufgebogen, die untere über das glänzende Kinn hängend.«

Das Leben dieser Leute war unvorstellbar schmerzhaft gewesen. Verachtet von Fremden. Gefürchtet von Familien und Freunden. Verbannt in ein lebendes Grab. Tot unter den Lebenden.

Hin und wieder musste ich den Computer verlassen. Durch die Zimmer meiner Wohnung gehen. Tee kochen. Eine Erholungspause einlegen, bevor ich weitermachen konnte.

Und immer quälten mich Fragen nach Harry. Wohin war sie gegangen? Warum rief sie nicht an? Dass es mir nicht gelang, meine Schwester zu erreichen, machte mich nervös und hilflos.

Das Lazarett wurde drei Mal neu aufgebaut. Leicht versetzt. Vergrößert. Verbessert.

Verschiedene Behandlungsmethoden wurden ausprobiert. Ein Wundermittel namens Fowle's Humoralheilmittel. Chaulmoogra-Öl. Chaulmoogra-Öl mit Chinin oder Wildkirschensirup. Als Injektion. Als Kapsel. Nichts half.

Doch 1943 kam Dr. Aldoria Robichaud nach Carville in Louisiana, wo es ein Leprosarium mit vierhundert Betten gab. Die dortigen Ärzte experimentierten mit Sulfonamiden.

Nach Robichauds Rückkehr wurde die Diasone-Therapie auch in Tracadie eingeführt. Ich konnte mir die Freude, die Hoffnung vorstellen. Zum ersten Mal war eine Heilung möglich. Die Nachkriegsjahre brachten weitere pharmazeutische Durchbrüche. Dapsone. Rifampicin. Clofazimine. Kombinationstherapien mit verschiedenen Medikamenten.

Die abschließende Zählung ergab dreihundertzwanzig Menschen, die in New Brunswick gegen Lepra behandelt wurden. Nicht nur Kanadier, sondern auch Kranke aus Skandinavien, China, Russland, Jamaika und anderen Ländern.

Neben den fünfzehn Leichen, die man auf Sheldrake Island zurückließ, wurden einhundertfünfundneunzig in Tracadie beerdigt, vierundneunzig davon auf dem Friedhof der Lazarettgründer, zweiundvierzig auf dem Kirchenfriedhof und neunundfünfzig auf dem Leprafriedhof neben dem letzten Lazarett.

Hippos Mädchen war von Sheldrake Island gekommen. Ich dachte an sie, als ich die Namen der Toten überflog. Einige waren erbarmungswürdig jung. Mary Savoy, 17, Marie Comeau,

19, Oliver Shearson, 18, Christopher Drysdale, 14, Romain Dorion, 15. Hatte ich noch ein Opfer in meinem Labor?, fragte ich mich. Ein Mädchen, das mit sechzehn Jahren als Ausgestoßene gestorben war?

Mein Blick wanderte vom Laptop zu meinem Handy. Ich wollte, dass es klingelte. Ruf an, Harry. Such dir ein Telefon und wähl. Du musst doch wissen, dass ich mir Sorgen mache. Nicht einmal du kannst so rücksichtslos sein.

Das Ding blieb beharrlich stumm.

Warum?

Ich stand vom Schreibtisch auf und streckte mich. Der Wecker zeigte zwölf nach zwei. Ich wusste, dass ich schlafen sollte. Stattdessen setzte ich mich wieder an den Computer, zugleich entsetzt über das und fasziniert von dem, was ich erfuhr.

Zu den letzten Patienten des Lazaretts gehörten zwei ältere Frauen, Archange und Madame Perehudoff, sowie ein uralter chinesischer Gentleman, den man Hum nannte. Alle drei waren in der Einrichtung alt geworden. Alle drei hatten den Kontakt zu ihren Familien verloren.

Obwohl sie mit Diasone geheilt wurden, verließen weder Madame Perehudoff noch Hum je das Krankenhaus. Beide starben 1964. Erstaunlicherweise erkrankte Archange nie an Lepra, obwohl ihre Eltern und ihre sieben Geschwister die Krankheit hatten. Archange wurde schon als Teenager eingeliefert und harrte dort aus, bis sie zur letzten Bewohnerin des Lazaretts wurde.

Da sie nur noch eine Patientin hatten, beschlossen die guten Nonnen, den Betrieb einzustellen. Doch Archange stellte ein Problem dar. Da sie ihr ganzes Leben mit Leprakranken verbracht hatte, wollte kein Seniorenheim in der Stadt sie haben.

Ich weinte nicht, als ich das las. Aber ich war nahe dran.

Nach langer Suche wurde weit weg von Tracadie ein Platz für Archange gefunden. Einhundertundsechzig Jahre nach der Eröffnung schloss das Lazarett seine Pforten.

Das war im Jahr 1965.

Ich starrte das Datum an, und wieder flüsterte etwas aus meinem Unterbewusstsein.

Wie schon einmal versuchte ich, die obskure Botschaft zu entziffern. Mein erschöpftes Hirn weigerte sich, neue Daten zu verarbeiten.

Ein Gewicht landete auf meinem Schoß. Ich erschrak.

Birdie schnurrte und rieb seinen Kopf an meinem Kinn.

»Wo ist Harry, Bird?«

Die Katze schnurrte noch einmal.

»Du hast recht.«

Ich nahm den Kater in den Arm und ging ins Bett.

Harry saß auf einer geschnitzten Holzbank vor Obélines Pavillon, und ein Totempfahl warf zoomorphische Schatten über ihr Gesicht. Sie hatte ein Sammelalbum in der Hand und bestand darauf, dass ich es mir anschaute.

Die Seite war schwarz. Ich sah überhaupt nichts.

Harry sprach Wörter, die ich nicht verstehen konnte. Ich wollte umblättern, aber mein Arm zuckte nur wild. Immer und immer wieder versuchte ich es, mit demselben spastischen Ergebnis.

Frustriert starrte ich meine Hand an. Ich trug Handschuhe mit abgeschnittenen Fingern. Aus den Löchern ragte nichts.

Ich versuchte, mit den fehlenden Fingern zu wedeln. Aber nur mein Arm zuckte wieder.

Der Himmel verdunkelte sich, und ein gellender Schrei zerriss die Luft. Ich schaute zur Spitze des Totempfahls hoch.

Der Schnabel des Adlers öffnete sich, und der geschnitzte Vogel schrie noch einmal.

Schwerfällig öffnete ich die Lider. Birdie stieß mich am Ellbogen. Das Telefon klingelte.

Ich tastete nach dem Apparat und schaltete ein.

»... llo.«

Ryan machte keinen seiner üblichen Witze über schlafende Prinzessinnen. »Sie haben den Code geknackt.«

»Was?« Noch immer schlaftrunken.

»Cormiers Flash Drive. Wir sind drin. Hast du Zeit, dir Gesichter anzuschauen?«

»Klar, aber –«

»Soll ich dich abholen?«

»Ich kann fahren.« Ich schaute auf den Wecker. Acht Uhr.

»Zeit, dass du dich nützlich machst, Prinzessin.« Der alte Ryan.

»Ich bin schon seit Stunden auf.« Ich schaute Bird an. Der Kater schaute zurück. Missbilligend?

»Aha.«

»Ich war bis halb vier online.«

»Viel erfahren?«

»Ja.«

»Wundert mich, dass du nach so viel körperlicher Anstrengung so lange wach bleiben konntest.«

»Wegen der Pasta vielleicht?«

Pause.

»Alles okay wegen gestern Abend?«

»Was ist gestern Abend passiert?«

»Zentrale. So schnell wie möglich.«

Tote Leitung.

Fünfzig Minuten später betrat ich einen Konferenzraum in der vierten Etage des Wilfrid-Derome. Das kleine Zimmer enthielt einen abgenutzten Standard-Behördentisch und sechs abgenutzte Standard-Behördenstühle. An einer Wand eine Tafel. Vertikale Jalousien an einem schmutzigen Fenster.

Auf dem Tisch befanden sich ein Pappkarton, ein Telefon, eine Gummischlange, ein Laptop und ein Siebzehn-Zoll-Monitor. Solange Lesieur verkabelte eben Letzteren mit zwei Peripheriegeräten.

Ryan erschien, als Lesieur und ich eben über die Herkunft der Schlange spekulierten. Hippo war zwei Schritte hinter ihm. Mit einem Tablett Kaffee in den Händen.

Als Hippo mich sah, runzelte er die Stirn.

»Brennan kann sehr gut mit Gesichtern«, erklärte Ryan.

»Besser als mit Ratschlägen?«

Lesieur sprach, bevor ich mir eine Erwiderung ausdenken konnte. »Für mich keinen Kaffee.«

»Ich hab einen extra mitgebracht.«

Lesieur schüttelte den Kopf. »Ich bin schon jetzt völlig überdreht.«

»Was macht denn Harpo hier?« Hippo schob das Reptil beiseite und stellte das Tablett auf den Tisch.

Lesieur und ich wechselten Blicke. Die Schlange hieß Harpo?

Wir alle setzten uns. Während Lesieur den Laptop hochfuhr, rührten wir anderen Sahnepulver und/oder Zucker in die opake braune Brühe in den Styroporbechern. Hippo nahm sich zwei Päckchen von jedem.

»Alles bereit?«

Nicken am Tisch.

Lesieur legte Cormiers USB-Drive ein. Der PC machte pling-pling.

»Cormier war sehr sicherheitsbewusst, aber ein Amateur.« Lesieurs Finger huschten über die Tastatur. »Wollen Sie wissen, wie das System funktioniert?«

»Reden Sie schnell, dieses Zeug hier ist tödlich.« Ryan klopfte sich mit der Faust auf die Brust.

»Besorgt euch doch nächstes Mal euren eigenen verdammten Kaffee.«

Mir war klar, was für eine Art von Flapsigkeit das war. Leichenhallenhumor. Jeder war nervös wegen der Bilder, die wir möglicherweise gleich sehen würden.

»Die besten Passwörter sind alphanumerisch«, begann Lesieur.

»O Mann.« Hippo machte auf sarkastisch. »Es ist der Jargon, nicht der Kaffee, der uns umbringt.«

»Ein alphanumerisches Passwort besteht aus Ziffern und Buchstaben. Je willkürlicher die Kombination und je mehr Zeichen sie beinhaltet, umso sicherer ist man.«

»Verlass dich nicht auf den Namen deines Hündchens rückwärts«, sagte ich.

Lesieur machte weiter, als hätte keiner etwas gesagt.

»Cormier benutzte einen alten Trick. Such dir einen Song oder ein Gedicht aus. Nimm den ersten Buchstaben jedes Worts in der Anfangszeile. Umklammere die Buchstabenkette mit Ziffern und benutze dabei das Datum der Passwortdefinition, den Tag vorne, den Monat hinten.«

Die Windows-Oberfläche öffnete sich, und Lesieur tippte einige Tastenkombinationen.

»Erzeugt eine ziemlich gute Verschlüsselungskette, aber viele von uns Freaks kennen den Trick.«

»Ein Doppelziffer-Multibuchstaben-Doppelziffer-Muster«, riet ich.

»Genau.«

Ryan hatte recht. Der Kaffee war ungenießbar. Obwohl mir der Schlafmangel sehr zu schaffen machte, gab ich den Versuch auf.

»Ausgehend von der Annahme, dass das Passwort letztes Jahr definiert wurde, schaute ich mir Hitlisten an, erzeugte Buchstabensequenzen aus den ersten fünfzehn Songs in jeder der zweiundfünfzig Wochen und ließ dann eine Kombination von allen Tag-Monat-Ziffernpaaren mit allen Buchstabenreihen laufen. Einen Treffer landete ich mit der vierhundertundvierundsiebzigsten alphanumerischen Kette.«

»Nur viervierundsiebzig?« Hippos Abscheu gegenüber moderner Technik war in seinem Sarkasmus unüberhörbar.

»Ich musste es sowohl auf Englisch wie auf Französisch probieren.«

»Lassen Sie mich raten. Cormier stand auf Walter Ostanek.«

Drei verständnislose Blicke.

»Der Polkakönig?«

Die Blicke blieben so.

»Der kanadische Frank Yankovic?«

»Stehst du auf Polka?« Ryan.

»Ostanek ist gut.« Defensiv.

Das bestritt keiner.

»Ihr solltet ihn kennen. Er ist aus der Gegend hier. Duparquet, Québec.«

»Cormier benutzte Richard Seguin«, sagte Lesieur.

Hippo zuckte die Achseln. »Seguin ist auch gut.«

»In der Woche vom neunundzwanzigsten Oktober schaffte es Seguins *Lettres Ouvertes* auf Platz dreizehn der Montrealer Liste. Er benutzte die Anfangszeile eines Songs aus diesem Album.«

»Ich bin beeindruckt«, sagte ich. Das war ich wirklich.

»Ein alphanumerischer Vierzehn-Zeichen-Code hält einen durchschnittlichen Hacker draußen.« Lesieur drückte auf Enter. »Aber ich bin ja kein durchschnittlicher Hacker.«

Der Bildschirm wurde schwarz. Oben rechts war ein Icon mit einer altmodischen Filmspule zu sehen und darunter eine Liste mit einem Dutzend titelloser Einträge. Ziffern gaben die Spieldauer der einzelnen Clips an. Die meisten waren zwischen fünf und zehn Minuten lang.

»Der USB-Drive enthält Videodateien, einige kurz, andere mit einer Spieldauer von bis zu einer Stunde. Ich habe noch nichts aufgemacht, weil ich mir dachte, Sie wollen als Erste reinschauen. Außerdem dachte ich mir, dass Sie vielleicht mit den kürzeren Clips anfangen wollen.«

»Legen Sie los.« In Ryans Stimme lag kein bisschen Humor mehr.

»Das ist jungfräuliches Gelände, Leute.« Lesieur doppelklickte auf den ersten Eintrag.

Die Bildqualität war schlecht, die Dauer sechs Minuten. Der Clip zeigte Dinge, die ich nie für möglich gehalten hätte.

31

Das Video war mit einer einzigen Handkamera aufgenommen worden. Ton war nicht vorhanden.

Ein Raum wie in einem billigen, kakerlakenverseuchten Motel. Ein Nachttisch aus Holzimitat. Auf dem Doppelbett eine karierte Steppdecke. Ein haardünner Schatten fällt von einem Nagel über dem Kopfbrett nach unten.

Normalerweise hätte mein Hirn mit dieser Szenerie gespielt. Was war dort entfernt worden? Grässlicher Massenwarenkitsch? Biertrinkende Hunde, die Karten spielen? Irgendetwas, das einen Hinweis auf den Namen oder die Adresse des Motels gibt?

Diesmal keine Spekulationen. Alle meine Sinne waren auf das Grauen konzentriert, das sich in der Bildmitte abspielte.

Ein Mädchen liegt auf dem Bett. Sie ist blass und hat seidige, weizenblonde Haare. Große Schleifen halten das Ende ihrer Zöpfe.

Mir stockte der Atem.

Das Mädchen ist nackt. Sie kann nicht mehr als acht Jahre alt sein.

Das Mädchen stützt sich auf die Ellbogen und wendet ihr Gesicht etwas zu, das sich neben oder hinter der Kamera befindet. Ihr Blick huscht am Objektiv vorbei. Die Pupillen sind Höhlen, der Blick leer.

Das Mädchen spürt jemanden näher kommen und hebt das Kinn. Ein Schatten kriecht über ihren Körper.

Das Mädchen schüttelt den Kopf und senkt die Lider. Eine Hand kommt ins Bild und legt sich auf seine Brust. Das Mädchen lässt sich zurücksinken und schließt die Augen. Der Schatten bewegt sich auf ihrem Körper nach unten.

Widersprüchliche Reflexe schossen mir durch die Nerven.

Schau weg!

Bleib! Hilf dem kleinen Mädchen!

Mein Blick blieb auf dem Monitor kleben.

Ein Mann kommt ins Bild. Man sieht nur seinen nackten Rücken. Die Haare sind schwarz und im Nacken zu einem Pferdeschwanz zusammengefasst. Häßliche, rote Pickel sprenkeln seinen Hintern. Die Haut um sie herum hat die Farbe von Eiter.

Meine Finger suchten sich, umklammerten sich fest. Mir wurde fast schwindlig, so sehr graute mir vor dem Albtraum, der sich gleich abspielen würde.

Der Mann packt das Mädchen bei den Handgelenken und hebt ihre schwachen, kleinen Arme. Ihre Brustwarzen sind Punkte auf den geschwungenen Schatten, die sich auf ihrem Brustkorb abzeichnen.

Ich schaute nach unten. Meine Nägel hatten Sicheln in die Handrücken gegraben. Ich atmete zwei Mal tief durch und schaute wieder auf den Monitor.

Das Kind wurde umgedreht. Sie liegt jetzt auf dem Bauch, hilflos und stumm. Der Mann ist aufs Bett geklettert. Er kniet. Er steigt auf sie.

Ich sprang hoch und stürzte aus dem Zimmer. Kein bewusster Gedanke. Ein limbischer Impuls direkt an die Neuronen der Muskeln.

Hinter mir hörte ich Schritte. Ich drehte mich nicht um.

Im Gang stand ich, die Arme um die Brust geschlungen, vor einem Fenster. Ich brauchte die Wirklichkeit als Orientierung. Die Silhouette der Stadt. Sonnenlicht. Beton. Verkehr.

Ich spürte eine Hand auf meiner Schulter.

»Alles okay mit dir?«, fragte Ryan leise.

Ich antwortete, ohne mich zu ihm umzudrehen. »Diese Schweinehunde. Diese perversen Schweinehunde.«

Ryan erwiderte nichts.

»Wozu? Für ihre eigene, perverse Befriedigung? Ein unschuldiges Kind so quälen, nur damit sie in Stimmung kommen? Oder ist es in Wahrheit für die Befriedigung eines Publikums? Gibt es da draußen so viele Perverse, dass ein Markt für Videos von so abscheulicher Verderbtheit existiert?«

»Wir kriegen sie.«

»Diese Degenerierten verpesten die Welt. Sie haben es nicht verdient, auf diesem Planeten zu atmen.«

»Wir kriegen sie.« Ryans Stimme merkte man den Abscheu an, den er empfand.

Eine Träne sickerte durch meine Wimpern. Ich wischte sie mit dem Handrücken weg.

»Wen kriegen, Ryan? Den Saukerl, der diesen Mist produziert hat? Die Pädophilen, die ihn kaufen, um ihn sich anzusehen, zu sammeln und zu tauschen? Die Eltern, die ihre Kinder für ein paar Dollar verkaufen? Die Lüstlinge, die durch Chatrooms surfen in der Hoffnung auf Kontakt?«

Ich wirbelte zu ihm herum.

»Wie viele Kinder werden wir auf diesem Drive sehen? Allein. Verängstigt. Machtlos. Wie viele Kindheiten wurden zerstört?«

»Ja. Diese Kerle sind moralische Mutanten. Aber mein Job ist im Augenblick Phoebe Quincy, Kelly Sicard, Claudine Cloquet und drei Mädchen, die in meinem Revier tot aufgefunden wurden.«

»Es ist Bastarache.« Durch zusammengebissene Zähne. »Das spüre ich in den Eingeweiden.«

»Dass er im Frischfleischgewerbe arbeitet, heißt noch nicht, dass er auch mit Kinderpornografie handelt.«

»Das ist Cormiers dreckige, kleine Sammlung. Cormier hatte Fotos von Évangéline. Évangéline arbeitete für Bastarache.«

»Vor dreißig Jahren.«

»Cormier –«

Ryan legte mir einen Zeigefinger auf die Lippen.

»Vielleicht zeigt sich ja, dass Cormier Dreck am Stecken hat. Vielleicht zeigt sich ja, dass Cormier die Verbindung ist. Vielleicht ist er aber auch nur ein x-beliebiger, verdrehter Perverser. So oder so, das ganze Material geht an NCECC.«

Ryan meinte damit Kanadas National Child Exploitation Coordination Center, die Behörde zur Bekämpfung des Kindsmissbrauchs.

»Schön und gut.« Am liebsten hätte ich um mich geschlagen. »Und was werden die tun?«

»Sie ermitteln ausschließlich gegen diese Art von Verbrechen. NCECC unterhält eine Datenbank mit Bildern missbrauchter Kinder, und sie haben sehr raffinierte Programme zur digitalen Bildbearbeitung. Sie entwickeln Verfahren, um die Arschlöcher zu identifizieren, die sich diesen Mist aus dem Internet runterladen.«

»Es gibt pro Jahr viel mehr Ermittlungen im Bereich Autodiebstahl als im Bereich Kindsmissbrauch.« Verächtlich.

»Du weißt, dass das unfair ist. Es gibt einfach viel mehr Autodiebstähle, die untersucht werden müssen. Aber die Jungs vom NCECC reißen sich den Arsch auf, um diese Kinder zu retten.« Ryan deutete auf den Konferenzraum.

Ich wusste, dass er recht hatte, und erwiderte nichts.

»Das sind meine Prioritäten.« Ryan zählte sie an den Fingern ab. »Quincy. Sicard. Cloquet. Die toten Mädchen.« Er fuhr zur Betonung mit der Faust durch die Luft. »Und ich werde nicht aufhören, bis ich jede einzelne dieser Akten geschlossen habe.«

»Zusehen zu müssen, ist mörderisch.« Meine Stimme war fast unhörbar. »Ich kann rein gar nichts tun, um dem Mädchen zu helfen.«

»Es dreht sich einem der Magen um. Ich weiß. Ich kann's kaum ertragen, dabeizubleiben. Aber eins sage ich mir immer wieder: Entdecke irgendwas. Einen Straßennamen. Eine Beschriftung auf einem Lieferwagen. Ein Logo auf einem Badetuch. Entdecke was, und du bist einen Schritt näher dran, ein Kind zu finden. Und wo dieses eine Kind ist, da werden auch andere sein. Vielleicht sogar ein paar von meinen.«

In Ryans Blick brannte eine Leidenschaft, die ich so noch nie gesehen hatte.

»Okay«, sagte ich und wischte mir mit den Handflächen die Wangen. »Okay.« Ich ging wieder auf den Konferenzraum zu. »Lass uns was entdecken.«

Und genau das passierte.

Die nächsten drei Stunden gehörten zu den schlimmsten meines Lebens.

Bevor Lesieur wegging, erklärte sie uns noch, dass Cormier seine Sammlung in einer Reihe von digitalen Ordnern abgelegt hatte. Einige trugen Titel. *Junge Tänzerinnen. Kids. Aux privés d'amour. Japonaise.* Andere waren mit Ziffern oder Buchstaben codiert. Jeder Ordner trug dasselbe Datum, vermutlich des Tages der Überspielung auf den USB-Drive.

Hippo, Ryan und ich quälten uns durch das Material, Ordner um Ordner, Video um Video.

Nicht jeder Clip war so entsetzlich wie der allererste. Einige zeigten zu stark geschminkte Mädchen in sexy Dessous. In anderen spielten Mädchen oder Teenager linkisch Vamps oder äfften Stripperinnen oder Go-go-Girls nach. Eine große Menge allerdings zeigte Folterungen und volle Penetration.

Künstlerische Fähigkeiten und technische Qualität waren sehr unterschiedlich. Einige Videos wirkten alt. Andere wie erst kürzlich aufgenommen. Einige zeigten eine gewisse filmische Professionalität. Andere waren schrecklich amateurhaft.

Ein Thema war der ganzen Sammlung gemeinsam. Jedes Video zeigte ein oder mehrere junge Mädchen. Bei ein paar besonders grässlichen waren es kleine Kinder.

Immer wieder legten wir Pausen ein. Tranken Kaffee. Kämpften unseren Abscheu nieder. Konzentrierten uns wieder auf unser Ziel.

In jeder Pause kontrollierte ich meine Voice-Mail. Keine Anrufe von Harry.

Mittags lagen unsere Nerven blank, und die Stimmung war angespannt.

Ich öffnete eben einen neuen Ordner, als Hippo plötzlich etwas sagte.

»Was soll diese Scheiße eigentlich bringen? Ich würde sagen, wir schicken diesen Müll zum NCECC und sehen zu, dass wir wieder auf die Straße kommen.«

Der neue Ordner hatte keinen Titel. Er enthielt acht Dateien. Ich doppelklickte die erste, und das Video wurde geladen.

»Nur ein bekanntes Gesicht.« Ryan trommelte mit den Fingern auf den Tisch. Ich merkte, dass er eine Zigarette wollte. »Ein Detail im Hintergrund.«

»Und?« Die rostige Stimme klang unwirsch. »Was haben wir davon?«

Ryan kippte seinen Stuhl nach hinten und legte die Füße auf den Tisch. »Im Augenblick ist das unsere einzige Chance auf eine verwertbare Spur.«

»Cormier war ein Perverser. Er ist tot.« Hippo warf seine x-te Magentablette ein.

»Er hat Fotos von Quincy und Sicard gemacht.« Ryan ließ sich von Hippos schlechter Laune nicht anstecken.

»Na und? Der Kerl war Fotograf.«

Meinte Hippo das ernst? Oder spielte er nur Advocatus Diaboli?

»Cormier könnte uns zu Bastarache führen«, sagte ich. »Ist es denn nicht Ihr Lebenstraum, diesen Bastard festzunageln?«

Der Monitor wurde schwarz, dann setzte eine Szene ein.

Die Kamera ist auf eine Tür gerichtet.

»Wir haben nichts.« Hippo rutschte auf seinem Stuhl hin und her, und das Vinyl gab Geräusche von sich.

»Wir haben den Kontaktbogen.«

»Der ist uralt.«

»Das Kind auf diesem Kontaktbogen war meine Freundin. Sie arbeitete in Bastaraches Haus.«

»Im Morgengrauen der Geschichte.«

»Bis sie ermordet wurde.«

»Konzentrieren wir uns lieber.« Ryan. Scharf.

Ein Mädchen erscheint in der Tür, jung, vielleicht fünfzehn oder sechzehn. Sie trägt eine tief ausgeschnittene Abendrobe mit Spaghettiträgern. Schwarz. Die Haare sind hochgesteckt. Sie trägt zu viel Lippenstift.

Die Kamera schwenkt aufs Gesicht. Das Mädchen schaut genau ins Objektiv.

Hinter mir hörte ich ein scharfes Atemgeräusch.

Das Mädchen schaut uns direkt an. Sie legt den Kopf leicht zur Seite und hebt eine Augenbraue. Deutet ein Lächeln an.

»Heilige Maria Mutter Gottes«, hauchte Hippo.

Ryan zog die Füße vom Tisch. Die Stuhlbeine krachten auf den Boden.

Das Mädchen greift hinter sich und knotet die Träger auf. Das Kleid rutscht, aber das Mädchen drückt es sich an die Brust.

Es war absolut still im Raum.

Das Mädchen beugt sich leicht vor und öffnet den Mund. Leckt sich die Lippen. Die Kamera geht noch näher ran, und das Gesicht füllt den Bildschirm.

Ryan stach mit dem Finger in Richtung Bildschirm. »Hier anhalten.«

Ich ging zur Tastatur. Drückte Pause. Das Bild gefror.

Wir starrten alle das Gesicht an.

»Kelly Sicard.«

»Sicard posierte für Cormier als Kitty Stanley«, sagte ich.

»Crétaque.«

»Der Hurensohn hat sein Fotogeschäft dazu benutzt, mit jungen Mädchen Kontakt aufzunehmen.«

Ryan dachte laut nach. »Und hat sie dann ins Pornogeschäft gelockt.«

»Hat wahrscheinlich für jeden neuen, warmen Körper eine Kopfprämie bekommen.«

»Vielleicht. Aber Pädophile sind nicht wie gewöhnliche Kriminelle nur auf Profit aus. Denen ist das Produkt viel wichtiger. Es ist eine Obsession.«

»Sie meinen, der kleine Perverse hat die Mädchen nur angelockt, um seine Sammlung zu vergrößern?«

»Cormiers Motiv ist unwichtig«, warf ich dazwischen. »Wenn wir herausfinden wollen, was mit Sicard oder Quincy oder seinen anderen Opfern passiert ist, brauchen wir den Auftraggeber. Das Schwein, das diesen Schmutz produziert.«

Ryan und ich wechselten Blicke.

»Bastarache«, sagte ich. »Es muss einfach er sein.«

Hippo strich sich übers Kinn.

»Könnte sein, dass sie recht hat. Bastarache verdient sein Geld im Frischfleischgeschäft. Massagesalons, Striplokale, Prostitution.«

»Von da ist es nur noch ein kleiner Schritt zur Pornografie«, sagte ich. »Und von dort zur Kinderpornografie.«

»Bastarache ist ein Pornokrimineller«, sagte Ryan. »Aber wir haben nichts, was ihn mit dem hier in Verbindung bringt.«

»Den Kontaktbogen«, sagte ich.

»Er wird leugnen, dass er irgendwas davon weiß.«

»Auch wenn er es tut, ist es immer noch Kinderpornografie.«

Ryan schüttelte den Kopf. »Er ist zu alt.«

»Évangéline hatte für ihn gearbeitet.«

»Du klingst wie eine alte Platte.«

»Was brauchen wir?«

»Ein direkte Verbindung.«

Frustriert ließ ich mich auf meinen Stuhl zurücksinken und drückte auf Play.

Die Kamera fährt zurück. Sicard richtet sich wieder auf, dreht sich um und winkt neckisch mit einem Finger. Komm mit.

Die Kamera verfolgt Sicards träge Schritte durchs Zimmer.

Das Kleid noch immer an die Brust gedrückt, legt Sicard sich auf die Matratze. Rollt sich zusammen wie eine Katze.

Beim Zusehen fragte ich mich, welche Träume das Mädchen wohl im Kopf gehabt hatte. Laufstege im Scheinwerferlicht? Hochglanzmagazine und rote Teppiche bei Premieren?

Sicard lächelt verschwörerisch. Lässt einen Träger fallen. Ein Mann tritt ins Zimmer und geht zum Bett. Sicard lutscht am Zeigefinger, schaut zu ihm hoch und lächelt. Kniet sich aufs Bett und lässt das Kleid bis zur Taille rutschen.

Es dauerte bis in den späten Nachmittag. Der Ordner trug den Titel *Klassiker.* Das Material war alt. Frisuren und Kleidung in einigen Szenen deuteten auf die Fünfziger und Sechziger hin.

Das Mädchen ist etwa fünfzehn Jahre alt, die dunklen Haare sind in der Mitte gescheitelt. Sie trägt einen schwarzen BH, einen Hüftgürtel und Netzstrümpfe. Sie wirkt befangen.

Das Mädchen schaut nach links. Die Kamera folgt ihr, während sie durchs Zimmer geht und sich auf eine Bank unter und leicht rechts neben einem Fenster setzt. Wieder schaut sie nach links, als warte sie von dort auf Anweisungen. Sonnenlicht fällt auf ihre Haare.

Mein Blick wanderte zu dem Fenster. Musterte die Vorhänge. Den hölzernen Fensterrahmen. Die dunstige Landschaft hinter dem Glas.

Ich brauchte ein paar Sekunden, bis es mir bewusst wurde.

Ich drückte auf Pause und starrte auf den Bildschirm. Musterte das Fenster. Die verschwommenen Konturen dahinter.

Irgendwo, eine Million Meilen entfernt, redeten Stimmen.

Ich drückte Play. Stopp. Play.

Spulte zurück. Ließ es noch einmal laufen. Und noch einmal.

»Ich habe ihn.« Ruhig, obwohl mir das Herz bis zum Hals klopfte.

Die Stimmen verstummten.

»Ich habe den Hurensohn, der seine Frau verprügelt.«

32

Hippo und Ryan kamen zu mir.

»Das Video wurde in Bastaraches Haus in Tracadie aufgenommen.« Ich deutete auf das Standbild auf dem Monitor. »Durchs Fenster kann man Totempfähle sehen.«

Hippo beugte sich so weit herunter, dass der Zahnstocher zwischen seinen Lippen fast meine Wange berührte.

»Neben dieser komisch aussehenden Hütte?«

»Das ist ein Pavillon.«

»Warum der Indianerkitsch?«

»Darum geht es nicht.«

Mit finsterer Miene bewegte Hippo den Zahnstocher zur Mundmitte.

»Du hast die Pfähle auf Bastaraches Grundstück gesehen?«, fragte Ryan.

»Im Hinterhof.«

»Bist du sicher?«

»Ja. Möglicherweise habe ich auch die geschnitzte Bank gesehen, auf der das Mädchen sitzt.«

Hippo richtete sich auf, bewegte den Zahnstocher in Ryans Richtung und sprach um das Hölzchen herum.

»Das Video ist alt.«

»Das Mädchen ist es nicht.«

»Und sie lässt sich in Bastaraches Bude ihre Titten verewigen.«

»Genau.«

»Reicht das, um ihn zu kriegen?«

»Mir reicht's.«

»Dringender Tatverdacht?«

»Ich glaube, ein Richter wird drauf anspringen.«

»Ich rufe Quebec City an, während Sie sich um einen Haftbefehl kümmern?«

Ryan nickte.

Als Hippo gegangen war, drehte sich Ryan mir zu.

»Gute Arbeit, Adlerauge.«

»Danke.«

»Meinst du, du kannst da noch ein bisschen länger dranbleiben?«

»Unzweifelhaft.«

»Schönes Wort.«

Um zwei war Bastarache in Gewahrsam. Um vier hatte Ryan Durchsuchungsbeschlüsse für seine Wohnung und seine Bar in Quebec City. Keinen allerdings für Tracadie, da Bastarache in diesem Haus nicht mehr wohnte.

Ryan fand mich im Konferenzraum, wo ich mich immer noch durch Schmutz quälte. Abgesehen von kurzen Unterbrechungen, in denen ich mein Telefon zu Hause, im Büro und mein Handy nach Lebenszeichen von Harry abgehört hatte, hatte ich keine Pausen gemacht.

»Bastaraches Anwalt war im Gefängnis, bevor die Zellentür zuging. Empört. Kannst du dir das vorstellen?«

»Ist ihm bewusst, dass sein Mandant ein Kinderpornograf ist?«

»Ihr. Isabelle Francoeur. Laut Francoeur steht Bastarache auf der Vorschlagsliste für den kanadischen Ehrenorden.«

»Ist er auf Kaution frei?«

»Francoeur arbeitet daran. Die QC-Jungs sagen, sie können ihn vierundzwanzig Stunden festhalten. Dann heißt es Anklageerhebung oder Freilassung.«

»Was passiert jetzt?«

»Hippo wühlt sich durch seine Unterhosen, während ich ein Gespräch mit ihm führe.«

»Du fährst nach Quebec City?«

»Hippo bringt gerade das Auto vorbei.«

»Ich will mitkommen.«

Ryan schaute mich sehr lange an, zweifellos spürte er, was ich insgeheim wollte.

»Wenn deine Freundinnen erwähnt werden, dann nur, weil *ich* sie zur Sprache bringe.«

Ich wollte protestieren, überlegte es mir dann aber anders. »Es ist dein Fall.«

»Wie hießen sie gleich wieder?«

»Évangéline und Obéline.«

»Du bist nur Beobachterin.«

»Ich beobachte mir den Arsch ab.«

Zwanzig Minuten später fuhren wir in nordöstlicher Richtung auf dem Highway 40, parallel zum Ufer des St. Lawrence. Hippo saß am Steuer, Ryan neben ihm. Ich wurde im Fond durchgeschüttelt und versuchte, das Mittagessen drinzubehalten.

Unterwegs erläuterte Ryan den Plan. Ich konnte ihn durch das Knistern und Rauschen des Funkgeräts kaum verstehen. Auf meine Bitte hin schaltete Hippo es aus.

Die Strategie. Ryan und ich würden ins Prison d'Orsainville gehen, wo Bastarache in Haft gehalten wurde. Hippo würde in die Stadtmitte weiterfahren, um die Durchsuchung von Bastaraches Bar zu leiten.

Die Fahrt von Montreal dauert normalerweise drei Stunden. Hippo schaffte es in knapp über zwei. Immer und immer wieder kontrollierte ich mein Handy. Nichts von Harry. Ich sagte mir, dass sie noch nicht einmal vierundzwanzig Stunden verschwunden war. Trotzdem wurde meine Besorgnis immer stärker. Warum rief sie nicht an?

Ryan rief im Gefängnis an, als wir die Außenbezirke der Stadt erreichten. Hippo setzte uns am Gefängnistor ab und fuhr dann weiter. Als wir alle Sicherheitskontrollen hinter uns hatten, saß Bastarache bereits in einem Verhörzimmer. Ein Wachmann stand an der Tür und sah aus, als würden ihm die Füße schmerzen.

Vielleicht hatte ich zu viele *Sopranos*-Folgen gesehen. Ich erwartete Gangster-Chic. Geölte Haare, steroidgeschwollene Muskeln. Ich bekam einen Beluga in Polyester mit kleinen Schweinsäuglein.

In dem Raum befanden sich die üblichen vier Stühle und ein Tisch. Ryan und ich setzten uns auf eine Seite, Bastarache auf die andere. Es überraschte mich, dass Francoeur nicht da war.

Ryan stellte uns vor, erklärte, dass er zur SQ gehöre und aus Montreal komme.

Die Schweinsäuglein wanderten in meine Richtung.

»Wäre es Ihnen lieber, wenn wir auf Ihren Anwalt warten?«, fragte Ryan, der sich weigerte, Bastaraches Neugier zu befriedigen. Gut. Soll er sich ruhig den Kopf zerbrechen über mich.

»Frippe-moi l'chou.« Sinngemäß aus dem *chiac* übersetzt: Leck mich am Arsch. »Ich besitze Salons. Ich führe sie sauber. Wann kapiert ihr Arschlöcher das endlich?«

»Sie besitzen Stripbars.«

»Als ich mich das letzte Mal erkundigte, waren exotische Tanzdarbietungen in diesem Land noch legal. Jedes einzelne meiner Mädchen ist über achtzehn.« Bastarache sprach mit einem Tonfall, der Hippos ähnlich war.

»Sind Sie sicher?«

»Ich schaue mir die Ausweise an.«

»Haben es vielleicht ein oder zwei geschafft, unter Ihrem Radar durchzuschlüpfen?«

Bastarache kräuselte leicht die Lippen und atmete durch die Nase. Es klang pfeifend.

»Und zwar deutlich drunter. Süße sechzehn. Ich frage mich, ob sie ihre Zahnspange noch trug.«

Röte kroch Bastarache vom Kragen her über den Hals. »Die Kleine hat gelogen.«

Ryan schnalzte mit der Zunge und schüttelte kurz den Kopf. »Diese Jungen heutzutage.«

»Sie hat sich nicht beschwert.«

»Sie mögen junges Fleisch, Dave?«

»Die Kleine hat geschworen, dass sie dreiundzwanzig ist.«

»Angemessenes Alter für einen Kerl wie Sie.«

»Hören Sie, es gibt zwei Sorten von Frauen auf dieser Welt. Diejenigen, mit denen man's macht, und diejenigen, die man zum Sonntagsbraten mit nach Hause nimmt. Diese Kleine ging nicht zu *grand-mère*, um den Schmorbraten zu genießen, wenn Sie wissen, was ich meine.«

»Sie haben die dritte Sorte gevögelt.«

Bastarache legte den Kopf schief.

»Eine Minderjährige. Strafbar.«

Die Röte wanderte weiter nach oben. »Immer dieselbe alte Scheiße. Sie hat gesagt, sie sei volljährig. Was soll ich denn tun, mir ihre Zähne anschauen?«

»Was ist mit Zuhälterei? Ist die legal?«

»Wenn ein Mädchen die Bar verlässt, haben wir keine Kontrolle mehr über sein Privatleben.«

Ryan erwiderte mit Schweigen, weil er wusste, dass die meisten Verhörten den Drang verspüren, die Stille zu füllen. Bastarache gehörte nicht dazu.

»Wir haben unten bei uns ein paar vermisste Mädchen«, fuhr Ryan fort. »Und auch ein paar tote. Wissen Sie was darüber?«

»Habe keine Verbindungen nach Montreal.«

Ryan benutzte einen anderen Verhörtrick, den ich bei ihm schon öfter miterlebt hatte. Plötzlicher Themenwechsel.

»Mögen Sie Filme, Dave?«

»Was?«

»Licht! Kamera! Action!«

»Zum Teufel, von was reden Sie?«

»Lassen Sie mich mal raten. Sie haben beschlossen, Ihr Betätigungsfeld zu erweitern. Auf Hollywood zu machen.«

Bastaraches Hände lagen auf dem Tisch, die Finger ineinander verschlungen wie kurze, dicke Würste. Bei Ryans Frage verkrampften sich die Würste.

»Nackte Titten an einer Stange. Bringt doch kaum was ein.«

Bastarache schaute finster drein und schwieg.

»Filme. Das ist das große Geschäft.«

»Sie sind doch völlig verrückt.«

»Sagen wir mal, nur spaßeshalber, Sie haben ein Mädchen, das sich unbedingt ein paar Dollar verdienen will. Sie schlagen einige Spielchen vor der Kamera vor. Sie ist einverstanden.«

»Was?«

»Bin ich zu schnell für Sie, Dave?«

»Von was reden wir denn hier?«

»Sie wissen genau, wovon ich rede.«

»Pornofilmchen.«

»Von einer sehr speziellen Variante.«

»Ich weiß nicht, was Sie meinen, Kumpel.«

Ryans Stimme wurde eisig. »Ich rede von Kinderpornografie, Dave. Von Kindern.«

Bastarache löste die Hände voneinander und schlug damit kräftig auf den Tisch. »Ich. Mache. Keine. Sauereien. Mit. Kindern.«

Der Wachmann steckte den Kopf zur Tür herein. »Alles in Ordnung hier drinnen?«

»Alles bestens«, sagte Ryan.

Während Bastarache Ryan böse anstarrte, musterte ich ihn heimlich. Die Wülste an seinem Nacken und am Bauch wirkten fest, und seine Arme waren muskelbepackt. Der Kerl war nicht der Fettkloß, für den ich ihn anfangs gehalten hatte.

Ohne den Blickkontakt mit Bastarache zu unterbrechen, griff Ryan in eine Tasche und zog eins von mehreren Standfotos heraus, die ich von dem Video in Cormiers *Klassiker*-Ordner ausgedruckt hatte. Wortlos schob er den Ausdruck über den Tisch.

Bastarache schaute das Mädchen auf der Bank an. Ich beobachtete seine Körpersprache. Ich konnte keine Verkrampfung erkennen.

»Haben Sie sich den Ausweis dieses kleinen Mädchens auch angesehen?«, fragte Ryan.

»Ich habe die Kleine noch nie gesehen.«

»Wie heißt sie?«

»Ich hab's Ihnen doch eben gesagt. Ich habe die junge Dame nie kennengelernt.«

»Kennen Sie einen Fotografen namens Stanislas Cormier?«

»Tut mir leid.« Jetzt fuhr Bastarache mit dem Daumennagel einen Kratzer auf der Tischplatte nach.

Ryan deutete auf das Foto. »Das haben wir aus Cormiers Computer. Teil eines schmuddeligen, kleinen Videos. Der Drive enthält eine ganze Sammlung.«

»Die Welt ist voll von Degenerierten.«

»Ist das Ihr Haus?«

Der Daumennagel erstarrte. »Von was zum Teufel reden Sie eigentlich?«

»Hübsche Gartengestaltung.«

Bastarache starrte das Foto noch einmal an und schob es dann mit einem fleischigen Finger Ryan zu.

»Und wenn schon? Ich hab noch mit Algebra gekämpft, als dieses Mädchen da indianische Prinzessin gespielt hat.«

In meinem Kopf bimmelte ein Glöcklein. Was stimmte hier nicht? Ich hob mir die Frage für später auf.

Nun legte Ryan eins nach dem anderen die Fotos von Phoebe Quincy, Kelly Sicard, Claudine Cloquet und von der Gesichtsrekonstruktion des Mädchens aus der Rivière des Mille Îles vor. Bastarache schaute sich die Gesichter kaum an.

»Tut mir leid, Kumpel. Würde Ihnen gerne weiterhelfen, wenn ich könnte.«

Ryan legte die Autopsiefotos der Wasserleiche aus dem Lac des Deux Montagnes und des Mädchens vom Dorval-Ufer dazu.

»O Mann.« Bastarache blinzelte, schaute aber nicht weg.

Ryan tippte auf die Fotos von Quincy und Sicard. »Diese

Mädchen tauchen ebenfalls in Cormiers Sammlung auf.« Traf zwar auf Quincy nicht genau zu, war aber nahe genug dran. »Die sind jetzt verschwunden. Ich will wissen, warum.«

»Ich sage es noch ein einziges Mal: Ich habe keine Ahnung von Pornofilmen oder verschwundenen Mädchen.«

Bastarache schaute zur Decke hoch. Suchte er dort nach Fassung? Oder nach cleveren Antworten? Als er das Gesicht wieder senkte, war es völlig ausdruckslos.

»Beschäftigen Sie zwei Kretins namens Babin und Mulally?« Wieder wechselte Ryan abrupt das Thema.

»Ich werde jetzt das Eintreffen meines Rechtsbeistands abwarten. Sosehr ich dies alles hier genieße, wird es für mich langsam Zeit, zu gehen. Ich habe ein Geschäft zu führen.«

Ryan lehnte sich zurück und verschränkte die Arme.

»Sie überraschen mich, Dave. Ein sensibler Kerl wie Sie. Ich dachte mir, Sie wären noch immer in Trauer über Ihre Frau.«

Bildete ich mir das nur ein, oder verspannte sich Bastaraches tatsächlich, als Ryan Obéline erwähnte?

»Aber mein Gott, das ist ja auch schon fast eine Woche her.«

Bastarache streckte zwei fleischige Handflächen in die Höhe. »Verstehen Sie mich nicht falsch. Ich bin nicht so kaltherzig, wie Sie glauben. Es geht mir durchaus nahe. Aber der Tod meiner Frau war kein Schock für mich. Sie war seit Jahren selbstmordgefährdet.«

»War das der Grund, warum Sie sie ab und zu vermöbeln mussten? Um ihr wieder Lebenswillen einzubläuen?«

Bastarache durchbohrte Ryan mit einem Schweinestarren. Verschränkte wieder die Finger. »Mein Anwalt holt mich hier raus, bevor Sie wieder an der Auffahrt zum Vierziger sind.«

Ich schaute Ryan an, wollte ihn dazu bringen, Bastarache mit dem Kontaktbogen von Évangéline zu konfrontieren. Er tat es nicht.

»Ihr Anwalt hat genügend Zeit.« Ryan hielt Bastaraches Blick stand. »Im Augenblick ist die Spurensicherung in Ihrem

Laden. Wenn ich hier fertig bin, helfe ich den Jungs, Ihr Leben auseinanderzunehmen, Nagel um Nagel.«

»Lecken Sie mich am Arsch.«

»Nein, Dave.« Ryans Stimme klang jetzt nach gehärtetem Stahl. »Wenn wir nur einen Namen finden, eine Telefonnummer, nur einen Schnappschuss eines kleinen Mädchens in einem Bikini, dann sind Sie so am Arsch, dass Sie sich wünschen, Ihre Eltern hätten sich fürs Zölibat entschieden.«

Ryan schob seinen Stuhl zurück und stand auf. Ich folgte. Wir waren beide schon an der Tür, als Bastarache bellte.

»Sie haben doch keine Ahnung, was wirklich los ist.«

Wir blieben stehen und drehten uns um.

»Wie wär's denn, wenn Sie es uns sagen, Dave?«

»Diese Mädchen nennen sich Darstellungskünstlerinnen. Jedes von ihnen träumt davon, die nächste Madonna zu werden.« Bastarache schüttelte den Kopf. »Künstlerinnen, dass ich nicht lache. Schlangen sind das. Wenn du sie aufhalten willst, drehen sie dir die Eier ab.«

Ich hatte zwar versprochen, nichts zu sagen, aber dieser Kerl war so widerwärtig, dass ich mich nicht zurückhalten konnte.

»Was ist mit Évangéline Landry? Hat sie darum gebettelt, in einem Ihrer kleinen Filme auftreten zu dürfen?«

Die Wurstfinger verkrampften sich so, dass die Knöchel gelblich weiß hervortraten. Wieder kräuselten sich die Lippen. Nachdem er ein paar Mal pfeifend durch die Nase eingeatmet hatte, richtete Bastarache die Antwort an Ryan.

»Sie sind völlig auf dem Holzweg.«

»Ach wirklich?« Abscheu färbte meine Stimme.

Bastarache ignorierte mich weiter. »Sie sind so auf dem Holzweg, dass Sie schon in Botsuana sein könnten.«

»Wohin *sollten* wir denn schauen, Mr. Bastarache?«, fragte ich.

Endlich war die Antwort an mich gerichtet.

»Nicht in meinen Hinterhof, Baby.« Eine Ader pochte auf Bastaraches Stirn.

Ryan und ich drehten uns beide um.

»Schaut in eurem eigenen gottverdammten Hinterhof nach.«

33

Quebec City ist für die Quebecer einfach Québec. Es ist die Provinzhauptstadt. Und durch und durch *très* französisch.

Vieux-Québec, die Altstadt, ist die einzige befestigte Stadt Nordamerikas nördlich von Mexiko. Das Château Frontenac, die Assemblée Nationale und das Musée National des Beaux-Arts haben dieselbe Postleitzahl. Für die Anglofonen: Hotel, Parlament und Museum der schönen Künste. Mit seinen malerischen Häuserfronten und den Pflastergassen gehört Vieux-Quèbec zum Weltkulturerbe.

Bastaraches kleine Ecke im *ville* allerdings eindeutig nicht.

Gelegen an einer schmuddeligen Seitenstraße des Chemin Sainte-Foy, war Le Passage Noir eine Kaschemme in einer Reihe von Kaschemmen, deren Attraktion Frauen waren, die sich auszogen. Trotz seines mangelnden Charmes füllte das Viertel eine Nische im urbanen Ökosystem von Quebec City. Zusätzlich zu den Stripperinnen, die auf Laufstegen Titten und Ärsche zeigten, verhökerten Dealer an Straßenecken Drogen, und Prostituierte verkauften Sex aus billigen Absteigen und Taxis heraus.

Ein Beamter der SQ fuhr uns zu der Adresse auf Ryans Durchsuchungsbeschluss. Hippos Auto stand zusammen mit einem Transporter der Spurensicherung und einem Streifenwagen mit der Aufschrift Service de Police de la Ville de Québec an der Flanke am Bordstein.

Als Ryan und ich die schwere Tür von Le Passage aufdrückten, war die Luft dick vom Geruch schalen Biers und getrockneten Schweißes. Der Laden war so klein, wie eine Bar nur sein kann, ohne zum Kiosk zu werden. Es war offensichtlich, dass Bastarache nicht viel Geld für Beleuchtung ausgab.

Ein Tresen erstreckte sich durch die Mitte des Raums. An der Rückwand war eine grob zusammengezimmerte Bühnenplattform zu sehen. Rechts der Bühne glänzte eine Jukebox aus den Vierzigern. Links der Bühne ein Billardtisch mit einem Durcheinander von Kugeln und Queues, das offensichtlich hastig flüchtende Stammgäste hinterlassen hatten.

Ein Uniformierter stand, die Füße gespreizt, die Daumen in den Gürtel gehakt, am Eingang. Auf seiner Marke stand *C. Deschênes, SPVQ.*

Ein Mann lümmelte, die Absätze in eine Querstrebe gehakt, auf einem der acht Hocker am Tresen. Er trug ein weißes Hemd, eine schwarze Hose mit rasiermesserscharfer Bügelfalte und glänzende schwarze Slipper. Goldene Manschettenknöpfe. Goldene Uhr. Goldene Halskette. Kein Namensschild. Ich nahm an, dass Mr. Rasiermesser der eben beschäftigungslos gewordene Barkeeper war.

Zwei Frauen saßen rauchend an einem der etwa einem Dutzend Tischchen vor der Bühne. Beide trugen schockierend pinkfarbene Kimonos.

Eine dritte Frau saß abseits von den anderen und rauchte alleine. Im Gegensatz zu ihren Kolleginnen trug sie Straßenkleidung. Shorts. Tank-Top mit Pailletten. Riemchensandalen, die bis zu den Knien geschnürt waren.

Ansonsten war der Laden leer.

Während Ryan mit Deschênes sprach, musterte ich die Damen.

Die Jüngste war groß, vielleicht achtzehn, mit stumpfbraunen Haaren und müden, blauen Augen. Ihre Gefährtin war eine gut dreißigjährige Rothaarige, die unübersehbar einen Teil ihres Gehalts in eine Brustvergrößerung investiert hatte.

Die einsame Raucherin hatte platinblonde Haare, die ihr knapp über die Ohren reichten. Ich schätzte ihr Alter auf etwa vierzig.

Als sie Stimmen hörte oder vielleicht auch mein Interesse

spürte, richtete die Blonde den Blick seitwärts zu mir. Ich lächelte. Sie wandte den Blick ab. Die beiden anderen unterhielten sich völlig desinteressiert weiter.

»Bastarache hat hinten ein Büro. Dort ist Hippo«, sagte Ryan mit gedämpfter Stimme an meiner Schulter. »Seine Wohnung ist im ersten Stock. Die nimmt sich gerade die Spurensicherung vor.«

»Wurde das Personal schon befragt?« Ich deutete auf die Frauen und den Barkeeper.

»Bastarache ist der Chef. Sie sind nur Angestellte und wissen nichts. Ach. Und der Barkeeper meint, wir sollten ihm seinen haarigen Arsch lecken.«

Wieder wanderte der Blick der Blonden zu uns und zuckte dann erneut weg.

»Was dagegen, wenn ich mit der Künstlerin da drüben spreche?«, fragte ich.

»Auf der Suche nach neuen Tanzschritten?«

»Können wir den Barkeeper und die Kimono-Schwestern loswerden?«

Ryan schaute mich fragend an.

»Ich habe das Gefühl, die Blonde könnte vielleicht reden, wenn sonst niemand da ist.«

»Ich sage Deschênes, er soll die drei zu mir bringen.«

»Okay. Und jetzt spiel einfach mit.«

Bevor Ryan etwas antworten konnte, trat ich einen Schritt zurück und blaffte: »Hör endlich auf, mir zu sagen, was ich tun soll. Ich bin nicht blöd, weißt du?«

Ryan kapierte sofort. »Ist meistens schwer zu sagen«, sagte er laut und sehr herablassend.

»Kann ich wenigstens meine Fotos wiederhaben?« Ich streckte hochnäsig die Hand aus.

»Wie du willst.« Verärgert.

Ryan zog den Umschlag mit den Ausdrucken, der Gesichtsrekonstruktion und den Autopsiefotos hervor. Ich packte ihn, stürmte durch den Raum und ließ mich an einem Tisch auf einen Stuhl fallen.

Die Blonde hatte unseren »Streit« mit Interesse verfolgt. Jetzt ruhte ihr Blick auf dem Schraubdeckel, den sie als Aschenbecher benutzte.

Nach einem kurzen Wortwechsel mit Deschênes verschwand Ryan durch eine Hintertür mit einem elektrischen *Sortie*-Schild.

Deschênes holte den Barkeeper und ging dann zu den Kimono-Zwillingen. »Gehen wir, Mädchen.«

»Wohin?«

»Ich habe gehört, der Laden hat ein wunderbares Künstlerzimmer.«

»Was ist mir ihr?«

»Sie kommt auch noch dran.«

»Können wir uns wenigstens was anziehen?«, jammerte die Rothaarige. »Ich friere mir den Arsch ab.«

»Berufsrisiko«, sagte Deschênes. »Gehen wir.«

Widerwillig folgten die Frauen Deschênes und dem Barkeeper durch dieselbe Tür, die Ryan benutzt hatte.

Während meiner höchst verärgerten Darbietung hatte ich mir einen Tisch so dicht bei der Blonden ausgesucht, dass eine Unterhaltung möglich war, aber auch so weit entfernt, dass es nicht aussah wie ein Annäherungsversuch.

»Arschloch«, murmelte ich in mich hinein.

»Das männliche Geschlecht ist eine lange Parade von Arschlöchern«, sagte die Frau und drückte ihre Kippe im Blechdeckel aus.

»Aber der da ist der Anführer.«

Die Frau machte in ihrer Kehle ein kicherndes Geräusch.

Ich drehte mich und schaute zu ihr hinüber. So nahe bei ihr, konnte ich sehen, dass ihre Haare an den Wurzeln dunkelbraun waren. Vertrocknetes Make-up klebte in ihren Augen- und Mundwinkeln.

»Ist ja komisch.« Die Frau zupfte sich einen Tabakkrümel von der Zunge und schnippte ihn weg. »Du bist Polizistin?«

»Das ist jetzt wirklich komisch.«

»Mr. Macho da hinten?«

Ich nickte. »Ein ganz Harter. Hat 'ne große Marke.«

»Officer Arschloch.«

Jetzt kicherte ich. »Officer Arschloch. Gefällt mir.«

»Aber ihm nicht.«

»Der Trottel sollte mir eigentlich helfen.«

Die Blonde biss nicht an. Und ich wollte nicht zu dick auftragen.

Scheinbar noch immer stinksauer, schlug ich die Beine übereinander und wippte mit einem Fuß.

Die Blonde zündete sich eine neue Zigarette an und atmete tief ein. Ihre Finger waren unter ihren falschen, pinkfarbenen Nägeln nikotingelb.

Einige Minuten saßen wir schweigend da. Sie rauchte. Ich versuchte, mich daran zu erinnern, was ich von Ryan über die Kunst des Verhörs gelernt hatte.

Ich wollte eben einen Versuch machen, als die Blonde das Schweigen brach.

»Ich wurde schon so oft verhaftet, dass ich jeden Sittebullen in der Stadt beim Vornamen kenne. Ihr Officer Arschloch ist mir allerdings noch nie begegnet.«

»Er ist von der SQ, aus Montreal.«

»Bisschen weit weg von seinem Revier.«

»Er sucht nach vermissten Mädchen. Eins davon ist meine Nichte.«

»Sind diese Mädchen von hier verschwunden?«

»Vielleicht.«

»Wenn du nicht bei der Truppe bist, warum dann eben dieser Zoff?«

»Wir kennen uns schon sehr lange.«

»Vögelst du ihn?«

»Nicht mehr«, sagte ich verächtlich.

»Hast du dieses Veilchen von ihm?«

Ich zuckte die Achseln.

Die Frau inhalierte den Rauch und blies ihn dann in einem umgedrehten Kegel zur Decke. Ich sah zu, wie er im Schein der Neonlampen über der Bar davonwehte und sich auflöste.

»Deine Nichte hat hier gearbeitet?«, fragte die Blonde.

»Kann sein, dass sie mit dem Besitzer was zu tun hatte. Kennst du ihn?«

»Klar kenne ich ihn. Arbeite seit zwanzig Jahren immer mal wieder für Mr. Bastarache. Meistens in Moncton.«

»Was hältst du von ihm?«

»Er zahlt ganz gut. Lässt nicht zu, dass Kunden seine Mädchen misshandeln.« Sie schürzte die Lippen und schüttelte den Kopf. »Aber ich sehe ihn kaum.«

Das kam mir merkwürdig vor, da Bastarache doch oben wohnte. Ich speicherte es ab, um mich später damit zu beschäftigen.

»Kann sein, dass meine Nichte sich da auf was eingelassen hat«, sagte ich.

»Jeder lässt sich auf irgendwas ein, Sonnenschein.«

»Auf etwas mehr als nur Tanzen.«

Die Blonde sagte nichts.

Ich senkte die Stimme. »Ich glaube, sie hat Pornos gemacht.«

»Ein Mädchen muss sich seinen Lebensunterhalt verdienen.«

»Sie war kaum achtzehn.«

»Wie heißt denn diese Nichte?«

»Kelly Sicard.«

»Und du?«

»Tempe.«

»Céline.« Wieder das kehlige Kichern. »Nicht Dion, aber auch nicht ganz ohne Flair.«

»Freut mich, Céline nicht Dion.«

»Sind wir nicht ein nettes Paar?«

Céline schniefte und fuhr sich mit dem Handgelenk über die Nase. Ich griff in meine Handtasche, ging zu ihrem Tisch und gab ihr ein Papiertaschentuch.

»Wie lange suchst du schon nach dieser Kelly Sicard?«

»Fast zehn Jahre.«

Céline schaute mich an, als hätte ich gesagt, Kelly wäre nach Gallipoli durchgebrannt.

»Das andere Mädchen ist erst seit zwei Wochen verschwunden.« Ich sagte nichts von Évangéline, die seit über dreißig Jahren verschwunden war. »Sie heißt Phoebe Jane Quincy.«

Céline nahm noch einen langen Zug, und dann gesellte sich diese Kippe zur der anderen im Blechdeckel.

»Phoebe ist erst dreizehn. Sie verschwand auf dem Weg zum Tanzunterricht.«

Célines Hand hielt kurz inne und zerdrückte dann weiter den Zigarettenstummel. »Hast du Kinder?«

»Nein«, sagte ich.

»Ich auch nicht.« Céline starrte den Blechdeckel an, aber ich glaube nicht, dass sie ihn sah. Sie sah einen Ort und eine Zeit, die weit weg waren von dem kleinen Tisch im Le Passage Noir. »Dreizehn Jahre. Ich wollte Balletttänzerin werden.«

»Das ist Phoebe.« Ich zog ein Foto aus Ryans Umschlag und legte es auf den Tisch. »Das ist ihr Foto aus der siebten Klasse.«

Céline betrachtete das Bild. Ich achtete genau auf eine Reaktion, aber ich sah keine.

»Hübsche Kleine.« Céline räusperte sich und wandte den Blick ab.

»Hast du sie schon mal gesehen?«, fragte ich.

»Nein.« Céline schaute weiter ins Leere.

Ich legte ihr Kelly Sicards Foto vor.

»Was ist mit ihr?«

Diesmal waren ein kurzes Zucken der Lippen und ein Flackern in den Augen zu erkennen. Nervös wischte sie sich mit dem Handrücken über die Nase.

»Céline?«

»Ich habe sie gesehen. Aber wie du gesagt hast, das ist lange her.«

Ich spürte Erregung in mir aufsteigen. »Hier drinnen?«

Céline schaute sich über die Schulter hinweg in der Bar um. »Mr. Bastarache hat einen Laden in Moncton. Le Chat Rouge. Die Kleine hat dort getanzt. Aber nicht lange.«

»Ihr Name war Kelly Sicard.«

»Der Name sagt mir gar nichts.«

»Kitty Stanley?«

Ein pinkfarbener Nagel schoss in die Höhe. »Genau. Sie tanzte als Kitty Chaton. Niedlich, was? Kitty Kätzchen.«

»Wann war das?«

Sie lächelte bitter.

»Zu lange her, Sonnenschein.«

»Weißt du, was mit ihr passiert ist?«

Céline nahm sich die nächste Zigarette aus der Packung. »Kitty hat das große Los gezogen. Hat einen Stammgast geheiratet und ist ausgestiegen.«

»Kannst du dich an den Namen des Mannes erinnern?«

»Keine Namen in unserem Gewerbe.«

»Fällt dir sonst irgendwas über ihn ein?«

»Er war kurz und hatte einen dürren Arsch.«

Céline zündete sich die Zigarette an und wedelte sich mit einer Hand den Rauch vom Gesicht weg. »Moment mal. Da ist doch was. Jeder nannte ihn Bouquet Beaupré.«

»Warum?«

»Er hatte einen Blumenladen in Sainte-Anne-de-Beaupré.«

Célines Blick war jetzt ruhig und klar, ein leichtes Grinsen umspielte ihre Lippen. »Jaa. Kitty Kätzchen hat den Absprung geschafft.«

Als ich nun die Frau anschaute, verspürte ich eine unerwartete Traurigkeit. Sie war einmal hübsch gewesen, war es unter der Haarbleiche und dem zu dicken Make-up vielleicht immer noch. Sie war in meinem Alter.

»Danke«, sagte ich.

»Kitty war ein gutes Mädchen.« Sie schnippte Asche auf den Boden.

»Céline«, sagte ich. »Du könntest den Absprung auch schaffen.«

Sie schüttelte langsam den Kopf, und in ihren Augen sah ich, dass sie alle Illusionen verloren hatte.

In diesem Augenblick tauchte Ryan auf.

»Hab was Merkwürdiges gefunden.«

34

Céline und ich folgten Ryan durch den beleuchteten *Sortie* in einen dunklen Korridor. Deschênes schaute uns gelangweilt und mit schweren Lidern an. Rechts von ihm war durch einen Türspalt eine kleine Garderobe zu sehen. Hinter einem Rauchschleier konnte ich den Barkeeper und die beiden Kimono-Mädchen zwischen Spiegeln, Make-up-Dosen und Paillettenfetzen, die anscheinend Kostüme darstellen sollten, erkennen.

Links lag ein Raum mit einer Täfelung aus Holzimitat. Hippo war darin und sichtete Unterlagen am Schreibtisch.

Céline ging zu ihren Kolleginnen. Ryan und ich gingen zu Hippo.

»Was gefunden?«, fragte Ryan.

»Sieht aus, als hätte er dieses Büro eine ganze Weile nicht benutzt. Rechnungen und Quittungen sind alle mindestens zwei Jahre alt.«

»Ich hab was.«

Beide Männer schauten mich an.

»Die blonde Tänzerin, Céline, sagte, Kelly Sicard habe in Bastaraches Laden in Moncton unter dem Namen Kitty Stanley gearbeitet. Legte sich den Künstlernamen Kitty Chaton zu. Heiratete einen Floristen aus Sainte-Anne-de-Beaupré.«

»Wann?«

»Bei Daten ist Céline ein bisschen vage.«

»Sollte nicht schwer sein, den Kerl aufzuspüren«, sagte Ryan.

Hippo holte bereits sein Handy heraus. »Bin schon dabei.«

Eine Seitentür im Büro führte zu einer Treppe. Ryan und ich stiegen in eine Art Loft hinauf.

Die Wohnung war ein einziges, großes Quadrat, in dem Schlaf-, Ess- und Wohnbereiche durch Möbelgruppen unterteilt waren. Die Küche wurde von einer Arbeitstheke und Hockern abgetrennt. Das Wohnzimmer wurde von einer Sitzgruppe aus Chrom und schwarzem Leder beherrscht. Die Sofa-Sessel-Kombination stand vor einem Flachbildschirm-Fernseher auf einem Untersatz aus Glas und Stahl. Der Schlafbereich bestand aus einem Doppelbett, einem sehr großen, hölzernen Schreibtisch, einem Beistelltisch und einem Kleiderschrank. Er wurde abgegrenzt von einem L aus schwarz-metallenen Aktenschränken. In einer Ecke war mit Trennwänden und einer Tür ein Bad abgeteilt.

Zwei Spurensicherungstechniker taten, was Spurensicherungstechniker eben tun. Oberflächen bestauben auf der Suche nach Fingerabdrücken. Schränke durchsuchen. Nach verdächtigen oder illegalen Dingen. Es sah aus, als hätten sie nicht viel gefunden.

»Ich will, dass du dir das da mal anhörst.«

Ryan führte mich zum Schreibtisch und drückte auf einen Knopf am Telefon. Eine mechanische Stimme meldete keine neuen, aber zweiunddreißig alte Nachrichten und warnte, dass der Speicher voll sei. Ryan drückte, wie angegeben, auf »1« für alte Nachrichten.

Neunundzwanzig Anrufer hatten auf eine Anzeige für einen Lexus geantwortet. Eine Frau hatte zwei Mal angerufen, um einen Putztermin zu verlegen. Ein Mann namens Léon wollte, dass Bastarache mit zum Fischen ging.

Die letzte Stimme war die einer Frau, und das Französisch eindeutig *chiac.*

»Kein guter Tag heute. Ich brauche das Rezept. Ob–«

Das Band war zu Ende.

»Hat sie Obéline gesagt?«, fragte Ryan.

»Ich glaube schon.« Mir klopfte das Herz vor Aufregung. »Spul's zurück.«

Ryan tat es. Zwei Mal.

»Klingt wie Obéline, aber ich bin mir nicht sicher. Warum hat der Trottel seine Nachrichten nicht gelöscht?«

»Schau dir das an«, sagte Ryan. »Der Apparat hat Anruferkennung. Außer wenn vom Anrufer unterdrückt, erscheinen auf dem Display Nummern oder Namen zusammen mit der Zeit und dem Datum des Anrufs. Wenn unterdrückt, erscheint auf dem Display ›Privatnummer‹.« Ryan ließ die Liste durchlaufen und hielt immer kurz bei den Privatnummereinträgen an. »Achte auf die Zeit- und Datumsangaben.«

»Eine ›Privatnummer‹ ruft jeden Abend so gegen sieben an«, sagte ich.

»Diese abgeschnittene Nachricht war die letzte auf der Mailbox. Sie wurde als ›privat‹ registriert und gestern Abend um acht nach sieben hinterlassen.«

»Obéline könnte noch am Leben sein«, sagte ich, als mir klar wurde, worauf das hindeutete. »Und sie meldet sich jeden Abend.«

»Genau. Aber warum?«

»Wenn es Obéline ist, warum dann der inszenierte Selbstmord?«, fragte ich. »Und wo ist sie?«

»Scharfsinnige Fragen, Dr. Brennan. Wir lassen die Anrufe zurückverfolgen.«

Ich bemerkte den Spurensicherungstechniker, der in der Küche arbeitete. »Finden die irgendwas, das Bastarache mit Quincy oder Sicard in Verbindung bringt? Oder mit Cormier?«

»Sieht nicht so aus, als hätte Bastarache viel Zeit in dieser Wohnung verbracht.«

»Das passt. Céline sieht ihn kaum. Aber wo wohnt er dann?«

»Die Scharfsinnigkeit hat kein Ende.« Ryan lächelte.

Es machte mich fertig. Ryans Lächeln macht das immer.

Ich ging nun in der Wohnung herum, öffnete Wandschränke, Küchenschränke und Schubladen, die bereits nach Fingerabdrücken abgesucht worden waren. Ryan hatte recht. Neben tiefgefrorenen Shrimps und einem Karton arg kristallisierter Ben-and-Jerry's-Eiscreme enthielt der Kühlschrank Oliven, Tomaten-Muschel-Sauce, ein halb leeres Glas eingelegter Heringe, eine vertrocknete Zitrone und einige flauschiggrüne Brocken, die wahrscheinlich Käse waren. Bis auf Aspirin, Gillette-Rasierschaum und einen BIC-Rasierer war das Medizinschränkchen leer.

Wir waren seit zwanzig Minuten in der Wohnung, als Hippo die Treppe heraufgepoltert kam.

»Ich hab Sicard. Heißt als Ehefrau jetzt Karine Pitre. Ihr Alter verhökert immer noch Lilien und Tulpen in Sainte-Anne-de-Beaupré.«

»Hurensohn«, sagte Ryan.

»Sie ist um elf in einem Café an der Route 138.«

Offensichtlich schauten Ryan und ich überrascht drein.

»Die Dame hat Kinder. Zieht es vor, über die gute alte Zeit im Showbusiness ohne die Familie zu reden.«

Das Café Sainte-Anne war eine typische Quebecer Lkw-Raststätte. Theke. Vinyl-Sitznischen. Von der Sonne ausgebleichte Vorhänge. Müde Kellnerin. So spät am Abend war das Lokal ziemlich leer.

Obwohl sie älter und das bernsteinfarbene Haar kurz geschnitten war, war die Kelly vom Foto noch gut zu erkennen. Dieselben blauen Augen und Brooke-Shields-Brauen. Sie saß in einer Nische ziemlich weit hinten, vor sich eine halb leere Tasse mit heißer Schokolade. Sie lächelte nicht.

Ryan zeigte ihr seine Marke. Kelly nickte, ohne hinzusehen.

Ryan und ich setzten uns. Er begann auf Französisch.

»Eine ganze Menge Leute haben nach Ihnen gesucht, Kelly.«

»Ich heiße jetzt Karine. Karine Pitre.« Sie antwortete auf Englisch, aber es war kaum mehr als ein Flüstern.

»Wir haben kein Interesse daran, Sie in Schwierigkeiten zu bringen.«

»Ach ja? Wenn meine Geschichte erst mal in der Zeitung steht, wird's nicht mehr so einfach sein, eine Tagesmutter zu finden.«

»Sie kennen doch das Sprichwort mit dem Säen und Ernten.«

»Ich war jung und dumm. Ich habe dieses Leben seit fast acht Jahren hinter mir. Meine Töchter haben keine Ahnung davon.« Beim Reden ließ sie den Blick durchs Café wandern. Ich merkte deutlich, dass sie sehr nervös war.

Eine Kellnerin trat an unseren Tisch. Sie hieß Johanne. Ryan und ich bestellten Kaffee. Karine nahm sich noch eine heiße Schokolade.

»Ich werde mich um äußerste Diskretion bemühen«, sagte Ryan, als Johanne wieder gegangen war. »Unser Interesse ist nicht auf Sie gerichtet.«

Karine entspannte sich ein wenig. »Auf wen dann?«

»David Bastarache.«

»Was ist mit ihm?«

Ryan durchbohrte sie mit seinen butanblauen Augen. »Erzählen Sie es uns.«

»Bastarache besitzt Bars.« Wieder huschte Karines Blick durch den Raum. »Ich hab damals in einer davon getanzt. La

Chat Rouge in Moncton. Da hab ich meinen Mann kennengelernt.«

»Wann haben Sie Bastarache das letzte Mal gesehen?«

»Irgendwann, bevor ich aufhörte. Aber da war alles okay. Mr. Bastarache war nie sauer auf mich.«

»War das alles, Karine? Nur Strippen?«

Johanne kam wieder und verteilte Tassen und Löffel. Karine wartete, bis sie gegangen war.

»Ich weiß, worauf Sie hinauswollen. Aber Anschaffen war nicht mein Ding. Ich habe nur gestrippt.«

»Nie in einem Filmchen ein wenig Busen gezeigt?«

Karine hob ihre Tasse und setzte sie wieder ab, ohne zu trinken. Ich sah, dass ihre Hand zitterte.

»Erzählen Sie uns von Stanislas Cormier«, sagte Ryan.

Karines Blick kroch zu mir. »Wer ist das?«

»Meine Partnerin. Stanislas Cormier?«

»Ihr seid vielleicht gründlich.«

»Nicht so gründlich, wie wir es sein könnten.«

»Ich war fünfzehn. Ich wollte ein Spice Girl werden.« Sie rührte in ihrer heißen Schokolade. »Wollte in Hollywood leben und im *People*-Magazin erscheinen.«

»Erzählen Sie weiter.«

»Ich bin zu Cormier gegangen, weil ich mir eine Fotomappe machen lassen wollte. Sie wissen schon, Glamour-Fotos. Ich hatte in einem Artikel gelesen, dass das der richtige Weg wäre, um es als Model oder Schauspielerin zu schaffen. Was wusste ich denn schon? Während der Sitzung sind wir ins Reden gekommen. Cormier hat mir angeboten, mich mit einem Agenten in Kontakt zu bringen.«

»Wenn Sie mit ein paar fragwürdigen Posen einverstanden wären.«

»Schien ziemlich harmlos zu sein.«

»War es das?«

Sie schüttelte den Kopf.

»Erzählen Sie weiter.«

»Fällt mir schwer, darüber zu sprechen.«

»Versuchen Sie es.«

Karine hielt den Blick auf die Tasse gesenkt. »Ungefähr eine Woche nach der Sitzung rief ein Mann an und meinte, er hätte eine kleine Rolle für mich in einem Film mit dem Titel *Wampum.* Ich war so aufgeregt, dass ich mir fast ins Höschen gemacht hätte. Hab gedacht, das wäre jetzt eine Fahrkarte in die Freiheit, weg von meinen Nazi-Eltern.«

Karine schüttelte traurig den Kopf. Wem oder was sie jetzt wohl nachtrauerte?, fragte ich mich. Ihren verlorenen Eltern? Ihrer verlorenen Jugend? Ihren verlorenen Träumen von der Berühmtheit?

»Der Mann brachte mich in ein schäbiges Hotel. Ich hatte Mokassins an, während ein Kerl in einem Lendenschurz mich fickte. Ich bekam fünfzig Mäuse.«

»Bastarache.«

Karine hob erstaunt den Kopf. »Nein. Pierre.«

»Familienname?«

»Hat er mir nie gesagt, und ich hab nie danach gefragt.« Sie schluckte. »Pierre meinte, ich hätte Talent. Und meinte, wenn ich exklusiv nur für ihn arbeitete, könnte er meine Schauspielkarriere ankurbeln.«

»Sie haben geglaubt, dass dieser Pierre einen Star aus Ihnen machen würde?« Ich versuchte, mir meine Ungläubigkeit nicht anmerken zu lassen.

»Cormier beharrte darauf, dass Pierre ein Agent mit den allerbesten Beziehungen sei. Was wusste ich denn schon? Er hatte den richtigen Jargon drauf. Behauptete, alle wichtigen Leute zu kennen. Ich vertraute ihm.«

Hinter uns klapperte Johanne mit Geschirr.

»Nach ein paar Wochen sagte Pierre, ich müsse von zu Hause ausziehen. Eines Abends sagte ich meinen Eltern, ich würde zu einer Freundin gehen, um zu lernen. Stattdessen ging ich in eine Bar. Als ich wieder rauskam, holte Pierre mich ab, und wir fuhren in so ein großes, altes Haus in der Pampa. Ein bisschen runtergekommen, aber viel besser als das, was ich von zu Hause in Rosemère gewohnt war. Ein paar andere Mädchen wohnten auch dort, also schien es okay zu sein. Pierre half mir, die Haare zu schneiden und zu färben. Meinte, so würde ich älter aussehen. Image, Sie wissen schon.«

Ich hielt meine Hände und meinen Blick sehr ruhig.

»Ich brauchte sechs, vielleicht sieben Monate, bis ich merkte, dass man mich reingelegt hatte. Als ich aussteigen wollte, bedrohte mich dieses Arschloch. Meinte, wenn ich irgendjemandem was sagte oder zu fliehen versuchte, würde er dafür sorgen, dass ich ernsthaft verletzt und mein Gesicht entstellt würde.«

»Wie sind Sie schließlich da rausgekommen?«

»Pierres Filme hatten alle so blödsinnige Titel. *Nymphomanische Nonnen. Schulmädchenschlampen. Wigwam.* Er dachte, wenn er seinem Zeug eine Art von Handlung verpasst, bekommt es mehr Klasse. So nannte er das, eine Handlung. Aber seine Filme waren alle nur Scheiße.

Wir waren in Moncton und drehten so ein Drecksteil mit dem Titel *Akadierinnen von innen.* Ein anderes Mädchen und ich fingen an, nach den Dreharbeiten in einer Bar am Highway 106 rumzuhängen. Le Chat Rouge. Mr. Bastarache war der Besitzer, und ab und zu flirtete er mit uns. Eines Abends hatte ich ziemlich viel getrunken und fing an zu jammern, wie unglücklich ich sei. Am nächsten Morgen sagte mir Pierre, dass ich entlassen sei und jetzt für Bastarache arbeite. Hat mich schon sehr überrascht.«

»Haben Sie Pierre nicht gefragt, warum er sie feuerte?« Ryan.

»Das war Pierres Art, mit den Mädchen umzugehen. Gestern noch sein Liebling, heute nicht mehr da. Mir war's egal. Ich war froh, vom Porno weg zu sein.«

»Wussten Sie, dass die Polizei Sie in Montreal suchte?«

»Erst nicht. Als ich es dann rausfand, dachte ich mir, jetzt ist es zu spät. Pierre redete mir ein, ich würde eine Geldstrafe aufgebrummt bekommen oder ins Gefängnis wandern, wenn ich sie nicht zahlen könnte. Und ziemlich bald hatten die Medien auch schon ein anderes Thema. Ich sah keinen Grund mehr, warum ich mich selber da in Schwierigkeiten bringen sollte.«

»Hier ist der Grund.«

Ryan wedelte mit den Fingern in meine Richtung. Ich gab ihm den Umschlag. Er legte Fotos von Claudine Cloquet und dem Mädchen von der Dorval-Küste auf den Tisch.

Karine schaute sich die Gesichter an. »Kenn ich nicht.«

Phoebe Jane Quincy ergänzte die Reihe.

»Mein Gott, sie ist ja nicht viel älter als meine Tochter.«

Ryan legte die Gesichtsrekonstruktion des Mädchens aus der Rivière des Mille Îles dazu.

Karine riss die Hand zum Mund. »O nein. Nein.«

Ich atmete nicht. Bewegte keinen Muskel.

»Das ist Claire Brideau.«

»Sie kannten sie?«

»Claire war eins der Mädchen, die in Pierres Haus wohnten. Sie war diejenige, mit der ich im Le Chat Rouge rumhing.« Karines Nase war rot geworden, und ihr Kinn zitterte. »Wir waren zusammen an dem Abend, bevor ich gefeuert wurde.«

»Claire kannte Bastarache?«

»Normalerweise hatte er es immer nur auf Claire abgesehen. Aus irgendeinem Grund redete er an diesem Abend mit mir.« Ihre Stimme wurde brüchig. »Ist sie tot?«

»Sie wurde neunundneunzig mit dem Gesicht nach unten im Wasser gefunden.«

»O mein Gott.« Karines Brust bebte, sie kämpfte mit den Tränen. »Warum diese komische Zeichnung? War sie übel zugerichtet?«

Ich fand diese Frage merkwürdig. Falls es Ryan ebenso ging, ließ er es sich nicht anmerken.

»Sie war schon eine ganze Weile im Wasser.«

Karine fummelte am Verschluss ihrer Handtasche herum.

»Woher stammte Claire?«, fragte Ryan

»Das hat sie nie gesagt.« Sie zog ein Papiertaschentuch heraus und betupfte sich die Augen.

»Claire hat Pornos für Pierre gemacht?«

Karine nickte und knüllte das Tuch in der Faust ein wenig zusammen, um sich zu schnäuzen.

»Wissen Sie, wo Pierre jetzt ist?«

»Ich habe ihn seit neunundneunzig weder gesehen noch von ihm gehört.«

»Könnten Sie das Haus wiederfinden, wenn Sie müssten?«

Sie schüttelte den Kopf. »Das ist zu lange her. Und ich bin nie selber gefahren. Hab nie auf die Umgebung geachtet.«

Sie stützte die Stirn auf die Faust und atmete bebend ein. Ich legte meine Hand sanft auf die ihre. Ihre Schultern zitterten, Tränen liefen ihr über die Wangen.

Ryan schaute mich an und deutete mit dem Kopf zur Tür. Ich nickte. Wir hatten alles bekommen, was wir im Augenblick bekommen würden, und wir wussten, wo Karine Pitre zu finden war.

Ryan stand auf und ging zur Kasse.

»Ich wollte nie Schwierigkeiten machen.« Schluchzend. »Ich wollte einfach nur weg. Ich dachte, keiner würde mich vermissen.«

»Ihre Eltern?«, fragte ich.

Sie hob den Kopf und tupfte sich beide Augen mit dem zusammengeknüllten Tuch. »Wir sind nie miteinander ausgekommen.«

»Vielleicht würden sie sich darüber freuen, wenn sie es mit ihren Enkelinnen versuchen dürften.« Ich rutschte aus der Bank.

Karine fasste mein Handgelenk. »Mein Mann weiß nichts von diesen Pornofilmchen.«

Ich schaute sie an und konnte mir nicht vorstellen, wie ihr Leben gewesen war. Wie es jetzt war.

»Vielleicht sollten Sie es ihm sagen«, sagte ich ruhig.

Etwas blitzte in ihren Augen auf. Angst? Hohn? Ihr Griff wurde fester.

»Wissen Sie, wer Claire umgebracht hat?«, fragte sie.

»Sie glauben, dass sie umgebracht wurde?«

Karine nickte, und ihre Faust war so fest geballt, dass das Taschentuch nur eine kleine, weiße Kugel war.

35

»Was jetzt?«

Wir saßen in Hippos Auto und fuhren zu Le Passage Noir zurück. Es war nach Mitternacht, und ich hatte in der vergangenen Nacht weniger als fünf Stunden Schlaf bekommen, aber ich war voller Elan.

»Ich recherchiere Claire Brideau«, sagte Ryan. »Und suche diesen Dreckskerl namens Pierre.«

»Cormier lieferte Sicard an Pierre für dessen Pornos. Pierre gab sie an Bastarache weiter, der sie in seiner Bar strippen ließ. Das sollte doch reichen, um gegen Bastarache Anklage zu erheben.«

»Sicard war keine Minderjährige mehr, als sie für Bastarache arbeitete.«

»Sie kam von Cormier über diesen Pierre an Bastarache. Cormier fotografierte außerdem Phoebe Jane Quincy. Das stellt eine Verbindung zwischen Quincy und Bastarache her, zumindest eine indirekte.«

»Mitgefangen, mitgehangen.« Ryans knappe Antworten waren ein deutlicher Hinweis darauf, dass er im Augenblick kein Interesse an einer Unterhaltung hatte.

Schweigen breitete sich im Auto aus. Um mich zu beschäftigen, ging ich Bastaraches Verhör noch einmal durch. Was hatte er gesagt, das mich so wurmte?

Plötzlich machte es klick.

»Ryan, erinnerst du dich noch an Bastaraches Bemerkung, als du ihm das Foto des Mädchens auf der Bank gezeigt hast?«

»Er sagte, er hätte noch mit Algebra gekämpft, als dieses Mädchen indianische Prinzessin spielte.«

»Was stimmt daran nicht?«

»Es zeigt, was für ein kaltherziger Mistkerl er ist.«

»Das Bild ist ein Ausdruck aus dem Video. Den ich heute gemacht habe. Moderner Drucker, modernes Papier. Auf diesem Bild ist rein gar nichts, was auf einen Zeitrahmen hindeutet.«

Ryan schaute kurz zu mir herüber. »Wie kam dann Bastarache auf die Idee, dass das Ding Jahrzehnte alt ist?«

»Er weiß, was los ist. Er weiß, wer dieses Mädchen ist.«

Ich sah, dass Ryans Knöchel am Lenkrad weiß wurden.

»Wenn wir keine Anklage erheben, ist Bastarache morgen wieder ein freier Mann.«

»Wir brauchen Beweise, um Anklage zu erheben.«

Frustriert ließ ich mich in meinen Sitz zurücksinken, weil ich wusste, dass Ryan recht hatte. Die Ermittlung hatte noch nichts ergeben, was Bastarache ernsthaft mit irgendeinem der vermissten oder toten Mädchen in Verbindung brachte. Mit irgendetwas in Verbindung brachte, um ehrlich zu sein. Ein Staatsanwalt würde stichhaltige Beweise oder zumindest viel stärkere Indizien verlangen. Dennoch überraschte mich Ryans scheinbare Niedergeschlagenheit.

»Du solltest dich freuen, Ryan. Sicard ist noch am Leben, und wir haben sie gefunden.«

»Jap. Sie ist ein Schätzchen.«

»Hast du vor, ihre Eltern anzurufen?«

»Jetzt noch nicht.«

»Ich habe das Gefühl, dass Kelly sich selber bei ihnen meldet.«

»Karine.«

»Kelly. Kitty. Karine. Glaubst du, dass sie uns alles gesagt hat, was sie weiß?«

Ryan machte ein Geräusch, das ich in der Dunkelheit nicht interpretieren konnte.

»Mein Eindruck ist, sie hat ehrlich geantwortet, wenn sie gefragt wurde, hat aber von sich aus wenig preisgegeben.«

Ryan sagte nichts.

»Sie hat was Interessantes gesagt, als du beim Zahlen warst.«

»Danke für den Kakao?«

»Sie glaubt, dass Brideau ermordet wurde.«

»Von wem?«

»Das hat sie nicht gesagt.«

»Ich setze auf diesen Pfundskerl Pierre.«

»Da er sie bedroht hat. Aber Bastarache hatte ein Auge auf sie geworfen.«

Ich schaute Ryan an, eine Silhouette, dann ein Gesicht, das von entgegenkommenden Lichtern langsam erhellt wurde. Das Gesicht war versteinert.

»Du hast zwei Fälle gelöst, Ryan. Fälle, die schon uralt waren. Anne Girardin und Kelly Sicard. Wenn Sicard recht hat, dann haben wir die Leiche von der Rivière des Mille Îles als Claire Brideau identifiziert. Du machst doch gute Fortschritte.«

»Eine am Leben, vier tot, zwei immer noch vermisst. Hol die Wunderkerzen raus.«

Ein Laster rauschte vorbei. Der Impala schwankte in der Luftverwirbelung und beruhigte sich wieder.

Ich wandte mich von Ryan ab, zog mein Handy heraus und kontrollierte die Mailbox.

Noch immer nichts von Harry.

Rob Potter hatte um zehn Uhr zweiundvierzig angerufen. Er hatte die Gedichte analysiert und war zu einem Urteil gekommen. Ich war zwar neugierig, sah aber ein, dass es zu spät war, ihn anzurufen.

Ich lehnte mich zurück und schloss die Augen. Gedanken schwirrten mir durchs Hirn, während wir durch die Nacht rasten.

Warum rief Harry nicht an? Plötzlich bestürzende Bilder. Der Schläger in Cormiers Studio. Die *Death*-E-Mail und der anonyme Anruf. Das Paar, das meine Wohnung ausschnüffelte.

Cheech und Chong. Mulally und Babin.

Was, wenn Harry gar nicht aus freien Stücken verschwunden war?

Keine voreiligen Schlüsse, Brennan. Noch nicht. Sie ist erst seit gestern weg. Wenn Harry sich bis morgen nicht meldet, dann bitte Hippo oder Ryan, sich Mulally und Babin vorzunehmen.

War Obéline noch am Leben und in regelmäßigem Kontakt mit Bastarache? Warum? Der Mann hatte ihr den Arm gebrochen und sie angezündet. Und falls es so war, warum hatte sie den Selbstmord vorgetäuscht?

Zu welchem Urteil war Rob gekommen? Stammten alle Gedichte von ein und derselben Person? War Évangéline die Autorin? Falls ja, hatte Obéline die Veröffentlichung durch O'Connor House bezahlt? Warum anonym? Hatte Bastarache sie so unbarmherzig schikaniert, dass sie Geheimhaltung in allen Dingen für nötig erachtete?

Hatte Obéline tatsächlich den Mord an Évangéline miterlebt? Falls ja, wer war der Mörder? Bastarache war damals noch ein junger Mann gewesen. War er beteiligt? Wie?

Was war mit Évangélines Leiche passiert? War sie einfach verscharrt worden wie Hippos Mädchen, das Skelett von Sheldrake Island? Wer war Hippos Mädchen? Würden wir das je erfahren?

Hatte Bastarache Cormier umgebracht? Oder Pierre? Hatte einer von beiden Claire Brideau umgebracht? Falls ja, warum? Hatte einer von ihnen Claudine Cloquet umgebracht? Phoebe Quincy? Das Mädchen, das an der Küste von Dorval angespült worden war? Das Mädchen aus dem Lac des Deux Montagnes?

Waren diese Mädchen ermordet worden? Waren Cloquet und Quincy tot? Falls nicht, wo waren sie?

Zu viel Falls und Warum.

Und wo zum Teufel war Harry?

Hippo rauchte auf dem Bürgersteig eine Players, als wir vor Le Passage Noir hielten. Ryan zündete sich ebenfalls eine Zigarette an, während ich von unserem Gespräch mit Kelly Sicard/Karine Pitre berichtete.

Hippo hörte zu, und sein Kinn hob und senkte sich wie bei einem Wackeldackel.

»Hab mir die Angestellten noch einmal vorgenommen«, sagte Hippo, als ich fertig war. »Hab sie erst vor einer Stunde laufen lassen. Und ihnen gesagt, sie sollen keine Reisen planen.«

»Anruf aus Orsainville?«, fragte Ryan.

Hippo nickte. »Bastaraches Anwältin hat Himmel und Hölle in Bewegung gesetzt. Wenn wir nicht bald was finden, das uns Grund für eine Anklage gegen dieses Arschloch gibt, dann lassen sie ihn morgen früh laufen.«

Ryan warf seine Zigarette zu Boden und trat sie mit dem Absatz aus. »Dann lasst uns was finden.« Er zog die Tür auf und ging in die Bar.

Während Ryan und Hippo sich durch Bastaraches Akten arbeiteten, ging ich zum Impala, holte meinen Laptop und fuhr ihn hoch. Die Einwahl ins Internet lief quälend langsam. Ich surfte mit den Schlagworten »Pornoproduzenten«, »Pornomacher«, »Pornoindustrie«, »Sexfilmindustrie« und so weiter und so fort.

Ich entdeckte die Religiöse Allianz gegen Pornografie. Las Artikel über einschlägige Gerichtsverfahren. Sah virtuelle Strips, gespielte Orgasmen und Schiffsladungen voller Silikon. Erfuhr die Namen von Produzenten, Darstellern, Websites und Produktionsfirmen.

Ich fand niemanden, der sich Pierre nannte.

Um halb fünf verspürte ich das dringende Bedürfnis nach einer Dusche. Und nach Antibiotika.

Ich klappte den Laptop zu und ging zum Liegesessel, um für vier oder fünf Minuten die Augen zuzumachen. Am anderen Ende des Zimmers hörte ich Ryan und Hippo Schubladen zuknallen und in Quittungen und Rechnungen blättern.

Dann stritt ich mit Harry. Sie beharrte darauf, dass ich Mokassins anzog. Ich wollte nicht.

»Wir spielen Pocahontas«, sagte sie.

»Verkleiden ist doch Kinderkram«, sagte ich.

»Wir müssen es tun, bevor wir krank werden.«

»Niemand wird krank.«

»Ich muss weg.«

»Du kannst so lange bleiben, wie du willst.«

»Das sagst du immer. Aber ich habe das Buch.«

Ich bemerkte, dass Harry ihr Sammelalbum in der Hand hielt.

»Den Teil über Évangéline hast du nicht gesehen.«

»Habe ich schon.«

Als ich nach dem Buch griff, drehte Harry sich um. Hinter ihrer Schulter konnte ich ein Kind mit langen, blonden Haaren erkennen. Harry redete mit dem Kind, aber ich verstand nicht, was sie sagte.

Noch immer das Buch in der Hand, ging Harry auf das Kind zu. Ich versuchte, ihr zu folgen, aber die Mokassins rutschten mir immer wieder von den Füßen, sodass ich stolperte.

Dann schaute ich durch ein vergittertes Fenster ins Sonnenlicht. Um mich herum war Dunkelheit. Harry und das Kind starrten mich an. Nur war es kein Kind. Es war eine alte Frau. Die Wangen waren eingefallen und die Haare silbrig, und um ihren Kopf leuchtete ein weißer Strahlenkranz.

Vor meinen Augen riss die runzlige Haut um die Lippen und unter den Augen der Frau plötzlich auf. Ihre Nase öffnete sich zu einem zerklüfteten, schwarzen Loch.

Unter dem Gesicht der Frau erschien nun ein anderes. Es war das Gesicht meiner Mutter. Ihre Lippen zitterten, und Tränen funkelten auf ihren Wangen.

Ich streckte den Arm durch die Gitterstangen. Meine Mutter hob die Hand. Darin hatte sie ein zerknülltes Papiertaschentuch.

»Komm raus aus dem Krankenhaus«, sagte meine Mutter.

»Ich weiß nicht, wie«, sagte ich.

»Du musst in die Schule gehen.«

»Bastarache war auch nicht in der Schule«, sagte ich.

Meine Mutter warf das Knäuel. Es traf mich an der Schulter. Sie warf noch eins. Und noch eins.

Ich öffnete die Augen. Ryan klopfte mir auf den Arm.

Ich richtete mich so schnell auf, dass der Liegesessel in die aufrechte Position klappte und arretierte.

»Bastarache kommt in einer Stunde raus«, sagte Ryan. »Ich hefte mich an seine Fersen, damit ich sehe, wohin er will.«

Ich schaute auf die Uhr. Es war fast sieben.

»Du kannst hier bei Hippo bleiben. Oder ich bringe dich in ein Motel und hole dich –«

»Nichts da.« Ich stand auf. »Fahren wir.«

Unterwegs versuchte ich, meinen Traum zu analysieren. Die Grundstruktur war das Übliche, mein Hirn mischte jüngste Ereignisse zu einem Fellini-Film zusammen. Ich frage mich oft, was wohl Kritiker über meine nächtlichen Kaleidoskope schreiben würden. *Surreale Bildlichkeit ohne genauere Trennung zwischen Fantasie und Wirklichkeit.*

Die eben geträumte Sequenz war eine typische Retrospektive aus meinem Unterbewusstsein. Harry und ihr Sammelalbum. Kelly Sicards Erwähnung von Mokassins. Ihr zerknülltes Papiertaschentuch. Bastarache. Das vergitterte Fenster war zweifellos ein eigener Beitrag meines Es, ein Symbol für meine Frustration.

Aber das Erscheinen meiner Mutter verwirrte mich. Und warum die Erwähnung eines Krankenhauses? Und von Krankheit? Und wer war die alte Frau?

Ich sah Autos vorbeiziehen und fragte mich, warum so viele so früh schon unterwegs waren. Fuhren diese Leute zur Arbeit? Brachten sie ihre Kinder zum frühmorgendlichen Schwimmunterricht? Oder waren sie auf dem Heimweg, nachdem sie die ganze Nacht lang Burger und Fritten serviert hatten?

Ryan fuhr auf einen Parkplatz vor dem Haupteingang des Gefängnisses, stellte den Motor aus und lehnte sich seitlich an die Fahrertür. Da er offensichtlich Ruhe wollte, hing ich wieder meinen Gedanken nach.

Minuten vergingen. Zehn. Fünfzehn.

Nach einer halben Stunde Warten feuerten plötzlich vom Traum inspirierte Synapsen.

Mutter. Krankenhaus. Krankheit. 1965.

Das Flüstern, das ich bei meiner Lektüre über das Lazarett in Tracadie im Hinterkopf gehört hatte, schallte plötzlich laut durch mein Bewusstsein.

Plötzlich saß ich kerzengerade da. Heilige Mutter Gottes. Konnte es wirklich so sein?

Mein Bauch sagte mir, dass ich über eine Antwort gestolpert war. Fünfunddreißig Jahre und jetzt endlich begriffen.

Doch statt Triumph empfand ich nur Traurigkeit.

»Ich weiß, warum Évangéline und Obéline verschwunden sind«, sagte ich, und meine Stimme vibrierte vor Aufregung.

»Wirklich?« Ryan klang erschöpft.

»Laurette Landry fing an, ihre Töchter auf Pawleys Island zu bringen, nachdem sie ihren Job im Krankenhaus verloren hatte und danach doppelt in einer Konservenfabrik und einem Motel arbeiten musste. Évangéline und Obéline wurden schleunigst nach Tracadie zurückgeholt, als Laurette krank wurde.«

»Das hast du doch immer schon gewusst.«

»Die Mädchen kamen das erste Mal 1966 auf die Inseln, in dem Jahr, als das Lazarett in Tracadie geschlossen wurde.«

»Könnte ja sein, dass es in Tracadie noch ein anderes Krankenhaus gegeben hatte.«

»Das glaube ich nicht. Ich werde mir natürlich alle Personallisten anschauen, aber ich möchte darauf wetten, dass Laurette Landry in dem Lazarett gearbeitet hatte.«

Ryan warf mir einen kurzen Seitenblick zu und schaute dann sofort wieder zum Gefängnistor.

»Évangéline erzählte mir, dass ihre Mutter viele Jahre lang in einem Krankenhaus gearbeitet hatte. Falls Laurette in dem Lazarett gearbeitet hatte, dann hatte sie engen Kontakt mit Leprakranken gehabt. Tatsache ist, dass sie an etwas erkrankte, das tägliche Pflege durch Évangéline erforderte.«

»Auch wenn Laurette sich mit Lepra infizierte, du redest hier von den Sechzigern. Behandlungsmöglichkeiten gab es seit den Vierzigern.«

»Denk an die Stigmatisierung, Ryan. Ganze Familien wurden gemieden. Es war verboten, Leprakranke oder deren Familienangehörige anzustellen, wenn die infizierte Person im gemeinsamen Haushalt lebte. Und es war ja nicht nur das Leben der Betroffenen, das ruiniert wurde. Die Existenz des Lazaretts hatte verheerende Auswirkungen auf die Wirtschaft Tracadies. Jahrelang tauchte der Name Tracadie auf keinem Produktetikett auf. Wurde eine Firma öffentlich mit Tracadie in Verbindung gebracht, bedeutete das oft den wirtschaftlichen Ruin.«

»Das war vor Jahrzehnten.«

»Wie Hippo sagt, die Akadier haben ein langes und sehr gründliches Gedächtnis. Die Landrys waren keine gebildeten Leute. Vielleicht zogen sie es vor, Laurette zu verstecken. Vielleicht misstrauten sie der Regierung. Wie Bastarache.«

Ryan machte eins seiner unverbindlichen Geräusche.

»Vielleicht hatte Laurette Angst davor, im Lazarett in Quarantäne gesteckt zu werden. Vielleicht war sie fest entschlossen, nicht dort zu sterben, und flehte deshalb ihre Familie an, sie zu Hause zu behalten.«

In diesem Augenblick bimmelte Ryans Handy.

»Ryan.«

Meine Gedanken sprangen von Laurette zu Hippos Mädchen. Waren die beiden wirklich an derselben Krankheit gestorben?

»Sehe ihn.«

Ryans Stimme holte mich in die Gegenwart zurück. Ich folgte seinem Blick zum Gefängnistor.

Bastarache kam in unsere Richtung. Neben ihm ging eine dunkelhaarige Frau in einem unförmigen, grauen Kostüm. Die Frau trug einen Aktenkoffer und gestikulierte beim Reden mit der freien Hand. Ich nahm an, dass ich die Rechtsanwältin Isabelle Francoeur vor mir sah.

Francoeur und Bastarache gingen auf den Parkplatz und stiegen in einen schwarzen Mercedes. Noch immer redend, legte Francoeur den Gang ein und fuhr davon.

Ryan wartete, bis der Mercedes sich in den Verkehr eingereiht hatte, und folgte ihm dann.

36

Ryan und ich fuhren schweigend. Die Stoßzeit war in vollem Schwung, und ich fürchtete, wenn ich die Augen vom Mercedes nehmen würde, dann würden wir ihn in dem Meer aus Stoßstangen und Rücklichtern, das in südlicher Richtung auf die Stadt zuwogte, verlieren.

Ryan spürte meine Nervosität.

»Entspann dich«, sagte er. »Wir verlieren sie schon nicht.«

»Vielleicht sollten wir dichter ranfahren.«

»Dann könnten sie uns bemerken.«

»Wir sitzen in einem Zivilfahrzeug.«

Ryan grinste beinahe. »Diese Karre schreit lauter ›Bulle‹ als Blinklicht und Sirene.«

»Sie fährt in die Stadt.«

»Ja.«

»Glaubst du, dass sie ihn zu Le Passage Noir fährt?«

»Ich weiß es nicht.«

»Dann verlier sie nicht.«

Wir befanden uns im Randbezirk von *centre-ville*, als der Mercedes plötzlich blinkte.

»Sie biegt nach rechts ab«, sagte ich.

Mehrere Autos dahinter reihte Ryan sich ebenfalls auf die Abbiegespur ein.

Noch zwei Mal Blinken. Noch zwei Mal Abbiegen. Ich kaute auf der Nagelhaut meines rechten Daumens herum und beobachtete den Mercedes.

»Sichere Fahrerin«, bemerkte ich.

»Macht's mir einfacher.«

»Aber sieh zu, dass –«

»Ich sie nicht verliere. Ich versuche, daran zu denken.«

Der Mercedes bog noch einmal ab und hielt dann auf dem Boulevard Lebourgneuf am Bordstein. Ryan fuhr vorbei und parkte einen halben Block weiter unten. Ich schaute in den Seitenspiegel, Ryan in seinen Rückspiegel.

Francoeur legte etwas aufs Armaturenbrett, dann stiegen sie und Bastarache aus, überquerten den Bürgersteig und betraten ein graues Steingebäude.

»Sie hat irgendeinen Parkausweis unter die Windschutzscheibe gelegt«, sagte Ryan. »Wenn das ihr Büro ist, hat sie doch sicher irgendwo einen reservierten Parkplatz. Warum benutzt sie ihn nicht?«

»Vielleicht ist es nur ein kurzer Aufenthalt«, sagte ich.

Was immer Bastarache und Francoeur vorhatten, es dauerte

so lange, dass mir die Beschattung langweilig wurde. Ich beobachtete Büroangestellte, die mit Deckelbechern voller Starbucks-Kaffee zur Arbeit eilten. Eine Mutter mit einem Kinderwagen. Zwei blauhaarige Punks mit Skateboards unterm Arm. Einen bemalten Straßenkünstler mit Stelzen unterm Arm.

Im Impala wurde es stickig und warm. Ich kurbelte mein Fenster herunter. Stadtgerüche wehten herein. Müll. Salz und Benzin vom Fluss.

Ich kämpfte gegen die Schläfrigkeit an, als Ryan den Motor anließ.

Ich schaute zu dem Gebäude, das Bastarache und Francoeur betreten hatten. Unser Freund kam eben durch die Tür.

Bastarache richtete eine Fernbedienung auf den Mercedes. Das Auto machte piep-piep, und die Lichter blinkten auf. Er riss die Tür auf, setzte sich hinters Steuer und reihte sich in den Verkehr ein. Als der Mercedes an uns vorüber war, ließ Ryan noch einige Autos vorbei und folgte dann.

Bastarache schlängelte sich durch die Stadt auf den Boulevard Sainte-Anne und schien uns überhaupt nicht zu bemerken. Sein Kopf wippte auf und ab, und ich nahm an, dass er mit dem Radio spielte oder eine CD einlegte.

Einige Meilen außerhalb der Stadt bog Bastarache nach rechts auf eine Brücke über den St. Lawrence ein.

»Er fährt auf die Île d'Orléans«, sagte Ryan.

»Was gibt's dort draußen?«

»Farmen, ein paar Sommerhäuser und Bed-and-Breakfasts und eine Handvoll winziger Käffer.«

Bastarache überquerte die Insel auf der Route Prévost und bog dann nach links auf den Chemin Royal ein, eine zweispurige Teerstraße, die am gegenüberliegenden Ufer entlangführte. Vor meinem Fenster glitzerte das Wasser blau-grau in der frühmorgendlichen Sonne.

Der Verkehr war hier nur schwach, was Ryan zwang, einen größeren Abstand zwischen uns und dem Mercedes zu lassen.

Hinter dem Dorf Saint-Jean bog Bastarache rechts ab und war plötzlich außer Sicht.

Als Ryan ebenfalls abbog, war von Bastarache nichts mehr zu sehen. Ich sagte nichts und bearbeitete weiter meine Nagelhaut. Sie war inzwischen grellrot.

Während wir die Teerstraße entlangrollten, betrachtete ich die Landschaft. Links und rechts breitete sich ein Weingarten aus. Das war alles. Hektar um Hektar Weinstöcke, schwer und grün.

Nach einer Viertelmeile endete die Straße in einer T-Kreuzung. Direkt vor uns lag der Fluß, hinter einem Trio aus typischen Quebecer Wohnhäusern. Graue Steinwände, hölzerne Türvorbauten, spitze Giebel, oben Gaubenfenster, unten Blumenkästen. Der Mercedes stand auf der Einfahrt neben dem östlichsten Haus.

Die Flussstraße führte links weiter, endete aber rechts schon nach zehn Metern. Ryan fuhr zu diesem Ende, wendete und schaltete den Motor aus.

»Und jetzt?« Ich fragte das in letzter Zeit ziemlich oft.

»Jetzt beobachten wir.«

»Wir gehen nicht rein?«

»Zuerst peilen wir mal die Lage.«

»Hast du wirklich Lage peilen gesagt?«

»Observation Code sechs bei Zielobjekt.« Ryan reagierte auf meinen Sarkasmus mit weiterem TV-Bullen-Slang.

»Du bist echt zum Lachen.« Ich weigerte mich, ihn zu fragen, was Code sechs bedeutete.

Vierzig Minuten später ging die Tür auf, unser Zielobjekt kam heraus und eilte die Stufen hinunter zum Mercedes. Seine Haare waren nass, und er trug ein frisches apricotfarbenes Hemd.

Ohne nach links oder rechts zu schauen, brauste Bastarache rückwärts die Einfahrt hinunter und wendete mit quietschenden Reifen. Ryan und ich sahen zu, wie er, eine Staubfahne hinter sich herziehend, über die Teerstraße in Richtung Chemin Royal davonraste.

Ryan griff ins Handschuhfach und zog eine Gürteltasche heraus. Ich kannte den Inhalt. Handschellen, Polizeimarke, eine Glock 9 mm und Magazine. Ryan benutzte das Ding, wenn er keine Jacke trug.

Er zog das Hemd aus der Hose, schnallte sich die Tasche um den Bauch und kontrollierte das Band, mit dem sich der Reißverschluss aufziehen ließ. Dann ließ er den Motor an, und wir rollten die Straße hinunter.

Vor dem Haus stiegen wir aus dem Impala und sahen uns um. Die einzige Bewegung kam von einem räudigen braunen Spaniel, der zwanzig Meter weiter oben einen Kleintierkadaver am Straßenrand beschnupperte.

Ich schaute Ryan an. Er nickte. Wir gingen hintereinander zur Haustür.

Ryan drückte mit dem Zeigefinger seiner linken Hand auf den Klingelknopf. Die rechte ruhte leicht angewinkelt über der Gürteltasche, in der die Glock steckte.

Sekunden später war durch die Tür eine Frauenstimme zu hören.

»As-tu oublié quelque chose?« Hast du was vergessen? Ein vertrautes »Du«.

»Police«, rief Ryan.

Ein Augenblick des Schweigens, und dann: »Sie müssen später wiederkommen.«

Adrenalin schoss mir durch die Adern. Die Stimme klang zwar gedämpft, aber vertraut.

»Wir wollen Ihnen ein paar Fragen stellen.«

Die Frau antwortete nicht.

Ryan drückte auf die Klingel. Immer und immer wieder.

»Gehen Sie weg!«

Ryan öffnete den Mund, um etwas zu erwidern. Ich fasste ihn am Arm. Seine Muskeln waren hart wie Baumwurzeln.

»Moment«, flüsterte ich.

Ryan schloss den Mund wieder, aber seine Hand blieb in Position.

»Obéline?«, sagte ich. »*C'est moi, Tempe.* Bitte lass uns rein.«

Die Frau sagte etwas, das ich nicht verstand. Sekunden später sah ich am Rand meines Gesichtsfelds eine Bewegung.

Ich drehte mich zur Seite. Eine heruntergelassene Jalousie bewegte sich leicht. War sie beiseitegeschoben worden, als wir uns dem Haus genähert hatten? Ich konnte mich nicht erinnern.

»Obéline?«

Stille.

»Bitte, Obéline?«

Schlösser klickten, die Tür öffnete sich und Obélines Gesicht erschien in dem Spalt. Wie beim letzten Mal trug sie ein Tuch uber dem Kopf.

Sie überraschte mich, indem sie Englisch sprach. »Mein Mann wird bald zurück sein. Er wird sehr wütend sein, wenn er dich hier sieht.«

»Wir dachten, du bist tot. Ich war am Boden zerstört. Harry ebenfalls.«

»Bitte geht. Mir fehlt nichts.«

»Erzählst du mir, was passiert ist?«

Sie kniff die Lippen zu einer schmalen Linie zusammen.

»Wer hat den Selbstmord inszeniert?«

»Ich will doch nur in Ruhe gelassen werden.«

»Das werde ich nicht tun, Obéline.«

Ihr Blick sprang über meine Schulter, zu der Straße, die zum Chemin Royal führte.

»Detective Ryan und ich wollen dir helfen. Wir werden nicht zulassen, dass er dir was tut.«

»Du verstehst nicht.«

»Hilf mir zu verstehen.«

Röte stieg ihr in die unverletzte Haut, was ihrer rechten Gesichtshälfte eine groteske Marmorierung gab.

»Ich brauche nicht gerettet zu werden.«

»Ich glaube schon.«

»Mein Mann ist kein schlechter Mensch.«

»Er hat womöglich Menschen umgebracht, Obéline. Junge Mädchen.«

»Es ist nicht so, wie du denkst.«

»Genau das hat er auch gesagt.«

»Bitte geht.«

»Wer hat dir den Arm gebrochen? Wer hat dein Haus angezündet?«

Ihre Augen verdunkelten sich. »Warum dieses fanatische Interesse an mir? Du kommst in mein Haus. Du weckst den Schmerz wieder. Jetzt willst du meine Ehe zerstören. Warum kannst du mich nicht einfach in Frieden lassen?«

Ich versuchte es mit einem schnellen Themenwechsel à la Ryan. »Ich weiß über Laurette Bescheid.«

»Was?«

»Das Lazarett. Die Lepra.«

Obéline schaute mich an, als hätte ich sie geschlagen. »Wer hat es dir erzählt?«

»Wer hat Évangéline getötet?«

»Ich weiß es nicht.« Beinahe verzweifelt.

»War es dein Mann?«

»Nein!« Ihr Blick zuckte hin und her wie der einer gejagten Taube.

»Er hat wahrscheinlich zwei kleine Mädchen umgebracht.«

»Bitte, bitte. Alles, was du denkst, ist falsch.«

Ich hielt meinen Blick unbarmherzig auf sie gerichtet. Und drang weiter in sie. »Claudine Cloquet? Phoebe Quincy? Hast du diese Namen schon einmal gehört?«

Ich holte den Umschlag aus meiner Handtasche, riss die Fotos von Quincy und Cloquet heraus und hielt sie ihr hin.

»Schau«, sagte ich. »Schau dir diese Gesichter an. »Ihre Eltern leiden Schmerzen, die nie schlummern werden.«

Sie wandte den Kopf ab, aber ich steckte die Fotos durch den Spalt, sodass sie sie direkt vor Augen hatte.

Sie schloss die Augen, doch dann sackten ihre Schultern nach unten. Als sie wieder sprach, klang ihre Stimme wie die einer Besiegten.

»Moment.« Die Tür wurde geschlossen, eine Kette klirrte, dann ging die Tür wieder auf. »Kommt rein.«

Ryan und ich betraten einen Korridor, der auf beiden Seiten mit Heiligenbildern geschmückt war. Judas. Rosa von Lima. Franz von Assisi. Ein Mann mit einem Stab und einem Hund.

Obéline führte uns an einem Esszimmer samt Bibliothek vorbei zu einem großen Wohnzimmer mit Dielenboden, schweren Eichentischen, einem abgenutzten Ledersofa und üppigen Lehnsesseln. Eine Wand bestand vom Boden bis zur Decke nur aus Glas. Darin eingebaut war ein steinerner, offener Kamin, der den spektakulären Ausblick auf den Fluss zum Teil verdeckte.

»Bitte.« Obéline deutete auf das Sofa.

Ryan und ich setzten uns.

Obéline blieb stehen, den Blick auf uns gerichtet, eine knotige Hand am Mund. Ich konnte ihren Gesichtsausdruck nicht deuten. Sekunden vergingen. Ein einzelner Schweißtropfen lief ihr die Schläfe hinunter. Dieses Gefühl schien sie aus ihrer Erstarrung zu reißen.

»Wartet hier.« Sie drehte sich um und verschwand durch den Bogengang, durch den wir hereingekommen waren.

Ryan und ich wechselten Blicke. Ich merkte, dass er angespannt war.

Die Morgensonne brannte auf das Glas. Obwohl es kaum elf Uhr war, war es in dem Zimmer bereits stickig heiß. Ich spürte, wie meine Bluse feucht wurde.

Eine Tür ging auf, dann klackerten Schritte über den Korridor. Obéline kehrte mit einem etwa siebzehnjährigen Mädchen an der Hand zurück.

Das Paar durchquerte das Zimmer und stellte sich vor uns hin.

Irgendetwas blähte sich in meiner Brust.

Das Mädchen war nur etwa einen Meter fünfzig groß. Sie hatte blasse Haut, blaue Augen und dichte, schwarze Haare, die etwa auf Kinnhöhe abgeschnitten waren. Es war ihr Lächeln, das mich nicht mehr losließ. Ein Lächeln, das nur von einer einzigen, winzigen Unvollkommenheit gestört wurde.

Ich spürte, wie Ryan neben mir erstarrte.

Der Tag hatte eine radikale Wendung genommen.

37

Ich hielt noch immer das Foto von Claudine Cloquet in der Hand. Ryans Vermisste Nummer zwei. Die Zwölfjährige, die zweitausendzwei verschwunden war, als sie in Saint-Lazare-Sud mit ihrem Fahrrad fuhr.

Ich schaute von dem Mädchen zum Foto. Winterweiße Haut. Schwarze Haare. Blaue Augen. Schmales, spitzes Kinn.

Eine Reihe weißer Zähne mit einem verdrehten Eckzahn.

»Das ist Cecile«, sagte Obéline und legte dem Mädchen die Hand auf die Schulter. »Cecile, sag Hallo zu unseren Gästen.«

Ryan und ich standen auf.

Cecile betrachtete mich mit unverhohlener Neugier. »Sind diese Ohrringe *authentique?*«

»Echtes Glas«, erwiderte ich lächelnd.

»Viel Glitzer. Glitzer-o.«

»Möchtest du sie gern haben?«

»Ehrlich?«

Ich nahm die Ohrringe ab und gab sie ihr. Sie drehte sie in der Hand, ehrfürchtig, als wären es Kronjuwelen.

»Cecile lebt seit fast drei Jahren bei uns.« Obélines Blick ruhte unverwandt auf mir.

»Je fais la lessive«, sagte Cecile. *»Et le ménage.«*

»Du machst die Wäsche und putzt das Haus. Das muss eine enorme Hilfe sein.«

Sie nickte eifrig. »Und ich bin wirklich gut mit Pflanzen. Gut. Gut-o.«

»Wirklich?«, fragte ich.

Cecile blendete mich beinahe mit ihrem strahlenden Lächeln. »Mein Weihnachtskaktus hat tausend Blüten.« Ihre Hände malten einen großen Kreis in die Luft.

»Das ist ja erstaunlich«, sagte ich.

»Oui.« Sie kicherte wie ein kleines Mädchen. »Obéline hat gar keine. Darf ich die Ohrringe wirklich behalten?«

»Natürlich«, sagte ich.

»Bitte entschuldige uns jetzt«, sagte Obéline.

Celine hob eine Schulter. »Okay. Ich schaue mir gerade die *Simpsons* an, aber es wird immer so verschwommen. Kannst du es reparieren?« Sie wandte sich mir zu. »Homer ist so lustig.« Ihr »so« hatte einige »o«. *»Drôle. Drôle-o.«*

Obéline hob den Zeigefinger, um anzudeuten, dass sie gleich wieder da sei. Dann eilte sie mit Celine aus dem Zimmer.

»Claudine Cloquet«, sagte ich mit bemüht ruhiger Stimme. Ryan nickte nur. Er tippte eben eine Nummer in sein Handy.

»Wie zum Teufel soll –«

Ryan hob die Hand.

»Ryan hier«, sagte er in das Gerät. »Bastarache hat Cloquet in einem Wohnhaus auf der Île d'Orléans.« Kurze Pause. »Dem Mädchen geht's im Augenblick gut. Aber Bastarache ist flüchtig.«

Ryan nannte Farbe, Modell, Baujahr und Nummernschild des Mercedes. Dann Adresse und Lage von Obélines Haus. Seine Kiefermuskeln traten hervor, während er sich die Antwort anhörte. »Sagt Bescheid, wenn ihr ihn habt. Falls er hier auftaucht, gehört sein Arsch mir.«

Ryan schaltete aus und ging im Zimmer auf und ab.

»Glaubst du, dass er zurückkommt?«, fragte ich.

»Sie erwartet –«

Ryan erstarrte. Unsere Blicke trafen sich, und wir wurden uns eines tiefen Brummens bewusst, mehr eine Vibration der Luft als ein Geräusch. Das Brummen wurde lauter. Es wurde zum Schnurren eines Motors.

Ryan rannte den Korridor entlang und in das Esszimmer. Ich folgte. Wir stellten uns neben ein Fenster und starrten hinaus.

Die Fata Morgana eines Autos schwebte über der Teerstraße, die vom Chemin Royal hierherführte.

»Ist er das?«, sagte ich mit überflüssigem Flüstern in der Stimme.

Ryan zog den Reißverschluss seiner Gürteltasche auf. Gemeinsam sahen wir zu, wie sich der nebelhafte Umriss zu einem schwarzen Mercedes verdichtete.

Plötzliche Erkenntnis.

»Unser Auto steht vor dem Haus!«, zischte ich.

»Tabernac!«

Zehn Fußballfelder entfernt blieb der Mercedes stehen und wendete hektisch.

Ryan rannte in den Korridor, zur Tür hinaus und die Zufahrt hinunter. Sekunden später schoss der Impala, Staub aufwirbelnd, davon. Ich sah ihm nach, bis er hinter dem Horizont verschwunden war.

»Was ist los? Wo ist er hin?«

Ich schluckte und drehte mich um. Obéline stand in der Tür.

»Das Mädchen heißt nicht Cecile«, sagte ich. »Sie heißt Claudine. Claudine Cloquet.«

Sie starrte mich an, und ihre Finger zupften an ihrem Tuch, wie sie es schon vor dem Pavillon in Tracadie getan hatten.

»Dein Mann hat Claudine ihrer Familie gestohlen. Hat sie wahrscheinlich gezwungen, sich für seine kleinen Schmuddelfilme auszuziehen. Sie war zwölf, Obéline. Zwölf Jahre alt.«

»So war es nicht.«

»Ich will das nicht mehr hören«, blaffte ich.

»Cecile ist glücklich bei uns.«

»Sie heißt Claudine.«

»Sie ist hier sicher.«

»Bei ihrer Familie war sie sicher.«

»Nein. Das war sie nicht.«

»Woher willst du das wissen?«

»Ihr Vater war ein Monster.«

»Dein Mann ist ein Monster.«

»Bitte.« Ihre Stimme zitterte. »Komm und setz dich.«

»Du willst mir also erzählen, dass alles nicht so ist, wie es aussieht?« Ich war jetzt sehr wütend und bemühte mich nicht länger, freundlich zu sein.

»Claudines Vater hat seine Tochter für fünftausend Dollar für Kinderpornografie verkauft.«

Das verschlug mir die Sprache.

»An wen?«

»An einen bösen Mann.«

»Wie heißt er?«

»Ich weiß es nicht.« Sie senkte den Blick, schaute mich dann wieder an. Ich vermutete, dass sie log.

»Wann war das?«

»Vor fünf Jahren.«

In dem Jahr, als Claudine aus Saint-Lazare-Sud verschwand. Fünf Jahre nach Kelly Sicard. Fünf Jahre vor Phoebe Jane Quincy.

Kelly Sicard. Ein plötzlicher Gedanke.

»Hieß dieser Mann Pierre?«

»Das habe ich nie erfahren.«

Ich drehte mich um und schaute zum Fenster hinaus. Die Straße war leer. Der Spaniel pinkelte an einen Pfosten an der Kreuzung.

Die Zeit schleppte sich dahin. Hinter mir hörte ich, wie

Obéline sich auf einen Stuhl am Tisch setzte. Von irgendwo tief im Haus drangen die gedämpften Stimmen von Homer und Marge Simpson zu uns.

Schließlich drehte ich mich wieder zu ihr um.

»Woher kannte dein Mann diesen Kerl, der Claudine ›verkauft‹ hatte?« Ich malte die Anführungszeichen mit den Fingern in die Luft.

»Er arbeitete für Davids Vater. Vor langer Zeit. Vor unserer Hochzeit.«

»Stripbars waren also nicht genug. Dein Mann tat sich mit diesem Dreckskerl zusammen, um Kinderpornos zu machen.«

»Nein.« Mit Nachdruck. »David hasst diesen Mann. Gelegentlich …« Sie hielt inne und schien sich die Formulierung gut zu überlegen. »… brauchen sie einander.«

»Also hat dieser Bösewicht Claudine an deinen Mann weitergegeben. Warum? War sie schon zu alt für diesen speziellen Markt geworden?«

Wieder senkte Obéline den Blick und hob ihn wieder. »David hat ihm Geld gegeben.«

»Natürlich. David Bastarache, der Retter der Jungfrauen.«

Ich glaubte ihr zwar nicht, aber Kelly Sicards Geschichte ihrer Befreiung aus Pierres Fängen ging mir auch nicht mehr aus dem Kopf.

Ich schaute auf die Uhr. Ryan war schon fast zwanzig Minuten weg.

»Von wo aus macht dieser Mann seine Geschäfte?«

»Ich weiß es nicht.«

In diesem Augenblick bimmelte mein Handy. Es war Ryan. Bastarache hatte es auf den Highway zwanzig geschafft und fuhr nach Westen. Ryan folgte ihm unauffällig, weil er hoffte, dass Bastarache sich weiter belasten würde. Er würde eine Weile unterwegs sein.

Klasse. Ich saß ohne Auto für weiß Gott wie lange in der Provinz fest.

Ich fühlte mich gefangen, rammte frustriert das Handy in meine Handtasche. Noch bevor die Klappe auf der Tasche lag, klingelte es schon wieder. Die Vorwahl überraschte mich. New York. Dann fiel es mir wieder ein. Rob Potter.

Ohne den Blick von Obéline zu nehmen, schaltete ich ein.

»Hey, Rob.«

»Magst du Rock 'n' Roll?«

»Tut mir leid, dass ich dich gestern Abend nicht mehr zurückrufen konnte.« Ich war viel zu müde und gereizt, um witzig zu sein.

»Kein Problem. Hast du ein paar Minuten? Ich habe da einige Gedanken, die dich vielleicht interessieren.«

»Moment.«

Ich drückte mir das Handy an die Brust und sagte zu Obéline: »Kann ich ein paar Minuten allein sein?«

»Wo ist der Detective hin?«

»Deinen Mann verhaften.«

Sie zuckte zusammen, als ich hätte ihr gedroht, sie zu schlagen.

»Und du musst dich mit mir abfinden.«

Sie stand auf.

»Ruf ihn nur ja nicht an«, fügte ich hinzu. »Wenn du David jetzt warnst, könntest du als Witwe enden.«

Sie stolzierte stocksteif aus dem Zimmer.

Ich holte Kuli und Notizblock aus meiner Handtasche. Dann setzte ich mein Headset auf, legte das Handy auf den Tisch und nahm die Unterhaltung mit Rob wieder auf, froh darüber, dass ich jetzt etwas hatte, um mir die Zeit zu vertreiben.

»Schieß los«, sagte ich.

»Lange oder kurze Version?«

»Erzähl mir genau so viel, dass ich es verstehe.«

»Hast du die Gedichte bei der Hand?«

»Nein.«

Ich hörte Töpfeklappern und nahm an, dass Obéline in die

Küche gegangen war, die sich offensichtlich ganz in der Nähe befand.

»Macht nichts. Ich lese dir die wichtigen Stellen vor. Also: ›B‹ ist die Bezeichnung für die Gedichte, die deine Freundin in den Sechzigern geschrieben hatte, und ›F‹ bezeichnet die Gedichte in der *Bones to Ashes*-Sammlung.«

»Bekannt versus Fraglich«, vermutete ich.

»Ja. Zum Glück für die Untersuchung, wie ich dir noch erklären werde, sind sowohl die B- wie die F-Texte auf Englisch geschrieben. Da deine Freundin ja eine französische Muttersprachlerin war.«

Ich unterbrach ihn nicht.

»Interessant ist, dass, auch wenn Leute versuchen, ihre Muttersprache zu verbergen oder die eines anderen nachzuahmen, ein forensischer Linguist oft unterschwellige Effekte erkennen kann, die der Sprecher nicht unter Kontrolle hat. Zum Beispiel sagen die meisten Leute in Amerika, wenn sie Schlangestehen meinen, *to stand in line.* In New York sagen sie *to stand on line.* Amerikanische Sprecher, ob nun aus New York oder von woanders, scheinen sich dessen überhaupt nicht bewusst zu sein. Es ist ein deutliches Unterscheidungsmerkmal, spielt sich bei den meisten Leuten aber unterhalb der Bewusstseinsebene ab.«

»Also sollte jemand, der einen New Yorker nachmachen will, das wissen. Und ein New Yorker, der seine Sprechweise verbergen will, sollte sich dessen ebenfalls bewusst sein.«

»Genau. Aber typischerweise sind sich die Leute dieser Eigenarten eben nicht bewusst. Grammatikalische Differenzen können noch subtiler sein, von der Aussprache ganz zu schweigen.«

»Rob, hier geht's um geschriebene Poesie.«

»Geschriebene Poesie bedient sich aller Sprachebenen. Aussprachevarianten können das Rhythmusschema beeinflussen.«

»Gutes Argument.«

»Um auf Worte und auf Bewusstsein zurückzukommen: Hast du je von dem *devil note*-Erpresserbrief gehört?«

»Nein.«

»Das war ein Fall, der meinem Mentor, Roger Shuy, vorgelegt wurde. Er schaute sich das Ding an und sagte voraus, dass es sich bei diesem Täter um einen gebildeten Mann aus Akron handeln müsse. Dass die Polizisten skeptisch waren, brauche ich wohl nicht hinzuzufügen. Schreib das jetzt mal mit. Der Text ist kurz, und er wird dir helfen zu verstehen, was ich mit deinen Gedichten gemacht habe.«

Ich schrieb auf, was Rob diktierte.

»Do you ever want to see your precious little girl again? Put $10 000 cash in a diaper bag. Put it in the green trash kan on the devil strip at corner 18th and Carlson. Don't bring anybody along. No kops! Come alone! I'll be watching you all the time. Anyone with you, deal is off and dautter is dead!«

»So ziemlich das Erste, wonach Linguisten suchen, ist die zugrunde liegende Sprache. Ist die Person ein englischer Muttersprachler? Wenn nicht, dann könnten missverstandene Kognate auftauchen, Wörter, die aussehen, als würden sie in beiden Sprachen dasselbe meinen, es aber nicht tun. Nimm das Wort Gift. Im Englischen bedeutet es Geschenk, im Deutschen etwas Giftiges.«

»*Embarazada* im Spanischen.« Ich hatte diesen Fehler einmal in Puerto Rico gemacht. Ich wollte sagen, etwas sei mir peinlich, ich sei *embarrassed,* tatsächlich aber sagte ich, ich sei schwanger.

»Gutes Beispiel. Systematische Schreibfehler können auch auf eine fremde Muttersprache hinweisen. Dir ist sicher aufgefallen, dass der Schreiber in diesem Erpresserbrief *kan* und *kops* anstelle von *can* und *cops* geschrieben hat. Aber nicht *kash* für *cash* oder *korner* für *corner.* Es ist deshalb nicht sehr wahrscheinlich, dass der Schreiber seine Erziehung in einer Sprache erhalten hat, in der der Laut ›k‹ immer als *k* und nie als *c* geschrieben wird. Und insgesamt ist der Brief ja auch ziemlich flüssig.«

»Der Schreiber ist also ein Englischsprecher, der nicht schwanger ist und *trash can* nicht richtig schreiben kann. Wie kam Shuy drauf, dass er gebildet war?«

»Schau dir die Rechtschreibung weiter an. Er kann auch *daughter* nicht richtig schreiben, siehst du?«

»Ja. Aber er kann *precious* richtig schreiben. Und *diaper.* Beides keine einfachen Wörter. Außerdem ist die Zeichensetzung korrekt, nicht wie bei jemandem, der *cops* nicht richtig schreiben kann.«

»Ich wusste, dass du das sofort verstehst. Im Grunde genommen machst du in deinem Job genau dasselbe. Man sucht nach Mustern, die passen, und solchen, die nicht passen. Wenn also ein Täter korrekt schreiben kann, warum tut er es dann nicht?«

»Um die Polizei auf eine falsche Fährte zu locken. Vielleicht ist er in seiner Umgebung als gebildet bekannt. Sein Versuch, seine Bildung zu verbergen, überdeckt sie nicht wirklich, sondern ist sogar ein deutliches Signal. Aber warum Akron? Warum nicht Cleveland? Oder Cincinnati?«

»Lies den Text noch einmal. Welche Wörter stechen heraus?«

»Devil strip.«

»Wie nennst du das Straßenbegleitgrün? Den Grasstreifen zwischen dem Bürgersteig und der Straße?«

Ich überlegte. »Keine Ahnung.«

»Die meisten Leute haben kein Wort dafür. Aber wenn sie eins haben, dann ist das ein sehr lokales. In einigen Gegenden *county strip.* In anderen *median strip.*«

»Devil strip«, vermutete ich.

»Aber nur in Akron. In Toledo oder Columbus nicht mehr. Nur ist sich dessen keiner bewusst. Wer spricht denn schon von *devil strips?* Und was der Teufel auf diesem Grünstreifen zu suchen hat, weiß nicht mal ich. Verstehst du, worauf ich hinauswill?«

»Ja.«

»Sprache unterscheidet sich also je nach Bildungsstand und Herkunftsregion. Man kann auch noch Alter, Geschlecht, soziale Gruppe und so ziemlich jedes andere demografische Merkmal mit dazunehmen.«

»Sprache zeigt, zu welcher Gruppe man gehört.«

»Genau. Das Erste, was ich bei deinen Gedichten versucht habe, war also die Erstellung eines linguistischen demografischen Profils. Was sagt uns die Sprache über den Schreiber? Dann benutzte ich mikroanalytische Techniken, um für jede Gedichtreihe ein individuelles Sprachmuster herauszuarbeiten, das wir den Idiolekt nennen. Davon ausgehend, konnte ich nun die Verfasseranalyse erstellen, um die du mich gebeten hast, und die Frage beantworten: Hat ein und dieselbe Person diese beiden Gedichtreihen geschrieben?«

»Hat sie?«

»Lass mich ausreden. Die Untersuchung war besonders interessant, weil die B-Gedichte von einer Französischsprecherin verfasst wurden, die auf Englisch schrieb. Wie jeder Fremdsprachenlehrer weiß, versucht man, eine Fremdsprache zu sprechen, indem man das linguistische System benutzt, das man bereits kennt, die eigene Muttersprache also. Bis du wirklich sehr gut bist, färbt deine Muttersprache immer auf die erlernte ab.«

Ich dachte an mein eigenes Französisch. »Deshalb haben wir Akzente. Und einen komischen Satzbau. Und Wortwahl.«

»Genau. Für deine Untersuchung habe ich alle Gedichte durchgesehen, und immer wenn ich interessante Passagen entdeckte, habe ich sie für einen Split-Screen-Vergleich aufbereitet. Auf die eine Seite schrieb ich die Gedichte, wie sie sind. Auf der anderen Seite veränderte ich die Gedichte so, dass deutlich wurde, was die Französischsprecherin auf Englisch möglicherweise ausdrücken wollte, es aber nicht schaffte, weil sie falsch aus dem Französischen, ihrer Muttersprache, übersetzte und dabei falsche Kognate benutzte. Wenn der Zusammenhang sich aufgrund meiner Veränderungen verbesserte, nahm ich das als Beweis dafür, dass der Verfasser vielleicht frankofon war. Soll ich es dir an ein paar Beispielen erklären?«

»Mir reicht das Ergebnis.«

»Es ist ziemlich offensichtlich, dass sowohl die B- wie die F-Gedichte von einem Französischsprecher mit geringer formaler Ausbildung in Englisch geschrieben wurden.«

Ich spürte ein erregtes Kribbeln.

»Als Nächstes suchte ich die charakteristischen rhetorischen Mittel, die den B- und den F-Gedichten gemeinsam sind, und nach statistisch relevanten Verzerrungen in Grammatik und Vokabular. Alles verstanden?«

»Bis jetzt schon.«

»Hör dir diese Zeilen aus einem B-Gedicht an:

Late in the morning I'm walking in sunshine, aware and awake like
I have not been before. A warm glow envelops me and tells all around
›Now I am love!‹ I can laugh at the univers for he is all mine.«

Diese Worte aus der Vergangenheit machten mir die Brust schwer. Ich ließ Rob weiterreden

»Jetzt hör dir diese Zeile aus einem F-Gedicht an:

Lost in the univers, hiding in shadow, the woman, once young, looks
Into the mirror and watches young bones returning to dust

Sowohl bei dem B- wie bei dem F-Gedicht verwendet der Autor einen daktylischen Hexameter als Metrum.«

»Dasselbe Stilmittel, das Longfellow bei seiner *Évangéline* benutzte. Meine Freundin liebte dieses Gedicht.«

»Der daktylische Hexameter ist in der epischen Dichtung sehr verbreitet. Für sich allein genommen, hat das identische Metrum also noch keine besondere Bedeutung. Von großem Interesse ist aber, dass in diesen beiden B- und F-Beispielen ähnliche Fehler immer wieder auftauchen. Und in beiden fehlt dem Wort ›universe‹ das ›e‹ am Ende.«

»*Univers.* Die französische Schreibweise.«

»*Oui*. Kehren wir noch einmal zur Geografie zurück. Deine Freundin war Akadierin aus New Brunswick. Sie verbrachte einige Zeit im South Carolina Lowcountry. Hör dir das Titelgedicht aus dem F-Buch, *Bones to Ashes,* an.«

»Worauf soll ich achten?«

»Regionaldialekte. Dieses F-Gedicht enthält eine ganze Menge davon.«

Rob las langsam vor:

»Laughing, three maidens walk carelessly, making their way to the river.
Hiding behind a great hemlock, ones smiles as others pass unknowing
Then with a jump and a cry and a hug the girls put their
Surprise behind them. The party moves on through the forest primeval
In a bright summer they think lasts forever. But not the one ailing.
She travels alone and glides through the shadows; others can not see her.
Her hair the amber of late autumn oak leaves, eyes the deep purple of dayclean.
Mouth a red berry. Cheeks ruby roses. Young bones going to ashes.«

»Dasselbe Metrum«, sagte ich.

»Was ist mit dem Vokabular? Du warst in New Brunswick und in South Carolina.«

»Der Ausdruck *forest primeval* für Urwald ist direkt aus Longfellow.«

»Und bezieht sich auf New Brunswick. Zumindest in *Évangéline*. Was sonst noch?«

Ich schaute in meine Notizen. »*Dayclean* ist ein Carolina-Ausdruck für Morgenröte, *dawn*. Und im Süden ist *ailing* ein umgangssprachlicher Ausdruck für krank sein, *being ill.*«

»Genau. Diese beiden Ausdrücke weisen also nach South Carolina.«

Ein Dichter mit Verbindungen nach New Brunswick und South Carolina. Ein Dichter, der von Longfellows *Évangéline* beeinflusst war. Ein Französischsprecher, der auf Englisch schreibt. Linguistische Fingerabdrücke.

O Gott. Harry hatte recht. *Bones to Ashes* stammte von Évangéline.

Wut zuckte mir durchs Hirn. Noch eine Lüge. In jedem Fall eine Ausflucht. Ich konnte es kaum erwarten, Obéline damit zu konfrontieren.

Rob redete weiter.

Seine Worte jagten mir Eis durch die Adern.

38

»Moment«, sagte ich, als meine Lippen wieder Worte formen konnten. »Noch mal.«

»Okay. Ich sagte, dass die Muttersprache eines Sprechers oft in den Vordergrund tritt, wenn er oder sie unter Stress ist. Dann ist es wahrscheinlicher, dass man falsche Kognate benutzt, weil Emotionen sich immer in der eigenen Sprache Luft machen. In diesen Zeilen kann das von den schrecklichen Empfindungen des Betrachters herrühren, von den unvorstellbaren und doch realen Fernsehbildern brennender Opfer, die sich in den Tod stürzen.«

»Lies mir die Zeilen noch einmal vor.«

Rob wiederholte, was er gelesen hatte.

»I see the terror that comes from hate
Two towers fall while men debate
Oh where is God? Even brave people, chair, blessed by fire,
Jet to death!«

Mein Herz klopfte so heftig, dass ich beinahe befürchtete, man könnte es durch die Leitung hören. Rob, der nichts ahnen konnte von den Gefühlen, die in mir tobten, redete weiter.

»*Chair, blessed by fire,* Stuhl, von Feuer gesegnet, ist nicht sehr verständlich, aber wir haben es hier mit Poesie zu tun, und in der Poesie erwartet man, dass der Informationsfluss und die Bezugsrahmen dunkel und anders sind als in der Alltagssprache. Nur dass es in diesen Zeilen fast Alltagssprache ist, zumindest im Französischen. *Chair* heißt Fleisch auf Französisch, nicht Stuhl. Und *se jeter* heißt sich werfen und hat mit dem englischen Verb *jet,* ausstoßen, hervorschießen, nur den Wortstamm gemeinsam, nicht die Bedeutung. Und *blesser* heißt verletzen und hat mit *to bless,* segnen, vom Sinn her nichts zu tun. Im Französischen bedeuten diesen zwei Zeilen: ›Oh, wo ist Gott? Auch tapfere Menschen, das Fleisch vom Feuer verletzt, stürzen sich in den Tod!‹«

»Du bist sicher, dass das ein Hinweis auf den elften September und das World Trade Center ist?« Mit einer unmöglichen Ruhe.

»Das muss es einfach sein.«

»Und du hast keinen Zweifel daran, dass die Gedichte in *Bones to Ashes* von meiner Freundin Évangéline geschrieben wurden?«

»Absolut keinen. Kann ich nun zu Ende erklären, wie ich zu dieser Schlussfolgerung gekommen bin?«

»Ich habe jetzt keine Zeit mehr, Rob.«

»Da ist noch mehr.«

»Ich ruf dich wieder an.«

»Alles in Ordnung mit dir?«

Ich schaltete ab. Ich wusste, dass das unhöflich und undankbar war. Wusste, dass ich ihm später Cognac und Blumen schicken würde. In diesem Augenblick wollte ich einfach nicht weiterreden.

Die Gedichte waren alle von Évangéline, und einige waren jüngeren Datums.

Weiter unten im Korridor ging eine Tür auf. Der Streit zwischen Homer und Marge wurde lauter.

Zumindest ein Gedicht war nach dem September zweitausendeins geschrieben worden.

Der Streit betraf eine Reise nach Vermont. Homer wollte mit dem Auto fahren. Marge wollte lieber fliegen.

Ich saß bewegungslos da, wie gelähmt davon, was Robs Ergebnisse implizierten.

Évangéline war zweitausendeins am Leben gewesen. Sie war nicht schon vor Jahrzehnten ermordet worden.

Bart und Lisa mischten sich in die Debatte ein und argumentierten für eine Fahrt mit einem Wohnmobil.

Obéline hatte gelogen, sie hatte nicht miterlebt, wie Évangéline zweiundsiebzig umgebracht wurde. Warum?

Hatte sie sich tatsächlich geirrt? Natürlich nicht, sie hatte ja die Gedichte. Sie musste ungefähr gewusst haben, wann sie geschrieben wurden.

Ein gemurmeltes Kichern mischte sich in meine Gedanken. Ich hob den Kopf. Das Zimmer war leer, aber an der Türöffnung fiel ein Schatten auf den Boden.

»Cecile?«, rief ich leise.

»Weißt du, wo ich bin?«

»Ich glaube …« Ich hielt inne, als wäre ich mir nicht ganz sicher. »… du bist im Wandschrank.«

»Nee.« Sie hüpfte in die Türöffnung.

»Wo ist Obéline?«

»Kocht was.«

»Du bist zweisprachig, nicht, meine Kleine?«

Sie machte ein verwirrtes Gesicht.

»Du sprichst Englisch und Französisch.«

»Was bedeutet das?«

Ich versuchte es anders.

»Können wir uns unterhalten, nur wir beide?«

»Oui.« Sie setzte sich zu mir an den Tisch.

»Du magst Wortspiele, nicht?«

Sie nickte.

»Wie funktioniert das?«

»Sag ein Wort, das Sachen beschreibt, und ich mache es rund.«

»Gros«, sagte ich und blies die Wangen auf.

Sie verzog das Gesicht. »Bei dem geht's nicht.«

»Warum nicht?«

»Geht einfach nicht.«

»Erklär's mir.«

»Wörter machen in meinem Kopf Bilder.« Sie verstummte, offensichtlich frustriert, weil sie es nicht richtig erklären konnte. Oder weil ich es nicht verstehen konnte.

»Erzähl weiter«, ermutigte ich sie.

»Manche Wörter schauen flach aus, und manche schauen krummelig aus.« Sie kniff die Augen zusammen und führte mit den Händen vor, was sie mit »flach« und »krummelig« meinte. »Flache Wörter kann man rund machen, indem man ›o‹ hinten dranhängt. Mit krummeligen Wörtern kann man das nicht.«

Klar wie Kloßbrühe.

Ich dachte an meine erste Unterhaltung mit Claudine. Das Mädchen sprach *Franglais,* ein buntes Kuddelmuddel aus beiden Sprachen, und schien sich der Grenzen zwischen Französisch und Englisch überhaupt nicht bewusst zu sein. Ich fragte mich, was für ein gedankliches Konstrukt flache von krummeligen Wörtern unterschied. Glitzer und *drôle* waren offensichtlich flach. *Gros* war krummelig.

»Fett«. Ich probierte es mit der Übersetzung von *gros.*

Die grünen Augen funkelten. »Fett-o.«

»Glücklich.«

Sie schüttelte den Kopf.

»Fort.«

»Nee. Ist krummelig.«

»Wild«, sagte ich, bleckte die Zähne und krümmte die Finger zu Klauen wie ein Monster.

»Wild-o.« Kichernd ahmte sie meine Wildheit nach.

Was für eine semantische Ordnung ihr Verstand da erschaffen hatte, würde mir immer ein Geheimnis bleiben. Nach ein paar weiteren Beispielen wechselte ich das Thema.

»Bist du glücklich hier, Cecile?«

»Glaub schon.« Sie steckte sich die Haare hinter die Ohren. Lächelte. »Aber ich mag auch das andere Haus. Das hat große Vögel auf Pfählen.«

Das Haus in Tracadie. Wahrscheinlich war sie auch dort gewesen, als Harry und ich einfach hereingeplatzt waren.

»Weißt du noch, wo du warst, bevor du zu Obéline kamst?«

Das Lächeln verschwand.

»Macht es dich traurig, wenn du an dieses andere Haus denkst?«

»Ich denke nicht daran.«

»Kannst du es beschreiben?«

Sie schüttelte den Kopf.

»War jemand gemein zu dir?«

Sie wippte mit dem Knie, sodass ihr Turnschuh auf dem Boden leise quietschte.

»War es ein Mann?« Sanft.

»Ich musste mich für ihn ausziehen. Und.« Das Wippen wurde heftiger. »Sachen tun. Er war böse. Böse.«

»Kannst du dich vielleicht noch an den Namen des Mannes erinnern?«

»*Mal-o.* Er war böse. Ich konnte nichts dafür.«

»Natürlich nicht.«

»Aber er hat mir was Tolles geschenkt. Ich hab's noch. Willst du's sehen?«

»Später vielleicht ...«

Doch Claudine ignorierte meine Antwort und schoss aus dem Zimmer. Sekunden später kam sie mit einem geflochtenen Lederring, der mit Federn und Perlen verziert war, zurück.

»Das ist ein Zauberding. Wenn man es sich übers Bett hängt, dann hat man schöne Träume. Und –«

»Warum belästigst du Cecile?«

Claudine und ich drehten uns um, als wir Obélines Stimme hörten.

»Wir unterhalten uns nur«, sagte Claudine.

»Auf der Anrichte in der Küche liegen Äpfel.« Obéline nahm ihren finsteren Blick nicht von meinem Gesicht. »Wenn du sie schälst, können wir einen Kuchen backen.«

»Okay.«

Ihren Traumfänger in der Hand drehend, ging Claudine an Obéline vorbei und verschwand. Sekunden später wehte ihr Gesang über den Korridor. *»Fendez le bois, chauffez le four. Dormez la belle, il n'est point jour.«*

Im Kopf übersetzte ich das Lied des Mädchens. Hack das Holz, zünd den Ofen an. Schlaf, meine Schöne, noch ist es nicht Tag.

»Wie kannst du es wagen?«, zischte Obéline.

»Nein, Obéline. Wie kannst *du* es wagen?«

»Sie hat den Verstand eines achtjährigen Kindes.«

»Na gut. Lass uns über Kinder reden.« Mein Ton war eisig. »Lass uns über deine Schwester reden.«

Die Farbe wich ihr aus dem Gesicht.

»Wo ist sie?«

»Das habe ich dir schon gesagt.«

»Du hast mich angelogen.«

Ich schlug beide Handflächen auf den Tisch und sprang auf. Mein Stuhl kippte um und fiel mit einem Knall wie ein Pistolenschuss zu Boden.

»Évangéline wurde nicht ermordet«, sagte ich, und mein Ton war so hart wie mein Gesichtsausdruck. »Auf jeden Fall starb sie nicht mit sechzehn.«

»Das ist Unsinn.« Obélines Stimme zitterte, wie bei einer mehrmals überspielten Audiokassette.

»Harry hat *Bones to Ashes* gefunden, Obéline. Ich weiß, dass Évangéline diese Gedichte geschrieben hat. Einige davon erst zweitausendeins.«

Ihr Blick zuckte an mir vorbei zum Fenster.

»Ich weiß über O'Connor House Bescheid. Ich bin gerade dabei, die Bestellung zurückzuverfolgen. Ich wette, dass Virginie LeBlanc entweder du bist oder Évangéline.«

»Du hast es mir gestohlen.« Sie redete jetzt, ohne mich wieder anzusehen.

»Ich sag dir das ja nicht gerne, aber das, was du und dein Mann getan habt, ist eindeutig schlimmer, als ein Buch zu klauen.«

»Du beurteilst uns falsch und machst schmerzhafte Anschuldigungen, die nicht wahr sind.«

»Was ist mit Évangéline passiert?«

»Das geht dich nichts an.«

»Was war der Grund? Ein gutes Geschäft? Was soll's, die Kleine arbeitet ja für Daddy. Steht zwar nicht in der Stellenbeschreibung, aber ich zieh sie aus, fessle sie und mach ein paar Aufnahmen. Sie ist jung und braucht das Geld. Sie wird mich schon nicht verpfeifen.«

»So war es nicht.«

Ich schlug so heftig auf den Tisch, dass Obéline zusammenzuckte. »Dann sag's mir. Wie war es?«

Sie drehte sich zu mir um.

»Es war der Geschäftsführer meines Schwiegervaters.« Tränen benetzten die furchige Haut. »Er zwang Évangéline, es zu tun.«

»Der namenlose Bösewicht.« Ich kaufte es ihr nicht ab. Wenn es diesen Mann wirklich gab, musste Obéline wissen, wie er hieß.

»David feuerte ihn an dem Tag, als sein Vater starb. Die Sache mit den Fotos habe ich erst später herausgefunden.«

»Was ist mit Évangéline passiert?« Ich würde ihr diese Frage entgegenschleudern, solange es eben sein musste.

Sie starrte mich mit zitternden Lippen an.

»Was ist mit Évangéline passiert?«

»Warum kannst du nicht endlich Ruhe geben?«

»Ruhe geben? Wie kann ich Ruhe geben, solange ich nicht weiß, was mit meiner Jugendfreundin passiert ist?«

»Bitte!«

»Was ist mit Évangéline passiert?«

Ein Schluchzen stieg in ihrer Kehle auf.

»Hat dein Mann sie umgebracht?«

»Sei nicht verrückt. Warum sagst du so was?«

»Einer seiner Ganoven?«

»David würde nie zulassen, dass irgendjemand ihr etwas tut! Er liebt sie!«

Obéline riss die Hand an den Mund. Ihre Augen weiteten sich entsetzt.

Wie zuvor spürte ich, wie sich Kälte in mir ausbreitete.

»Sie lebt«, sagte ich leise.

»Nein.« Verzweifelt. »David liebt die Erinnerung an sie. Ihre Gedichte. Meine Schwester war eine wunderschöne Frau.«

»Wo ist sie?«

»*Bourreau!* Lass sie in Frieden.«

»Ich bin der Bösewicht?«

»Du wirst ihr nur Schmerzen bereiten. Du wirst ihr nur wehtun.«

»Ist sie bei diesem Mann?«

»Sie wird dich nicht sehen wollen.«

Ich dachte daran, was Obéline zuvor gesagt hatte. Wie hatte sie es formuliert? David und dieser Mann brauchten einander.

»Er versteckt sie, nicht?«

»Pour l'amour du Bon Dieu!«

»Was? Hat dein Mann deine Schwester für Claudine eingetauscht? Brauchte er ein neues Modell?«

Obélines Gesicht verhärtete sich zu einer Maske der Wut. Als sie antwortete, war ihre Stimme noch härter als meine.

»J'va t'arracher le gorgoton!« Ich reiß dir die Luftröhre raus!

Wir starrten uns an, aber ich war die Erste, die den Blick abwandte. Machte sich bei mir vielleicht Unsicherheit breit? Von draußen drang ein Motorengeräusch herein. Wurde lauter. Brach ab. Kurz darauf ging die Haustür auf. Wieder zu. Schritte klackerten über den Korridor, dann trat Ryan ins Zimmer.

»Fertig?«

»Mehr als das.«

Falls meine Vehemenz Ryan überraschte, zeigte er es nicht.

»Was ist mit Claudine?«, fragte ich und packte meine Notizen und das Handy in meine Handtasche.

»Die Fürsorge ist direkt hinter mir.«

»Bastarache?«

»Ich habe ihn an die SQ von Trois Rivières weitergereicht. Sie bleiben an ihm dran. Wie's aussieht, will er nach Montreal.«

»Hippo?«

»Fliegt heute noch nach Tracadie. Will Mulally und Babin ausquetschen und einigen Dingen nachgehen, die in Bastaraches Unterlagen aufgetaucht sind.«

Ich drehte mich zu Obéline um.

»Letzte Chance.«

Sie blieb stumm.

Ich legte all die Bedrohlichkeit, die ich aufbringen konnte, in meine Abschiedsworte.

»Merk dir eins, Obéline. Ich werde nicht Ruhe geben, bis ich deine Schwester gefunden habe. Und ich werde alles tun, was in meiner Macht steht, damit dein Mann wegen Entführung, Kindsmisshandlung, Kindsgefährdung und allem, was uns sonst noch einfällt, um ihn festzunageln, vor Gericht gestellt wird.«

Obéline sprach nun leise und mit einem Anflug von Traurigkeit.

»Ich weiß, dass du Gutes tun willst, Tempe, aber du wirst nur Schaden anrichten. Du wirst die Leute verletzen, die du beschützen willst, und diejenigen, die ihnen geholfen haben. Die arme Cecile ist hier glücklich. Die Fürsorge wird ein Albtraum für sie sein. Und wenn du Évangéline findest, wird ihr das nur Schmerzen bereiten. Möge Gott dich segnen und dir verzeihen.«

Die stille Macht von Obélines Worten verjagte meinen Zorn.

»Bitte, Obéline, sag mir, was ich wissen muss, um den Mann, der Évangéline und Cecile das alles angetan hat, der Gerechtigkeit zu überantworten. Bitte, tu es.«

»Ich kann nicht mehr sagen«, murmelte Obéline, ohne mich anzuschauen.

39

Während wir über die Île d'Orléans rasten, berichtete ich Ryan von meinen Gesprächen mit Claudine und Obéline.

»Zangenangriff.« Ryan klang beeindruckt. »Dein Mann ist ein Schmuddelgangster. Deine Schwester hat Fesselspielchen gemacht.«

»Obéline behauptet, dass David all das nicht getan hat, dessen wir ihn verdächtigen, und dass er ein paar der Mädchen sogar geholfen hat. Denk an unsere Unterhaltung mit Kelly Sicard.«

»Wem schiebt sie die Schuld zu?«

»Einem ehemaligen Angestellten ihres Schwiegervaters.«

»Wer ist das?«

»Sie wusste es nicht, oder wollte mir seinen Namen nicht verraten. Sie behauptet, David hätte ihn neunzehnachtzig gefeuert, bevor sie ins Bild kam. Tatsache ist aber, dass irgendjemand mehrere Mädchen ermordet hat und die einzige Spur, die wir haben, Bastarache ist. Das kann ich nicht ignorieren.«

Ryan bog auf eine Highway-Auffahrt ein. Ein kurzes Gefälle, ein Abbremsen, dann schoss der Impala wieder vorwärts, und wir waren auf dem Zwanziger. Ich verstummte, damit Ryan sich aufs Fahren konzentrieren konnte.

Während wir die Strecke runterspulten, wanderten meine Gedanken durch die Ereignisse der letzten vierundzwanzig Stunden. David Bastarache, Kelly Sicard. Claudine Cloquet. Die triefende und aufgeblähte Leiche, die einmal Claire Brideau gewesen war.

Harry. Heute war Mittwoch. Ich hatte sie seit Sonntagabend nicht gesehen. Hatte seit ihrem Anruf auf meinem Handy am Montagvormittag nichts von ihr gehört.

Ein Bildfragment hängte sich an die Stoßstange eines anderen. Évangéline in Seilen. Ein Mädchen auf einer Bank. Claudine, eine Tragödie auf zwei Beinen. Der Mischlingsteenager aus dem Lac des Deux Montagnes.

Konnte es sein, das Évangéline noch immer in der Pornoindustrie arbeitete? War das vielleicht das Geheimnis, das Obéline vor mir verbarg?

Und immer wieder gingen mir Gesprächsfetzen durch den Kopf. *Ich hatte Mokassins an, während ein Kerl in einem Lendenschurz mich fickte.* Bastaraches beunruhigende Bemerkung. *Ich hab noch mit Algebra gekämpft, als dieses Mädchen da indianische Prinzessin gespielt hat.*

Wieder spürte ich ein Schulterklopfen von meinem Unterbewusstsein.

Bastarache wusste, dass das Video mit dem Mädchen auf der Bank bereits einige Jahre auf dem Buckel hatte. Es war in seinem Haus aufgenommen worden. Der Kerl musste einfach Dreck am Stecken haben. Oder vielleicht doch nicht? Wie alt war er damals gewesen? Was war seine Rolle im Familiengeschäft der Bastaraches?

Das Schulterklopfen hörte nicht auf.

Das menschliche Gehirn, nun ja, übersteigt den Verstand. Chemikalien. Elektrizität. Flüssigkeit. Zytoplasma. Man muss es nur richtig verdrahten, und es funktioniert. Kein Mensch weiß wirklich, wie.

Aber die Teile des Gehirns können wie Regierungsbehörden sein, die ihre Reihen schließen, um ihr exkluxives Wissen zu bewahren. Großhirn. Kleinhirn. Stirnlappen. Großhirnrinde. Manchmal braucht man einen Katalysator, um die Einzelteile zur Zusammenarbeit zu bewegen.

Meine Neuronen hatten in den letzten Tagen Wagenladungen voller Informationen aufgenommen, aber noch nicht verdaut. Plötzlich bewegte sich etwas. Das untere Hirn rief das obere an. Warum? Claudine Cloquets Traumfänger.

»Was, wenn Obéline die Wahrheit sagt?«, fragte ich und setzte mich auf. »Was, wenn unser Perverser wirklich der Kerl ist, der für Bastaraches Vater gearbeitet hatte?«

»Okay.«

»Als Harry und ich in Tracadie waren, erwähnte Obéline einen ehemaligen Angestellten ihres Schwiegervaters. Sagte, ihr Mann hätte ihn gefeuert, und es wäre keine freundschaftliche Trennung gewesen.«

Ryan sagte nichts.

»Dieser ehemalige Angestellte baute die Schwitzhütte, die

später zu einem Pavillon umgebaut wurde. Er war verrückt nach Indianerkunst. Geschnitzte Bänke. Totempfähle.« Ich machte eine dramatische Pause. »Kelly Sicard sagte, Pierre habe sie gezwungen, Mokassins zu tragen. Und wie lautete Bastaraches Bemerkung, als du ihm den Ausdruck mit dem Mädchen auf der Bank zeigtest?«

»Das Mädchen spielte indianische Prinzessin.« Ich hatte jetzt Ryans ungeteilte Aufmerksamkeit.

»Auf diesem Foto war nichts, das auf ein indianisches Thema hinwies. Und die Videos, die Sicard aufzählte. Denk an die Titel.«

»*Wampum. Wigwam.* Der Hurensohn.«

»Claudine hatte einen Traumfänger. Sagte, sie hätte ihn von einem Mann bekommen, bei dem sie lebte, bevor sie zu Obéline kam.

Was, wenn Cormiers ›Agenten‹-Freund Pierre derselbe ist, den Bastarache feuerte? Derselbe, der Claudine in seiner Gewalt hatte?«

Ryan packte das Lenkrad fester. »Und wie passt Bastarache da rein?«

»Ich weiß es nicht.« Ich spuckte Einfälle aus, ohne wirklich nachzudenken. »Bastarache ist noch ein Junge. Er sieht, dass in seinem Haus Pornos gedreht werden. Ihm gefällt das nicht, und er schwört sich, der Sache eine Ende zu machen, sobald sein Alter den Löffel abgegeben hat.«

Ryan dachte darüber nach.

»Wie nannte Claudine diesen Widerling?«

»Sie kannte seinen Namen nicht. Oder wollte ihn nicht sagen.« Ich erzählte ihm von dem Wörterrundungsspiel. »Claudine betrachtet Adjektive entweder als flach oder als krummelig. An flache hängt sie ein ›o‹ an, an krummelige nicht. Das folgt keiner Logik, nur ihrer einzigartigen kognitiven Kartografie. Sie hat lediglich gesagt, dass der Kerl böse gewesen sei. *Mal-o.*«

Ryan kniff nachdenklich die Augen zusammen. Dann fügte er meiner »Was wenn«-Liste noch einen Bewerber hinzu.

»Was, wenn *mal* ein krummeliges Adjektiv ist? Eines, das man nicht runden kann?«

»Dann kann man kein ›o‹ anfügen.«

»Genau.«

Ich verstand, worauf Ryan hinauswollte. »Was, wenn es ein Name ist? Malo.« Neuronen feuerten. »Pierre Malo.«

Ryan griff bereits nach seinem Handy. Ich hörte zu, wie er um eine Personenüberprüfung bat.

Wir trieben in einem Meer aus Autos nach Westen. Ich schaute mir ihre Auspuffrohre an. Sonnenlicht auf Kofferraumdeckeln und Dächern. Kaute auf einem Nagelbett herum.

Wir waren bereits eine Stunde von Quebec City entfernt, als Ryans Handy bimmelte.

»Ryan.«

Pause.

»Où?« Wo?

Pause.

»Scheiße!«

Ryan klappte das Ding zu und warf es aufs Armaturenbrett.

»Was ist?«, fragte ich.

»Sie haben Bastarache verloren.«

»Wie?«

»Bastarache fuhr zu einer Raststätte. Ging ins Restaurant. Kam nie wieder raus.«

»Er hat den Mercedes stehen gelassen?«

Ryan nickte. »Er wurde entweder abgeholt oder ist per Anhalter weitergefahren.«

Ich wiederholte Ryans Gefühlsausbruch. »Scheiße!«

Minuten später war es mein Handy.

Ich den letzten achtundvierzig Stunden hatte ich weniger als sieben Stunden Schlaf gehabt. Ich funktionierte nur noch dank eines kleinen Nickerchens und reinen Adrenalins.

Als ich die Anruferkennung sah, durchströmte mich Erleichterung. Und dann sofort Verärgerung.

»Bist du das, große Schwester?«

»Ja.« Frostig.

»Du bist sauer.« Harry, Meisterin des Understatements. »Und ich weiß schon, was du gleich sagen wirst.«

»Wo zum Teufel warst du denn?«

»Jawoll. Genau das. Ich kann's erklären.«

»Brauchst dir die Mühe gar nicht zu machen.«

»Ich wollte dich überraschen.«

Wie oft hatte ich das schon gehört?

Ryans Handy bimmelte wieder. Ich hörte ihn antworten.

»Wer ist das?«, fragte Harry.

»Wo bist du? Was willst du?«

»Wieder in deiner Wohnung. Bevor du jetzt stinksauer wirst, lass dir erzählen, was ich erfahren habe.«

»Wie wär's, wenn du mir sagst, wo du gewesen bist?«

»Toronto. Hab mit Flan O'Connor gesprochen. Und eine interessante Information erhalten.«

»Hast du was zum Schreiben?«, fragte Ryan mit dem Handy am Ohr.

»Moment mal«, sagte ich zu Harry.

»Wo bist du?«, fragte sie, als ich den Apparat auf das Armaturenbrett legte.

Ich holte Papier und Kuli aus meiner Handtasche.

»Dreizehn Rustique.«

Ich notierte die Adresse, die Ryan wiederholte.

Als ich damit fertig war, summte Harrys Stimme aus meinem Handy. Ich ignorierte sie.

»Von der Pierrefonds auf die Cherrier. Ungefähr eine Meile nach Montée de l'Église links abbiegen.« Ryan schaute mich fragend an. Ich las die Wegbeschreibung laut vor.

»Unterhalb des Golfplatzes und des Naturreservats. Verstanden.« Ryan schaltete ab.

»Pierre Malo lebt außerhalb von Montreal?«, fragte ich, während ich mir den letzten Informationsbrocken notierte.

Ryan nickte.

»Verdammt, Ryan. Das ist wahrscheinlich das Haus, das Kelly Sicard beschrieben hat.«

»Gut möglich.«

»Und weißt du noch, wie heftig Bastarache wurde, als er uns sagte, wir sollten in unserem eigenen Hinterhof nachschauen?«

»Ich hab das als seine Version von ›Ihr könnt mich mal‹ verstanden.«

»Obéline sagte, dass Malo mit ihrem Mann irgendeine Art von geschäftlicher Übereinkunft hatte. Meinte, die beiden brauchten einander. Glaubst du, Bastarache könnte zu Malo wollen?«

»Er fuhr in Richtung Montreal.«

Ich las die Wegbeschreibung noch einmal.

»Was für ein Naturreservat?«

»Bois de L'Île-Bizard.«

Mir wurde plötzlich die Kehle eng.

»Die Bootsanlegestelle!«

»Was?« Ryan wechselte die Spur, um einen Mini Cooper zu überholen.

»Suskinds Diatomeen-Analyse brachte die Leiche aus dem Lac des Deux Montagnes mit der Anlegestelle im Bois de L'Île-Bizard in Verbindung.«

»Bis du sicher?«

»Ja!«

»Die Anlegestelle liegt praktisch in Malos Hinterhof.« Ryan spannte die Kiefermuskeln an und entspannte sie wieder.

Ein schrecklicher Gedanke. »Wenn Malo irgendwie Phoebe Quincy durch Cormier bekam, so wie er Kelly Sicard bekam, dann könnte er sie in diesem Haus festhalten.«

Aus meinem Handy kam ein scharfes Pfeifen.

Ich hatte ganz vergessen, dass Harry noch in der Leitung war.

»Hey!«

Ich nahm den Apparat zur Hand. »Muss Schluss machen.«

»Habt ihr wirklich rausgefunden, wer sich dieses kleine Mädchen geschnappt hat?« Harry klang so aufgeregt, wie ich mich fühlte.

»Ich kann jetzt nicht mit dir reden.«

»Hör mal, ich weiß, dass du wütend bist. Das war gedankenlos von mir. Was kann ich tun, um es wiedergutzumachen?«

»Ich schalte jetzt ab.«

»Ich will helfen. Bitte. Warte. Ich weiß. Ich kann da hinfahren und das Haus im Auge behalten –«

»Nein!« Es kam kreischender heraus, als ich vorgehabt hatte. Oder auch nicht.

»Ich werde bestimmt nichts *tun.*«

Ryan warf mir fragende Blicke zu.

»Ich bin nicht blöd, Tempe. Ich werde bei diesem Malo nicht an der Haustür klingeln. Ich behalte ihn einfach im Blick, bis du mit Mister Wunderbar auftauchst.«

»Harry, hör mir zu.« Ich zwang mich, ruhig zu klingen. »Geh nicht einmal in die Nähe dieses Hauses. Dieser Kerl ist tödlich. Er ist keiner, mit dem man herumspielen kann.«

»Du wirst stolz auf mich sein, große Schwester.«

Ich lauschte einer toten Leitung.

»Heilige Maria Mutter Gottes!« Ich drückte auf Wahlwiederholung.

»Was ist?«, fragte Ryan.

»Harry will Malos Haus auskundschaften.«

»Halte sie auf.«

Harrys Handy klingelte und klingelte, schließlich sprang die Voice-Mail an.

»Sie nimmt nicht ab. Mein Gott, Ryan. Wenn wir recht haben mit Malo, dann ist dieser Kerl ein Monster. Der bringt Harry um, ohne auch nur mit der Wimper zu zucken.«

»Ruf sie noch mal an.«

Ich tat es. Voice-Mail.

»Sie findet Malos Haus nie und nimmer«, sagte Ryan.

»Sie hat GPS auf ihrem Handy.«

Ryan schaute mich an.

»Greif mal nach hinten und gib mir dieses LED.«

Ich öffnete meinen Sicherheitsgurt, drehte mich um und hob die Signallampe vom Boden auf.

»Klemm das Ding an deine Sonnenblende.«

Ich befestigte es mit Klettverschlüssen.

»Steck das Kabel in den Zigarettenanzünder.«

Ich tat es.

Ryan schaltete das Fernlicht auf Blinkfunktion.

»Klapp die Blende runter und leg den Schalter um.«

Ich tat es. Das LED fing an, rot zu pulsieren.

Ryan schaltete die Sirene ein und drückte das Gaspedal durch.

40

Sirene und Blinklicht bringen einen überall hin. Und zwar pronto.

Zwei Stunden, nachdem wir die Île d'Orléans verlassen hatten, waren wir bereits kurz vor Montreal. Die Rückfahrt hatte meine ganze Aufmerksamkeit erfordert. Ich musste mich an Seitenfenster und Armaturenbrett festhalten, um nicht allzu sehr durchgeschüttelt zu werden, wenn Ryan bremste und beschleunigte.

L'Île-Bizard liegt nordwestlich von Montreal, an der Westspitze der Stadt Laval. Wieder auf der Insel, fuhr Ryan auf den Vierziger, durchquerte die Stadt und raste dann auf dem Boulevard Saint-Jean nach Norden.

Von der Pierrefonds bogen wir rechts ab und schossen über

den Pont Jacques Bizard. In der Mitte der Brücke schaltete Ryan Sirene und Blinklichter aus.

Der Großteil von L'Île-Bizard besteht aus Golfplätzen und dem Naturreservat, aber am äußeren Rand der Insel gibt es ein paar Wohnviertel, manche alt, andere so neu und exklusiv, dass die Preise nirgendwo angeschlagen werden. Malos Straße befand sich direkt hinter einem Fleckchen Wildwuchs an der Südspitze der Insel.

Ryan wurde langsamer, als wir die Rustique erreichten, aber er bog nicht ab. Nach zehn Metern wendete er und schlich für einen zweiten Blick vorbei.

Die Straße schien eine reine Wohnstraße zu sein. Große, alte Häuser. Große, alte Bäume. Kein Mensch bewegte sich zwischen ihnen.

Wieder wendete Ryan auf der Cherrier, fuhr an den Bordstein und brachte das Auto in Position für beste Sicht. Beste Sicht für ihn. Ich musste den Hals recken und an ihm vorbeischauen, um etwas zu sehen.

Die Rustique war eine Häuserzeile lang, am anderen Ende begrenzt von etwas, das aussah wie ein kleiner Park. Fünf Häuser auf der linken Seite. Sechs auf der rechten. Auf schmalen, tiefen Grundstücken weit zurückgesetzt, wirkten die Holzbauten alle sehr müde, brauchten einen neuen Anstrich und wahrscheinlich auch Installations- und Elektroarbeiten.

Einige der Anwohner hatten sich an Rasenpflege und Gärtnern versucht. Manche mit mehr Erfolg als andere. Vor einem verwitterten viktorianischen Haus erkannte ich eine geschnitzte Holztafel mit der Inschrift *4 Chez Lizot.*

»Das ist wie Bastaraches Anwesen in Tracadie«, sagte ich.

»Inwiefern?«

»Sackgasse. Rückseite zum Fluss.«

Ryan antwortete nicht. Er hatte ein Fernglas aus dem Handschuhfach gezogen und suchte erst die eine Seite, dann die andere ab.

Ich schaute wieder an ihm vorbei. Drei Autos standen am Bordstein dieser Seite, eins in der Nähe der Cherrier, eins in der Mitte der Zeile und eins unten am Park.

Das Schild der Lizots deutete darauf hin, dass sich die geraden Nummern rechts befanden. Ich zählte von der Straßenmündung weg.

»Nummer dreizehn muss dieses letzte Doppelgrundstück auf der linken Seite sein.« Sehen konnte ich allerdings nicht viel. Malos Grundstück war umgeben von einem mit Ranken überwucherten, fast zwei Meter hohen Maschendrahtzaun. Durch Lücken im Blätterwerk konnte ich Kiefern erkennen, Zedernhecken und eine riesige, tote Ulme.

»Seine Gartengestaltung find ich super.« Meine Nervosität verleitete mich zu schwachsinnigen Scherzen.

Ryan lachte nicht. Er tippte Ziffern in sein Handy.

»Kannst du Malos Schild entziffern?«, fragte ich.

»Prenez garde du chien.«

Vorsicht, bissiger Hund. Das war kein Witz.

»Ich brauche drei DBQ, Typ eins.« Ryan forderte die Überprüfung von Autokennzeichen an, und ich vermutete, er sprach mit dem Wachhabenden in der SQ-Zentrale. Er wartete kurz, dann las er das Kennzeichen eines arg verbeulten und heruntergekommenen Mercury Grand Marquis kurz vor der Cherrier ab.

»Murchison, Dewey. *Trois Rustique. Oui.*«

Ich schaute mir den Ziegel- und Holzbau vier Grundstücke von Malos Haus entfernt an. Es war offensichtlich, dass der alte Dewey nicht auf einem fetten Portfolio saß.

»Neun. Vier. Sieben. Alpha. Charlie. Zulu.« Ryan war inzwischen bei dem Porsche 911 in der Mitte der Häuserzeile.

Nach der nervenaufreibenden Fahrt empfand ich die Wärme und die Ruhe im Impala als einschläfernd. Während ich noch Ryans Gespräch mithörte, wurde ich mir plötzlich einer überwältigenden Erschöpfung bewusst.

»Vincent, Antoine.« Ryan wiederholte den Namen. »Wohnen in der Rustique irgendwelche Vincents?« Ryan wartete. »Okay.«

Meine Arme und Beine fühlten sich allmählich an wie Roheisen.

»Moment mal.« Ryan nahm sich das Fernglas und las das Kennzeichen eines neueren Honda Accord am Ende der Häuserzeile ab. Nach einer Pause fragte er nach: »Was für eine Verleihfirma?«

Meine Erschöpfung war wie weggeblasen. Ich kniff die Augen zusammen und konzentrierte mich auf den Accord.

»Haben Sie eine Nummer?« Die Stimme, die mit Ryan sprach, antwortete etwas. »Und Sie sind bestimmt nicht zu beschäftigt?« Kurze Pause. »Ich bin Ihnen sehr zu Dank verpflichtet.«

Ryan klappte sein Handy zu, warf es aber nicht wieder aufs Armaturenbrett.

»Das ist Harry.« Meine Stimme klang wie unter Strom. »Ich weiß es.«

»Jetzt nur keine voreiligen Schlüsse.«

»Okay.«

Ich ließ mich zurücksinken und verschränkte die Arme. Löste sie wieder voneinander und knabberte am Nagelbett herum.

»Der Mercury und der Porsche gehören Anwohnern«, sagte Ryan, ohne Nummer dreizehn aus dem Blick zu lassen.

Ich verkniff mir einen Kommentar.

Sekunden schleppten sich dahin. Minuten. Äonen.

Der Impala wirkte plötzlich bedrückend. Ich ließ mein Fenster herunter. Süßliche, warme Luft wehte herein und brachte den Geruch von Schlamm und frisch gemähtem Gras mit sich. Das Schreien von Möwen.

Ich schrak hoch, als Ryans Telefon in seiner Hand bimmelte.

Ryan hörte zu. Dankte dem Anrufer. Schaltete ab.

»Harry hat den Accord am Montagmorgen gemietet.«

Mein Blick schnellte den Block entlang. Das Auto war leer. Der Park war leer.

»Ich rufe sie an.« Ich griff nach meiner Handtasche.

Ryan hielt meinen Arm fest. »Nein.«

»Warum nicht?«

Ryan schaute mich nur an. Wie die meinen waren auch seine Augen voller Müdigkeit.

Dann dämmerte mir die beängstigende Erkenntnis. Wenn Harry auf Malos Grundstück oder in seinem Haus war, dann würde ein bimmelndes Handy ihre Sicherheit gefährden.

»Mein Gott, Ryan, glaubst du wirklich, dass sie reingegangen ist?« Reingeschleppt wurde? Ich konnte es nicht aussprechen.

»Ich weiß es nicht.«

Ich wusste es.

»Wir müssen sie rausholen.«

»Noch nicht.«

»Was?« Scharf. »Wir sitzen hier einfach nur rum?«

»Eine Weile schon. Wenn *ich* reingehe, dann gehe *ich* nur mit Verstärkung rein. Beachte die Betonung auf der ersten Person Singular.«

Die Sonne stand tief, spiegelte sich in Fenstern und Motorhauben und färbte den Fluss, den Park und die Straße bronzefarben. Ryan setzte sich seine Sonnenbrille auf, legte beide Arme aufs Lenkrad und starrte weiter die Rustique entlang.

Die Erde drehte sich nicht mehr. Hin und wieder schaute Ryan auf seine Uhr. Ich auf meine. Jedes Mal war weniger als eine Minute vergangen.

Ich wechselte vom Nagelbett zu Fäden, die ich aus der Armlehne zupfte. Und wieder zurück. Trotz der Wärme waren meine Finger eiskalt.

Wir beobachteten seit zehn Minuten, als ein Camarro die Cherrier hochgeschossen kam und so schnell in die Rustique einbog, dass die Reifen leise quietschten. Der Fahrer war nur eine undeutliche Silhouette hinter getönten Scheiben.

Eine Silhouette, die ich erkannte.

»Bastarache.«

Wir sahen zu, wie Bastarache vor Nummer dreizehn an den Bordstein fuhr, heraussprang und den Kofferraum öffnete. Er holte einen Bolzenschneider hervor, ging zum Gartentor, brachte die Schneidklingen in Position und drückte die Griffe zusammen. Nachdem er das Tor mit dem Fuß aufgetreten hatte, verschwand er auf dem Grundstück.

Die ersten Schüsse klangen wie Feuerwerkskörper, krachten so schnell, als wären sie miteinander verbunden. Im Park stieg ein Zyklon aus Möwen auf und segelte über den Fluss.

»Scheiße!«

Ryan schaltete das Funkgerät ein und wählte die Frequenz. Die Zentrale meldete sich. Ryan nannte seinen Namen und unseren Aufenthaltsort und forderte Verstärkung an.

»Hör mir gut zu, Tempe.« Im Reden zog Ryan die Glock aus dem Halfter. »Ich meine das todernst. Du hockst dich auf den Boden und bleibst, wo du bist.«

Stumm rutschte ich vom Sitz, behielt aber die Augen über dem Armaturenbrett, sodass ich die Straße gerade noch überblicken konnte.

»Steig auf keinen Fall aus diesem Auto aus.«

Die Häuser als Deckung nutzend, arbeitete Ryan sich die Rustique entlang, die nach unten gerichtete Glock seitlich am Oberschenkel. Mit dem Rücken zum Maschendrahtzaun schlich er zu Malos Tor, spähte kurz hindurch und verschwand.

Voller Angst kauerte ich auf dem Boden des Impala, die Hände schweißfeucht. Stunden schienen zu vergehen. Tatsächlich waren es nur fünf Minuten.

Ich versuchte eben, meine verkrampften Beine zu strecken, als mein Handy bimmelte. Ich zog es aus der Handtasche.

»Wo bist du?« Harry flüsterte und schrie gleichzeitig.

»Wo bist *du?*«

»Ich bin in einem Park in der Nähe von Malos Haus. Füttere die Möwen.«

»Mein Gott, Harry. Was hast du dir nur dabei gedacht?« Meine Bemerkung gab die Erleichterung, die ich empfand, nicht wieder.

»Ich glaube, ich habe Schüsse gehört.«

»Hör mir zu.« Ich verfiel in denselben Ton, den Ryan mir gegenüber angeschlagen hatte. »Ich bin an der Ecke Rustique und Cherrier. Ryan ist auf Malos Grundstück. Verstärkung ist unterwegs. Ich will, dass du dich so weit wie möglich von diesem Haus entfernst, ohne den Park zu verlassen. Geht das?«

»Ich sehe ein Denkmal für irgendeinen Toten. Ich kann mich dahinter verstecken.«

»Tu das.«

Indem ich meinen Hintern auf den Sitz hob, konnte ich eine in Pink gekleidete Gestalt am Flussufer von links nach rechts laufen sehen.

Ich kauerte mich eben wieder hin, als zwei gedämpfte Schüsse knallten.

Mir blieb das Herz stehen.

Ich horchte.

Unmögliche Stille.

Mein Gott, war Ryan in Schwierigkeiten? Harry? Wo blieb die Verstärkung?

Vielleicht war es die Angst um meine Schwester. Oder um Ryan. Was ich als Nächstes tat, war verrückt. Ich tat es trotzdem.

Ich sprang aus dem Impala, rannte über die Cherrier und dann quer über den ersten Rasen der Rustique. Im Schatten der anderen Häuser lief ich zu Nummer dreizehn, drückte mich mit dem Rücken am Zaun entlang und kauerte mich am Tor, nach Geräuschen lauschend, hin.

Schreiende Möwen. Das Hämmern meines Herzens.

Kaum atmend, spähte ich durch Malos Tor.

Eine Kiesauffahrt führte zu einem dunklen Backsteinhaus mit grell rosafarbenem Mörtel. Rechts stand eine ähnlich gebaute Garage für drei Autos. Links erstreckte sich ein Rasen, auf den die tote Ulme ein Gitterwerk aus Schatten warf.

Ich wurde steif und kämpfte gegen das Adrenalin an, das mich zu überstürzten Handlungen verleiten wollte. Am Fuß des Baums saß eine Gestalt. Hatte man mich entdeckt?

Fünf Sekunden schleppten sich dahin. Zehn.

Die Gestalt rührte sich nicht.

Nachdem ich eine ganze Minute abgewartet hatte, sah ich mich noch einmal um und schlich dann die Auffahrt hoch. Jedes Kiesknirschen klang wie eine Explosion. Die Gestalt blieb reglos, eine lebensgroße Lumpenpuppe unter einem Spinnennetz aus Schatten.

Näher am Baum sah ich, dass es sich bei der Gestalt um einen Mann handelte. Ich hatte ihn noch nie gesehen. Ein langer, dunkler Tentakel kroch an seiner Hemdbrust hinunter. Der Mann hatte die Augen geschlossen, schien aber zu atmen.

Geduckt rannte ich über den Rasen.

Und blieb unvermittelt stehen.

Zwei Hunde zerrten an Ketten, die an in Beton eingelassenen Ringen befestigt waren. Beide waren groß, mit glattem, braunem und schwarzem Fell, kleinen Ohren und einem kurzen Schwanz. Vermutlich Dobermänner. Beide knurrten tückisch.

Ich hob warnend die Hand. Die Hunde drehten durch, sie knurrten und sabberten, die Augen wild vor Angriffslust.

In der Entfernung hörte ich das schwache Jaulen von Sirenen.

Ich wich vorsichtig zurück. Die Hunde sprangen und schnappten weiter. Jede ihrer Bewegungen drohte die Ringe aus ihren Verankerungen zu reißen.

Mit Gummiknien schlich ich mich zur Vorderseite des Hauses zurück. Rechts der Tür sah ich ein halb geöffnetes Fenster. Ich kroch durch eine rechtwinklig gestutzte Zedernhecke, stellte mich auf Zehenspitzen und spähte hinein. Obwohl ein Sesselrücken mir die Sicht erschwerte, konnte ich deutlich drei Männer erkennen.

Ein Wort brannte sich mir ein.

Endspiel.

Ryan hatte eine Winchester Kaliber zwölf in der linken Hand und hielt seine Glock auf Bastarache gerichtet. Bastarache zielte mit einer SIG Sauer 9 mm auf einen Mann, von dem ich annahm, dass es Malo war.

Malo stand mit dem Rücken zum Fenster. Wie Bastarache war auch er massig und muskulös.

Die Sirenen wurden lauter. Ich vermutete, dass die Verstärkung eben die Brücke überquerte.

»Du elender Hurensohn!«, schrie Bastarache Malo an. »Ich wusste, dass deine schwachsinnigen Perversionen uns alle früher oder später fertigmachen würden.«

»Und was bist du? Ein verdammter Moral-Mountie? Du hast doch mit weit offenen Augen mitgemacht, Davey-Boy.«

»Keine Kinder. Mit Kindern war ich nie einverstanden.«

»Sie wollen Stars werden. Ich schenke ihnen ihren Traum.«

»Du hast mir versprochen, dass du diese Scheiße sein lässt. Ich hab dir geglaubt.« Bastaraches Haare waren schweißnass. Das Hemd klebte ihm an der Brust.

»Ganz ruhig.« Ryan versuchte, Bastaraches Wut zu dämpfen.

Bastarache riss die SIG Sauer zu Ryan herum. »Nach den Fragen, die dieser Kerl da stellt, nehm ich mal an, dass du ein paar Mädchen getötet hast.«

»Lächerlich.« Malo stieß ein nervöses Lachen aus.

»Schau mich an, Arschloch.« Bastarache richtete die SIG Sauer wieder auf Malo. »Du hast mir eine Mordermittlung eingebrockt. Ich hatte tagelang die Bullen im Nacken.«

Malo hob beide Hände und schaute Bastarache an.

Mir wurde der Mund trocken vor Schock.

Malo war älter, künstlich gebräunt und durchtrainierter, aber er hatte eine verblüffende Ähnlichkeit mit Bastarache. Eine Ähnlichkeit, die nur mit den Genen erklärt werden konnte.

Bastarache fuhr mit seiner Tirade fort.

»Du hast diese Mädchen umgebracht. Gib's zu!«

»Das ist –«

»Keine! Lügen! Mehr!« Bastaraches Gesicht war himbeerrot.

»Das waren Schlampen. Ich hab eine beim Klauen erwischt. Die andere war ein Junkie.« Malo schluckte. »Du bist mein Bruder, Davey. Knall den Kerl ab.« Malo machte eine nervöse Geste in Ryans Richtung. »Knall ihn ab, und wir sind unsere Sorgen los. Wir suchen uns einen anderen Ort –«

»Du lenkst die Aufmerksamkeit auf mich. Auf mein Geschäft. Auf Leute, die mir wichtig sind. Und du hast jeden Krümel deines Hirns verloren. Die Bullen sind seit Quebec hinter mir her. Wenn mit der jetzt was passiert, wissen die genau, wo sie suchen müssen.«

»Ihr geht's gut.«

»Deine perverse Scheiße bringt alles in Gefahr. Du hast das Haus deines Vaters besudelt. Deshalb habe ich dich rausgeschmissen, sobald ich konnte.«

Bastarache bewegte die Waffe mit schnellen, ruckartigen Bewegungen. »Du bist genauso wie deine Hurenmutter.«

»Legen Sie die Waffe auf den Boden, Dave.« Ryan, der Vermittler. »Sie wollen doch niemand verletzen.«

Bastarache ignorierte ihn.

»Das Einzige, was dir wichtig ist, ist Geld und dein eigener, kranker Schwanz. Aber jetzt bist du eine Gefahr für *mein* Haus. Für Leute, die *mir* wichtig sind. Wegen dir wird man sie jetzt finden und wegsperren.«

»Du bist doch nicht ganz sauber«, bemerkte Malo höhnisch. »Du lebst doch im Mittelalter.«

»Nicht ganz sauber?« Die Waffe in Bastaraches Hand zitterte. »Ich zeig dir, was nicht ganz sauber ist. Die Wand da mit deinem Hirn dran.«

Von direkt unter dem Fenster kam die Stimme einer Frau. Ihre Stimme klang keuchend und atemlos.

»Wenn du ihm was tust, schadet es uns.«

Ich bemühte mich, einen Blick auf die Frau zu erhaschen, aber der Sesselrücken versperrte mir die Sicht.

Die Sirenen heulten jetzt die Rustique entlang. Reifen quietschten, Türen wurden aufgerissen, Füße trampelten, Funkgeräte plärrten. Eine Männerstimme rief etwas, eine andere antwortete.

Bastaraches Blick huschte zu der Frau. In diesem Augenblick warf Ryan die Winchester hinter sich und sprang.

Die Flinte schlitterte über den Boden und prallte von einer Sockelleiste ab. Malo drehte sich um und rannte aus dem Zimmer.

Ich schrie: »Kommt zur Vordertür raus!«

Drei Beamte rannten die Auffahrt hoch. Einer rief: *»Arrêtez-vous!«* Stehen bleiben!

Malo rannte auf die Garage zu. Die Beamten holten ihn ein, warfen ihn zu Boden und legten ihm Handschellen an.

Ich lief ins Haus und durch eine Doppeltür ins Wohnzimmer. Ein Beamter war dicht hinter mir. Ich hörte Ryan sagen, er solle einen Krankenwagen rufen.

Bastarache kauerte auf gespreizten Knien, die Hände hinter dem Rücken in Handschellen. Die Frau kauerte an seiner Seite. Sie hatte den linken Arm um seine Taille geschlungen, die rechte Hand lag auf seiner Schulter. Eine Hand, die nur drei knotige Finger besaß.

»Ich bin so ein Versager«, murmelte Bastarache. »So ein Versager.«

»Psch«, sagte die Frau. »Ich weiß, dass du mich liebst.«

Ein Strahl der schnell sinkenden Sonne ließ die dunklen Locken um den Kopf der Frau aufflammen. Langsam hob sie den Kopf.

Qualvolles Wiedererkennen krampfte mir die Eingeweide zusammen.

Die Wangen und die Stirn der Frau waren knotig und hart. Ihre Oberlippe dehnte sich zu einer Nase, die schief eingebuchtet konkav war.

»Évangéline«, sagte ich, überwältigt von Gefühlen.

Die Frau schaute in meine Richtung. Etwas blitzte in ihren Augen.

»Ich hab die Königin von England gesehen«, krächzte sie mit bebender Brust, und Tränen schlängelten sich über ihr vernarbtes Gesicht.

41

Eine Woche verging. Sieben Tage der Erholung, des Feierns, des Abschieds, der Enthüllungen und Geständnisse und der Verdrängung.

Nach dem Vorfall in Malos Haus schlief ich zwölf Stunden lang und wachte erfrischt und ohne Groll gegen meine Schwester auf. Harry hatte ihre Eskapade in dem Park überlebt. Eine Jimmy-Choo-Riemchensandale mit Leopardenmuster nicht. Möwen-Guano.

Harry erzählte, dass sie nach Toronto gefahren war, um Flan O'Connor zu besuchen. Ihre große Entdeckung war, dass O'Connor House nur von achtundneunzig bis zweitausenddrei bestanden hatte. Leider war diese Information nur eine Bestätigung dessen, was wir bereits über den Zeitrahmen wussten.

Harry flog nach Hause, um die Scheidung einzureichen und das Haus in River Oaks zu verkaufen. Da ihr das Leben im Stadtzentrum sehr gefallen hatte, beschloss sie, sich eine Eigentumswohnung zu suchen, dank der sie autofrei leben konnte.

Ich bezweifelte, dass dieser Plan in einer Stadt wie Houston durchführbar war. Ich behielt das allerdings für mich.

Das Fest von Johannes dem Täufer, *la fête nationale du Québec,* kam und ging. Die Stadtreinigung kehrte die Straßen, die *fleur de lys*-Flaggen wurden eingeholt, und die Bürger Montreals wandten ihre Aufmerksamkeit den alljährlichen Riten des Jazz zu.

In Unterhaltungen mit Ryan und Hippo erfuhr ich viele Dinge.

Der Mann, der an dem Baum gesessen hatte, war ein Schläger Malos namens Serge Sardou. Als Sardou sich Bastarache in den Weg stellte, schoss Bastarache auf ihn. Die Wunde verursachte einen großen Blutverlust, aber kaum Muskelverletzungen. Sardou fing an zu schachern, kaum dass er aus der Narkose aufgewacht war.

Wie sich zeigte, waren Mulally und Babin in den Escalade vernarrt gewesen, nicht in Harry und mich. Sardou war es gewesen, der mich telefonisch und per E-Mail bedroht hatte. Und, mein persönlicher Favorit, mich die Treppe hinuntergestoßen hatte. Malo hatte ihm befohlen, den Kontaktbogen mit Évangélines Aufnahmen zu holen und mir Angst einzujagen. Sardou beschloss, in Cormiers Studio beides in einem Aufwasch zu machen.

Bastarache und Malo zogen von der Rustique direkt ins Gefängnis. Bastarache plädierte auf Notwehr und behauptete, Sardou habe ihn mit der Winchester bedroht. Ein Anwalt holte ihn schon am nächsten Tag auf Kaution wieder raus.

Ausgehend von Aussagen Sardous und Kelly Sicards, warf man Malo dreifachen Mord und unzählige Verbrechen gegen Kinder vor. Im Gegensatz zu Bastarache würde Malo in nächster Zeit nirgendwohin gehen.

Am Mittwoch, den siebenundzwanzigsten Juni, war ich in meinem Labor im Wilfrid-Derome. Fünf Schachteln standen auf der Arbeitsfläche, Überreste, die ich für die Freigabe an die nächsten Verwandten zusammengepackt hatte.

Als ich meine handschriftlichen Adressaufkleber las, überkam mich ein bittersüßes Gefühl der Befriedigung. Geneviève Doucet. Anne Girardin. Claire Brideau. Maude Waters. LSJML-57748.

Bei Geneviève Doucet war keine Todesursache mehr feststellbar gewesen. Aber das war auch ohne Bedeutung. Der arme Théodore hätte es sowieso nicht verstanden. Und auch die Schuldfrage stellte sich bei ihm nicht mehr. *Maître* Asselin würde die Knochen ihrer Großnichte abholen.

Für die kleine Anne Girardin, Ryans Vermisste Nummer drei, würde es keine Gerechtigkeit geben. Daddy hatte sich selbst in den Kopf geschossen. Aber Adelaide war aufgespürt worden und konnte ihre Tochter jetzt beerdigen.

Im Alter von siebzehn bis neunzehn Jahren hatte Claire Brideau in Dutzenden von Peter-Bad-Produktionen die Hauptrolle gespielt. Pierre Malo. Peter Bad. Peter Böse. Die reinste Poesie.

Bei Cormier hatten wir richtiggelegen mit unseren Vermutungen. Der Fotograf hatte Mädchen für ein paar Dollar und stetigem Nachschub an pädophilem Schmutz an Malo weitergegeben. Kelly Sicard war eine davon gewesen. Claire Brideau eine andere. Jetzt würde es keine mehr geben. Da Malo befürchtet hatte, Cormier würde auspacken, um seine Haut zu retten, hatte er ihn umgebracht.

Nach Sardou hatte Malo neunundneunzig Brideau in einem Wutanfall erdrosselt, weil sie von einem Nachtkästchen in dem Haus an der Rustique Geld gestohlen hatte. Nachdem Sardou den Auftrag erhalten hatte, die Leiche zu beseitigen, hatte er Brideau von einem Boot aus in der Rivière des Mille Îles versenkt. Sie war Ryans Tote Nummer eins.

Ryans Tote Nummer drei, die Wasserleiche aus dem Lac des Deux Montagnes, wurde als die sechzehn Jahre alte Maude Waters identifiziert. Im Jahr zuvor hatte Maude ihr Zuhause im Kahnawake-Mohawk-Reservat in der Hoffnung verlassen, es nach Hollywood zu schaffen und zu einem Star auf dem Walk of Fame zu werden. Stattdessen war sie bei Malo und in seinen Pornos gelandet.

Malo behauptete, Maude hätte sich in seinem Haus eine Überdosis gesetzt. Laut Sardou hatte Malo Maude erdrosselt, weil sie gedroht hatte, ihn zu verlassen. Wie schon bei Brideau acht Jahre zuvor erhielt Sardou den Befehl, die Leiche zu beseitigen. Da er sich unbesiegbar fühlte, war der treue Angestellte nur ein paar Blocks gefahren und hatte Maude von der Bootsanlegestelle im Bois de L'Île-Bizard ins Wasser geworfen.

LSJML-57748. Hippos Mädchen. Vorerst würde das Skelett von Sheldrake Island unter einem anonymen Eisenkreuz auf dem Leprafriedhof in Tracadie eine Ruhestätte finden. Aber ich arbeitete bereits mit einem akadischen Historiker zusammen. Mit etwas Glück und harter Arbeit, so hofften wir, würden wir es herausfinden, wer sie gewesen war. Das Institut in Virginia hatte aus ihren Knochen DNS extrahieren können. Vielleicht fanden wir eines Tages sogar einen Verwandten.

Die Labortür ging auf und riss mich aus meinen Gedanken. Hippo kam mit Kaffee und einer Tüte St.-Viateur-Bagels herein. Während wir mit kleinen Plastikmessern Frischkäse auf die Brötchen strichen, ging ich in Gedanken kurz durch, was ich über Évangélines Geschichte erfahren hatte.

Ich hatte recht gehabt. Laurette Landry hatte in dem Lazarett gearbeitet und nach dessen Schließung fünfundsechzig ihren Job verloren. Jahre später brach bei ihr die Lepra aus. So groß war das Misstrauen der Familie gegenüber der Regierung, dass Laurette bei *grand-père* Landry versteckt wurde. Mit vierzehn wurde Évangéline zur wichtigsten Ernährerin und Krankenpflegerin der Familie.

Solange Laurette noch am Leben war, lebte Évangéline zu Hause und arbeitete für Davids Vater, Hilaire Bastarache. Nach dem Tod ihrer Mutter wurde sie seine dort lebende Haushälterin.

Zu der Zeit lebte auch Pierre Malo, Hilaires unehelicher

Sohn, im Haus der Bastaraches. Malo brachte Évangéline mit der Drohung, sie würde ansonsten ihren Job verlieren, dazu, für ihn zu posieren. David Bastarache hatte sich in Évangéline verliebt. Angewidert von den Aktivitäten seines Halbbruders, schwor David sich, Malo zu entlassen und aus dem Haus zu werfen, sobald er das Ruder übernehmen durfte, wie Hilaire es ihm versprochen hatte.

Obwohl ich gewisse Einblicke in Bastaraches Charakter erhalten hatte, war der Mann mir immer noch ein Rätsel.

»Erklären Sie's mir, Hippo? Wie kann ein solches Denken heute noch existieren?«

Kauend dachte Hippo über meine Frage nach.

»Jedes akadische Kind wächst auf mit Geschichten über Vorfahren, die verfolgt und deportiert worden waren. *Le Grand Dérangement* verfolgt uns als Volksgruppe immer noch. Und das ist nicht nur graue Vorzeit. Akadier betrachten ihre Kultur noch immer als permanent bedroht von einer feindseligen, englisch dominierten Welt.«

Ich ließ ihn weiterreden.

»Wie bewahrt man seine Sprache und seine Traditionen, wenn die eigenen Kinder *Seinfeld* anschauen und die Stones hören? Wenn ihre Cousins in der Stadt kaum noch ein paar Wörter Französisch *parler* können?«

Ich betrachtete die Frage als rhetorisch und antwortete deshalb nicht.

»Wir Akadier haben gelernt, an unserer Identität festzuhalten, egal, was das Leben uns in den Weg wirft. Wie? Zum Teil durch reine Halsstarrigkeit. Zum Teil, indem wir alles überlebensgroß machen. Unsere Musik. Unser Essen. Unsere Feste. Sogar unsere Ängste.«

»Aber wir leben nicht mehr im neunzehnten Jahrhundert«, sagte ich. »Und auch nicht mehr in den Neunzehnsechzigern. Wie kann Bastarache Krankenhäusern und Behörden nur derart misstrauen?«

»Bastarache ist durch und durch Akadier. Außerdem betreibt er Geschäfte, die hart am Rande der Legalität sind. Und dazu hat er noch persönliche Lasten zu tragen. Übler Vater. Perverser Bruder. Die Mutter erschossen. Kein Schulbesuch.« Hippo zuckte die Achseln. »Der Kerl scheint Ihre Freundin wirklich zu lieben. Wollte nicht, dass ihr was zustößt. Tat, was er für das Beste hielt, um sie zu schützen.«

In einer Hinsicht hatte Malo recht gehabt. Obéline und Bastarache lebten, was ihre Einstellung zu Évangélines Krankheit anging, wirklich noch im Mittelalter. Wie die pflegenden Schwestern vor über hundert Jahren hatte Obéline sich der Lepra geopfert, war eine lieblose Ehe eingegangen, um sich um ihre Schwester kümmern zu können. Bastarache war ihr Komplize geworden, als es darum ging, ihre Schwester vor der Welt zu verstecken.

»Obéline log, als sie sagte, sie hätte gesehen, wie Évangéline ermordet wurde«, sagte ich. »Um mich in die Irre zu führen. Außerdem ließ sie alle in dem Glauben, Bastarache wäre verantwortlich gewesen für den gebrochenen Arm und das Feuer.«

»War er das nicht?« Hippo pulte sich etwas aus den Backenzähnen.

Ich schüttelte den Kopf. »Wegen der Lepra hatte Évangéline nur wenig Gefühl in den Händen und Füßen. Obéline brach sich die Elle, als sie versuchte, Évangéline vor einem Sturz von der Treppe zu bewahren. Und es war auch Évangéline, die unabsichtlich das Haus in Brand steckte.

Außerdem log sie in Bezug auf den Gedichtband. Obéline hatte ihn als Geburtstagsgeschenk für Évangéline veröffentlichen lassen. Anonym, da ja niemand wissen durfte, dass ihre Schwester noch am Leben war.«

Nach erfolgreicher Reinigung der Backenzähne bestrich Hippo sich einen zweiten Bagel. Ich redete weiter.

»Das Tragische ist, dass Évangéline ein relativ normales Leben hätte führen können. Kombinationstherapien sind inzwischen allgemein verbreitet, und für gewöhnlich zeigen Patienten nach zwei bis drei Monaten deutliche Verbesserungen. Nur bei weniger als zehn Prozent der Behandelten schlägt die Therapie nicht an.«

»Gibt es immer noch so viele Leprafälle?«

Ich hatte darüber einige Recherchen angestellt.

»Die registrierte, globale Verbreitung von Lepra lag Anfang zweitausendsechs bei fast zweihundertzwanzigtausend Fällen. Und das nicht nur in Afrika und Südostasien. Es gibt zweiunddreißigtausend Fälle allein hier auf dem amerikanischen Kontinent. Über sechstausend in den USA. Jedes Jahr werden zwischen zweihundert und zweihundertfünfzig neue Fälle diagnostiziert.«

»O Mann.«

»Bastarache und Obéline taten für Évangéline genau das, was für ihre Mutter getan worden war, ohne je zu erkennen, was für einen gigantischen Fehler sie da begingen.«

Mein Blick wanderte zu der Reihe ordentlich beschrifteter Schachteln. Geneviève Doucet, die der arme, geistesgestörte Théodore in ihrem Bett hatte mumifizieren lassen. Anne Girardin, die von ihrem eigenen Vater getötet worden war.

Ich dachte an andere. Ryans Vermisste Nummer zwei, Claudine Cloquet, die ihr Vater an Malo verkauft hatte. Évangéline, die ihr Möchtegern-Gatte und ihre Schwester weggesperrt hatten, wenn auch zweifellos mit ihrem Einverständnis.

»Wissen Sie, Hippo, der Schwarze Mann hängt nicht immer nur auf dem Schulhof oder an der Bushaltestelle rum. Es kann der Kerl sein, der in deinem Wohnzimmer an der Fernbedienung klebt.«

Hippo starrte mich an, als hätte ich Suaheli gesprochen.

»Irgendjemand aus der eigenen Familie. Oft lauert genau dort die Gefahr.«

»Ja«, sagte Hippo leise.

Mein Blick blieb an dem Namen hängen, der jetzt auf der Schachtel mit den Überresten des Mädchens aus dem Lac des Deux Montagnes stand. Maude Waters. Auch Maude hatte den Traum gehabt, Filmstar zu werden. Auch sie war mit fünfzehn bereits tot.

Meine Gedanken sprangen zu Malo. Er hatte behauptet, nichts von Phoebe Quincy zu wissen. Wieder hatte sein Angestellter etwas anderes erzählt. Sardou behauptete, das Mädchen in dem Haus an der Rustique gesehen zu haben. Aber nur kurz.

Phoebe blieb verschwunden.

Ryans Tote Nummer zwei, das Mädchen von der Dorval-Küste, blieb unidentifiziert.

Symbolisch, dachte ich, für die vielen Kinder, die jedes Jahr ermordet werden oder einfach verschwinden und nie gefunden werden.

»Zurück auf die Straße«, sagte Hippo und erhob sich.

Auch ich stand auf. »Sie haben starke Arbeit geleistet bei diesen Fällen, Hippo.«

»Hab noch zwei abzuschließen.«

»Glauben Sie, dass Phoebe in irgendein illegales Pornonetzwerk eingeschleust wurde?«

»Ich stelle mir lieber vor, dass sie noch am Leben ist, aber so oder so, ich werde nicht aufhören zu suchen, bis ich es sicher weiß. Ich gehe weiter jeden Tag zur Arbeit und suche weiter jeden Tag nach diesen Mädchen.«

Ich schaffte ein Lächeln. »Da bin ich mir ganz sicher, Hippo. Ganz sicher.«

Hippos Blick bohrte sich in meine Augen. »Früher oder später habe ich die Antworten.«

Am Freitagvormittag stieg ich in eine Maschine nach Moncton, mietete mir ein Auto und fuhr nach Tracadie. Diesmal kam Bastarache zur Tür.

»Wie geht's ihr?«

Bastarache wedelte mit der Hand. Geht so.

»Nimmt sie ihre Medikamente?«

»Obéline lässt ihr keine andere Wahl.«

Bastarache führte mich in das Zimmer im hinteren Teil des Hauses, entschuldigte sich und zog sich zurück. Ich dachte über ihn nach, als er das Zimmer verließ. Stripclubs, Bordelle und Ehebruch, aber bei Kinderpornografie zog dieser Kerl die Grenze. Und er liebte Évangéline. Da begreife einer die menschliche Natur.

Évangéline saß in einem Lehnsessel und schaute auf den Fluss hinaus.

Ich ging zu ihr, legte ihr die Arme um die Schultern und zog sie an mich. Zuerst wehrte sie sich dagegen, dann schmiegte sie sich an mich.

Ich drückte meine alte Freundin so fest, wie ich es wagte, so lange, wie ich es wagte. Dann ließ ich sie los und schaute ihr in die Augen.

»Évangéline, ich –«

»Sag nichts, Tempe. Das ist nicht nötig. Wir haben uns wiedergetroffen. Wir haben uns berührt. Du hast meine Gedichte gelesen. Das genügt. Verzweifle nicht meinetwegen. Wir sind alle Geschöpfe Gottes, und ich habe meinen Frieden gefunden. Du hast mir ein großes Geschenk gemacht, meine liebe, liebe Freundin. Du hast mir meine Kindheit wiedereröffnet. Setz dich ein wenig zu mir, und dann kehre zurück in dein eigenes Leben. Ich werde dich immer in meinem Herzen bewahren.«

Lächelnd holte ich Graham-Cracker, Erdnussbutter und ein Plastikmesser aus meiner Handtasche und legte alles auf den Tisch. Stellte zwei Cokes in Sechs-Unzen-Glasflaschen dazu. Und zog mir dann einen Stuhl an den Tisch.

»Green Gables kann man nicht in echt besuchen«, sagte ich.

Danksagungen

Wie immer war dieser Roman eine Teamarbeit. Das Team möchte ich gern vorstellen.

Ein riesiges Dankeschön schulde ich Andrea und Cléola Leger, ohne die diese Geschichte vielleicht niemals geschrieben worden wäre. Andrea und Cléola zeigten mir die warmherzige, großzügige und temperamentvolle Welt des akadischen Volkes. *Merci. Merci. Mille merci.*

Ich stehe tief in der Schuld all derer, die mich während meines Besuchs in New Brunswick aufgenommen haben. Auf diese Liste – keinesfalls eine erschöpfende – gehören Claude Williams, MLA, Maurice Cormier, Jean-Paul und Dorice Bourque, Estelle Boudreau, Maria Doiron, Laurie Gallant, Aldie und Doris Le Blanc, Paula LeBlanc, Bernadette Leger, Gerard Leger, Normand und Pauline Leger, Darrell und Lynn Marchand, Fernand und Lisa Gaudet, Constable Kevin Demeau (RCMP), und Joan MacKenzie von Beaverbrook House. Ein besonderer Dank an euch in Tracadie, vor allem Claude Landry, MLA, Père Zoël Saulnier sowie Raynald Basque und den Mitarbeitern bei Cojak Productions. Sœur Dorina Frigault, R. H.S.J., und Sœur Zelica Daigle, R.H.S.J. (Les Hospitalières de St. Joseph), gewährten mir großzügigerweise Zugang zu ihren Archiven und führten mich durch das Museum und den Friedhof des historischen Lazaretts.

Robert A. Leonard, Ph.D., Professor für Linguistik und Leiter des Forensic Linguistic Project and der Hofstra University, fand trotz seines vollen Terminkalenders die Zeit, mich zur forensischen Linguistik zu beraten (Und Sie waren wirklich ein

Gründungsmitglied von Sha Na Na? Ja, Kathy. Im Ernst? Ja, Kathy. Großartig!)

Ron Harrison, Service de Police de la Ville de Montreal, lieferte mir Informationen über Waffen, Sirenen und jede Menge Cop-Kolorit. Normand Proulx, *Directeur general*, Sûreté du Québec, und *L'inspecteur-chef* Gilles Martin, *adjoint au Directeur general, adjoint à la Grande fonction des enquêtes criminelles,* Sûreté du Québec, versorgten mich mit Statistiken über Morde und Altfallermittlungen in Quebec.

Mike Warns, Entwicklungsingenieur bei ISR Inc., beantwortete endlose Fragen und brachte mir Technikkram bei. Als echter Mann der Renaissance gab Mike auch den Großteil der Poesie zum Besten.

Dr. William A. Rodriguez, Office of the Armed Forces Medical Examiner, und Dr. Peter Dean, H. M. Coroner for Greater Suffolk and South East Essex, halfen mir bei Detailfragen zu Skelett- und Gewebepathologie.

Paul Reichs lieferte mir wertvolle Beiträge zum Manuskript.

Nan Graham und meine Familie bei Scribner machten das Buch erheblich besser, als es ohne sie hätte werden können. Das gilt auch für Susan Sandon und alle bei Random House UK.

Jennifer Rudolph-Walsh war eine unschätzbare Hilfe und gab mir ihre wie immer unablässige Unterstützung.

Als nützliche Quelle stellte sich *Children of Lazarus: The Story of the Lazaretto of Tracadie* von M. J. Losier und C. Pinet heraus.

Werkverzeichnis der von Kathy Reichs erschienenen Titel

› Bonusmaterial

HEYNE ‹

1 Über die Autorin

Himmel oder Hölle? Wiedergeburt oder ein großes Nichts? Wie das Leben nach dem Tod aussieht, darüber kursieren viele Gerüchte. Kathy Reichs kann uns zumindest den Anfang ein wenig detaillierter beschreiben – er sieht in etwa so aus: CCCC-2006020277. Jegliche Art von sterblichen Überresten, die in ihrem Labor landen, bekommt zuallererst eine solche Fallnummer. Kathy Reichs ist als forensische Anthropologin für rechtsmedizinische Institute tätig – das eine in Montreal, Kanada, das andere in Charlotte, North Carolina. Was heißt das? »Pathologen sind Spezialisten, die weiches Gewebe – Fleisch, Muskeln, Organe – bearbeiten«, erklärt Reichs. Quincy also, und Boerne. »Anthropologen sind auf die Knochen spezialisiert. Gerade Verstorbene oder relativ intakte Leichen kommen zum Pathologen – ein Skelett in einem flachen Grab, ein verkohlter Körper in einem Fass, Knochenfragmente in einer Häckselmaschine, ein mumifiziertes Baby in einem Koffer auf dem Dachboden zum Anthropologen.«
Mit vielen Fragen, die danach beantwortet werden müssen, hat sich Reichs schon während des Archäologiestudiums beschäftigt. Wer ist gestorben, wie und wann? Ein unauslöschliches Erlebnis machte aus der Feldforscherin eine Kriminaltechnikerin. »Zur forensischen Anthropologie kam ich, weil mich Ermittler, die einen Kindsmord untersuchten, um Mithilfe baten. Ein fünfjähriges Mädchen, das man entführt, ermordet und in einem Wald in der Nähe von Charlotte verscharrt hatte.

Der Mörder wurde nie gefunden. Die Ungerechtigkeit und die Brutalität dieses Falles veränderten mein Leben. Das Leben eines kleinen Mädchens war mit heimtückischer Gleichgültigkeit beendet worden. Ich verabschiedete mich von den uralten Knochen, wechselte zur Forensik und habe das nie bereut.« Und wann immer sie Zeit hatte, schrieb sie. Ihre Romanreihe um die forensische Anthropologin Tempe Brennan – der erste erhielt 1997 den Arthur Ellis Award for Best First Novel – erscheint heute in über 30 Ländern, Gesamtauflage 120 Millionen. In der Fernsehserie BONES – Die Knochenjägerin, von Reichs kreiert und mitproduziert, geht Tempe Brennan ebenfalls auf Verbrecherjagd. Zusammen mit Patricia Cornwell hat Reichs die forensische Anthropologie von einer Nischendisziplin zu einem weltweiten Phänomen geschrieben. Ein Brennan-Roman im Jahr, seit Kurzem auch einer für die Jugendbuchreihe VIRALS, Lesereisen, Drehbücher studieren – die Fiktion hat sich für Reichs zur Vollzeitbeschäftigung ausgewachsen. Trotzdem unterrichtet sie weiterhin Studenten an der University of North Carolina, sie berät das FBI in Sachen Spurenerkennung und -sammlung sowie die Royal Canadian Mounted Police in Kanada. Als Reichs ihren neuen Beruf antrat, waren nicht mehr als fünfzig zertifizierte forensische Anthropologen in Kanada und den USA tätig. Inzwischen zählen die Kollegen immerhin knapp an die achtzig. Kathy Reichs legt großen Wert darauf, dass ihr Ziel – den Toten Gerechtigkeit widerfahren zu lassen – auch in ihren Werken nicht zur pathetischen Selbstbeweihräucherung oder zum actionüberfrachteten Hokuspokus verkommt. »Ich wollte keine Superheldin zeigen«, so Reichs über ihr Alter Ego Tempe Brennan. »Ich wollte eine Figur schaffen, die Schwächen und Fehler hat und die sich im Alltag mit Neonlicht, Formularen und Überstunden herumschlägt.«

2 Die Tempe-Brennan-Reihe

Tote lügen nicht

Tempe Brennan ist forensische Anthropologin in Montreal. Skelette und verweste Körperteile gehören zu ihrem Alltag. Als die 23-jährige Isabelle missbraucht, erdrosselt und zerstückelt in Müllsäcken aufgefunden wird, erinnert sich Tempe an einen Fall ein Jahr zuvor. Sie versucht, die beiden Verbrechen mit drei weiteren Leichen in Verbindung zu bringen.

Knochenarbeit

Grauenvolles erwartet Tempe Brennan, als sie in den kleinen Ort St. Jovice gerufen wird: ein niedergebranntes Haus mit sieben Leichen, zwei davon Babys, denen das Herz fehlt. Nur zu gern widmet sie sich deshalb ihrem anderen Auftrag - der Exhumierung der Ordensschwester Eli sabeth Nicolet zwecks postumer Heiligsprechung. Doch erst liegt die Nonne in einem falschen Grab, und dann entdeckt Tempe gemeinsam mit Detective Ryan eine entsetzliche Parallele zu dem Fall von St. Jovice.

Lasst Knochen sprechen

Ein ermordetes Mädchen, die Überreste zweier Motorradfahrer nach einem Bombenanschlag und der ausgegrabene Schädel einer jungen Frau - damit hat Tempe Brennan im wahrsten Sinne des Wortes alle Hände voll zu tun. Doch als sie einen brisanten Zusammenhang zwischen den Toten und zwei verfeindeten Motorrad-Banden erahnt, gerät nicht nur Tempe in Lebensgefahr. Leider entwickelt auch ihr Neffe Kit ein verhängnisvolles Faible Motorräder...

Durch Mark und Bein

Flug 228 der TransSouth Air ist über Swain County, North Carolina, abgestürzt. Man betraut Tempe Brennan mit der Identifikation der Opfer, die zum Großteil sehr jung waren: Mitglieder und Fans eines College-Fußballteams. Bei Nachforschungen zu einem zusätzlichen grausigen Fund in der Nähe des Unglücksortes, einem einzelnen Fuß, der auf Grund seiner Verwesung und seines Alters nicht von einem der Passagiere stammen kann, wird Tempe von höchster Stelle behindert.

Knochenlese

Ein kleines Dorf in Guatemala: Als Tempe Brennan in den Brunnenschacht hinabsteigt, ahnt sie, dass sie am Grund ein grausiger Fund erwartet. Hier wurden vor Jahrzehnten die Leichen von über zwanzig Bewohnern eines kleinen Dorfes verscharrt, Frauen und Kinder, die ein Militärkommando kaltblütig hingerichtet hatte. Noch während die Opfer des Massakers geborgen werden, bekommt Brennan zu spüren, dass die Machthaber in Guatemala, damals wie heute, ein schreckliches Geheimnis hüten.

Mit Haut und Haar

Der Sommer ist brütend heiß in Charlotte, North Carolina. Gerade will Tempe Brennan vor der Hitze in den wohlverdienten Urlaub fliehen, als auf einer verlassenen Farm Überreste von brutal abgeschlachteten Schwarzbären gefunden werden. Doch das ist noch nicht alles. Zwischen den skelettierten Pranken stößt Tempe auf menschliche Knochen und damit auf die Spur von Schmugglern, die mit dem Töten von Wildtieren blutiges Geld verdienen. Wer ihnen zu nahe kommt, muss um sein Leben fürchten. Tempe ermittelt.

Totenmontag

Was könnte frostiger sein als ein kanadischer Dezembersturm? Tempe Brennan wird an einem tristen Montagmorgen zu einem Fundort in Montreal gerufen, der ihr das Blut in den Adern gefrieren lässt. Verscharrt in einem Kellergewölbe liegen die Leichen dreier junger Frauen. Nicht eine Gewebefaser, kein Fetzen Kleidung geben Aufschluss darüber, wann und warum diese Mädchen sterben mussten. Dank akribischer Ermittlungen und weiblicher Intuition kommt Tempe einem Verdächtigen auf die Spur. Doch sie muss auf alles gefasst sein, denn ihr Gegner ist an Kaltblütigkeit nicht zu übertreffen.

Totgeglaubte leben länger

Die Leiche eines zwielichtigen Importeurs beschert Tempe Brennan Überstunden im Labor. Die Schusswunde am Kopf deutet auf Selbstmord hin, doch die Gerichtsmedizinerin kann ein Gewaltverbrechen nicht ausschließen. Ihre Untersuchungen nehmen eine unerwartete Wendung, als ein Fremder ihr das Foto eines uralten Skeletts aus Israel zusteckt und beteuert, es sei der Schlüssel zum Tod des streng religiösen Mannes. So stößt Tempe auf ein Geheimnis, das älter ist als die Bibel …

Hals über Kopf

Was wie ein harmloser Exkurs auf eine idyllische Ferieninsel beginnt, endet für Tempe Brennan in einem Albtraum. Archäologische Grabungen im Sand von Dewees Island, South Carolina, fördern nicht nur bestattete Ureinwohner zutage, sondern auch eine Leiche, die erst vor wenigen Jahren am Strand verscharrt worden sein kann. Damit nicht genug: In einem Sumpfgebiet auf dem Festland werden kurz darauf die Überreste eines vermeintlichen Selbstmörders entdeckt. Eigenartige Einkerbungen an den Halswirbeln der Toten sagen Tempe, dass eine makabre Verbindung zwischen den beiden Fällen bestehen muss.

Knochen zu Asche

Eines Tages war sie verschwunden – ohne ein Wort des Abschieds. Als junges Mädchen musste Tempe Brennan erleben, wie ihre beste Freundin Evangeline unter mysteriösen Umständen zum Vermisstenfall wurde. Dreißig Jahre später reißt ein Skelettfund im kanadischen Neuschottland alte Wunden auf. Hängen diese Knochen mit Evangelines Verschwinden zusammen? Ein kleines vergilbtes Versbuch, das Tempe entdeckt, könnte die Antwort verraten.

Der Tod kommt wie gerufen

Ein verlassenes Haus in Charlotte, North Carolina, ein neuer Einsatz für Tempe Brennan: Neben Kupferkesseln, einem toten Huhn und seltsamen Artefakten liegt der abgetrennte Kopf eines Mädchens. Blitzartig geht ein Gerücht um: Ritualmord! Ein bibelfester Politiker auf Stimmenfang verdächtigt okkulte Kreise und ruft nach Vergeltung. Noch während Tempe den Tatort untersucht, bahnt sich in Charlotte eine gnadenlose Hexenjagd an.

Das Grab ist erst der Anfang

Tempe Brennan ermittelt bei einer Reihe seltsamer Todesfälle: Drei Frauen wurden ermordet, alle auf grausame, aber verschiedene Weise. Doch Tempe kann schließlich die Handschrift eines Serienkillers erkennen. Umso schockierter ist sie, als man ihr vorwirft, sie habe eine Autopsie manipuliert und ein Verbrechen vertuscht. Was Tempe nicht weiß: Ihre Arbeit wird sabotiert. Von jemandem, der sie um jeden Preis scheitern sehen will …

Blut vergisst nicht

Ein Mann, der nicht ein-, sondern gleich zweimal den Tod gefunden zu haben scheint, gibt Tempe Brennan Rätsel auf. Seine Spur führt nach Hawaii. Hier wird Tempe prompt mit den von Haien verunstalteten, seltsam tätowierten Überresten eines Kleindealers konfrontiert. Das Inselparadies wird für Tempe schnell zum heißen Pflaster. Denn die örtlichen Drogenhändler reagieren auf neugierige Ermittlerinnen so instinktiv wie Haie auf einen blutigen Köder.

Fahr zur Hölle

In Charlotte, Tempe Brennans Heimatstadt, ist die Hölle los. 200.000 NASCAR-Fans sind auf dem Weg zum Charlotte Motor Speedway und dem großen Rennwochenende. Auf einer Müllhalde nahe der Anlage wird in einem Teerfass eine Leiche gefunden. Ist es die lange vermisste Cindi? Ihre Ermittlungen führen Tempe ins Fadenkreuz einer Verschwörung. Sie arbeitet fieberhaft daran, den Fall schnell aufzuklären. Doch sie weiß: Das Böse holt dich immer ein.

Knochenjagd

Tempes neuester Fall beginnt wie ein Albtraum: In einer verlassenen Wohnung liegt, eingewickelt in ein Handtuch, die Leiche eines Neugeborenen. Und bald tauchen noch zwei weitere tote Babys auf. Die fieberhafte Jagd nach der Mutter beginnt. Ist sie überhaupt die Mörderin? Ihre Spur führt Brennan und ihren Kollegen Ryan tief in die kanadische Einöde – und in das Revier eines eiskalten Killers ...

Totengeld

Der Tod einer jungen Frau, deren Leiche achtlos am Straßenrand deponiert wurde, bereitet Tempe Brennan schlaflose Nächte. Der Teenager könnte ohne Papiere ins Land gereist sein, eine Spur, die Tempe zu dem Geschäftsmann John-Henry Story führt. Doch der starb Monate zuvor bei einem mysteriösen Brand. Und dann ist da noch der Fall eines Schmugglers, der kuriose mumifizierte Artefakte in die USA schleust. Besteht eine Verbindung zwischen dem toten Mädchen und dem lukrativen illegalen Handel? An Tempes neustem Fall ist nichts so, wie es zunächst scheint. Nur auf eines kann die Todesermittlerin sich verlassen: Die Knochen kennen die Wahrheit.

Knochen lügen nie

Tempe Brennan kann mit ihrer Arbeit für die Gerichtsmedizin Tote nicht wieder lebendig machen, doch zumindest kann sie den Mordopfern Gerechtigkeit widerfahren lassen. Nur in einem einzigen Fall entkam ihr ein Killer: Anique Pomerleau, eine junge Frau, die selbst traumatische Misshandlungen hatte durchleben müssen. Und die sich an der Welt rächte, indem sie Mädchen entführte, quälte, tötete. Jetzt, zehn Jahre später, tauchen in Montreal die Leichen mehrerer vermisster Teenager auf. Tempe erkennt das Mordmuster, die Grauen erregende Handschrift: Anique ist zurück. Sie will ein letztes Mal Rache nehmen. Und sie kommt Tempe immer näher ...

Die Sprache der Knochen

Eine junge Frau ist verschwunden. Ihre Familie behauptet, es gehe Cora gut. Doch die verstörte Stimme, die Forensikerin Tempe Brennan auf einer Aufnahme hört, spricht eine andere Sprache. Und wirft Fragen auf. Woher stammt die Tonaufzeichnung? Ist Cora aus freien Stücken abgetaucht? Oder vermisst, weil sie Opfer eines Verbrechens wurde? Die Knochen einer Leiche, die Tempe noch nicht identifiziert hat, scheinen eine Geschichte von Coras Verschwinden zu erzählen, die noch viel grausamer ist, als Tempe befürchtet hat ...

3 Die VIRALS-Reihe

Tote können nicht mehr reden

Die vierzehnjährige Tory Brennan ist die Nichte der berühmten forensischen Anthropologin Tempe Brennan. Mit ihr teilt sie zwei Dinge: den Instinkt für Verbrechen – und den unbedingten Willen, diese aufzuklären …
Auf einer einsamen Insel findet Tory die vergrabenen Knochen eines vor etwa 30 Jahren verstorbenen jungen Mädchens. Torys Versuch, gemeinsam mit ihren Freunden die Identität des Mädchens zu lüften, erweist sich als gefährlicher als erwartet.

Nur die Tote kennt die Wahrheit

Das Forschungslabor, in dem Tory Brennans Vater arbeitet, soll geschlossen werden. Tory weiß: Will sie nicht umziehen und von ihren Freunden getrennt werden, muss sie Geld beschaffen – und zwar eine beträchtliche Summe, um das Labor vor dem Aus zu retten. Wie der Zufall es will, stößt Tory in dieser Situation auf geheime Dokumente, die auf den legendären Piratenschatz der Anne Bonny hinweisen. Tory beschließt, das Unmögliche zu versuchen, und den jahrhundertealten Spuren zu folgen.

Jeder Tote hütet ein Geheimnis

Tory und ihre Freunde Shelton, Ben und Hi entdecken einen Geocache, in dem eine wunderschön verzierte Schatulle steckt. In ihr befindet sich ein geheimer Code, den Shelton mithilfe seiner Superkräfte knackt. Es ist ein Hinweis von dem mysteriösen Spielleiter, der die Virals herausfordert, die Suche fortzusetzen und einen noch wertvolleren Schatz zu finden. Die Freunde stellen sich der Herausforderung – und finden eine täuschend echte Bombenattrappe und eine mehr als düstere Nachricht des Spielleiters.